Barbara Noack

ITALIENREISE – LIEBE INBEGRIFFEN

EIN GEWISSER HERR YPSILON

NAUMANN & GÖBEL

Italienreise - Liebe inbegriffen
Ein gewisser Herr Ypsilon
Sonderausgabe der Naumann & Göbel Verlagsgesellschaft mbH
in der VEMAG Verlags- und Medien Aktiengesellschaft, Köln

Schutzumschlag: CCG Werbeagentur GmbH, Köln
Gesamtherstellung: Naumann & Göbel Verlagsgesellschaft mbH
Printed in Germany

ISBN 3-625-20343-X

1. Kapitel

Der Reiseleiter

Er ist so unerwartet brünett und elegant, wie sich die weiblichen Mitglieder der Busbesatzung niemals einen Reiseleiter erhofft haben.

Seine Wirkung wäre mit der eines neuen, hübschen Zeichenlehrers in der Mädchenschule zu vergleichen: man wird von Stund an weniger randalieren, aufmerksamer zuhören – und heimlich schwärmen.

Aber es gab auch einen Mann, der etwas besonders Reizendes in Blond zum Autobus brachte und unseren Reiseleiter mit einem eindeutigen Blick bedachte: So einer wie Sie müßte als Aufseher über alleinreisende junge Damen glatt verboten werden, jawohl!

Jetzt – nach den ersten zwanzig Kilometern Autobahn – denkt der schöne Reiseleiter an nichts Blondes, das hinter ihm im Buspaket den Polstersitz 7 auf seine Bequemlichkeit hin ausprobiert. Er hat die Augen zum regenschweren Himmel erhoben und betet inbrünstig: „Lieber Gott, schütze unsern Bus vor Unfällen und Pannen. Gib mir die nötige Geduld – dies ist die vierte Herde, die ich in diesem Jahr nach Italien führe! –, und bitte, lieber Gott, gib mir die vorbestellte Anzahl Einzelzimmer. Amen."

Drauf zieht er die Mikrophonschlange an den Mund, schluckt zweimal ergeben und beginnt:

„Meine Damen und Herren. Ich begrüße Sie im Namen des Reisebüros, in meinem eigenen – Robert Florian heiße ich – und selbstverständlich auch im Namen unseres Fahrers Krause. Er hat gerade vor acht Tagen seinen Führerschein gemacht."

„Oho", lacht man. „Das kann ja noch gut werden." Und Robert Florian denkt: Die alten Witze haben jetzt, im dritten Jahr, noch immer Erfolg.

„Sie wählten Italien als Ihr Reiseziel, und Italien hat mir versprochen, Sie nicht zu enttäuschen. Es wird Ihnen während der nächsten drei Wochen unendlich viel bieten, und ich hoffe, es ist für jeden von Ihnen etwas Erfreuliches dabei: berühmte Stätten der Christenheit, römische Ausgrabungen, bewegte Renaissance, südliche Nächte, billige Weine, Santa-Lucia-Sentimentalität und echte Romantik. Wie bitte?"

„Es zieht. Von links zieht es am Kopf."

„Ich bitte die linken Herrschaften, die Fenster zu schließen." Er wischt über sein Mikrophon und fährt fort: „Vielleicht kennen Sie die Meinung, die im Ausland über den deutschen Tourismus besteht?! Danach soll er sofort erkennbar sein an seiner stabilen, wetterfesten Wanderkleidung, seinem Hang zum sangesfrohen Schunkeln und der oft und laut gebrauchten Redewendung: ‚Komm'Se mal zu uns. Bei uns ist das alles viel sauberer, ehrlicher und haltbarer.' Kurz, man sagt uns im Ausland einen provozierend zur Schau getragenen Patriotismus nach, den wir im eigenen Land allzuoft vermissen lassen. Sagt man.

Sie, meine dreißig Damen und Herren, gehören selbstverständlich nicht zu diesem Typus. Sie wissen, daß Italien das Land des Weines und der Spaghetti ist, in dem Bier und Bockwurst seltener vorkommen als bei uns. Sie wissen, daß der Italiener die Schönheit intensiver als die Ordnung liebt und die absolute Ehrlichkeit großmütig nördlicheren Völkerstämmen überläßt.

Sie fahren nach Italien so, wie man ins Ausland eben fahren muß: um Land und Leute kennenzulernen, nicht, um Land und Leute mit den eigenen heimischen Vorzügen zu vergleichen. Ihr persönlicher Charme, Ihr untadeliges Auftreten, Ihr bewundernswertes Einfühlungsvermögen in fremde Länder und Sitten wird die Italiener verblüffen. Und wenn unser Bus auf der Rückfahrt die Grenze überschreitet, so lassen wir ein staunendes Volk zurück, das verwundert rufen wird: Aber der deutsche Tourist ist ja ein ganz entzückender Mensch und viel angenehmer als die übrigen ausländischen Reisenden. Und sehen Sie, meine Damen und Herren, das wird Ihr Verdienst sein.

Nun zu uns selbst. Uns verbindet bisher nur die gleiche Reise-Idee. Wir kommen aus allen Gegenden Berlins, aus verschiedenen Interessenwelten und Generationen und frieren noch vornehm im Eise unserer eigenen Zurückhaltung vor uns hin.

Aber recht bald, so hoffe ich, werden wir eine große, herzliche Familie sein. Ohne verwandtschaftliche Zwistigkeiten.

Jetzt wünsche ich denen, die seit dem ersten Kilometer unserer Reise ununterbrochen Wurstbrot, Pfirsiche, Eier und Schokolade durcheinandergegessen haben, einen gesegneten Schulausflugsmagen, und denen, die schlafen möchten, eine gute Nacht. Es tritt eine Redepause von unbestimmter Zeit ein, die wir mit Musik ausfüllen werden. Mit den besten Wünschen für gute Laune und Unterhaltung – Ihr sehr ergebener, stets zu Ihren Diensten stehender Reiseleiter und Kunsthistoriker Robert Florian."

2. Kapitel

Das Busparkett

Bei jenem biegsamen, weizenblonden Geschöpf auf Platz Nummer 7, das dem Reiseleiter gleich als besonders reizend auffiel, handelt es sich um das Fotomodell Jou.

Ihre großen Augen voll schwermütiger Rätselhaftigkeit büßen leider an orientalischem Zauber ein, sobald Jou den Mund aufmacht: sie s-pricht nämlich eindeutigen Hamburger Tonfall.

Jou reist nach Italien, weil sie endlich einmal mitreden möchte, wenn das Gespräch unter ihren Kolleginnen auf dieses Land kommt.

Der Herr, mit dem sich ihre Füße den Gang teilen, heißt Gustav C. Kümmel. Herr Kümmel ist genauso gemütlich wie der Anblick seines stattlichen Leibesumfangs, er besitzt die lächelnde Weisheit eines alten Weintrinkers und ein eigenes Auto. Aber mit dem geht er nicht auf Reisen. „I, wie werd ich denn! Will doch was von der Landschaft haben, und das darf ich nicht, wenn ich selbst fahre!"

Er erklärt Jou auch, was er unter Landschaft – in diesem Fall italienischer – versteht, nämlich Asti spumante, Frascati, Lacrimae Christi, Bardolino ... und sie denkt, das kann ja noch lustig mit Herrn Kümmel werden.

Jenes griesgrämige Bulligesicht auf dem Fensterplatz neben ihm gehört Herrn Eduard Schnell, der von seinem Nachbarn alsbald „Primus" getauft wird. „Weil er wie unser ehemaliger Klassenprimus aussieht. Klimmzüge konnte er nicht, aber den Cäsar auswendig, auch das, was wir nicht von ihm aufhatten, stellen Sie sich so was vor!"

Der Primus, unser Allesbesserwisser, unternimmt diese Reise, weil er einmal auf eine Frage keine Antwort gewußt hatte. Eine Frage, die er sich an seinem fünfzigsten Geburtstag nach Büroschluß in seinem einsamen Junggesellenzimmer stellte: „Wofür lebst du eigentlich?" Der Primus beschloß darauf, weniger zu schuften und mehr zu leben. Er kaufte sich als ersten Leichtsinn eine Schmalfilmkamera und einen Fotoapparat. Um diese kostspieligen technischen Errungenschaften nützlich einzusetzen, unternahm er eine Reise – jene, auf der wir ihn kennenlernen. Primus will nachholen – sich selbst, die Welt und auch die Frauen. (Eben hat er Jou einen halben Pfirsich geschenkt.)

Hinter ihm döst ein korrekt gealtertes Fräulein im strengen Schneiderkostüm, dem man ohne Bedenken seinen Ehemann, Schmuck und Bargeld anvertrauen würde: Elisabeth Herzberg.

Vor Kümmel und dem Primus schlafen Elfi Duvenage und Rudi Staubschläger, beide sind ringverlobt. Rudi besitzt ein ungewöhnliches Profil, das – dank einem kühn entwickelten Adamsapfel – erst unterhalb der Kinnlinie als ein solches zu bezeichnen ist.

Der ältere Herr, der diesem kernigen jungen Mann über den Gang hinweg einen verächtlichen Blick nach dem andern zuwirft, ist sein Schwiegervater Emil Duvenage – ein hugenottischer Name, der Düvenasch ausgesprochen wird. Rudi nennt den grimmigen Herrn „Papachen", was alle sehr mutig finden. „Papachen", sagt er, „Elfi läßt fragen, ob du ein kleines Käsestüllchen möchtest?"

Neben Düvenasch sitzt „die Feldherrin", Frau Behrend. Kümmel prägte diese Bezeichnung, weil Frau Behrend so selbstbewußt und monumental wie die Marmorbüste eines ruhmvollen Militaristen auf dem zweisäuligen Sockel ihrer kurzen Beine ruht. Stark, bärtig, gutmütig lärmend und immer guter Laune, ist sie die Unverwüstlichste von allen und sehr tierlieb: all ihre Nerze hat sie mit auf die Reise genommen. Die schlenkern während der Fahrt aus dem Gepäcknetz und glotzen mit ihren starren Glasaugen Düvenasch an – was diesem ungemein mißfällt.

In der ersten Reihe sehen Sie ein älteres Ehepaar, unauffällig, bieder und feierlich steif wie auf einem Jubiläumsfoto. Das sind Herr und Frau Josef Radke auf ihrer verspäteten Hochzeitsreise. Einer Hochzeitsreise, die vor fünfunddreißig Jahren, als sie sich füreinander entschlossen, von Oma Radke geplant wurde, für die das Geld nie reichte, weil sie das Gesparte immer wieder ausgeben mußten, um eine Arztrechnung zu bezahlen, Mobiliar zu kaufen oder eine Tochter auszusteuern.

Darüber sind sie zu mehrfachen Großeltern geworden. Jetzt haben sie endlich die nötige Summe für eine Italienreise zusammen. Opa Radke hätte sie zwar lieber zur Anschaffung von neuem Werkzeug verwandt, aber Oma bestand auf der Erfüllung ihres Jugendwunsches ... und ihm blieb nichts anderes übrig, als mitzufahren.

Im Hintergrund sehen Sie noch mehrere Ohren, Haarlocken, Brillen und Zigarettenschwaden. Die gehören zu den jungen, unternehmungslustigen Neumanns, zur schwerhörigen Frau Küßnich, zur üppigen Frau Peters und zu jenen „ferner Mitfahrenden“, die alle vorzustellen zuviel Geduld von Ihnen fordern hieße.

Der Fensterplatz neben Jou ist leer. Sein Besitzer wird erst in München zusteigen.

3. Kapitel

Jous Platznachbar

Die Polster eines Busses müssen Mohnsamen enthalten. Anders ist die unersättliche Schlummerlust seiner Insassen gar nicht zu erklären.

Einzig Jou kann nicht schlafen. Ihre Gedanken laufen sich wunde Füße auf dem Wege nach Berlin zurück. Sie beschäftigen sich mit dem Tierarzt Hans Fichte und seinem Dackel Erwin. Beide bilden seit einem Jahr das einzige Stückchen Solidität in ihrem überaus modischen Leben, in dem sie nicht unter ihrem reiztötenden bürgerlichen Namen Sieglinde Knopf, sondern als „rätselhafte Jou" bekannt ist. Sie wünschte, Hans Fichte säße jetzt neben ihr. Aber er wollte sie partout nicht nach Italien begleiten.

„Kindchen, ich kann meine Praxis nicht allein lassen. Und außerdem, wozu soll ich mir für teures Geld und etliche Strapazen angucken, wie die Zitronen von unserem Kaufmann aussahen, als sie noch auf italienischen Bäumen hingen? Nee, nee, laß mich man hier. Fahr allein, aber such dir bitte eine Reise aus, bei der du ständig auf der Achse bist, damit kein Mann Gelegenheit findet, dich intensiver zu umbalzen."

Er brachte sie heute früh zum Bus. Als er den gutaussehenden Reiseleiter sah, radierte ein plötzliches Mißtrauen alle Fröhlichkeit aus seinem Gesicht.

„Fährt der Kerl da etwa auch mit?"

„Ach ..." Und seine Miene verriet, daß er sich einen Reiseleiter bedeutend anders vorgestellt hatte: weniger brünett, mehr mausgrau.

Und dann fuhren sie ab. Hans Fichte stand zwischen den winkenden Zurückbleibenden. Regen rann über sein ehrlich besorgtes Gesicht, und in der Hand hielt er einige Tüten, in denen sich Reiseproviant für Jou befinden mochte.

Lieber, lieber Hans ... Aber das bißchen Besorgnis schadete ihm gar nichts. Warum hat er sie nicht nach Italien begleiten wollen!? Warum ist ihm seine Praxis wichtiger gewesen!?

Es gießt in Strömen, als sie das laternen- und reklameglitzernde München einnehmen. Herr Florian greift zum Mikrophon und zerreißt die Träume der Schlafenden mit der Bemerkung: „Am Hauptbahnhof halten wir eine Viertelstunde. Dort steigt unser Hamburger Komplice zu."

Aus Hamburg also stammt ihr Platznachbar. Jou freut sich, denn sie selbst ist in Altona aufgewachsen. Ihre Eltern und ihr Bruder wohnen noch heute dort.

Der Bus hält mit sanftem Ruck und Innenlicht. Gerappel und zerknitterte, verschlafene Töne auf allen Sitzen. Florian schlingt sich einen sandfarbenen Schal um den Hals und springt in den Schnürlregen auf der Suche nach dem Zusteiger.

Dieser steht mit hochgezogenen Schultern unter einer Laterne, Koffer und Aktentasche an seine Schienbeine gelehnt – nach dem schmalen Rücken zu urteilen, ein sehr junger Mann, das heißt: mehr noch eine Schaufensterpuppe aus dem Warenhaus. So steif und funkelnagelneu wirkt seine Kleidung.

Florian spricht ihn an.

Der junge Mann nickt, zieht seine Schirmmütze aus hellem Popeline von einem Bürstenhaarschnitt – und Herr Kümmel erschrickt über Jous totenbleiches Gesicht.

„Was haben Sie denn, Fräulein Knopf? Ist Ihnen plötzlich nicht gut?"

„Das Beste ist frische Luft", rät Fräulein Herzberg. „Soll ich Sie hinausbegleiten?"

„Danke", sagt Jou, „dagegen hilft keine frische Luft."

In diesem Augenblick erklettert der Neue die Vorderstiege des Busses und schaukelt verlegen-forsch durch die

Sitzreihen. „Hei, Siegi", winkt er in Jous starres, bleiches Gesicht. „Ischa woll eine Oberraschung, nöch?"

Sie ist ein gutmütiger, geduldiger, stets freundlicher Mensch. Manche behaupten sogar, sie sei ein Schaf. Es gibt nur einen Menschen auf dieser Welt, dem es bisher gelungen ist, das gutmütige Schaf Sieglinde in eine Tarantel zu verwandeln. Und das ist ihr achtzehnjähriger Bruder Giselher, der letzte Namensträger des Stammes Knopf aus Altona.

„Gisel", knurrt sie, „ausgerechnet du! Und ich habe mich so auf diese Reise gefreut!"

„Du wirst lachen, ich auch", sagt er und knetet sich an ihren eisernen Knien vorbei zum Fensterplatz, hängt seinen Mantel auf, tastet die Taschen seiner senfgelben, imitiert ledernen Jacke ab und fragt: „Hast du eine Zigarette für mich?", fragt so lange und so laut, bis Herr Kümmel ihm sein Etui reicht.

„Er ist mein Bruder", sagt Jou und bufft in Giselhers Rücken. „Stell dich gefälligst dem Herrn vor!"

„Angenehm. Knopf, Hamburg. – Na, denn woll'n wir mal sehen, was uns dieses Italien zu bieten hat!" Es gelingt ihm, seine Magerkeit so weit auszubreiten, daß sie noch ein Viertel des schwesterlichen Sitzes mitbelegt.

Sobald sich der Bus in Bewegung setzt und sein Brummen das vielohrige, neugierige Schweigen um sie her geschluckt hat, beginnt Jou mit dem Verhör. „Nun sag bloß mal – so gemein kann doch ein Zufall gar nicht sein. Also, wie kommst du ausgerechnet in diesen Bus?"

„Mein Schwager hat mich dazu eingeladen", grinst er, seinen Sitz in Liegestellung kippend.

„Was für ein Schwager?" Jou guckt verständnislos.

„Dumme Frage. Dein Freund Fichte aus Berlin. Ich denke, ihr –"

„Mein Hans?"

Jou hat plötzlich böse, rote Funken vor den Augen. Giselher beugt sich vor und tastet die Taschen seines aufgehängten Mantels ab, zieht endlich einen zerknitterten Brief hervor und reicht ihn ihr zusammen mit seiner Stablampe.

„Lieber Giselher", liest sie. „Wir kennen uns zwar noch nicht, aber Siege hat mir schon viel Humorvolles von Dir erzählt. Da ich sie leider nicht nach Italien begleiten kann, aber auch nicht möchte, daß sie allein fährt, wollte ich Dich bitten: Sei am 7. September, abends 8 Uhr, in München vor dem Hauptbahnhof. Im Reisebüro ist man davon unterrichtet, daß Du dort in den Bus aus Berlin zusteigen wird. Sei aber pünktlich, Junge! Anbei das bezahlte Gutscheinheft für die Reise und hundert Mark extra. Paß gut auf Sieglinde auf, damit erweist Du mir einen großen Dienst. Sie hat natürlich keine Ahnung, daß Du mitfahren wirst. Zeig ihr auf keinen Fall diesen Brief.

Alsdann – viel Spaß
Dein
Hans Fichte."

Jou knipst die Lampe aus und verbraucht all ihre Vorräte an Selbstbeherrschung bis zum letzten Gramm. Sie reichen gerade aus, um sie vor einem die anderen Fahrgäste irritierenden Zornesausbruch zu bewahren. Sie sagt nur:

„Giselher, warum hat dir dein Meister bloß Urlaub gegeben!"

„Hat er gaa nich, ich hab kündigen müssen. Es findet sich eher eine neue Lehrstelle wie ein Dummer, wo mich umsonst nach Italien einlädt."

Danach schweigen sie mehrere Kilometer lang. Giselhers Zigarette zieht großartige Glutarabesken durch die Dunkelheit.

Nachdem er sie aufgeraucht hat, holt er sein Taschentuch hervor, entfaltet es schlenkernd und ...

„Giselher!"

„Na, und?"

„Was riechst du denn? Hast du dich parfümiert?"

Er schnüffelt wohlgefällig an seinem Taschentuch und an den Aufschlägen seiner Jacke. „Meerkt man das?"

In diesem Augenblick wendet sich Elfi Düvenasch nach ihnen um. „Ihr Brüderchen, Fräulein? Und Sie haben nichts davon gewußt, daß er mitfahren wird? Aber das ist doch sicher eine Freude, was?"

„O ja –"

Um Mitternacht meldet Jou vom Garmischer Hotel ein Gespräch nach Berlin an. Hans Fichte findet dabei keine Gelegenheit, zu Worte zu kommen. Am Schluß ihrer zornigen Rede sagt sie: „Wenn du glaubst, ich hätte einen moralischen Aufpasser nötig, werde ich dafür sorgen, daß der Aufpasser auch zu tun kriegt. Seine Fahrkarte wäre ja sonst rausgeschmissenes Geld. Unser Reiseleiter ist wirklich ein gutaussehender Mann. Gute Nacht."

Etwas später, in der Dunkelheit des nach Heu und Regen und Sauberkeit duftenden Hotelzimmers, tut ihr der Anruf bereits leid. Es tut einem immer hinterher leid, wenn man das beschimpft hat, was man am meisten liebt ... aber nichts auf der Weit beschimpft man meistens so sehr wie das, was man liebt. Außerdem hat sie vergessen, sich nach Erwin zu erkundigen. Das tut ihr auch leid.

In Berlin hängt Hans Fichte zögernd den Hörer ein. Jous fernmündliche Drohung aber klirrt in seinem Ohr fort – und er fühlt sich über die Maßen bedrückt.

„Tja, Erwin", sagt er zu dem Dackel, der vor ihm auf dem blankgebohnerten Boden des Sprechzimmers hockt. „Da hat sich dein Papi aber was Kluges eingebrockt!"

Der Dackel wedelt, weil Wedeln immer das Günstigste ist, wenn man nicht begreift, warum der große, zweibeinige Leithund plötzlich in ernstem Tonfall mit einem spricht.

„Was machen wir nun?"

Aber Erwin weiß es auch nicht. Vielleicht Spazierengehen oder Ringspielen? Er holt einen zerkauten, blauen Gummireifen vom Flur und erlebt eine Abfuhr. „Laß mich in Frieden, Kleiner, ich muß nachdenken."

‚Wenn du glaubst, ich hätte einen moralischen Aufpasser nötig, werde ich dafür sorgen, daß der Aufpasser auch zu tun kriegt. Unser Reiseleiter ist wirklich ein gutaussehender Mann.'

„Oijehoijeh –", seufzt Hans, zehnfingrig und in vollendeter Ratlosigkeit seinen Kopf kratzend. Er ist zwar unerfahren im Umgang mit Frauen, aber naiv genug, um jede ihrer Drohungen für bare Münze zu nehmen, ganz besonders dann, wenn es sich um diejenige eine Frau handelt, die er lieb genug hat, um ihr einmal sein kostbares Junggesellenleben zu opfern.

Plötzlich springt er auf. Alle Flaschen, Instrumente und Scheiben der weißen Schränke klirren gestört. Er läuft zur Tür, schliddert den Gang entlang zur Küche, zerrt den verstaubten Koffer aus seinem jahrelangen Ruhestand auf dem Besenschrank, stolpert über Erwin, der ihm gefolgt ist, stößt einen Stuhl um, erschrickt vor seinem eigenen ungeahnten Temperament, mit dem er Schranktüren aufreißt und Kleidungsstücke samt Bügel um sich streut, und verharrt endlich in düsterer Hilflosigkeit, auf das schüchterne Aufflackern seines Verstandes wartend, denn – sooo geht es wohl nicht.

„Vater muß logisch denken, Erwin“, sagt er und sieht sich suchend nach ihm um. „Wo steckst du denn?“

Der Hund kommt hinter der Couch hervor. An seinem mißtrauischen Zögern kann Hans ermessen, wie sehr er selbst während der letzten Minuten gewütet haben muß. „Ja, sieh mal, Dackel, dein armer Papi muß nämlich leider nach Italien reisen, unsere Zukunft retten.“

Er geht in die Knie und betrachtet nachdenklich das bißchen rauhe Fell mit den blanken Korinthenaugen. Seit vier Jahren folgt ihm Erwin in kritikloser, unerschütterlicher Sancho-Pansa-Treue.

„Kleiner“, sagt er bedrückt, „wo soll ich dich bloß hingeben, während ich in Italien bin?“

4. Kapitel

Man fährt sich langsam ein

Petrus muß seinem Himmel den Rat gegeben haben, den sonst gute Freundinnen betrübten Freundinnen zu geben pflegen. „Heul dich mal tüchtig aus, dann wird dir besser."

Der Himmel über Bayern und Österreich heult seit dem Morgen. Ohne Schnaufpause. Unser Bus rollt durch tiefverhangene, sauber aufgeräumte Landschaft mit viel nassem Rindvieh und durch geranienumblühte, barockbeschwingte, tröpfelnde Spielzeuglieblichkeit. Von den Bergen rechts und links sind nur die bewaldeten Zehen und in sehr lichten Momenten auch einmal die Knie zu sehen. (Nur auf Ansichtskarten ist das Panorama immer vollzählig versammelt.)

Während der Wagen zwischen schluchtenreichen, eng ineinandergeschobenen Kulissen über die Brennerstraße aufwärts brummt, weht lauer Tauwind durch sein Inneres und schmilzt die letzten Eisschollen der Fremdheit. Man tauscht bereits die Fotos der zurückgelassenen Kinder, Vierbeiner und Piepmätze. Zu Jous großem Erstaunen zückt auch Giselher seine kunstlederne Brieftasche und reicht ein Bild herum, auf dem vorn ein Rhesusäffchen auf der Schulter eines Matrosen und im Hintergrund das mit lässigem Bordleben angefüllte Oberdeck eines Schiffes zu sehen ist.

„Christoph Columbus hieß der Affe und war das Maskottchen auf dem Übersee-Luxusdampfer meines Vaters. Das Foto wurde kurz vor Ausbruch des Krieges gemacht", erklärt er laut und eindrucksvoll.

„Ach“, staunt der Primus, „Ihr Herr Vater war Reeder?“

Giselher entzieht sich einer Antwort, indem er vorgibt, etwas auf dem Boden zu suchen. Er spürt wohl allzu deutlich Jous Ellbogen zwischen seinen Rippen.

Auf einmal holen die Umsitzenden außer Radkes und Kümmel einen feinen Verwandten hervor, mit dem die sich gegenseitig imponieren können.

„Ein Onkel von mir war Schiffsingenieur bei der Hapag und fünfmal in Amerika“, sagt der Primus mit erhobenem Zeigefinger.

Frau Küßnich, die sich ob ihrer Schwerhörigkeit mehr von den optischen als den akustischen Dingen beeinflussen läßt, ruft, erschrocken auf des Primus' Finger weisend: „Aber Sie müssen was gegen Ihre Warzen tun, mein Herr.“

Er zieht verschämt und sehr plötzlich seine Hand ein.

„Ich weiß ein Mittel, das wirkt garantiert“, sagt Frau Küßnich eifrig. „Sie brauchen bloß bei abnehmendem Mond einen Heringskopf zu verbuddeln und drei Kreuze über Ihre Warzen zu machen, schon gehen sie weg!“

„So'n Quatsch“, brummt Düvenasch, und im gleichen Augenblick ruft Herr Neumann aus der letzten Busreihe:

„Wir wollen ein Lied singen!“

„Am liebsten ‚Das muntere Rehlein‘“, schlägt die üppige Frau Peters vor.

„Nein. Wir singen ‚Was ist des Deutschen Vaterland?‘“, verlangt Düvenasch und räuspert bereits seine Kehle frei.

In der hinteren Busreihe hat man sich jedoch einmütig für „Mariechen“ entschlossen und, das Einverständnis der anderen gar nicht erst einholend, mit dem Singen begonnen.

„Mariechen saß auf einem Stein,
einem Stein, einem Stein ...“

„In München stieg Herr Knopf dann ein, mit viel Gepäck“, kräht Herr Neumann, und man sieht ihm an, wieviel Konzentration ihn das rasche Dichten kostet.

„Vater im Himmel!“ stöhnt Düvenasch, seine Schläfen mit beiden Handflächen stützend.

„Knopf und Mariechen fuhr'n zu Bus, mit Florian,
ei, welch Genuß!
Und Düvenasch war auch dabei – im Bus, im Bus.
Heißt hier übrigens niemand Mariechen?“

Gleich drei weibliche Zeigefinger schnellen in die Höhe. Sie gehören Frau Peters, Oma Radke und der Feldherrin.

„Gut“, sagt Neumann, „dann wird ‚Mariechen‘ zu unserem Bus-Blues ernannt.“

Währenddessen beugt sich Jou zu ihrem Bruder und zischt: „Giselher! Du bist mir ein ganz dammlicher Angeber! Wie kannst du so tun, als ob unser Vater ein Schiff und einen Affen gehabt hätte. Warum sagst du denn nicht die Wahrheit? Warum sagst du nicht, daß er Schiffskoch war? Ist da vielleicht was bei?“

„Nöö, da ist nix bei, und ich hab ja auch gaa nich gesagt, daß er es nich gewesen ist! Oder?“

„Nein, aber du hast so getan ...“

„Man muß immer so tun, als ob man mehr is, wie man is“, erklärt er weise. Sie möchte ihm im Namen ihres prächtigen Vaters eine links und rechts auf die pickligen Backen geben, damit ihm der Hochmut im weiten Bogen aus dem Gesicht fliegt, aber sie sind ja leider nicht allein. „Bluff ist das halbe Leben, Sieglinde. Meerk dir das man.“

Primus nutzt den kurzen Aufenthalt am Brenner, um seine Schmalfilmkamera gleich einem Maschinengewehr über die von kaltem Paßwind durchwehte Grenzstation knattern zu lassen, und Bruder Giselher, dies bemerkend, lehnt sich wie zufällig gegen den schlanken Kühler eines Lancia, wobei er sich so gebärdet, wie er glaubt, daß sich ein gelernter Weltreisender vor seinem Auto gebärden würde.

Am gegenüberliegenden Ufer einer großen Pfütze lauscht Florian mit höflichem Ohr und abgelenktem Auge den Seefelder Urlaubserlebnissen der Frau Küßnich aus dem Jahre Einunddreißig.

Sein abgelenktes Auge ruht übrigens auf Jou. Was für ein reizendes, helles, unkompliziertes Geschöpf sie ist – vielleicht zu hell, zu unkompliziert, um ihn auf die Dauer fesseln zu können. Aber was weiß er denn schon von ihr?

Sie haben kaum drei Worte bisher miteinander gesprochen. Fremdheit, die starke Erinnerung an ihr Zuhause, das sie erst gestern früh verließen – und eine große Pfütze trennen sie noch voneinander.

Wie zufällig fängt Jou seinen Blick auf. Sie lächeln sich rasch zu, und erst beim Fortgucken bemerken beide, daß in ihrem Blick eine unbestimmte Ahnung zitterte.

Uff! denkt Jou besorgt, ich hatte Hans mit unserem Reiseleiter doch nur *drohen* wollen!!

Zur gleichen Zeit, da der Bus aus der Grenzstation rollt und sich von riesigen Agip-Gas-, Wein- und Nähmaschinenreklamen im sonnigen Italien begrüßen läßt, wird Fichtes Auto, dem er beim Kauf aus dritter Hand, von Vaterstolz erfüllt, den Namen „Herzlieb“ gab, in einer Grunewalder Tankstelle auf seine Reisefähigkeit untersucht, telefoniert Hans nach einem Vertreter für die Praxis, beschnüffelt der Dackel Erwin voll Unruhe zwei gedankenlos vollgestopfte Koffer, und Fichtes Assistentin spricht ganz offen von „Wahnsinn, Herr Doktor!“.

5. Kapitel

Ein Hirte und einunddreißig muntere Schafe in Venedig

„Empfiehlt der Republik Venedig, sie möge nie wieder einem Feldherrn so eine unbeschränkte Macht einräumen wie mir. – Erstaunlich einsichtige Feststellung für einen Feldherrn“ sagt Florian, während sie zum drittenmal, den Kopf im schmerzenden Nacken, um das erzene Reiterstandbild des finsteren Colleoni herumtrotten. „Allerdings verliert diese Feststellung an charakterlicher Wucht, wenn man erfährt, daß dieser Condottiere sie nicht während seiner Macht- und Mannesblüte, sondern erst auf dem Sterbebett traf. Sein Reiterstandbild gehört zu den großartigsten, die es gibt, und ist auf Verrocchio zurückzuführen. Schnaubendes Roß und grimmig blickender Colleoni sind ein stolzes, energiegeladenes Eins, sind niederstampfende Rücksichtslosigkeit und – wie bitte, Herr Krause?“

„Wetten, daß sich keina traut, diß Pferd Zucker zu jeben?“

Mit dieser Bemerkung hat der Fahrer genau auf Florians kunsthistorisches Feuer gespuckt, und Kümmel bringt es gänzlich zum Verlöschen, indem er sagt: „Wenn man sich Rüstung und Pferd wegdenkt, dann wird die Ähnlichkeit noch verblüffender. Mit wem wohl?“

„Mit Schwiegerpapachen“, jubelt Rudi, und die Feldherrin ruft:

„Aber genau! So sieht Düvenasch aus, wenn er mit seinen Spaghetti kämpft.“

„Gehn wir weiter“ sagt Florian und marschiert, den wißbegierigen Primus neben sich, vom Platz.

Robert Florian hat es nicht leicht. Er ist nicht nur der vom Reisebüro angestellte Hirte, sondern auch sein eigener ehrenamtlicher Hütehund, der sich beim Zusammentreiben seiner Herde die Zunge aus dem Halse jachelt, denn: dauernd verliert er Frau Küßnich bei Kinkerlitzchenhändlern; ständig werden die Fotografen vermißt; die Feldherrin lockt scheue Katzen um Marktstände herum; Düvenasch (ausgerechnet er) rutscht auf einer Tomate aus und muß von Elfi massiert werden; die üppige, rothaarige Frau Peters verliert einen Absatz; Giselher, der Galante, klopft ihn an einer Hausmauer wieder ein; Krause verhandelt wegen einer versilberten Gondel, die man auch als Anspitzer benutzen kann; und Jou schließlich entdeckt in der Auslage eines Schuhgeschäftes die „Angelos". So jedenfalls heißen die zierlichen, weißen, sehr spitzen Pumps. Jou, noch stark im Portemonnaie, zahlt eilig ihren hohen Preis und behält sie gleich an.

Florian atmet erschöpft auf, als er all seine Schafe endlich auf der größten Empfangshalle Europas, dem Markusplatz, zusammengetrieben hat. Sie verharren sekundenlang in mundoffenem Entzücken, weniger wegen der architektonischen Vollendung der Piazza als wegen der zahllosen Tauben, die sie bevölkern und ihren Lebensunterhalt dadurch verdienen, daß sie sich gegen Futter mit den Vertretern aller Länder und Rassen fotografieren lassen.

Krause guckt sich staunend um. „Diß müssen andre Tauben sein wie bei uns. Die hier klacksen nich, oder sehn Sie was, nee, nich? Diß sind wohl stubenreine Tauben."

Ehe nicht jedes Mitglied des Trupps, von Kopf bis Fuß mit flatterndem, sanftäugigen Getier übersät, geknipst worden ist, kann an einen bildungsfördernden Weitermarsch nicht gedacht werden. Da kommt ein dunkler Glockenschlag vom Campanile dem armen Florian zu Hilfe. Unzählige Taubenflügel rauschen auf, überschatten das Himmelsrechteck sekundenlang mit flatternder Dunkelheit, und man hat jetzt nichts mehr dagegen, den Dogenpalast zu besichtigen.

Vor Jou steigt Bruder Giselher mit der üppigen Peters die breite Treppe des Innenhofes hinauf. Der gelockerte Absatz scheint die beiden einander nähergebracht zu haben. Giselher trägt ihren Fotoapparat und ihre Basttasche, sein Rücken schlenkert vor Selbstbewußtsein wie ein elastisches S, während er ihr gestenreich von seinen engen Beziehungen zu berühmten Filmstars erzählt.

Daß Giselhers Geltungsbedürfnis ihn zu den schamlosesten Lügen hinreißt, ist Jou seit Jahren bekannt. Es wundert sie nur das Entzücken, mit dem die um mindestens zwanzig Jahre ältere Frau Peters ihm zuhört.

Jetzt treten sie auf die hohe Galerie des Dogenpalastes hinaus. Unter ihnen leuchtet die Piazetta. Wie meisterhaft der Zufall die leuchtend bunten Kleider der Frauen auf dem sonnenhellen Rechteck vertupft hat!

Der Primus bleibt zurück. Er beugt sich über die Brüstung und lächelt, souverän ...

„Nun kieken Se bloß ma, Herr Kümmel, wie der komisch abwärts wedelt!“ staunt Krause.

„Pschscht“, flüstert Krümel, ihn sanft weiterziehend. „Primus wedelt nicht. Er winkt huldvoll auf sein venezianisches Volk hinab. Primus spielt nämlich gerade Doge.“ Er sagt das so verständnisvoll, daß weder Krause noch Jou losprusten können. „In jedem noch so nüchternen Bürger steckt halt ein kleines bißchen Romantik und der Hang zur Macht. Es wäre besser um unsere Welt bestellt, wenn alle Menschen ein so friedfertig-romantisches Ventil für ihre Machtgelüste fänden wie unser Primus, nicht wahr?“

Sie nicken nachdenklich, können es sich aber nicht verkneifen, noch einen raschen Blick über die Schulter auf Doge Primus I. von Venezia zu werfen.

„... und darum zieht ihn nachher nicht auf, verstanden?“ sagt Kümmel mahnend, ehe er sich an die Seite des Reiseleiters schiebt. „Ich muß mal mit Ihnen was besprechen, Herr Florian. Wegen unserer verspäteten Hochzeitsreisenden, den Radkes. Schauen Sie, Oma Radkes Sehnsucht hatte fünfunddreißig Jahre lang Zeit, ein Venedig aufzubauen, dem die Wirklichkeit niemals standhalten kann.

Venedig müßte eine leuchtend buntes, blankgeputztes Märchen sein, untermalt von Operettenchören, um sie nicht zu enttäuschen. Sie darf aber auf keinen Fall enttäuscht werden."

„Ich fürchte, sie ist es bereits", meint Florian. „Vorhin sagte sie zu mir, die Leute hier müßten mal dringend ihre Häuser anstreichen – und ob man die Kanäle nicht parfümieren könnte, damit sie nicht so stinken!"

„Hat sie wirklich gesagt?" fragt Kümmel, nachdenklich an der Unterlippe kauend. Und dann schiebt er seinen Arm unter den von Florian. „Ich hab da so 'ne Idee. Ich lass' ein bißchen was springen und mach die Radkes glücklich. Sie sollen nicht fünfunddreißig Jahre umsonst auf diese Stadt gehofft und gespart haben. Die kriegen ihr Venedig, wie es hundertmal in Schlagern rosa vergewaltigt worden ist. Mit allem Drum und Dran. Müssen wir mal besprechen."

„Heute nachmittag" beschließt Florian. „Nach dem Essen fahre ich mit den Badewütigen zum Lido rüber, aber so gegen fünf bin ich wieder hier. Schlage vor, wir treffen uns dann in der ‚Città di Milano'. Abgemacht?"

„Abgemacht. Aber – Florian! –, daß mir keiner erfährt, wer den ganzen Zauber inszeniert!"

6. Kapitel

Die neuen Schuhe

Es ist nicht ganz zufällig, daß Jou auf dem endlosen Lidostrand gerade vor ihm liegt, flach ausgestreckt, ein bißchen Türkis und sehr viel braune, samtene Haut. Ihr helles Haar berührt fast seine sandigen Zehen, und Florians Phantasie ist sehr unternehmungslustig, während er äußerlich unbeweglich dahockt und vor sich hinzudösen scheint. Sieglinde Knopf, geboren an einem 27. Februar in Hamburg-Altona, Augenfarbe Braun, besondere Merkmale keine ... Er hat ihren Paß am Brenner genauestens studiert.

Giselher beschränkt sich nicht auf stummes, phantasievolles Betrachten. Er hat ein Spiel erfunden – kein besonders originelles, aber immerhin ermöglicht es ihm, sich den üppigen Formen seiner Angebeteten nicht nur in Gedanken, sondern auch körperlich zu nähern: mit beiden Händen und schwitzendem Eifer schnippt er heißen, muschelhaltigen Lidosand auf Marie Peters, die ihn kichernd gewähren läßt.

Die Verliebtheit eines männlichen Wesens – egal, ob es dem eigenen fortgeschrittenen Jahrgang entspricht – hat noch jeder Frau gutgetan.

Nur Marie Peters' rotes, feixendes Gesicht schaut noch aus dem üppigen Sandgebirge, und der Schöpfer dieser drallen Mumie steht ein wenig ratlos davor.

„Nu schütteln Sie sich mal!" sagt er.

„Warum?" fragt Marie.

„Weil ich sonst nichts mehr von Ihnen sehen kann!"

Florian beugt sich über Jou.

„Ihr Bruder scheint für Rubenssche Formen zu schwärmen", flüstert er.

„Wieso für Rubenssche? Mir kommt's eher so vor, als ob er sich in die Peterssche verguckt hat", gibt sie zurück.

Au! Der Kunsthistoriker fühlt einen winzigen Stich – aber nur sekundenlang. Es ist doch ganz gleichgültig, ob sie die Gemälde eines fleischfreudigen Malers namens Rubens kennt oder ob sie nicht. Sie ist so hübsch ...

„Ich bin um fünf mit Kümmel in Venedig verabredet. Wir wollen das Festival Radke besprechen. Kommen Sie mit?"

Weniger die Besprechung mit Kümmel reißt Jou aus ihrer langausgestreckten, besonnenen Faulheit als die Aussicht, mit Florian eine Überfahrt lang nach Venedig allein zu sein. Ganz allein, ohne dreißigstimmigen Anhang. Wie Privatreisende. Wie zwei Menschen, die Venedig als dekorativen Hintergrund für ihre Verliebtheit gewählt haben.

Solche Vorstellung ist natürlich waghalsig und, wenn Jou bedenkt, daß sie Florian erst wenige Tage kennt, auch ausgesprochen verfrüht – und wenn sie an Hans Fichte denkt, also, dann kann man sie nur noch als blanke Sünde bezeichnen.

„Ich bin ja verrückt", sagt sie beim Anziehen in der Badekabine vor sich hin, obgleich Selbstgespräche sonst nicht ihr Fall sind – aber leichtsinnige Vorstellungen waren es bisher auch nicht.

Und dann, vor dem schief hängenden Kabinenspiegel, der einen Sprung hat, beim Kämmen ihrer hellen, sandigen Haare, sagt sie noch einmal. „Ich bin verrückt – aber ganz schön eingebrannt."

Vor dem blau-weiß gestreiften Umkleidehäuschen wartet Florian bereits auf sie. „Wir fahren jetzt nach Venedig zurück", verkündet er seiner faulen ölglänzenden Herde, aber kein Schaf rührt sich. Niemand hegt das Bedürfnis, schon jetzt in die Stadt zurückzukehren, und da fügt Florian erleichtert hinzu: „Also dann – pünktlich heut abend um halb acht im Hotel."

Auch Giselher hat sich nicht gemuckst. Marie Peters' überreife Gegenwart läßt ihn vergessen, daß er auf dieser Reise die Funktionen eines Sittenpolizisten bei seiner Schwester auszuüben hat.

So laufen Florian und Jou zur Straßenbahn, und Jou verhält sich dabei sehr wortkarg. Aber ihr Schweigen ist diesmal nicht mehr mit leichtsinnigen Vorstellungen verschwenderisch angefüllt. Sie trägt einen wehen Ausdruck über der Sonnenbräune, und all ihre Gedanken kreisen schmerzlich um ihre Füße. Oh, die verflixten, hochhackigen, eine halbe Nummer zu kleinen, teuflisch am Hacken und am Ausschnitt brennenden Angelos!

Wenig später lehnen sie nebeneinander an der Reling des vollbesetzten Dampfers, der sie zum dunstigen, pastellfarbigen Profil der Stadt hinüberbringt, und Florian sagt:

„Irgendein geistreicher Mann hat Venedig einmal als ein steinernes Schiff bezeichnet, das seit dreizehn Jahrhunderten vor Anker liegt. – Wir haben noch eine halbe Stunde Zeit, und da dachte ich, wir steigen einmal tief in dieses Schiff hinein. Denn wer nur erster Klasse Markusplatz fährt, lernt Venedig nicht wirklich kennen."

„Au fein", lächelt Jou gequält, dankbar für die Mühe, die er sich um ihre Bildung gibt, und darum sagt sie ihm nicht, daß ihr Wissensdrang bedeutend kleiner ist als ihr Wunsch, zu sitzen und die Angelos auszuziehen.

An der Accademia steigen sie aus dem Boot. „Ist es sehr weit bis in das andere Venedig?" fragt Jou.

„Wenn wir rasch gehen, etwa eine Viertelstunde."

Jou besitzt genügend Selbstbeherrschung, um nur innerlich zu hinken. Aber ihre Selbstbeherrschung frißt alles Interesse, das sie mit bequemen Schuhen vielleicht für die beklemmend engen, freudlos riechenden Gassen aufgebracht hätte, in die Florian sie führt.

Schwitzende Mauern mit gefängnisähnlichen Gittern vor viereckigen, schwarzen Löchern. Über ihnen wedelt keine Wäsche mehr. Wäsche, die rhythmisch auf einen niedertropft, gewährt ein Gefühl der Sicherheit, irgendwie.

Diese Gassen sind bedrückend still und tot. Nicht mal ein bißchen hungriges, huschendes Leben – nicht einmal eine Katze in der Katzenstadt Venedig.

„Betrogene Ehemänner hatten es zu allen Zeiten leicht, sich hier radikale Genugtuung zu verschaffen", sagt Florian und – stehenbleibend: „Auch das ist die ‚Perle der Adria'. Ich würde Ihnen so gern die ganze Stadt zeigen, jeden Winkel – was haben Sie denn?"

„Meine Füße", flüstert Jou. „Die neuen Schuhe brennen so."

Einen Augenblick lang schaut er sie mit den unwillig-erstaunten Augen eines Menschen an, der fähig ist, über seine eigene Wißbegierde jegliche körperliche Beschwerden zu vergessen, und von denen, die er an seinem Wissensschatz teilnehmen läßt, das gleiche erwartet. Doch dann siegt das Mitleid mit ihren Füßen, siegt der bloße Anblick ihres reizenden, schmerzverzerrten Gesichts über seine eigene, leichte Gekränktheit.

„Armes Mädchen! Soll ich Sie tragen?" Und als sie nur ein bißchen erschrocken den Kopf schüttelt, fügt er lächelnd hinzu: „Ich täte es sehr gern!"

Und ich fänd's auch herrlich, gesteht ihr Blick. Das ist ja das Schlimme!

„Bis zur Trattoria werd ich schon noch laufen können", sagt sie laut.

Aber seinen stützenden Arm nimmt sie gerne an. Und lehnt ihr gesamtes Gewicht darauf – und auch ein bißchen mehr als ihr Gewicht, was soll sie machen? Zu Hause hätte sie sich zurückhaltender benommen. Es muß an Italien liegen. Sie befinden sich erst am Anfang von Italien.

Du lieber Gott, was soll daraus noch werden!?

Gustav C. Kümmel hat bereits eine Languste verzehrt, als sie die „Città di Milano" erreichen. Sein rundes Gesicht ist noch ganz verklärt vom Nachgenuß. Während die beiden Männer das Festival Radke besprechen, kühlt Jou ihre brennenden Füße auf dem Steinboden, trinkt Campari mit Zitrone und Eis nicht etwas, weil er ihr schmeckt, sondern weil Florian ihn auch bestellt hat – und studiert schweigend seine gemessen gestikulierenden Hände. Dunkel, schmal und klug sind sie – genau wie sein Kopf. Und was für unverständlich gebildetes Zeug er mit Kümmel schwätzt, wenn sie einmal vom Thema Festival abschweifen!

Jou kennt schon viele Arten Mann: den grundehrlichen, korrekten, amusischen vom Schlage ihres Vaters; den jovial lärmenden, reichen Fabrikanten, vor dessen zwickfreudigen Händen sie sich in acht nehmen muß. Sie hat unter dem breitschultrigen Selbstbewußtsein ihres Chefs gelitten und gelernt, um elegante, hübsche Windhunde einen Bogen zu machen. Das schwarze Bärtchen unter den schnaufenden Nüstern des kleinbürgerlichen Don Juans ist ihr auch nicht mehr neu. Die herzlich-heitere, unbeschwerte Jungenhaftigkeit eines Hans Fichte hat sie liebengelernt.

Aber noch niemals ist Jou mit einem Feingeist vom Schlage Florians in Berührung gekommen. Sie fühlt sich dumm und ungebildet neben ihm, aber weil er zu allem Wissen auch noch wunderschöne melancholische Augen besitzt, empfindet Jou ihre geistige Unterlegenheit ihm gegenüber nur als angenehm.

„He, Mädchen", sagt Herr Kümmel und stupst sie freundlich an, „träumen Sie schön? Wir wollten Ihnen gerade das Festprogramm für heute abend vorlesen. Überschrift: Radkes verspätete Hochzeitsreise. Apropos Hochzeitsreise: Mein Vetter hat seine dreimal nach Venedig gemacht. Er war seinen Prinzipien immer treuer als seinen Frauen."

„Ich verstehe überhaupt nicht, warum diese Stadt für Flitterwochen prädestiniert ist", sagt Florian. „In verliebtem Zustand spielt die Umgebung doch gar keine Rolle. Man sollte vielmehr hierherfahren, wenn man Liebeskummer hat. Venedigs Romantik ist ohne Sentimentalität. Und in die grüne Brühe seiner Kanäle springt nicht mal der leidenschaftlichste Selbstmörder."

„Sehr weise gesprochen", grinst Kümmel von Jou zu Florian, von Florian zu Jou. „Aber in verliebtem Zustand ist es doch auch ganz hübsch hier, wie?"

Da schaut der Reiseleiter sehr sachlich auf die Uhr an seinem Handgelenk. „Höchste Zeit für mich, wenn ich noch die Musikanten und die Gondel für heute abend bestellen will. Wollen wir gehen?"

„Wollen schon", sagt Jou und fummelt verzweifelt unter dem Tisch. Die beiden Männer sehen sie verständnislos an.

„Wegen der Angelos", wispert sie. „Ich kriege sie beim besten Willen nicht mehr an."

Kümmel und Florian lugen forschend unter das Tischtuch. Ein Segen, daß Jou ihre Füße vor der Reise noch kunstvoll herrichten ließ. Samtpfötchen hatte die Pediküre sie genannt, jeden einzelnen Zeh freundschaftlich geschüttelt und ihm gute Reise gewünscht. Aber – geschwollene Samtpfötchen? Jou zieht sie schamhaft unter den Stuhl.

Nach ratlosem Schweigen sagt Florian: „Warten Sie hier, ich bin gleich zurück." Kümmel geht mit ihm. Am Ausgang der Trattoria sehen sich die beiden noch einmal um.

„Was für eine Schuhgröße haben Sie?" ruft Kümmel.

„Neununddreißig!", seufzt Jou. „Warum?"

„Wie?"

„Neununddreißig!" Sie schreit die Zahl voll Trotz, denn Trotz ist bekanntlich der aggressive Komparativ von Scham.

Da sitzt Jou nun, gekettet an ihre barfüßige Ratlosigkeit, und muß an Hans Fichte denken. Wie herzlich würde er ihre augenblickliche Situation genießen.

Die Nebentische füllen sich. Von den Stühlen um sie herum grinst man ohne jedes Taktgefühl auf ihre bloßen Füße, und Florian und Kümmel kommen nicht wieder. Eine Viertelstunde wartet Jou.

Dann reicht es ihr.

Sie sammelt die Angelos auf und erhebt sich. Florian hat zwar gesagt, sie möchte den deutschen Touristen im Ausland würdig vertreten. Wer aber erkennt an ihren bloßen Füßen, daß sie Deutsche ist, sofern sie den Mund hält!

Jou stolpert über das unebene Pflaster und zerdrückt ein Wimmern zwischen den Zähnen, als sie auf einen glühenden Zigarettenstummel tritt. Um sie ist das unvergleichliche, zart verwischte Pastell Venedigs: smaragdgrüne Kanäle, weiße Filigranbrücken, schläfrige Palazzi von verblichenem Gelb und Erdbeerrot, blau-weiße Gondelpfähle, schwarze Gondeln, blühende Balkone, tiefe Schatten und helle Sonnenstreifen ... Aber Jou sieht nur die lebhafte Schadenfreude auf den Gesichtern der Entgegenkommenden.

„He, Knöpfchen! Fräulein Knopf!" Ihr Rücken wird mit aufgeregtem Geschrei bombardiert: Kümmel und Florian. Florian erreicht sie zuerst. Er greift in ihren Handtaschenbügel wie in den Zügel eines durchgehenden Pferdes.

„So warten Sie doch!"

Jetzt ist auch Kümmel – Wangen, Doppelkinn und Bauch in keuchender Bewegung – herangekommen. Er wickelt im Laufen eine weißlackierte Holzsandalette aus und stellt sie vor Jou aufs Pflaster. „Wir konnten doch nicht so schnell was Passendes finden!"

Jou ist nicht mehr böse auf die beiden. Ihr ist weinerlich zumute. Vor Rührung über ihren Einkauf und auch, weil ein Holzpantoffel mit einem breiten Riemen aus hartem Leder für einen mit Blasen und schmerzhaften Schwellungen bedeckten Fuß ein wahres Martyrium bedeutet.

7. Kapitel

Eine gute Fee namens Kümmel

Oma Radke ist sehr müdc, als sie gegen halb acht Uhr das Hotel betritt. Sie sagt, sie wolle nach dem Abendbrot gleich zu Bett gehen. Opa ist der in Öl gebackene Fisch nicht bekommen. Kümmel zeigt sich darob sehr beunruhigt.

Er lotst die beiden in die Hotelhalle und bestellt einen Mokka für Oma und einen Magenbitter für Opa, und dabei sieht er sie beschwörend an: Macht mir bloß keinen Strich durchs Festprogramm! Jous Aufgabe ist es, den beiden möglichst unauffällig einzuschärfen, daß sie nicht vor ein Viertel nach acht im Speisesaal erscheinen dürfen.

Die übrigen Bus-Mitglieder versammeln sich schon vorher. Sie tragen sämtlich ihren nur leicht vom Aufenthalt im Koffer zerknautschten Sonntagsanzug und strahlen einmütig, weil Freude bereiten, die ein anderer finanziert, reinste Freude ist.

Punkt Viertel neun tritt Opa Radke auf – mit unbehaglichem Gesicht, woran sein guter Anzug, aber auch die Peinlichkeit, die Reisegenossen schon vollzählig vorzufinden, Schuld tragen mag. „Nun, komm schon, Mutter“, tuttert er in Richtung der Halle. „Wir sind die letzten.“

Kümmel winkt Florian zu, worauf dieser seinen Stuhl zurückschiebt und auf Radkes zugeht. Er überreicht jedem mit feierlicher Verbeugung eine frisch aufgeblühte Gardenie.

Opa hält die seine verdattert und mißtrauisch wie einen feuergefährlichen Gegenstand mit steifem Arm von sich. Oma zeigt sich bedeutend gewandter. Sie schiebt ihre Blüte unter die Granatbrosche an ihrem spitzen Ausschnitt, läßt sich von Florian die Hand küssen und lächelt dabei so reizend und huldvoll wie Königin Elisabeth beim Empfang ausländischer Wichtigkeiten. Sie ist völlig der unerwarteten Situation gewachsen, nur mit Opa hat sie Ärger.

„Ins Knopfloch, Mann, du mußt sie ins Knopfloch stekken!"

„Mecht erscht ma wissen, fir was", brummt er, äußerst irritiert.

„Herr Radke", sagt Florian, „Sie befinden sich auf Ihrer Hochzeitsreise, und auf einer solchen trägt man eben eine Gardenie im Knopfloch."

„So – nuja – höhö." Er lacht verlegen. „Denn mach se mir man ock an, Mutter."

Als er die feierliche Garnierung seines Platzes mit Lorbeerlaub und weißen, süßduftenden Tuberosen bemerkt, möchte er am liebsten seine arme Verwirrung unter den Arm klemmen und mit ihr ins schützende, stille Grau der Nichtbeachtung flüchten, aber Oma, die seine Reaktionen in fünfunddreißig gemeinsamen Jahren genau studieren konnte, Oma hält ihn noch rechtzeitig am Ärmel fest.

Ihr runzliges Gesicht hat die Freude reizend geglättet und rosig überpudert. „Nun sieh doch, Vater, wie schön! Wer hat sich denn das für uns ausgedacht?"

Alle lachen so selbstgefällig, vor allem Düvenasch und Bruder Giselher, daß sie annehmen muß, es sei die Idee jedes einzelnen gewesen. Nur Kümmel ribbelt unbehaglich-aufgeregt an seiner Serviette.

Der Ober schenkt jedem ein Glas Sekt ein, und Florian, bis an die Schläfen dunkelrot, sagt etwas Kurzes, Einfaches, Freundliches, das auch Opas schlichtem, schlesischem Herzen behagt. Seine Bartspitzen zittern ein bißchen ... einziger sichtbarer Ausdruck seines aufgewühlten Innenlebens.

Darauf kommt die Suppe.

Zum Nachtisch wird Gelati, Obst, Käse und Rotwein serviert, und zum Mißfallen aller erhebt sich Herr Düvenasch.

„Liebes, verehrtes, betagtes Hochzeitspaar! Anwesende! Mit tiefer Freude stelle ich fest ..."

„O Herr, laß es ihn kurz machen", murmelt Kümmel in seine Serviette. „Ich kriege bei Tischreden so oft das verkehrte Lachen."

„... stelle ich also mit tiefer, bewegter Freude fest, daß unsere kleine Überraschung gelungen ist. Ä-hüm. Vor fünfunddreißig Lenzen, als unser lieber, verehrter Radke aus seiner sauberen, lieblichen Heimat Schlesien als braver Handwerksbursch nach Berlin kam, um in dieser Weltstadt sein Glück zu machen, begegnete er einem adretten jungen Mädchen namens Marie – unser lieben, verehrten, noch immer hübschen Oma Radke – dort sitzt sie!"

Leidenschaftlicher Applaus. Florian schaut nervös auf seine Uhr – die Musikanten werden gleich kommen. Krause erhält einen mahnenden Schubs von Frau Küßnich, weil er sein Eis weiterlöffelt. Kümmel guckt sehnsüchtig nach seinem Weinglas. Oma tupft Tränen der Rührung in ihr Taschentuch, und Opa ist sehr mulmig ums Herz, weil Düvenasch sein geliebtes, verlorenes Schlesien erwähnt hat ...

Auf langwierigen Umwegen über das Kaiserreich, Gerhart Hauptmann und seine eigene Militärzeit findet Düvenasch endlich zum Tisch und zu Radkes zurück. Er beschließt seine Rede mit einem dreifachen zackigen „Hipp Hipp Hurra!" und anschließendem „Hoch soll'n se leeeben!".

Oma springt auf und drückt ihm entzückt die Hände. „Lieber Herr Düvenasch, Sie guter Mensch, Sie! Was haben Sie meinem Mann und mir für eine stilvolle Freude bereitet, nicht wahr, Josef?"

Düvenasch läßt sich feiern, und Kümmel grinst stillvergnügt in sich hinein. Jetzt hebt er ein wenig den mächtigen Kopf, und ein Ausdruck herzlicher, mitfühlender Sympathie macht sich auf seinem grobklugen Gesicht breit, denn ...

... Opa Radke hat sich erhoben und stottert seinen Dank. Er mecht sich woll erlauben, allen einen Schnaps zu schpendieren.

Sie lehnen lärmend ab, auch – notgedrungen – diejenigen, die ihn gern angenommen hätten.

Und in diesem Augenblick erscheint das von Florian engagierte Zwei-Mann-Orchester, operettenhaft-venezianisch verkleidet, um Opa und Opa Radke zum Hotelkai zu begleiten.

Es zupft und knautscht den Hochzeitsmarsch von Mendelssohn. Unser Pärchen schreitet Arm in Arm ihm nach, die anderen schließen sich an. Venedig strömt aus den umliegenden Gassen in Scharen herbei, um begeistert Beifall zu johlen, Hunde bellen wütend durch ihre Maulkörbe, Hotelgäste klatschen amüsiert, es ist ein großartiger, internationaler Radau!

Am Kai schaukelt eine weiß ausgeschlagene, nur leicht zerschlissene Hochzeitsgondel, phantasievoll mit Teppichen und Troddeln, mit Schleifen, Lämpchen und Blumen wie eine gute Stube zu Pfingsten ausgeschmückt. Ihr bunter Laternenbogen spiegelt sich im lackschwarzen Canale. Es ist ein so hinreißend gefühlvoller Anblick, daß Oma nur noch selig seufzen kann.

Der Gondoliere – mit roter Nelke am weißen, blusigen Hemd – hilft ihr galant in die leise schwankende Pracht. Opa stolpert verwirrt hinterdrein. Die Musikanten springen nach, und Giselher möchte auch, aber Florian reißt ihn barsch am Arm zurück.

Die Gondel stößt vom Kai ab und entgleitet sanft, mit rhythmischen Schlägen, in Richtung San Marco.

Bunte Lämpchen. Leiser werdende Mandolinen und Akkordeonmusik. Ein schmelzender Volkstenor. Oma und Opas tapfere Silhouette, das heißt nur ihre Hinterköpfe, ragt aus dieser Bühnenherrlichkeit.

Zuerst haben die beiden noch zurückgewinkt, jetzt nicht mehr. Oma Radke fährt in die große, glitzernde, von schluchzendem Gesang und Mandolinenklang untermalte Stunde ihres Lebens. Opa fährt mit. Für seinen braven, nüchternen Handwerkssinn mag der ganze Zauber ein rührseliger Alptraum sein. Aber wenn er Mutters Seligkeit ausmacht und ihn nichts extra kostet ... er hält fein still.

Sie sind nur noch ein kleines Diadem aus bunten, funkelnden Steinen auf dem schwarzen Wasser, und die Zurückbleibenden stecken ihre Winktücher ein.

Kümmels Arm legt sich schwer um Jous Nacken.

„Da fahren sie hin, unsere geliebten Kinder“, seufzt er wehleidig. „Kaum flügge geworden, verlassen sie das elterliche Nest. Ja ja, wie das Leben so mit uns Alten spielt. War rührend, was? Wie'n Heimatfilm, aber ich glaube, unsere Oma ist glücklich, und das ist die Hauptsache. – Nanu, Mädchen?“ Er guckt ihr erschrocken ins Gesicht. „Was haben Sie denn?“

„Ich – ich heule Rotz und Wasser, Herr – fh – Kümmel.“

8. Kapitel

Tadidadam tadidada

Motorboote zerschneiden, geschäftig rauschend, die schwarze Stille der kleinen Kanäle. Vornübergeneigte, schlafende Palazzi – wie alte Leute mit großer, standesgemäßer Vergangenheit, so unnahbar und stolz verwittern sie. Und wieder eine Brücke, die Gondel gleitet drunter durch ...

Kümmel sagt, er habe über dieser verwunschenen Kulisse einmal einen runden Mond gesehen – es sei bald nicht mehr zum Aushalten schön gewesen. Jetzt genießt er mit stillem Entzücken die schlafende Gruppe Giselher-Peters.

Gisels Kopf ruht weinschwer auf ihren Formen. Von Zeit zu Zeit nickt er selbst ein und vornüber, um jedesmal, wenn ihr rundes Kinn in seine Bürstenhaare stippt, mit unzufriedenem Gesicht zu erwachen.

Beabsichtigt war die nächtliche Gondelfahrt ohne die beiden, aber sobald seine Aufpasserpflicht mit kostenlosen Annehmlichkeiten verbunden ist (Kümmel zahlt ja), erinnert sich Giselher ihrer geradezu vorbildlich. Gerade als sie abfahren wollten, kam er in langen Sprüngen angewetzt und brachte selbstverständlich seine neue, herzliche Bekannte, Frau Peters, mit.

Jou und Florian lehnen auf dem zerschlissenen Staatssitz dieser Kalesche zu Wasser, der eine sehr weit links, die andere rechts. Aber so ein betontes Möglichst-weit-auseinander ist manchmal schon ein halbes Arm-in-Arm. Florian singt leise: „Tadidada tadidadam ...“ – internationaler Hilfstext für diejenigen, die den Wortlaut eines Liedes vergessen haben. Tadidada tadidadam bedeutet nichts und kann doch sehr viel enthalten. Ist so reizvoll wie alles Unausgesprochene.

Jou ist nicht besonders wohl. Man soll eben niemals ein Pfefferminzbonbon auf Chianti benutzen, selbst wenn die Verweigerung eines solchen gegen das erste Touristengesetz: alles anzunehmen, was einem von freundlichen Mitreisenden geboten wird, verstößt. Der Chianti stammte von Kümmel, das Pfefferminz mit leichtem Eau-de-Cologne-Geschmack aus Frau Peters' Handtasche.

Florian ist weniger mit seinem Magen als mit seinem bisherigen Dasein unzufrieden. Im nächsten Leben wird er nicht wieder Kunsthistoriker, o nein. Im nächsten lernt er reicher Mann, gleich von Anfang an. Dann hat er es nicht nötig, sich mit einunddreißig wildfremden Launen und Eigenwillen herumzuärgern, nur um noch ein bißchen Geld nebenher zu verdienen.

„Wenn ich einmal sterbe, dann nur allein. Ganz allein, verstehen Sie? Nicht bei einem Massenunglück. Sonst wählt man mich wieder als Reiseleiter für eigenwillige und launische Seelen, die zum Himmel wollen. Wenigstens seine letzte Fahrt will Robert Florian als Privattourist unternehmen."

Herr Kümmel reicht ihnen – aufmunternd lächelnd – eine Weinflasche. Sie gluckert schon ganz leicht, als Florian sie wie eine Fanfare an den Mund setzt. Jou will nichts mehr trinken, bloß nicht. Sie ist beschwipst genug – zum erstenmal ohne Hans Fichtes fröhlichlärmende Assistenz. Ach ja, Hans – so weit weg in Berlin. Und Florian – sosehr nah ...

Sie rappelt sich tapfer aus ihren lockeren Gefühlen auf und sagt:

„Schade, daß mein Hans nicht hier ist."

„Ihr – Hans?" fragt Florian verletzt. „Ist das der, der Sie zum Autobus brachte?"

„Ganz recht. Ein wundervoller Mann. Tierarzt. Und so zuverlässig!"

Dummes Ding! denkt er ärgerlich. Spricht jetzt von einem andern, obgleich ...

„Ich bedaure auch, daß Eve nicht hier ist", sagt er.
„Eve?" fragt Jou eifersüchtig.
„Nun ja, Eve. Wundervolle Frau. Lektorin in einem Wiener Kunstverlag. Und so zuverlässig!"
Sie sehen sich an. Ampellicht wischt über ihre sonnengebräunten Gesichter.
Jou kichert. „Ach, Florian –"
„Ja?"
„Sind wir schön blau?"
„Zauberhaft blau – und sehr, sehr albern, Jou."
„Ja, sehr, sehr albern ..."
Sie wehrt sich nicht, als er sie in die Arme zieht. Da sind seine Lippen – weich und zärtlich auf ihrer gekühlten Haut. Da ist seine Schulter unter dem geöffneten Hemd, an der ihr Kopf jetzt ruht. Komisch, die dachte immer, Kunsthistoriker hätten vor lauter Bildung gar keine Zeit, sich einen durchtrainierten Körper zuzulegen!
„Die Welt ist voller Wunder", murmelt sie.
„Ja", nickt Florian, und seine Blicke streicheln die leichte, biegsame Weiblichkeit an seiner Schulter fahles Haar, dunkle, samtweiche Haut mit einem feinen Duft nach frischen Himbeeren, ein Kleid, bläulichblaß wie Mondlicht und leise raschelnd ...
„Tadidadam ...?"
„Tadidada ... ?"
„Tadidada ... ?"
„Tadidadam, Florian."
Es ist schön in der verwunschenen Nächtlichkeit der Kanäle. Es ist schön, hier zu sein, jung zu sein. Es ist schön, daß noch Sommer ist, daß alles so ist, wie es ist – ach, Venedig. Zum Büßen hat's morgen genügend Zeit.
„Denken Sie an Ihren Hans?"
„Ja, natürlich. Und Sie? Denken Sie an Eve?"
Florian überlegt einen kurzen, ihre Haut warm streifenden Atemzug lang. „Nein", sagt er dann, „jetzt nicht." Männer sind eben doch ehrlicher als Frauen.
Vor ihnen rumort es, begleitet von zerquetschten Kehllauten: Giselher ist am Erwachen. Er richtet sich aus Frau

Peters' Wärme auf und blinzelt verstört um sich. „Wo bin ich denn überhaupt?“

„In Italien, mein Jung“, sagt Kümmel freundlich.

„Is mein tleiner Hamburger Tschunge aufdewacht?“ fragt Frau Peters wie eine liebe Tante.

... aber Jou hatte einmal einen Onkel, der glaubte, solange er die Babysprache im Umgang mit ihr benutzte, auch ein Anrecht darauf zu haben, sie wie ein Baby auf den Arm nehmen zu dürfen. Ihr Vater brachte ihm darauf gründlich das Hochdeutsche bei.

Sie nähern sich dem Kai zwischen San Marco und Accademia. Die schwarzen, geschwungenen Hälse der Gondeln schwanken zwischen ihren Pfählen. Viele lebendige Stimmen. Ein Musikfetzen. Lachen. Lichter. Das charakteristische Lockgeschrei der venezianischen Gondolieri: „Gondola! Gondola! Scheene Gondola, Lady ... !“

Und Giselher, der sich verpflichtet fühlt, seiner Dame noch etwas anderes als den Anblick seines tiefen, alkoholhaltigen Schlafes zu bieten, grölt: „Das schmeißt doch einen Seemann nich gleich um, so'n lütten, lütten, lütten Buddel Rum ...“

Florian hebt Jou mit einem leichten, doch vielsagenden Armdruck auf ihren Sitz zurück. „Schade“, sagen seine behutsamen Hände. „Aber wir haben ja noch viel Zeit und Italien vor uns“, sagen sie auch.

Kümmels mächtige Gestalt erhebt sich, unsicher schwankend, aus dem plüschverzierten Bootsinneren. Er stapft, würdevollen Suff in der Bewegung, zum Bug der Gondel und steigt aus. Dies geschieht sehr langsam und bedacht, jedoch von leichtem Plätschern begleitet, da einige Augenblicke zu früh.

Sie sind alle zugleich aufgesprungen und gucken fassungslos über Bord.

„Ich glaube, er ist aus Versehen in den Canale getreten“, sagt Frau Peters.

„Und wie korrekt er schwimmt!“

„Sogar mit Hut“, kreischt Giselher, und Florian kommandiert mit Schwimmlehrerstimme: „Eins-zwei! Schön ruhig atmen. Und die Beine nicht vergessen. Soo ist's fein. Und nun noch einmal: eins – zwei –“

Kümmel klettert, die durchnäßte Zigarre noch zwischen die Finger geklemmt, an Land. Er schüttelt sich, sprüht Canale wie eine Fontäne, nimmt seinen Hut ab und betrachtet ihn voll Bedauern – es war ein ganz besonders teurer Hut, er hat aufrichtig an ihm gehangen.

Und endlich blickt er sinnend auf die Gondel hinab, in der sich alle wieder setzen mußten – es lacht sich so schlecht im Stehen.

„Was grölst du, Volk von Venedig“, sagt er mit lauter, salbungsvoller Stimme, „ich tat doch nur, was Unsterbliche freiwillig vor mir taten. Lord Byron, zum Beispiel. Er durchschwamm den gesamten Canale und blieb trotz des penetranten Wassergeschmacks ein Poet.“

Der Weg zum Hotel gestaltet sich zu einem wahren Triumphzug, obgleich sie mit Bedacht die ruhigen Nebengassen wählen.

Gustav Kümmel trieft vorneweg. Seine riesigen, nassen Fußabdrücke auf dem Pflaster erregen das laute Entzükken des ständig wachsenden Gefolges. Oh, diese Italiener verstehen es schon, aus jeder Begebenheit ein Volksfest zu machen – ob es sich nun um den Geburtstag eines Heiligen, ein Begräbnis oder einen nassen Touristen handelt.

Vor dem Hoteleingang verabschiedet sich Kümmel mit der hutschwenkenden Grandezza eines gelernten Heidentenors von seinem Gefolge, und niemand sieht ihm an, wie elend er sich in den kanalschweren Hüllen fühlt, die er wenig später zum Nachtportier hinunterträgt, damit er sie auf eine möglichst schnelle Weise trocknen lasse.

Als Jou ihre Fensterläden aufstößt, um die drückende Hitze ihres Zimmers gegen kühle Nachtluft zu vertauschen, sieht sie Radkes. Sie schlendern Arm in Arm auf den Hoteleingang zu, die verwelkten Gardenien leuchten blaß von Rockaufschlag und Ausschnitt. Oma summt leise und schlenkert mit ihrem Seidenschal. Diese Bewegung wirkt seltsam mädchenhaft und ist Ausdruck einer glücklich-besinnlichen, weinseligen Stimmung. Auch Opa macht einen durchaus zufriedenen Eindruck.

Gustav C. Kümmel hat ihnen mehr als eine nachträgliche Hochzeitsfeier geschenkt. Das Erlebnis dieses Abends löschte die Erinnerung an alles Unerfreuliche, Triste aus, das es auch in ihren gemeinsamen fünfunddreißig Jahren gegeben hatte. Sie sind sich wieder ganz einig.

Jou hockt noch eine Weile mit angezogenen Knien – eingehüllt in viel weißes, weichfließendes, griechisches Nachthemd – auf dem Fensterbrett.

„Tadidadam tadidada ..."

Es hatte bisher keine großen Probleme für sie gegeben. Jou war zufrieden, weil sie keine übertriebenen Erwartungen an das Leben stellte. Jenes Märchen vom Aschenputtel, das einen Königssohn heiratete, hatte niemals Eindruck auf sie gemacht. Auch nicht die erregende Karriere eines Filmstars. Als sie dem stets vergnügten, gutmütigen Hans Fichte (mit Doktorgrad!) begegnete, glaubte sie sich am Ziel ihrer hausbackenen Wünsche. Konnte es ein besseres Glück geben als ihr durchschnittliches, heiteres, ohne große Leidenschaften und Worte?

„Tadidada tadidadam ..."

Und jetzt mußte ihr Robert Florian begegnen und die Schutzhäubchen von all jenen Gefühlen ziehen, die bisher tief und unerkannt in ihr geschlummert hatten. Sie war nicht mehr unbekümmert. Sie war verwirrt, unruhig, ohne Zufriedenheit, voll unbestimmter Sehnsucht, zum Weinen glücklich, zum Lachen unglücklich ... Tadidadam tadidada!

„Tadidadamtata ...", grölt Hans in die nächtliche, kühl durchwehte oberitalienische Landschaft, die sich gegen seinen falschen Gesang nicht wehren kann. Herzliebs Motor brummt dazu.

„Tadidadamtata tadidadamtata ..." Bloß nicht am Steuer einschlafen! Bloß nicht!

9. Kapitel

Venezianisches Nachspiel

Rudi beugt sich unerschrocken über Düvenasch und küßt ihn auf den eisern gefurchten Widerstand seiner Stirn: „Guten Morgen, Papachen." Der Primus schimpft über sein stumpfes Messer und stiehlt das der Feldherrin in der irrigen Annahme, ihres sei schärfer als das seine. Herr Neumann stopft die übriggebliebenen Brötchen in seine Rocktasche; Elfi schreibt zwischen Kaffeeflecken und Tellern noch rasch eine Postkarte, und Jou bekleckert sich mit Marmelade. Kurz: es ist wie jeden Morgen.

Nur Giselher fehlt beim Frühstück. Von seinem Bettnachbarn Rudi erfährt sie die Nummer seines Zimmers und läuft in den zweiten Stock hinauf. Jou muß mit ihrem Bruder ein ernstes Wort unter vier Augen sprechen. Seine Tändeleien mit der um zwanzig Jahre älteren Frau Peters gefallen ihr nicht. Was soll daraus noch werden, wenn er schon jetzt – und dazu freiwillig! – ihre Tasche trägt und seinen Rausch an ihren blühenden Formen ausschläft! Sie befinden sich erst am Anfang der Reise, und allen Untugenden sind während der nächsten zweieinhalb Wochen noch ungeahnte, geradezu bedrohliche Entwicklungsmöglichkeiten gegeben!

Die Tür zu Giselhers Zimmer ist unverschlossen, sein Koffer steht ungeöffnet auf dem Tisch, daneben liegen ein angefangener Brief in seiner Handschrift auf Hotelpapier und Jous Kugelschreiber, den sie seit gestern früh vermißt. Giselher selbst ist abwesend.

Es ist sonst nicht ihre Art, fremde Briefe zu lesen – zumindest würde sie es niemals zugeben.

„Lieber zukünftiger Schwager", liest sie. „Nun sind wir in Venedig, und es ist eine Enttäuschung, muß ich sagen. Keine Autos in der Stadt, nicht einmal ein Radfahrer. Auch mußten wir viele Kirchen besuchen, wo ich mich nicht für interessiere. Lieber Schwager! Sieglinde gefällt die Stadt ja, aber das liegt wohl an unserem Reiseleiter. Die beiden möchten gerne zusammen schäkern, aber, lieber Schwager, mach Dir keine Sorgen, ich beschatte die beiden wie ein Detektiv."

„Mistfink!" knirscht Jou, und ihre Fäuste finden sich in ihren Hüften wieder. Auch wenn Giselher hundertmal recht hat, darf doch Hans nichts von der höllischen Verwirrung, die Florians Nähe in ihr auslöste, erfahren. Gewiß, sie hatte ihn eifersüchtig machen wollen aus Rache dafür, daß er ihr Giselher als Sittenhüter mitschickte. Aber in der Liebe droht man doch meistens nur mit Personen, die einem im Grunde gar nicht gefährlich werden können. Als sie Hans mit dem Reiseleiter drohte, ahnte sie noch nichts.

Jetzt ist alles so ganz anders geworden. Jetzt ist eine Heimlichkeit da, die vor Hans versteckt werden muß, denn ernstlich weh tun möchte sie ihm noch nicht.

Jou greift zum Füller und schreibt auf den gleichen Briefbogen: „Liebling, falls ich wirklich flirten sollte (was ich nicht tue!), so wäre mein Bruder der letzte, der dies bemerken würde. Denn sofern er sich nicht auf anderer Leute Kosten besäuft, steigt er einer Dame nach, die altersmäßig seine Mutter sein könnte. Um mich kümmert er sich überhaupt nicht, und das ist die volle Wahrheit ..."

„Hallo, Sie hier?"

Jou schrickt zusammen, denn hinter ihr steht Florian. Sie spürt Herzklopfen überall, selbst in den Knien. Es ist das erstemal, daß sie beide allein in einem Zimmer sind. Zwischen ihnen liegt die Erinnerung an die Gondelfahrt, liegen die vielen, beunruhigenden Gedanken einer schlaflosen Nacht, verbotene Träume, verwirrtes Erwachen voll unbestimmter Hoffnungen.

„Ich wollte Ihren Herrn Bruder noch einmal persönlich auffordern, sich in der Halle einzufinden. Wir brechen in Minuten auf", sagt Florian.

„Mein – Herr Bruder ist nicht hier", stottert Jou und schaut ihn an. Auch ihr Verhältnis zueinander hat während der nächsten Wochen noch ungeahnte Entwicklungsmöglichkeiten ... „Gehen wir schnell, die anderen warten." Und sie läuft an ihm vorbei durch die offene Zimmertür zur Treppe.

„Sie flüchtet", denkt er, ihr langsam folgend.

Für sieben Uhr dreißig war der Abmarsch vom Hotel festgesetzt. Aber sie können diese Zeit nicht einhalten. Gustav Kümmels Anzug ist nicht aufzufinden und der Nachtportier auch nicht.

Der Tagesportier schickt einen Boy zur Wohnung des Nachtportiers, dieser schickt den Boy zu seinem Schwager, der die Bäckerei in der Nähe des Hotels betreibt. Er hatte Kümmels canaleschwere modische Hülle dorthin überführen lassen. Und hier, neben dem Ofen der glutheißen Backstube, findet der Boy endlich das Prachtstück.

Das Unternehmen kostet den armen Kümmel noch vier solide Trinkgelder für zwei Portiers, einen hechelnden Boy und einen Bäcker. Der Anzug duftet jetzt weniger nach venezianischem Gewässer als nach Backwaren und ist so weit entfeuchtet, daß er nicht mehr drippt.

Giselher, der sich inzwischen auch eingefunden hat, wechselt mit Jou einen einzigen Blick. Aber in diesem Blick liegt Gosse.

10. Kapitel

Sei wachsam, Emil

Man sagt, Jou sei zerstreut, und das bereits in ihrem Alter. Und was aus dieser Zerstreutheit noch einmal werden solle, wenn sie erst in die Jahre kommt, in denen das Gedächtnis sowieso eine Brille braucht!

Man sagt auch, ihre einzigartigen dichterischen Fähigkeiten offenbarten sich in ihren mathematischen Versuchen.

Mit einem gerüttelten Maß voll Zerstreutheit also und einem totalen Mangel an rechnerischer Begabung; mit einem Portemonnaie, vollgestopft mit appetitlichen, fransenreichen Hundert-Lire-Lappen, wenigen Fünftausend-Lire-Scheinen, für deren unerhört handliches Format eine Brieftasche von der Größe DIN A 4 das einzig Passende wäre – und mit dem strammen Mißtrauen des Nordländers gegenüber der Ehrlichkeit des Südländers begegnete sie Italiens gewiegter, gerissener Kaufmannsgilde.

Möglich, daß die Naiven einen intensiveren Schutzengel haben als die Gewitzten, möglich auch, daß unser nordisches Mißtrauen eine veraltete Regung ist – auf jeden Fall hat noch niemand in Italien sie auch nur um fünf Lire betrogen.

Jou gibt diese schöne Erfahrung bei einem Campari zwischen Ferrara und Bologna tönend kund. Aber Papachen Düvenasch trennt sich trotzdem nicht von seinem mißtrauisch-lauernden Gesichtsausdruck. Italiener sind alles Gauner.

Sei wachsam, Emil!

Er trägt seine Mammutscheine, durch eine Geldklammer zusammengehalten, in der linken inneren Rocktasche und diese mit drei großen Sicherheitsnadeln sorgfältig zugepickt. Trotz der Hitze und trotz dieser dreifachen Extraversicherung gegen möglichen Diebstahl wagt er es nicht, sein Jackett auszuziehen und – gleich den anderen männlichen Jacken – über die Stuhllehne zu hängen.

„So ein Mißtrauen könnte mir die ganze Reise vermiesen", sagt die Feldherrin, als Düvenasch aufsteht und zum nächsten Tabakladen der kleinen Dorfpiazza geht, um Briefmarken für Elfis Postkarten zu kaufen.

„Wenn ihm dieses Mißtrauen aber innerliche Befriedigung gewährt?" meint Kümmel dagegen.

Sie schlendern zum Bus zurück. Der sieht jetzt längst nicht mehr so schmuck wie am Abfahrtstage aus. Die Landstraßen Bayerns, Tirols, Venetiens und der Po-Ebene haben seinen hellblauen Bauch mit einer gräulichen internationalen Schmutzschicht überzogen, darin in Druckbuchstaben geschrieben steht: „Papachen! Huhu!", „Kümmel ist ein Säufer!" und „Dieser Bus ist preisgünstig zu verkaufen. Anfragen sind an Neumann, Platz 31, zu richten."

Sie ersteigen ihn durch seine hintere und die Vordertür. Im Mittelgang gibt es – wie üblich – eine Verkehrsstokkung, wenn die Feldherrin und Kümmels leibliche Ausmaße gegeneinanderprallen.

Florian ruft: „Alle da?", und sie rufen zurück: „Alle, außer Düvenasch!"

Der schießt in diesem Augenblick durch die klirrenden Perlenschnüre der Tabakladentür. „Florian! Polizei! Sofort kommen! Räuber, Gauner!"

Sie springen noch einmal sensationslüstern aus dem Bus und stürzen hinter ihrem Reiseleiter her zum Tatort. Nachdem sich auch Kümmel in den winzigen Tabakladen gedrängelt hat, paßt kein Floh mehr hinein. Es bleibt den zuletzt Ankommenden nichts weiter übrig, als ihre neugierigen Nasen zwischen die Perlenschnüre zu stecken.

„Der Kerl hat mich um fünfzig Lire betrogen!" schreit Düvenasch und läßt einen mörderischen Zeigefinger über den Ladentisch schnellen, hinter dem sich der Besitzer in südlichen Unschuldsbezeugungen windet. Fünfzig Lire sind eine winzigkleine Summe. Trotzdem betrachten die

Zuschauer den Mann nicht ohne Ehrfurcht: Was für ein Machiavell muß er sein, wenn es ihm gelang, den wachsamen Emil Düvenasch selbst um fünfzig Lire zu behumsen!

Im Laden befindet sich außer den beiden Kontrahenten, Kümmel und einigen grinsenden, olivhäutigen Lazzaronis noch Florian, der sich – beschwörend gestikulierend – um eine deutsch-italienische Verständigung bemüht.

„Haben Sie sich auch nicht geirrt, Herr Düvenasch?"

„Ich schwöre; der Kerl hat mir bloß sechshundertfünfzig statt siebenhundert Lire auf meinen Tausender rausgegeben."

„Nonono, Signore!"

„Doch, widersprechen Sie nicht, Mann!"

„Mancano cinquanta Lire", übersetzt Florian dem Ladenbesitzer, der bisher sein „Nonono" nur sicherheitshalber gerufen hat, ohne zu wissen, worum es eigentlich geht.

Jetzt aber wird dieses „No, Signore!" sehr energisch, und gleich darauf nimmt das Geschrei an Lautstärke und Anzüglichkeit zu.

„Kinder, Kinder! Bambinos!" mischt Kümmel sich ein, stillvergnügt lächelnd. „Macht nicht soviel Radau. Guckt euch lieber um. Da liegen sie doch!" Und er weist zu Boden auf einen zerknitterten Fünfzig-Lire-Schein, der zur Hälfte unter Düvenaschs Fußsohle hervorblinzelt. Kümmel hatte ihn sofort beim Betreten des Ladens bemerkt, verschwieg aber sein Wissen, weil ihm der leidenschaftliche Disput über den Ladentisch hinweg zuviel Spaß machte.

Florian kauft eine Schachtel Zigaretten, klopft dem in triumphaler Napoleonsgeste sich wiegenden Ladenbesitzer abbittend auf die Schulter, und sie rollen aus diesem Dorfe Italiens, das sie hoffentlich in guter Erinnerung behält.

Düvenasch baut einen Wall schmollender Feindseligkeit auf, den niemand während der nächsten zwanzig Kilometer zu durchbrechen wagt.

Plötzlich greift er an sein Herz. Er tut dies so lärmend, daß selbst Rudi davon erwacht und die Feldherrin „Gott, haben Sie mich aber erschreckt!" ruft.

Düvenasch hört nicht. Seine Finger zittern ins Innere des Jacketts, sie finden die geöffnete Sicherheitsnadel, die ihn soeben in die Brust gestochen hat; sie finden aber nicht, sooft und immer verzweifelter sie auch in der Brusttasche herumstochern mögen ...

„Hast du was verloren, Papachen?“ fragt Elfi besorgt.

„Nein, nein“, keucht Düvenasch, „es hat mich nur etwas gestochen.“

„Etwa ein Moskito?“ erkundigt sich Kümmel teilnahmsvoll, obgleich er das Fürchterliche ahnt ...

Düvenasch antwortet nicht. Er mordet immer still vor sich hin: Italiener und deutsche Touristen mit ätzendem Humor ... und ist weder für eine höfliche Frage der Umsitzenden noch für einen gutgemeinten Zitronendrops zugänglich.

Als sie durch Bologna fahren, erzählt Florian ihnen von der berühmten Universität. „Auf die darf die Stadt wahrhaft stolz sein“, sagt er. „Auf ihre Geschichte weniger. Zwar führt Bologna das Wort ‚Libertas‘ im Wappen, und Libertas bedeutet Freiheit. Aber was Freiheit heute bedeutet, bedeutete Libertas damals auch: einen Begriff, keinen Zustand.“

Hinter Bologna steigen sie in die Berge hinauf. An einem Abhang döst ein kleiner Hirte im Schatten seiner zottigen Ziegen.

Er winkt dem vorüberfahrenden Bus zu.

„Mal anhalten!“ befiehlt Florian und beschießt den Jungen mit Bonbons.

Wenige Minuten später keucht und knattert ein altes Kabriolet vorüber. Der semmelblonde Mann an seinem Steuer hat keinen Blick für Hütejungen und keine völkerverbindenden Bonbons. Er ist nur darauf aus, bis zum Abend Florenz zu erreichen, wo laut Auskunft des Reisebüros am gleichen Tage ein gewisser Reisebus eintrudeln muß. Infolgedessen ist er ausschließlich damit beschäftigt, sein Auto mit verbissener Zärtlichkeit zu beschwören:

„Herzlieb, süßes Mädchen, halte durch. Nimm auch diese Höhe, irgendwann wird es schon wieder abwärts gehen!“

11. Kapitel

Hinten kichert man

Die Straße kringelt sich gleich einem gekochten Spaghetti um den Paß, und auf einmal – unerwartet und duftig – breitet sich die Toskana unter ihnen aus, väterlich beschützt vom hohen Apennin. Das tiefe Grün der Maronenwälder verdünnt sich silbrig auf den unteren Abhängen: Olivenbäume.

„Die erste Stadt, die wir im Tal erreichen werden, heißt Pistoia“, sagt Florian, und die hinterste Reihe lacht darob.

Jou guckt interessiert auf die Stadt hinab. Sie sieht so aus, wie eine italienische Stadt in dieser Gegend eben aussieht, auf keinen Fall lächerlich.

Jetzt tippt auch Krause grinsend auf die Schulter des Reiseleiters und zeigt in den Rückspiegel. „Erinnern Se sich an diß Vehikel, was da hinter uns kommt? Nee? Na, Berlin, Stuttgarter Platz, kurz vor Abfahrt. Kam doch Frollein Knopp mit an. Gehört ihr'm Zukünftigen. Ob sie weiß, daß er ihr nachschliddert? Sicher nich. Wir verraten auch nischt, verstanden?“

„Nein“, sagt Florian und zieht nervös an seiner Zigarette.

„Alle Achtung und Hut ab vor diß Auto. Diß keucht doch bestimmt schon auf seine letzte Löcher. – Was ham'Se denn, Herr Florian?“

„Oh, nichts. Ich konzentriere mich gerade auf das, was ich dem Volk über Florenz erzählen muß.“

Der Bus kreist immer tiefer ins Tal hinab, die Ohren tauen auf, und jedes Geräusch klingt plötzlich brausend laut. Sie erreichen Pistola, und die hinterste Reihe ruft einstimmig, sie müsse mal.

Es dauert bedeutend länger als sonst, und Jou beschließt, die Gelegenheit vorsichtshalber auch zu nutzen, aber Krause hindert sie geradezu leidenschaftlich am Aussteigen. „Ne, halten Se man durch, wir sind ja gleich in Florenz."

Der Wagen fährt im silberblauen Licht der Dämmerung durch köstliche Blumenfelder. Rosen, Mispeln, Gladiolen. Das tiefe Leuchten gelber, aprikosenfarbener und feuer- bis blutroter Tabakpflanzen.

Florian zieht sein Mikrophon an den Mund und beginnt mit einem Vortrag über die Stadt Florenz. „Sie ist die Geburtsstätte der Renaissance. Ihr Kunstreichtum ist vor allem den Medicis zu danken."

In diesem Augenblick erreicht Jou eine Tüte aus der hinteren Busreihe.

Der Primus übergibt sie ihr. „Die ist für Sie, Fräulein Knopf."

Mit einem Minimum an Geräusch öffnet Jou das Päckchen und findet nicht mehr ganz frische Pfirsiche darin, ehrlich gesagt – dreiviertel von ihnen sind braun und mulsch, und sie denkt: Die Herzchen aus der hinteren Reihe wollen mich bestimmt hochnehmen.

„Als Vater der Renaissance können wir den Maler Giotto bezeichnen. Obgleich noch starr in der Darstellung ..."

„Wie bitte? Was ist denn schon wieder?" raunt sie verärgert, als eine weitere Tüte mit zwar aufgeweichten, doch sonst noch recht gut erhaltenen Cremehütchen und Kokosflocken auf ihrem Schoß landet.

Florian ist inzwischen mit seinem Bericht bei Cellini, dem großen florentinischen Goldschmied, gelandet, aber Jou kann ihm nicht zuhören, denn schon wieder ist eine rückwärtige Tüte mit einer Packung Kognakbohnen über ihre Schulter gereicht worden.

Kognakbohnen? Die machen Jou etwas stutzig. Alle ihre Verehrer haben ihr immer Kognakbohnen geschenkt, und niemals brachte sie den Mut auf, ihnen zu sagen, daß sie gar keine mag.

„Primus", flüstert sie hinter sich, „was sollen die Tüten?"

Primus flüstert wieder zurück, und endlich kommt auf dem gleichen Stille-Post-Wege die Antwort aus der hintersten Reihe: „All diese Leckerbissen haben Sie in Berlin vergessen."

In Berlin? Dort vergaß sie nur den Pflaumenkuchen ihrer Wirtin in Fichtes Auto, aber keine Cremehütchen, Kognakbohnen oder faule Pfirsiche. Es ist wirklich sehr mysteriös.

Im dunkelblauen Abendlicht erreichen sie die engen Straßen von Florenz.

Krause jongliert den Bus um den Dom, sie biegen in eine Gasse, so schmal, daß der Wagen bald die Hauswände kratzt, und halten vor einem hell erleuchteten Hoteleingang.

Jou stolpert als letzte, bis zum Kinn beladen, durch die hintere Bustür. Auf dem schmalen Bürgersteig stehen Neumanns, Krause, Frau Peters und lachen ihr erwartungsvoll entgegen. Frau Neumann tritt mit einer Wichtigkeit vor, als ob sie ein Gedicht aufsagen will – und legt auf Jous zahlreiche Lasten noch ein bläulich-durchsupptes Päckchen: den Pflaumenkuchen ihrer Wirtin.

Jou denkt: So schwierig es ist, aber ich steige am besten mit allem Krempel wieder ein und verkrieche mich unter Sitz Sieben. Denn entweder bin ich meschugge oder …

„He, Kindchen", sagt eine Männerstimme – ganz rund vor Fröhlichkeit und ihr, ach, so gut bekannt. Jou läßt ihre Schätze auf florentinisches Pflaster fallen.

„Hans!"

„Freust du dich, daß wir da sind?"

Sie ist fassungslos. Zu ihren Füßen sieht sie Bruder Giselher in plötzlicher, gefallsüchtiger Eifrigkeit ihre Sachen aufsammeln. Jous Blick irrt über viele strahlende Gesichter und findet eins, das sie so anschaut wie das Gesicht eines Menschen, der auf dem Perron zurückbleiben muß, während sich der Zug langsam in Bewegung setzt und all seine Hoffnungen mit sich fortträgt …

Adieu, Florian –

Zwei feste Arme umschließen sie, Arme, zu denen sie sagen möchte: Wartet noch einen Augenblick, bis ich wirklich zu euch zurückgefunden habe.

„Seit zahlreicher Weile fahren wir hinter dir her. Die letzte Busreihe wußte es, hat aber nix verraten, nicht wahr? In Pistazia oder wie das Ding hieß, übergab ich deinen Genossen die in Berlin vergessene Reisemunition. Denn sieh mal, Jou, deine Mannen sind korrekt. Darum brachten sie dir den Zwetschgenkuchen und die Pfirsiche in Eilmärschen bis Florenz nach. Unter Hintansetzung ihrer eigenen beruflichen Pflichten. Wie findest du das?"

Hat Jou vor dieser Reise mit Düsenantrieb noch geglaubt, in den Armen einer optischen Täuschung zu liegen – jetzt ist sie sicher, daß Hans Fichte sich wirklich in Florenz befindet. Denn solches Mundwerk wie sein Mundwerk, das gibt es nur einmal.

„Meine Mannen", flüstert sie, verwirrt seine Worte aufgreifend – und stutzt. „Wieso Mann-e-n, du bist doch allein hier!"

„Ümüm, Erwin ist auch mit."

„Erwin?"

„Natürlich", sagt er, über ihre Begriffsstutzigkeit den Kopf schüttelnd. „Glaubst du etwa, so'n kleiner Dackel möchte nicht den sonnigen Süden kennenlernen? Immer bloß Kiefern und Linden – is doch eintönig auf Dauer. Erwin will Palmenstrände ..."

„Hans", unterbricht sie ihn, eingedenk seines befremdend herzhaften Wortschatzes, in dem es keine diskreten drei Pünktchen an Stelle von urdeutschen Wörtern gibt. „Hans, nun sag mir bloß, wie sollen wir Erwin ins Hotel bekommen? Hunde sind hier sicher verboten."

„Ganz einfach", lacht er, „genau wie über die Grenze: als Schmuggelware."

Jou stellt ihn den anderen Touristen vor, die sie neugierig umranden. Giselher küßt Fichte nahezu, bietet ihm sofort eine Zigarette an (auf einmal besitzt er welche!), zerbricht vor lauter Eilfertigkeit drei Streichhölzer, und Hans raunt anerkennend: „Prima Junge, dein Bruder!"

Mit Neumanns begrüßt er sich fast intim wie mit alten Bekannten. Sie haben ja schon während vieler Kilometer eine pantomimische Unterhaltung durch die Wagenscheibe geführt.

Florian erhält anfangs nur ein mißtrauisches Mustern, dem jedoch eine zögernde Rechte folgt, als er verspricht, Hans in seinem Zimmer unterzubringen, falls das Hotel überfüllt sein sollte. Dann eilt er zu seinem Herzlieb und kommt gleich darauf mit einem Rucksack und zwei Koffern zurück. Einer davon ist ein Fiberkoffer, der Schweres durchgemacht haben muß. An Stelle eines fehlenden Schlosses hält ihn ein Gürtel zusammen.

„Hat mir der Hausmeister gepumpt“, erklärt Fichte, Jous Staunen auffangend. „Nett von ihm, was? Wo er doch so an dem Stück hängt! War 1943 zwei Tage lang mit ihm verschüttet, im Hansaviertel, weißt du. Müssen ihm als Dank was Hübsches mitbringen, 'ne Vase oder so.“

„Und der Rucksack, Hans!“ Jou hat die Hand gegen einen Mund gepreßt, der nicht weiß, ob er sich zu einem Lachen oder Entsetzen verziehen soll. „Das ist ein feines Hotel. Du kannst doch hier nicht wie ein Kartoffelhamsterer auftreten!“

„Hiii!“ kreischt Elfi Düvenasch. „Er bewegt sich ja!“

Und jetzt sieht auch Jou, wie der Rucksack auf Fichtes Buckel nach rechts und links auskeilt: Erwin!

Ihre Hand streichelt zärtlich über den rauhen Sackstoff, und sie ahnt, daß Hans darin nicht nur einen kleinen Rauhhaardackel namens Erwin Fichte, sondern mit ihm auch eine unerschöpfliche Quelle für Komplikationen nach Florenz getragen hat.

12. Kapitel

Jous Mannen

Das Hotel ist sehr elegant, zumindest seine riesige Halle, in der sie auf Florian und die Verkündigung ihrer Zimmernummern warten. In den tomatenroten ledernen Sesseln döst einfaches, doch wertvoll gekleidetes internationales Globetrottertum, das bei ihrem geräuschvollen Einmarsch beleidigend schnell die Flucht ergreift, nicht ohne vorher noch einen bestürzten Blick auf Hänschens Rücken geworfen zu haben. Rucksäcke sind in dieser Umgebung zumindest ungewöhnlich. Sie nehmen die noch globetrotterwarmen Sessel ein, Hans legt den strampelnden Äser auf Jous Schoß und schwingt sich zur Deckung vor wachsamen Portiersblicken auf die Lehne.

„Nun erzähl doch bloß endlich." Ihre Hände nesteln heimlich die Verschnürung auf, tasten sich in warmes struppiges Fell, eine eifrige Zunge leckt ihre Finger – armer, kleiner, unterschlagener Erwin.

„Da gibt es nicht viel zu erzählen", sagt Hänschen vergnügt. „Nach deinem besorgniserregenden Anruf aus Garmisch beschloß ich: Nix wie nach Italien, Fichte, wenn du deine zukünftige Ehe retten willst. Bestellte einen Vertreter für die Praxis, ließ Herzlieb volltanken, neu bereifen und machte mich mit Erwin auf die Socken. Ist doch ein tapferes kleines Mädchen, unser Herzlieb. Hättest sehen sollen, wie sie die Berge genommen hat!"

„Wie denn?" fragt Kümmel interessiert.

„Na, spielend – im Schlepptau von anderen Touristenwagen."

Kümmel schuckelt vor ungläubigem Lachen. Der Junge spinnt, denkt er, aber er spinnt ganz unterhaltsam. Doch nach einem tieferen Blick in Hänschens geradezu bedrückend sonnige Kinderaugen schwindet langsam der Unglaube aus Kümmels lachender Miene, und er begreift, daß diese fröhliche Naivität fähig ist, das Unmögliche möglich zu machen.

„Was soll jetzt geschehen?“ fragt Jou.

„Ganz einfach – Hans und Erwin Fichte machen Urlaub in Italien. Sie werden so lange hinter euch herfahren, bis sie irgendwie wieder nach Berlin kommen – sofern Schicksal, Herzlieb und Finanzen nicht querschießen sollten.“ Sein Gesicht verdüstert sich etwas. „Ich fürchte nur, meine Garderobe wird nicht ausreichen, Jou. Hatte nur ein frisches Hemd zu Hause.“

Florian tritt in diesem Augenblick zu ihnen – höflich-bestimmt, verbindlich-kühl, nur noch Reiseleiter. „Ich habe nicht die vorbestellte Anzahl Einzelzimmer bekommen können und muß leider für diese Nacht zwei Damen zusammenkoppeln. Fräulein Herzberg und Fräulein Knopf – ist es Ihnen recht, wenn Sie sich einen Raum teilen?“

„Natürlich“, sagen beide, obgleich es ihnen gar nicht recht ist. Zuletzt wendet er sich an den erwartungsvollen Hans. „Ich ziehe mit Krause zusammen, wir haben ein Dreibettzimmer. Wenn Sie das dritte nehmen wollen? Ihr Hund muß aber im Auto übernachten.“

„Kommt nicht in Frage!“ mischt sich die Feldherrin ein. „Der Dackel ist klein genug, um im Bidet Ihres Zimmers zu schlafen. Ich leihe ihm mein Reisekissen, das schieben Sie ihm unter, damit er's nicht so hart hat. Widerspechen Sie mir nicht, Herr Florian! Ich könnte Ihre Mutter sein!“

Fräulein Herzberg baut Zahnbürste und Seiflappen auf die linke Seite des Waschbeckens, Jou belegt die rechte. Dann schreiten sie zu einem völlig gleichgültigen, höflichkeitshalber aber ungemein wichtigen Problem: „Möchten Sie lieber im rechten oder im linken Bett schlafen?“

Während Jou sich wäscht, denkt sie über die völlig neue Situation nach. Hans und Erwin in Italien! Sie ist über diese

Tatsache gar nicht entzückt. Das liegt vor allem an der störenden Gegenwart Giselher Knopfs. Seinen venezianischen Petzbrief wird er nach ihrem schriftlichen Zusatz wohl zerrissen haben. Aber noch besitzt er sein Mundwerk. Obgleich sie ihre Wachsamkeit von Stund an verdoppeln wird, mag ihr doch einmal ein Augenblick entgehen, jener Augenblick, den ihr nicht minder wachsamer, einschmeichelbeflissener Bruder nutzen wird, um seinen Schwager über ihren kleinen Flirt mit Florian aufzuklären. Und eine Spannung zwischen Touristenoberhaupt und eifersüchtig knurrendem Fichte würde den Frieden der gemeinsamen Weiterfahrt aufs äußerste gefährden.

„Fräulein Herzberg, Sie sind nicht böse, wenn ich schon hinuntergehe?“

In der Halle haben sich Kümmel, Florian, Hans und Neumanns zu einem neugierigen Rund um die dramatisch fuchtelnde Elfi gedrängt.

„Stellen Sie sich vor, Papachen ist ein armer Mann geworden! Er hat's mir erst vorhin gestanden. Und alles bloß wegen seines scheußlichen Mißtrauens, das hat er nun davon!“

Nach und nach entnehmen sie ihrem aufgeregten, mit Ausrufen gespickten Geflüster die äußerst traurige Geschichte: Düvenasch hatte vor Wut über die angeblich fehlenden fünfzig Lire den Tabakladen verlassen und dabei seine streng gehüteten, tapfer durchgeschwitzten Fünftausend-Lire-Scheine samt Klammer auf dem Ladentisch vergessen. Die mochte einer der anwesenden, freundlich grinsenden Lazzaronis in seine Obhut genommen haben. Erst durch das Piken der offenen Sicherheitsnadel war er auf seinen Verlust aufmerksam geworden. Die Hoffnung, dieses Geld wiederzubekommen, hätte nicht mal der Sanftgläubigste gehegt – geschweige denn Papachen. Und die Angst vor Schadenfreude verschloß ihm bisher den Mund.

Aber man gebärdet sich nicht schadenfroh über Elfis Bericht. Auch diese Abart der Freude hat ihre finanziellen Grenzen.

Im Speisesaal begegnen sie wieder den vornehmen Globetrottern. Diesmal türmen diese nicht. Sie sind erst bei der Suppe, deshalb.

Jou läßt ihr Fleisch in einem unbeobachteten Moment vom Teller in einen Briefumschlag gleiten, den ihr Kümmel zu diesem Zweck gegeben hat. „Es fettet etwas durch, haben Sie noch einen?" Kümmel hat. Kümmel hat überhaupt alles, was einen perfekten Mitreisenden ausmacht: viel Geduld, immer gute Laune, ein offenes Portemonnaie, genügend Briefmarken, Streichhölzer, Stadtpläne und sogar Einwickelpapier fürs Hundeabendbrot.

„Wie gefällt Ihnen Ihr Zimmer?" wendet er sich an Hans.

„Oh, gut. Es ist gemütlich wie beim Kommiß. Drei Betten, drei Spinde, drei Männer ..."

„Und Erwin?" erkundigt sich die Feldherrin besorgt.

„Den haben wir auf Ihr Anraten hin komfortabel in der kleinen Waschbecken-Filiale untergebracht."

Nach dem Essen flüstert er:

„Jou, ich möchte mit dir allein ausgehen. Ob sich das wohl machen läßt?"

Als sie gegen neun Uhr, den Rucksack mit Erwin möglichst unauffällig zwischen sich, das Hotel verlassen, wetzt Giselher aus dem nächsten Tabakladen auf sie zu. „Hallo, Schwager! Siegilein! Nett, daß ich euch treffe. Geht ihr was trinken? Dann mache ich euch die Ehre und komme mit!" (Es ist immer so eine Sache mit dem Sich-gewählt-Ausdrücken ...)

Jou sieht Hans' trauriges Gesicht und sagt lächelnd. „Danke, Giselher. Du brauchst dich nicht zu bemühen. Schau, ich bin's ja gewohnt, daß du wegen Frau Peters keine Zeit für mich hast. Sie wird sicher schon auf dich warten!"

Er schenkt ihr einen Blick, der ihr unvergeßlich bleiben wird, und zieht sich mit einem gliederschlenkernden „Na, denn viel Spaß, Schwager" zurück.

„Wer ist Frau Peters?" erkundigt sich Hans, während sie die schmale Straße hinunterschlendern. „Doch nicht etwa die mollige Rothaarige? Die ist doch viel älter als er!"

„Eben, einen feinen Sittenhüter hast du mir mitgeschickt! Vorerst ist das Ganze zwischen den beiden ja noch harmlos, aber man weiß nie – wenn wir Knopfs uns erst mal in einen Menschen verbeißen ..."

„Eine hübsche Vorstellung", sagt Hans. „Hast du dich auch in mich verbissen, Jou?" Er greift in ihren hellen Schopf, sein Kuß verirrt sich auf ihre kleine, gekrauste Nase, dann ruft er sich selbst zur Ordnung, denn da ist noch immer eine Sorge ungeklärt.

„Was ich dir noch sagen wollte: es hebt nicht gerade das Selbstbewußtsein, und mühsam ist es auch, wenn man sich als eifersüchtiger Othello gebärden muß. Mir jedenfalls macht's keinen Spaß."

Jou ist zumute, als ob ihr Herz Bocksprünge vollführt. „Ich hab dir doch bloß mit Florian aus Zorn gedroht. Es ist bestimmt nichts, Hans!"

„So", fragt er, und man spürt, wie gern er ihr glauben möchte. „Aber warum hat er dich dann beim Abendbrot mit solchem – schlesischen Blick bedacht?"

„Schlesisch? Das laß nicht Opa Radke hören!"

„Aber warum hat er so geguckt?"

„Nicht meinetwegen. Wegen Erwin. Er fürchtet, der Hund bringt ihn mit der Hotelleitung in Schwierigkeiten. Das ist alles."

„Wirklich – alles?" fragt er skeptisch.

„Natürlich, Hans! Ich schwör's dir!" Und Jou zittert: Wenn's bloß keine Brücke auf unserem abendlichen Weg gibt. Die kracht bestimmt unter dieser Lüge mit mir ein. Sehr haltbar ist das alles hier sowieso nicht mehr ...

Hans zieht ihre Hand durch seinen Arm, beinahe beruhigt. Und Jou, sanft seinen Ärmel streichelnd, bittet: „Wo du jetzt hier bist, könnten wir Giselher eigentlich wieder nach Hause schicken, findest du nicht?"

Hans überlegt, aber dann schüttelt er den Kopf. „Kann man doch nicht machen, Kindchen. Erst einladen und dann so einfach zwischen Suppe und Hauptgericht nach Hause jagen – nee."

„Spätestens in Rom wird er dich anpumpen“, bohrt sie streichelnd weiter.

Er seufzt. „Trotzdem, Kindchen ...“

Sie sind auf die Piazza della Signora gelangt; und Hans ruft überwältigt: „Oh, schau mal!“

„Ja“, sagt sie, den marmorweißen Körper des David von Michelangelo betrachtend. „Er hat ein schönes Gesicht, nur die Beine sind etwas kurz.“

„Aber den meine ich doch gar nicht.“ Und Hans zerrt sie mit sich zu einem fliegenden Händler, der unterhalb des David einigen Amerikanern seine Zelluloidkühe vorführt. Sie lassen sich durch einen leichten Fingerdruck melken. Allerdings geben sie Wasser statt Milch, aber dafür sind sie ja auch nur aus Zelluloid.

Es kostet Jou einen Wortschwall, um Hans davon zu überzeugen, daß sein Hausmeister, der ihm den wertvollen Fiberkoffer pumpte, sich weniger über eine solche Kuh als über ein nützliches Geschenk freuen würde.

„Aber eine Kuh ist etwas Nützliches“, protestiert er, „und sieh mal, Jou, bis Berlin könnten wir selber damit spielen!“

Sie antwortet nicht, hört überhaupt nicht, was er sagt, denn gerade schlendert Florian über den Platz, die Hände in den Hosentaschen ... Er hat sie bestimmt bemerkt, aber er geht vorbei. Und Jou ist plötzlich sehr seltsam zumute. Wie wäre wohl dieser lauwarme Sommerabend mit seiner schwarzen, sternenbesäten Samtdecke über der hellerleuchteten Renaissance, seinen sorglosen Stimmen, schlendernden Schritten und klappernden Hufen ... tja, wie wäre wohl dieser Abend ohne Hans Fichte ausgefallen?

„Schau, Jou“, sagt er gerade und hält ihr kleinlaut die Zelluloidkuh vors Gesicht. „Sie wollte einfach mit. Wir nennen sie Florenzia, ja?“ Und als sie nur stumm den Kopf schüttelt, fühlt er sich verpflichtet, sie auf die Nützlichkeit seines albernen Spielzeugs aufmerksam zu machen. „Erwin hat doch soviel Durst in Italien, und Wasser ist nicht immer gleich zur Stelle. Da brauchen wir nur Florenzia zu melken ...“

13. Kapitel

Galoppierende Kunstsucht

In der Kapelle mit den berühmten Grabmälern Michelangelos für zwei unberühmte Medicis befinden sich außer zahlreichen Privatreisenden noch vier Touristengruppen, angeführt von vier laut dozierenden Führern.

Florian wirft ärgerliche Blicke über seinen Vortrag hinweg auf einen hageren schwedischen Kollegen, der sieht sich gestört nach der näselnden Stimme des Engländers um, so als ob sie ein schlechter Geruch wäre, und der Engländer wiederum fühlt sich zu ständig wachsender Lautstärke gezwungen, um seinen französischen Kollegen zu übertönen.

Außerdem beteiligen sich an dem kunsthistorischen Radau noch zwei Privatdozenten – italienisch und gebrochen deutsch brüllend.

Hans Fichte, ans Ende der deutschen Gruppe gedrängt, erhält seine Instruktionen in fließendem Schwedisch und zeigt darob ein so beeindrucktes Gesicht, daß Florian sich bemüßigt fühlt, ihn beim Hinausgehen zu fragen: „Nun, wie hat es Ihnen gefallen?"

„Och, gut", sagt Fichte. „So schön laut."

„Das hier war eine stille Messe im Vergleich zu dem Krach, der uns in der Sixtinischen Kapelle in Rom erwartet", klärt Florian ihn auf, und dann, seine Stimme hebend: „Beeilen, bitte!"

Vor dem Kapelleneingang warten Giselher und Erwin auf sie. Ersterer hat seit dem Erscheinen seines „Schwagers" seiner natürlichen Schnöseligkeit ein beunruhigend gutes Benehmen übergezogen. Jou fürchtet demnach, daß er Hans bereits in Florenz um eine milde Gabe angehen wird.

Gemeinsam hetzen sie hinter der Tete der Gruppe – Florian und dem wißbegierigen Primus – her, die Straße hinunter, werfen sich – preußischen Gehorsam in den Knochen – zwischen Vespas, schrill hupenden Autos und Pferdehufen hindurch zum gegenüberliegenden Straßenufer.

Sie müssen heute noch kilometerweise Kunst betrachten.

„So 'ne Stadt wie Berlin ist doch weniger anstrengend für auswärtige Besucher", keucht Hans neben Jou, an deren Füßen die venezianischen Wunden wieder aufbrechen. „Bei uns sind die pompösesten Bauten heute Versicherungsgebäude, die man nicht gesehen haben muß. Unsere Ruinen sind zu jung für den Baedecker, und unsere berühmtesten Söhne stammen zumeist von außerhalb. Aber dieses Florenz – wo man hinspuckt, eine Kostbarkeit, große Namen ... das reinste Museum, aber keine Stadt."

Sie hetzen in Eilmärschen durch die Gassen. Flitzen hinein in den Dom, rum um den Hauptaltar zur Pietà Michelangelos, wieder aus dem Dom und hinüber zum Baptisterium, ein steiles Blinzeln hinauf zum Glockenturm Giottos – „Beeilen, bitte beeilen!" – und weiter.

Wenn Jou zuweilen einen Blick auf den dumpf trottenden, schwitzenden Erwin wirft, fühlt sie heißes Mitleid. Für einen Dackel aus dem Grunewald ist Florenz keine erfreuliche Stadt. Zuviel Pflaster, wenig Grünes, im Stadtinnern nicht ein Baum, dafür aber viele Katzen, die er nicht jagen darf. Außerdem sträubt er sich bereits energisch gegen die unwürdige Unterbringung im dusteren Rucksack.

Erwin hat Heimweh, man sieht es ihm deutlich an, und die Liebe der gesamten weiblichen Bus-Besatzung kann ihn über dieses Gefühl nicht hinwegtrösten. Im Gegenteil, sie verschafft ihm neue Leiden. Erwin ist gerne Liebling – wer ist das nicht –, und er frißt alles, was ihm geboten wird: Schokolädchen von Frau Peters, Elfis Salami, zähe Brocken aus „Neumanns italienischem Bäckermuseum“, wie Kummel Herrn Neumanns Hosentaschen bezeichnet, in denen dieser seit den Dolomiten Weißbrot sammelt, warum, weiß er selber nicht. Erwin soff auch mit Behagen die Büchsensahne, die ihm die Feldherrin auf einer Untertasse in ihrem Zimmer vorsetzte.

Dieses geschah am zweiten Abend ihres florentinischen Aufenthalts, kurz vor dem Schlafengehen.

Kann so ein dummer, kleiner Erwin wissen, daß unverdünnte Büchsensahne seine Verdauung zu ungeahnten Leistungen steigern würde?

Sie tat es.

Florian, Fichte und Fahrer Krause hatten gerade nacheinander ihre brennenden Füße zum Kühlen ins Waschbecken gestippt und waren – als Folge der kunsthistorischen Strapazen des vorangegangenen Tages – in einen todesähnlichen Schlaf gefallen, als Erwin in seinem Bidet unruhig wurde und leise wimmernd in die Dunkelheit stieg.

Er versuchte es zuerst bei seinem Herrchen, aber das bekam er nicht wach. Darauf stellte er sich am nächsten – Krauses – Bett hoch und leckte ihm das Ohr. Krause kam mit Grunzen und Um-sich-Schlagen zu sich. „Ha? – Was ist denn?“

Erwin wimmerte jammervoll zur Antwort. Davon, wachte Florian auf und knipste das Licht an.

„Ich glaube, er muß runter“, sagte Krause.

„Dann wecken Sie Fichte!“

Fichte, Krause und Florian mußten noch mehrere Male während der Nacht den Rucksack aus dem Hotel zur nächsten Straßenecke tragen.

Die beiden Portiers überboten sich an Mißtrauen, und beim letzten Abmarsch, so gegen fünf Uhr früh, brachte Hans nicht mehr den Mut auf, mit seinem elenden Hündchen ins Hotel zurückzukehren.

Er fühlte sich von Nachtportiers verfolgt und wanderte auf Umwegen zum Domplatz, allwo das Herzlieb seine

Nächte zwischen großen und kleinen Kollegen aus Europa verbrachte.

Die beiden waren erschöpft genug, um noch zwei Stunden – quer über die Sitze gerollt – im Auto zu schlafen, und ließen sich auch nicht durch die Vorübergehenden beirren, von denen es keiner versäumte, gegen die Wagenscheiben zu bummern.

Nach dem Frühstück nahm Florian Jous Arm und führte sie in einen dämmrigen, stillen Winkel der Hotelhalle. Er war verärgert und schien sich keinen Augenblick mehr an ihre venezianische Nacht, aber allzu deutlich an die vergangene zu erinnern.

„Fräulein Knopf", begann er, „ich kann es nicht dulden, daß Ihr Freund mit seinem Hund noch einmal ein Hotel in unserer Begleitung betritt. Wegen Erwin möchte ich nicht meine Stellung als Reiseleiter verlieren, verstehen Sie? Man hielt uns ja heute nacht für Subjekte, die das Hotelsilber schubweise im Rucksack aus dem Hause schmuggelten."

„Das lag bestimmt an der Büchsensahne", wagte Jou einzuwenden. „Trinken Sie mal unverdünnte Büchsensahne!"

„Wenn irgend jemand aus der Gruppe, zum Beispiel Düvenasch, sich bei meinem Reisebüro beschwert –" Er bracht plötzlich ab, sein Grimm verlor sich unter ihrem Blick in Nachdenklichkeit. „Richten Sie Fichte aus, was ich Ihnen eben gesagt habe."

„Ja, Florian."

„Jou–"

Er sprach ihren Namen so spontan, wie man ihn nur sprechen kann, wenn man ihn schon sehr, sehr oft vor sich hingedacht hat.

„Jou, es ist zum ... Warum hast du bloß soviel reisefreudigen Anhang?"

Dann ließ er sie stehen und ging ohne ein weiteres Wort zu den anderen, die am Eingang der Halle abmarschbereit auf ihn warteten.

Alles meine Schuld, daß Hans hier ist.

Alles – deine Schuld, Florian. Warum hab ich ihm mit dir gedroht?

„Hei, Siegi!" rief Giselher, um ein dekoratives Grüngewächs biegend, und zerstörte mit seinem überraschenden Auftritt ihre schöne Wehmut. „Was machst'n du hier, he?"

Sie bedachte ihn mit aller stummen Verachtung, deren sie fähig war, und ging dem Reiseleiter nach. Und ihr Herz war zum erstenmal in ihrem Leben so schwer, daß sie sein Gewicht deutlich fühlte.

14. Kapitel

Bruder Erwin in Assisi

Heute ist Sonntag, und alles, was es zwischen Florenz und Assisi an Männlichkeit gibt, wimmelt festlich gekleidet auf den Straßen und auf dem Damm, über den Krause gern fahren möchte, und läßt sich auch nicht durch gellende Huptöne fortschrecken, denn gerade mitten auf der Straße liest sich die Sonntagsbeilage der Zeitung am schönsten.

Jetzt fahren sie durch Arezzo – namentlich bekannt durch Guido d'Arezzo, den Erfinder der modernen Notenschrift, und Herr Kümmel sagt: „Komisch. – Wenn man bedenkt, wie viele bedeutende Männer sich kleine Orte zum Geborenwerden aussuchten, zum Beispiel Tizian, Puccini, Leonardo da Vinci, selbst ich. Stamme auch bloß aus Wulkow, Kreis Stargard. – Gustav da Wulkow“, sinniert er selbstgefällig vor sich hin. „Klingt ungewöhnlich gut, nicht wahr? – „Hallo, Knöpfchen!“

„Ja“, sagt Jou, „klingt sehr schön.“

„Sie lächeln aber mächtig waidwund“, wundert sich Kümmel.

Ohne zu ahnen, daß er indirekt auch für seine Schwester eine Antwort gibt, seufzt Giselher plötzlich: „Es ist schlimm, wenn man sich verknallt und dabei schon anderweitig verknallt ist. Sieh mal, Siegi, zu Hause in Hamburg habe ich Else. Ein nettes Mädchen, aber zu jung. Man kann noch gaa nix mit ihr anfangen. Und nu begegnet mir hier so ein Vollweib ...“

„Ich hoffe, du fängst mit der Peters auch nichts an!“ sagt Jou erschrocken, ihren eigenen Kummer vergessend.

„Warum nich?"

„Denk an Vater, Gisel!" erinnert sie nur, und danach sinken beide in ihr schwermütiges Schweigen zurück.

Der Bus fährt am Trasimenischen See vorbei. Ein Südwind treibt kleine Wellen über seine stille Weite. Jou und Giselher denken beide an ihren Vater, jenen grundordentlichen Mann, der sich alle Mühe gab, seine Kinder zu grundordentlichen Menschen zu erziehen, wobei er besonderen Wert darauf legte, daß ihr ererbter gesunder, nüchterner Menschenverstand durch keine hochtrabenden Ambitionen oder gar eine künstlerische Ader getrübt werde.

Er konnte es jedoch nicht verhindern, daß der Sohn seinen heimlichen Hang zum Höheren übernahm. Knopf taufte seine Kinder Sieglinde und Giselher, obgleich Paul und Grete vollauf für sie genügt hätten. Giselher wird sein Leben lang daran kranken, daß er kein „von Knopf" ist ...

... und vor den Anfechtungen abseitiger Liebe konnte der Vater sie auch nicht bewahren. Wenn Otto Knopf wüßte, daß ein Vollweib die noch knospenfrischen Sinne seines Sohnes zu beunruhigenden Blüten entfaltet hatte, daß sein Stolz Sieglinde eine akademische Partie und zugleich einen prachtvollen Mann wie Hans Fichte aufs Spiel zu setzen im Begriffe war, nur weil ihr Herz zum erstenmal die süßen Qualen einer romantischen Verliebtheit zu kosten bekam – wenn er das wüßte, er kratzte sein Gespartes zusammen und eilte gleich einem heiligen Donnerwetter nach Italien!

Die bloße Vorstellung eines solchen väterlichen Donnerwetters kühlt Giselhers Gefühlsleiden im Nu ab. Dafür wird er sich eines anderen, weitaus prosaischeren Unbehagens bewußt. „Hab ich einen Hunger!"

„In Assisi gibt's Mittag", tröstet Kümmel.

Assisi. Florian spricht gerade von dem herben Zauber des hellen, steinernen, auf dem dritten Rang eines Bergabhanges gelegenen Städtchens und von dem Manne, der ihm fromme Unsterblichkeit verlieh: Franz von Assisi, Sohn eines reichen Kaufmanns. In seiner Jugend zeichnete er sich unrühmlich durch einen ausschweifenden Lebenswandel aus. Als die göttliche Erleuchtung über ihn kam, sagte er allen weltlichen Freuden ade, gründete den Franziskanerorden, vollbrachte Wunder und ging in die Religionsgeschichte als der liebenswerteste Heilige ein.

„Ich freue mich, daß Erwin uns begleitet“, sagt die Feldherrin. „So lernt er doch wenigstens die Stadt seines Schutzheiligen kennen.“

Düvenasch äußerst sich dazu mit einem aufreizend spöttischen, lachähnlichen Geräusch, das die gläubige Ergriffenheit der alten Frau zu erzenglischem Zorn auftreibt.

„Sie, Mann! Auf Sie ist der Heilige schon lange tücksch! Treten so einen kleinen, harmlosen Hund mit Füßen, wenn er arglos wedelnd auf Sie zugelaufen kommt. Leugnen Sie nicht! Ich hab's oft genug gesehen! Schämen sollten Sie sich! Dabei hat doch der heilige Franz den Menschen gepredigt, daß sie die Tiere und Pflanzen wie ihre Brüder und Schwestern lieben sollen!“

„Ach nee! Und deswegen muß ich vielleicht sagen: ‚Komm her, Bruder Erwin, schmier mir mit deinen Pfoten die Hosen voll!‘?“

Nichts ahnend von dem erbitterten Streit, den seine kleine Unwichtigkeit zwischen den Busnachbarn Düvenasch und Behrend hervorgerufen hat, sitzt Erwin neben Fichte im keuchenden Herzlieb.

Sie essen gemeinsam eine Tafel bittere Schokolade – Schokolade ist bekanntlich ein gutes Mittel gegen die Auswirkungen unverdünnter Büchsensahne –, und Fichte spricht mit seinem Hund im friedlichen Märchenerzählerton: „Weißt du, deshalb mag ich den Franz so gern. Er war ein fröhlicher Heiliger, liebte die Sonne und die Blumen und die Vögelein auf dem Felde und alle kleinen Erwins. Und die Onkel Doktors, die viel Geld und Jahre verstudieren, damit sie die Erwins wieder gesund machen können, die liebt er auch. Darum wird er dafür sorgen, daß das Herzlieb uns ohne Mucken bis nach Rom fährt. Noch ein Stückchen Schokolade?“

Es sei an dieser Stelle noch eine kleine Begebenheit erwähnt, die sich auf der Fahrt von Assisi nach Rom zutrug. Frau Behrend, die Feldherrin, hatte sich Erwins Gegenwart im Bus von Florian und Fichte ausgebeten. Sie hielt ihn auf dem Schoß – ob aus purer Liebe zu dem Dackel oder um ihren Erzfeind und Platznachbarn Düvenasch zu ärgern, bleibt dahingestellt.

Niemand sprach. Sie waren alle satt vom Schauen und Mittagessen und ein wenig müde vom unvermeidlichen Landwein (warum ist er auch so billig!), und Jou wollte gerade ins Schlafseits hinüberdämmern, als Kümmel sie sanft auf die Schulter tippte. „Gucken Sie mal!“ flüsterte er, nach vorn zeigend.

Erwin war mit jener zeitlupenlangsamen, behutsamen Beharrlichkeit, mit der ein kleiner Hund auch das ersehnte Verbotene den Menschen abzuringen vermag, vom weichen, zärtlichen Mutterschoß der Feldherrin auf die eckigen, abweisenden Knie des Tierfeindes Düvenasch umgestiegen. Hockte dort anfangs merklich unbequem, guckte unverwandt mit seinen Korinthenaugen in das Gesicht des personifizierten Ingrimms, legte eine krumme Pfote auf seinen unbeweglichen Arm und rollte sich endlich mit einem tiefen Seufzer zusammen.

Düvenasch rührte sich nicht. Er saß starr da wie eine Vogelscheuche, auf der sich ein Spatz nach Erkenntnis ihrer Ungefährlichkeit zufrieden niedergelassen hat – und tat Jou plötzlich leid.

„Herr Düvenasch“, sagte sie, „wenn Erwin Sie stört, dann werfen Sie ihn einfach runter, ja?“

Aber er guckte sich bitterböse um. „Sei'n Sie doch ruhig! Gerade ist das Kerlchen eingeschlafen!“

Jou, Kümmel, Primus, Radkes, Neumanns, Giselher, Frau Peters, Krause, Florian, Fräulein Herzberg – sie alle werden von Stund an frei von großstädtischer Skepsis sein, wenn von den Wundern des heiligen Franz von Assisi erzählt wird. Denn sie haben eben selbst eins erlebt.

15. Kapitel

Das Kolosseum

Sankt Peters helle, kleine Glocke läutet die neunte Stunde ein. Gleich Notenlinien zeichnen sich seine Treppen ins matte Licht der Kandelaber. Auf ihnen hocken helle und dunkle Noten, wie zu einer zufälligen Melodie gefügt.

Nüchtern betrachtet handelt es sich um ein paar auf den Kirchenstufen kauernde, schweigend um sich staunende, von ihrer eigenen Unwichtigkeit aufs angenehmste überzeugte Menschlein.

Da hockt zuerst die Feldherrin mit frommen Tränen in den Augen. Sie weint, weil sie zum erstenmal in Rom ist, und auch, weil es wohl das letztemal in ihrem Leben sein wird. Gleich neben ihr wünscht sich Giselher ein Rad, jawohl ein Fahrrad. Und mit dem möchte er über das unwahrscheinlich weite Rund des Petersplatzes flitzen, immer rum um den Obelisken, Mann, o Mann, wäre das ein Spaß!

Hans Fichte denkt, halb seufzend, halb amüsiert: Da stellt man sich dieses Italien von oben bis unten wie ein Plakat im Reisebüro vor – schön bunt, mit Palmen, immer Sonne, Meer, so richtig zum Faulenzen und Verliebtsein. Statt dessen brennen mir die Füße. Und in meinem Kopf sieht es aus wie in einem historischen Museum nach einem Erdbeben. Alles durcheinander. Weiß ich doch nicht mehr, welches Jahrhundert zu welcher Ausgrabung gehört, welche Büste zu welchem Papst und welches Massenmordunternehmen auf welchen Tyrannen zurückzuführen ist. Julier, Borgias, Flavier, Faschisten – Nero, Lucrezia, Piusse und Victor Emanuels, die irren zeit- und hoffnungslos durch mein Gedächtnis. Was mein Freund Philip, das alte Huhn, wohl hämisch grinsen würde, wenn er mich hier so durch die höhere Bildung wetzen sähe! Hat er doch oft gesagt: „Du, Hans, verstehst auch von nichts nischt außer von deiner Kuharschastronomie.“ Muß ihm morgen mal eine Karte schreiben.

Zwei Stufen höher als Hans Fichte raucht Florian eine Zigarette und denkt an Eve. Und wie sie vor zwei Jahren an einem ebenso warmen Septemberabend hier neben ihm gesessen hat – schmal, apart und so intelligent in ihrem Schweigen und in dem, was sie manchmal mit halblauter Stimme zu ihm sagte.

Jetzt ist Jou da – ihr sanft geschwungener Nacken, die mondblasse, duftende Helligkeit ihres Haares, die wohlgeformte Linie ihrer Schultern, weich und dunkel aus dem runden Ausschnitt ihres Kleides steigend – Jou! Sie ist dumm, gewiß, aber ihr Anblick hätte wohl jeden Maler jeder Epoche entzückt. Jou – in der reinen, frommen Strenge eines Giotto. Jou – in der stilisierten Melancholie eines Botticelli. Jou – voll barocker Lebensfreude …

„Ach, was würde ich gerne mal tanzen gehen“, sagt sie herzhaft in seine Überlegungen hinein, und Herr Neumann neben ihr greift begeistert ihre Worte auf.

„Das wäre eine Idee. Herr Florian – können wir nicht?“

Eine halbe Stunde später hält der Bus mit den Nachtlebenbedürftigen der Reisegruppe vor einem Tanzlokal an der Via Appia antica. Lässiges junges Rom im Abendanzug räkelt sich unter dichten Baumkronen, gebärdet sich so müde, daß Giselher sofort voll Achtung erkennt: Die sind was Besseres.

Eine Frau im strengen Tailleur mit der unvergleichlichen, gelassenen, rauh-melodiösen, blauschwarzen Stimme der Römerin singt zur Band.

Selbst Krause sagt, es kribble ihm bei diesem Gesang auf dem Rücken.

Hans Fichtes Finger schlendern über das Tischtuch zu Jous Hand.

„Knöpfchen, ach, Knöpfchen! Wenn ich mir vorstelle, ich säße jetzt in Berlin, knietief im Alltag – also, dann könnte ich mir in den Dutt beißen.“

Sie sieht in sein glückliches Gesicht, fühlt Reue und Zärtlichkeit zugleich, hat ihn ganz besonders lieb und kann es doch nicht verhindern, daß ihr Herzklopfen dem Manne gilt, an dem sie sorgsam vorbeischaut. „Hans –“

„Ja, Kindchen, ich dich auch. Unendlich. Und Rom ist eine herrliche Stadt. Selbst Erwin gefällt es hier. So viele Bäume.“

Fichte zeigt sich arglos glücklich. Solange keine Gefahr bestand, war er auf Florians eifersüchtig, denkt sie erleichtert. Seitdem er Grund zur Eifersucht hat, wiegt er sich in Sicherheit. Sein Instinkt muß Schnupfen haben, einen mildtätigen Schnupfen, der ihm jegliche Witterung nimmt. Jou drückt voll bekümmerter Zärtlichkeit Fichtes Hand – und auch ein wenig mitleidig, denn sie weiß, was Hans auch noch nicht ahnt: Bruder Giselher hat Marie Peters zu diesem Ausflug eingeladen. Giselher verfügt aber nur mehr über zweihundert Lire, und Fichte wird die Zeche der beiden mitbezahlen müssen, um Giselher eine Blamage zu ersparen. Armer Hans ...

In diesem Augenblick wechselt die Band von den „Drei Münzen im Brunnen“ auf „Kornblumenblau“ über. Arme greifen von rechts nach links unter des verblüfften Florians Ellbogen, er wird von verschieden schunkelnden Seiten fast auseinandergerissen. Man singt kräftig mit, und Elfi Düvenasch freut sich: „Aufmerksam von der Kapelle. Aber wie kommt es bloß, daß sie uns gleich als Deutsche erkannt hat?“

„Ja, sehr aufmerksam“, nickt Florian und wechselt einen tiefen Blick mit Gustav da Wulkow-Kümmel.

Später vermischen sie sich mit der römischen Abendeleganz auf der Tanzfläche. Krause verbeugt sich vor Jou – unterm Tisch knallen Hacken in Erinnerung an seine Militärzeit, sein Mund verzieht sich zu einem unwahrscheinlichen Grinsen:

„Wollen wer, Frollein Knopp?“

Es dauert einige Minuten, aber dann haben sie sich auf ein und denselben Tanzschritt geeinigt, und an dem halten sie fest, ob die Kapelle nun einen Mambo, langsamen Walzer oder Tango spielt.

„Ha'm wer uns doch noch janz jut zusamm 'jestuckert, wie?" lacht er, und dann: „Kieken Se mal unsern Kümmel!"

Dieser hat die mächtige Feldherrin am Wickel, betont schweigend, den Kopf mit zusammengepreßten Lippen zur Seite gewandt.

„Er darf mich nicht anreden", ruft sie erklärend. „Hat der Kerl doch zum Abendbrot eine halbe Zehe Knoblauch gegessen. Wie finden Sie das?"

„Rücksichtslos", sagt Neumann, der gerade mit seiner Frau vorübertanzt.

Die Band spielt wirklich großartig und unermüdlich. Man ist bereits beim siebenten Tanz. Kümmel und die Feldherrin haben ihre altdeutschen Schwenker aufgegeben und marschieren keuchend, schwitzend, aber unverzagt im Kreise.

Giselher – dünn und verzückt am Bug Marie Peters' klebend, zeigt mit dem Finger auf die beiden. „Wie müde Schildkröten, nöch?"

Marie Peters kreischt vor Vergnügen, aber die Feldherrin sagt böse: „Kümmel, strafe ihn für seine Taktlosigkeit. Hauche ihn an!"

„Ach, gnä' Frau", seufzt Giselher beim achten Tanz ein wenig atemlos, „Sie sind mir vielleicht eine Verführerische ..."

„Aber, Junge!"

„Nönö, wirklich. Ich meine das ernst. Und wie Sie noch tanzen können bei Ihrem Alter!"

Er spürt nicht, der Unglücksrabe, wie die üppige Marie bei diesen Worten in seinen Armen störrischer wird. „Sie sind doch mindestens so alt wie meine Mutter, aber die kann nicht mehr gut tanzen, die ..." Er fühlt sich zurückgestoßen, stolpert über seine eigenen Tanzschritte und starrt verdutzt in Marie Peters' Gesicht, das plötzlich so abwehrend kühl und so erloschen ist.

„Flegel –", zischt sie.

„Aber, gnä' Fräu –", stottert er. „Was haben Sie denn?"

„Mir reicht's", sagt Marie Peters und läßt ihn in seiner rundäugigen Ratlosigkeit auf der Tanzfläche allein.

Hat er sie gekränkt? Aber womit bloß? Er war doch so galant!

Auch an diesem Abend ist der Wein an allem schuld. Schuld daran, daß gegen Mitternacht die krähende Feldherrin nur mit Hilfe von vier kräftig schiebenden und einem ziehenden Männerarm in den Bus zurückspediert werden kann; schuld daran, daß ihre Nerze verschwinden und Florian seinen Trupp nicht zum Hotel begleitet. Er gibt seinen Führerposten für die Dauer der Rückfahrt an Gustav da Wulkow ab und setzt sich hinter Herzliebs Steuer, nachdem Hans Fichte erklärt hat: „Ich bin total beschikkert. Möchte am liebsten hier im Gebüsch übernachten, denn die Via Margutta find ich nie und nimmermehr."

Er muß sie aber wiederfinden, denn in dieser Straße liegt die kleine Pension, in der Hans und Erwin ein Unterkommen fanden, und Erwin wartet dringend auf seinen letzten Ausgang.

„Nichts wie Ärger hat man mit den beiden", steht deutlich zwischen den steilen Falten auf Florians Stirn, als er sich mit Herzliebs antiquiertem Mechanismus vertraut macht und das Auto in Richtung Rom wendet.

Kümmel setzt sich indessen neben Krause und greift zum Mikrophon: „Verehrte Damen und Herren. Freunde! Wir fahren jetzt über die Via Appia, die antikste Straße Italiens, über die schon Gallonen von Römern, Sklaven, Touristen ... Feldherrin, was schreist du so?"

„Meine Nerze sind weg, und du hast sie gestohlen, Gustav!"

„Beim Suff des Bacchus, diesmal war ich's nicht. Hat jemand die Tiere der Feldherrin, so sage er schlicht und einfach: Hier!" Kümmel fällt vornüber in seine geschwollene Rede, denn in diesem Augenblick fährt Krause an.

Neben Jou kümmert Giselher vor sich hin. Er versteht die Welt nicht mehr – versteht nicht die plötzliche Kühle der angebeteten Frau Peters, was hat er denn bloß so Schlimmes zu ihr gesagt? Versteht nicht, warum sein Schwager so gereizte Nasenlöcher gemacht hat, als er zweitausenddreihundert Lire für ihn im Lokal hat mitbezahlen müssen. Giselher fühlt sich zum Heulen unverstanden, und am liebsten würde er sein Seelendilemma mit einem vernünftigen Menschen besprechen. Aber wo – in diesem Bus – befindet sich ein vernünftiger Mensch? Jeder hat mit seinem Schwips zu tun, und Jou –? Manchmal kann sie ja wirklich unerwartet nett sein, vergißt aber niemals, die ältere Schwester hervorzukehren. Im Augenblick ist sie auch gar nicht ansprechbar, lehnt in ihrem Sitz, himmelt die Busdekke an und japst ab und zu wie ein sehnsüchtiger Karpfen.

„Wir wollen ‚Mariechen' singen!" ruft Neumann und hebt auch gleich zu dichten an.

„Mariechen war's so schwer ums Herz,
schwer ums Herz,
schwer ums Herz,
Denn sie vermißte ihren Nerz, ihren Nerz.

Alle mitsingen:

Da kam der schöne Königssohn, Königssohn ..."

„Ruhe!" brüllt Kümmel ihn nieder. „Wir nahen uns gleich dem Kolosseum. Rechts und links sehen Sie römische Reste. Rauf und runter – alles römisch. Krause, bitte, rechts rum fahren!"

„Mariechen, warum weinest du, weinest du,
weinest du?
Ich schenk dir neue und mein Schloß dazu,
Schloß dazu!"

Sie singen von Mariechen und ihren verlorenen Nerzen und dem schönen Königssohn, der ihr neue Nerze, sein Schloß und Herz zu Füßen legt. Sie singen Mariechen durchs nächtliche Rom, durchs antike, mittelalterliche und moderne.

„Halt!“ ruft Kümmel plötzlich. „Wir haben uns verfranst. Hier geht's in Richtung Petersdom. Fahren wir lieber jetzt mal links herum.“

Krause fährt links herum, immer links, durch die Wildfremde. Und es ist gewiß nicht ganz einfach, aber mit Kümmels Hilfe gelingt es ihm doch: Sie landen nach zehn Minuten wieder am Kolosseum.

Rom bei Nacht wird ihnen immer bekannter, das antike, mittelalterliche und moderne. Mariechen heiratet indes den Königssohn. Es ist die Hochzeit des Jahres, und viele, viele Reporter und Fotografen finden sich dazu ein ... fragen Sie Herrn Neumann, den Buspoeten.

Rudi und Elfi nutzen Papachens Abwesenheit – er hat an ihren nächtlichen mondänen Vergnügungen nicht teilgenommen –, um ausführlich miteinander zu kosen.

Und die Feldherrin fummelt den Boden nach ihren Nerzen ab.

Mariechen gebiert inzwischen drei stramme Söhne, die da heißen Giselher, Gustav und Prinz Rudi.

Kümmel weint: „Falsch, Krause, wieder falsch. Da lang geht's höchstens nach Potsdam. Wir müssen sooo rum fahren!“

Sie fahren „sooo rum“. Rom ist indessen schlafen gegangen. Mariechen findet in dem Lateinlehrer ihres Sohnes Gustav einen Seelenfreund, und die Feldherrin sucht ihre Nerze.

„Jetzt sind wir gleich da!“ verspricht Kümmel.

Sie lugen gespannt nach vorn – und schlagen sich auf die Schenkel vor Vergnügen, denn das, was da mächtig, düster und zum drittenmal in dieser Nacht vor ihnen auftaucht, ist das Kolosseum.

Aber einmal landen sie, ganz durch Zufall, vorm Hotel. Es ist ein Palazzo aus der Renaissancezeit mit unendlich vielen Gängen, Vorzimmern, Galerien, nochmals Gängen, Nischen, Treppchen, rauf und runter. Jou wandert, die Schuhe in der Hand, von Falsch zu Falsch und will schon verzagen, da begegnet sie Gustav Kümmel. „Na, Mädchen, suchen Sie das Kolosseurn?“ dröhnt er gemütlich.

„Nein, mein Zimmer. Ich kann's nicht wiederfinden", jammert sie und läßt sich auf ein wunderschönes Gobelinesofa fallen, das vorwurfsvoll knarrt, als sich der schwere Kümmel neben sie setzt.

„Piekfeines Hotel. Hat leider zuwenig Wegweiser." Sein Arm sinkt schwer und väterlich um ihre Schulter. Schweiß-, Wein- und Knoblauchdüfte hüllen sie ein, während seine Finger einen vergnügten Takt gegen das alte Holz klopfen. Er lacht. „Wenn man bedenkt, was in einer italienischen Woche aus uns allen geworden ist. Giselher steigt der Generation seiner Mutter nach. Die Feldherrin säuft. Rudi wagt es, Papachen zu widersprechen, dieser läßt seinen Grimm von einem Dackel bezähmen. Radkes sind frisch verliebt, der Primus läßt sich Koteletten wachsen. Neumann entdeckt seine poetische Ader, und Fräulein Herzberg hat heute abend zum erstenmal Lippenstift benutzt. Für wen wohl???" Er gähnt melodiös. „Bin gespannt, was sich noch alles auf dieser Reise ereignen wird."

„Ich auch. Ach, Herr Kümmel, wenn Sie wüßten ..."

„Aber ich weiß es doch, Mädchen, habe schließlich Augen im Kopf. Und außerdem – bin ja selbst in meinen hübschen Jahren durch diese schwierigschöne Ratlosigkeit gewatet, dicke Seufzer ausstoßend, während meine Phantasie dabei polygame Kapriolen schlug. Donnerwetter, Gustav", sagt er zu sich selbst, sein Ohr kratzend, „das hast du aber schlicht formuliert!" Und dann ist nur noch Mitgefühl in seiner Stimme, sehr viel Verständnis, so daß nicht einmal mehr der Knoblauchgeruch stören kann, der es begleitet. „Quäle dich ruhig ein bißchen herum, mein Mädchen, träume und seufze, wälze dich auf heißen Laken ..."

„Herr Kümmel, es ist gar nicht so ein schöner Zustand, wie Sie glauben. Es ist so schrecklich, zwei Männer auf einmal zu lieben."

„Es ist nicht so schrecklich, zwei zu lieben, als sich für einen von beiden entscheiden zu müssen. – Wenn du jetzt auch denken magst: Laß den ollen Zausel ruhig reden, was versteht er schon von meinem Seelendilemma. Eins darfst du dem Zausel glauben, Mädchen: Es gibt keine süßere Erinnerung als die an das einmal ersehnte Ungeschehene."

„Was meinen Sie damit?"

„Du wirst schon von dir selbst dahinterkommen. So, und jetzt gehn wir schlafen." Er erhebt sich, Jou sammelt ihre Schuhe auf, und gemeinsam machen sie sich auf die Suche nach ihrem Hotelzimmer. „Die Nerze der Feldherrin hat übrigens der Rudi gestohlen. Er will sie Papachen ins Bett schmuggeln, weil er sie doch so gerne mag. Blöde Idee, zeigt aber, daß der Junge anfängt, selbständig und mutig zu handeln. Gute Nacht, Mädchen."

„Gute Nacht, Herr Gustav da Wulkow, und – es ist sehr schön, daß gerade Sie in unserem Bus mitfahren."

„Danke, Mädchen." Er klopft auf ihre Wange, und während sie ihre Zimmertür aufschließt, verhallen seine schweren Plattfußschritte auf dem Gang.

Jou wäscht sich gedankenvoll – jawohl, man kann auch bei einer so prosaischen Beschäftigung wie dem Waschen sehr nachdenklich sein!

Dann legt sie sich in ihren imitierten Renaissance-Pfühl. Liegt da, ganz klein und unzufrieden und sehr sehnsüchtig ... und hört endlich die Schritte auf dem Flur, auf die sie – den Schlaf bekämpfend – gewartet hat.

Die Schritte verstummen vor ihrer Tür. Ein Fingerknöchel klopft an das Holz. „Jou ... ?"

Sie antwortet nicht, weil sie vor Aufregung keine Stimme zur Verfügung hat.

„Jou?" fragt es zärtlich, sehnsüchtig, überzeugend.

„Nein, Florian", ruft sie laut und klammert sich – wie Hilfe suchend – an ihr Kopfkissen. „Ich schlafe schon längst!!!"

„Wirklich – Jou?" fragt seine Stimme belustigt, und sie hat keinen Mut zu antworten.

Dann klingt noch ein amüsiertes Lachen aus dem Flur auf, Schritte, die sich entfernen ... dann ist es endgültig still.

„Lieber Gott, ich danke dir, daß du mich vor – na, eben davor bewahrt hast", betet Jou unzufrieden.

... und es dauert sehr, sehr lange, bis sie einschläft.

16. Kapitel

Fichte verliert einen Zettel

Fünfzehn Minuten Aufenthalt am wilden Strand von Terracina. Hans Fichte bleibt mangels einer Badehose auf dem steinigen Ufer zurück und hütet die Kleider. Zwar bot ihm Giselher in einem Anfall von (geldknapper) Großmut seine eigene Hose an, doch kamen Fichte bei ihrem Anblick begründete Bedenken: „Junge, in dem Zwickel würde ich zum öffentlichen Ärgernis!"

Während Gisel selbst in das kümmerliche Dreieck schlüpft, seufzt er: „Weißt du, Schwager, ich bin ein individualer Mensch und kann das Getümmel im Bus nicht leiden. Soll ich nicht das Herzlieb nach Neapel steuern, dann sind wir zwei Männer so ganz unter uns!?"

„Hm", äußert sich Hans, nicht eben entzückt von der Aussicht; Giselher an Herzliebs Steuer. Doch dann siegt eine Regung über seine Bedenken, die obgleich edel – doch schon manchen Menschen zu Zugeständnissen verleitet hat, welche ihn hinterher bitter reuten: nämlich Mitleid. Hans fühlt Mitleid mit Giselher, denn sein angebetetes Vollweib Peters hat seit jener unseligen Galanterie im römischen Tanzlokal nur mehr eine eiskalte Schulter für ihn. „Also gut, du kannst nachher mit mir fahren."

Fünf Minuten später als der Bus rollt Herzlieb aus dem Orte, an ihrem Steuer posiert Giselher. Daneben melkt Fichte die Wasserkuh Florenzia für seinen durstigen Erwin und beobachtet mit ständig wachsender Nervosität die rasanten Fahrkünste des jungen Knopf.

„Um eins bitte ich dich: Nimm es gelassen hin, wenn dich ein Lancia Baujahr 56 überholt. Herzlieb ist ein tapferes Mädchen, aber kein Renner mehr. – Junge, paß auf!!! Der Mann will noch ein bißchen leben! – Doch, sie ist wirklich ein tapferes, treues Mädchen, trotz ihrer weiblichen Launen."

„Tscha, die Weiber!" stöhnt Giselher dumpf.

„Hast du so schlechte Erfahrungen mit ihnen gemacht?" amüsiert sich Fichte.

„Klar, Schwager, du etwa nich?"

„Erinnere mich, des öfteren darüber lamentiert zu haben, besonders in meiner Jugend. Da nahm mich keine für voll. Aber seitdem mir rapide die Haare ausgehen, habe ich ungeahnte Chancen. Versteh einer die Weiber!"

„Eben, das meine ich ja, Schwager!"

Sie fahren jetzt über die endlose Gerade, die sich durch die ehemaligen Pontinischen Sümpfe zieht. Erwin hat sich auf Fichtes Knien hochgestellt und genießt mit flatternden Ohren den Fahrtwind. Sobald er einen Bauern mit seinen schwarzen Rindern gewahrt, bellt er unflätig.

„Und nun erzähle mir mal ein bißchen von Jou", sagt Hans. „Wie war sie als kleines Mädchen?"

„Na –" Giselher ist völlig uninteressiert an diesem Thema und darum auch nur zu den kürzesten Aussagen bereit, „sie war, wie wohl alle älteren Schwestern sind – ziemlich zickig. Bildete sich wer weiß was auf die Jahre ein, die sie mir voraushatte."

„Das ist allerdings eine Zickigkeit, die sich mit zunehmendem Alter von selbst kuriert", meint Fichte, „aber ..."

„Nönö", protestiert Gisel, „da schlägt sie ins Gegenteil um. Denn wie ich der Peters gesagt habe, daß es mir gar nix ausmacht, daß sie soviel älter is wie ich ..."

„Hast du ihr das wirklich gesagt?" staunt Hans dazwischen.

„So ähnlich schon – Gisel beugt sich vor und pliert auf die sonnenhelle Straße, sein Tempo verlangsamend. „Guck doch, Schwager. Die Frau da winkt wie verrückt! Ich werde mal anhalten."

Und er bringt das Herzlieb mit verwegenem Bremsenkreischen hinter einem roten Buickkabriolett mit amerikanischer Nummer zum Stehen.

Eine Frau, überschmal und hochbeinig wie ein New Yorker Starmannequin, nicht mehr ganz jung, aber hinreißend gealtert – kurz, eine Frau, wie man sie niemals als Tischdame noch als zufällige Nachbarin im Kinoparkett erhält, nur erträumt, kommt winkend auf Herzlieb zugelaufen. Mit einem knappen, bedauernden Lächeln und rauher Stimme sagt sie etwas, das Fichte erst versteht, nachdem er Erwins kläffende Schnauze zuhält.

„Ihr ist das Benzin ausgegangen, ob wir ihr aushelfen können!“

„Sure, Lady“, sagt Giselher hingerissen. Mit Feuereifer schleppt er die beiden Benzinkanister aus Herzliebs Kofferraum zum Buick, füllt seinen Tank – wie bitte, o no, sie haben selber noch genügend Brennstoff bis Neapel, da könne sie ganz beruhigt sein. Was, bezahlen? Aber, Lady, das kommt doch nicht in Frage. Die Dame lächelt reizend, es wäre extremely kind von ihnen gewesen, ihr zu helfen, und sie hopes, sie wiederzusehen. Letzteres ist natürlich nur eine Höflichkeitsformel.

Hans Fichte sitzt indessen sprachlos vor Verblüffung im Auto. Während der Buick breit, lautlos und funkelnd rot in Richtung Neapel davonschießt und bald nur mehr ein winziger, leuchtender Punkt am Horizont ist, kehrt Giselher händereibend ans Steuer zurück. „Dolles Weib, was? Die hatte Rasse!“

„Doller Schwager, den ich da mal mitbekomme“, knurrt Hans, zum erstenmal ernstlich böse. „Sag mal, hast du dir eigentlich unsere Benzinuhr angeguckt? Ist dir klar, daß wir nach zwanzig Kilometern ebenfalls trockensitzen, sofern wir nicht vorher eine Tankstelle finden, was in dieser gottverlassenen Gegend geradezu ein Wunder wäre!? Ist dir klar, daß wir uns die Arme beim Winken ausrenken können, ehe einer anhält, um uns auszuhelfen!? Gegen teures Geld natürlich nur. Der Idiot, der einem in Italien zwanzig Liter Benzin schenkt – und noch dazu vom besten! –, der ist bloß einmal vertreten. Aber sein Wahnsinn tut ihm ja nicht weh, für all seinen Wahnsinn kommt ja der dumme Fichte auf!“

„Geizkragen", zischt Giselher in sich hinein, und: „Ungebildeter Kerl, weiß nich mal, wie man sich einer Dame gegenüber zu verhalten hat."

Bereits nach achtzehn Kilometern sagt Herzlieb: Nun ist Schluß! Und sie rollen an den Straßenrand. Über ihnen ist blauer Himmel und strammer Sonnenschein. Rundherum ländliche Gegend. Fünfhundert Meter ab ein zerfallener Bauernhof. Und weder von rechts noch von links ein Auto. „Jetzt winke, mein Sohn", sagt Hans, die Arme verschränkend. Giselher ersticht ihn mit einem Blick und steigt aus. Am südlichen Horizont taucht ein Bus auf, aus Stuttgart, wie sie bei seinem Näherkommen feststellen können. Giselher winkt wie verrückt – der Fahrer hupt einen Gruß, sämtliche Insassen schwenken herzhaft ihre Taschentücher. Vorbei. Nichts bleibt ihnen als die Trauer über eine einmalig gute, mißverstandene Gelegenheit.

Von Rom her drei verkappte Rennfahrer – heulende Motoren – schon am südlichen Horizont. Aber dann endlich ein hochbeiniger Lastwagen, auf dem schon Mussolinis Schwarzhemden die Giovinezza gegrölt haben mögen. Krachend und quietschend hält er an. Sein junger Fahrer besitzt die grimmige Schönheit Guilianos, des Banditenhäuptlings. Unter Mitwirkung aller Glieder macht Fichte ihm sein Anliegen klar. Der andere grinst und nickt. Doch, könnten sie haben. Fünf Liter? Gut. Und dann schreibt er in Herzliebs Staubschicht eine Ziffer, die das Doppelte des normalen Benzinpreises beträgt. „No – niente!" schreit Hans verärgert. Der Mann will achselzuckend wieder in sein Ungetüm klettern – er gibt sich schließlich nicht mit knausrigen Deutschen ab, die immer glauben, mit den Neapolitanern handeln zu müssen – , aber Hans reißt ihn zähneknirschend auf die Straße zurück, und man einigt sich auf den halben Überpreis.

Kurz vor Neapel zwingt Hans eine wichtige Frage, den Verkehr mit seinem mißratenen Partner wiederaufzunehmen.

„Wie heißt denn das Hotel, in dem die Gruppe einsteigen wird?"

„Weiß ich nicht. Dachte, du wüßtest es, Schwager!"

„Hab's irgendwo auf einen Zettel geschrieben."

Er durchsucht seine Anzugtasche, den Handschuhkasten, das ganze Herzlieb, endlich und immer nervöser auch die Koffer und sämtliche Kleidungsstücke in ihnen, die Taschen enthalten. Er findet zahllose Eintrittsbons für Kirchen, Katakomben und Museen, aber keinen Zettel, auf den Jou den Namen des neapolitanischen Hotels geschrieben hat. „Was ist eigentlich heute für ein Tag? Vielleicht Freitag, der Dreizehnte?"

„Wieso?" fragt Giselher.

„Weil alles so glattgeht, darum!"

„Wir werden die Gruppe schon finden, keine Bange, Schwager. Neapel ist doch ein Nest. Und dann möcht ich dir ja was raten: Du darfst nich so nervös sein, sonst kriegst du die Managerkrankheit. Guck mich mal an, ich bin ganz ruhig, nöch?"

17. Kapitel

Sorgen

Neapel sehen und sterben! Dieser klassische Ausruf ist Jou seit der Schulzeit bekannt und hat den gleichen Eindruck auf sie gemacht wie eine recht unwahrscheinliche biblische Begebenheit, wonach Lots Weib zur Salzsäule erstarrte, als sie sich nach dem brennenden Sodom umsah.

Jou konnte sich nie entschließen, was sie unangenehmer fand: sich nach Sodom umgucken und Salzsäule werden oder Neapel sehen und sterben.

Inzwischen hat sie von Florian erfahren, daß das Zitat „Vedi Napoli e poi muori!" als überschwengliche Liebeserklärung aufzufassen ist, die sich weniger auf die Stadt als auf den herrlichen Golf bezieht. Denn Neapel selbst ...

Sie steht gerade auf dem fußbreiten Balkon ihres Hotelzimmers im tiefsten Mittendrin der Stadt und hat das Gefühl, sich auf einer tollwütigen Kirmes zu befinden. Ein Händler brüllt den anderen nieder, Frauen kreischen, junge Hunde quietschen unter mutwilligen Fußtritten, Kinder johlen, mindestens drei Personen zanken sich immer, es klingt jedenfalls so, und in jedem Hause prüft Caruso seine Stimme auf ihre Lautstärke hin. Die schmale Gasse unter ihrem Fenster ist gleichzeitig Waschküche, Kneipe, Ausguß, Warenhaus, Schlafstube, Mülleimer – und manchmal weiten sich Jous Augen vor blankem Staunen, ehe sie rasch weggucken.

„Ist dieses Neapel nicht einmalig?" fragt Florian vom Balkon schräg über ihr.

„Einmalig schon", sagt sie gedehnt, und dann: „Herr Florian, meine Mannen sind noch immer nicht eingetroffen.

Ich habe so Angst, daß etwas passiert sein könnte. Sie müßten seit vier Stunden hier sein!"

„Machen Sie sich keine Sorgen", sagt er leichthin. „Sie werden eine Panne haben. Spätestens morgen früh stürmen sie Neapel!"

Während Florian also auf Jous helles, sorgenvolles Haupt hinabtröstet, stehen die Vermißten am Hafen und starren in dumpfer Ratlosigkeit vor sich hin. Erwin mauzt vor Hunger, Giselher jammert um seine Koffer, und Hans sorgt sich über die Sorgen, die sich Jou bestimmt um sie machen wird.

Ein Händler pirscht sich an die verlorenen drei heran, wickelt ein Gebiß aus schmuddeligem Seidenpapier, und es kostet Hans einen wütenden Wortschwall, den Mann davon zu überzeugen, daß er mit seinen eigenen Zähnen noch recht zufrieden sei.

„Fah'n wir zum fünftenmal die Stadt ab, Schwager. Vielleicht finden wir irgendwo den blauen Bus."

Fichte stöhnt. Er hat noch immer nicht ergründen können, nach welchem tollkühnen System in Neapel Auto gefahren wird, aber eins hat er gelernt: Diejenigen, die wie aufgescheuchte Hühner zentimeternah an kreischend stoppenden Kühlern vorbei über die Dämme flattern, das sind Touristen. Ähnlich, wenn auch nur im Herzen flatternd, gebärdet er sich an Herzliebs Steuer in den Straßen, und er mag nicht mehr fahren, aber was soll er machen?

Seufzend steigt er in den Wagen, zur gleichen Zeit, da der bereits bekannte rote Buick weichfedernd ins Hafengelände einbiegt. Die Amerikanerin steigt aus, spricht mit einem Hafenbeamten, schaut sich suchend nach einem Träger um, und Fichte greift vorsichtshalber nach Giselhers Arm.

„Hier bleibst du", sagt er streng, „sonst engagiert sie uns als Kofferträger. Ist ja bereits an unsere ungewöhnliche Großmut gewöhnt."

Die Frau schließt den Wagen ab (sie ist wirklich sehr apart), ein Träger lädt ihr Gepäck auf, sie verlassen den Parkplatz, und da hält es Giselher nicht länger. „Muscha woll fragen, wie ihr das Benzin gefallen hat."

Er entwetzt, die Hacken am Hosenboden, und Hans bleibt verärgert zurück. Streitet sich mit einem Schuhputzer über den Grad der Putzbedürftigkeit seiner Slipper, wobei ihre Ansichten weit und laut auseinandergehen, und atmet auf, als Giselher endlich zu ihm zurückschlenkert.

„Sie fährt nach Capri, Schwager."

„Soll sie. Wir durchstreifen jetzt noch einmal Neapel. Steig schnell ein!"

„Aber es ist doch gleich dunkel! Heute abend können wir niemand mehr finden. Und morgen früh fahren unsere Leute schon um halb acht nach Amalfi."

„Du sollst endlich einsteigen, Junge!"

„Übermorgen trifft unser Trupp in Capri ein. Ich hielte es für das beste, wir führen jetzt gleich auf die Insel. Da finden wir sie am ehesten wieder."

Fichte schaut Giselher von der Seite an – und einzig der Gedanke, daß dieser Knabe, dem er all sein Leid zu verdanken hat, Jous Bruder ist, hält ihn davon ab, allzu giftig zu werden. Er sagt: „Dir spukt die Amerikanerin im Kopf rum, wie? Die Anbetung bleibt die gleiche, bloß das Goldene Kalb wechselt, das heißt, bei deinen Damen kann man schon ruhig von ausgewachsenen Rindern sprechen."

„In fünfzehn Minuten geht ein Dampfer nach Capri, hat sie gesagt", bohrt Giselher unbeirrt weiter. „Soll ich Billetts besorgen, oder willst du ... ?"

Zwanzig Minuten später sitzen sie auf dem Achterdeck des friedlich rauschenden Dampfers. Vor ihnen wächst die Bucht in die Breite, ein Lichterkollier schlingt sich sanft und kostbar um ihren Hals. Die schwarzen Abhänge sind mit Lichterfunken besät, und eins dieser flimmernden Pünktchen gehört zu dem Hotel, in dem sich Jou jetzt um sie sorgt. (Ach, wenn sie sich doch wirklich ein bißchen sorgen wollte!)

Unter Fichtes zugeknöpftem Dufflecoat schläft Erwin in hungriger Ergebenheit. Neben ihm, in weißen, weichen Flausch gehüllt, die Füße auf die niedrige Verstrebung der

Reling gestützt und Giselhers Balzen gelassen überhörend, lehnt die Amerikanerin.

Sie heißt Mrs. Joan Parker und lebt seit einem Jahr mit ihrem Mann in Rom. Eine geschäftliche Verhandlung hat seine Abreise von dort verzögert. Er wird ihr erst in drei Tagen nach Capri folgen können. Wenn Mr. Fichte sein Zimmer so lange haben möchte? Er würde heute abend wohl schwerlich ein anderes Quartier auf der Insel finden. Mr. Fichte sagt, das sei wonderful, und fleht zu seinem lieben Gott: „Gib, daß sich dieses Zimmer nicht in einem Luxushotel befindet!" Die hohen, unvorhergesehenen Geldausgaben, zu denen Giselhers Anwesenheit ihm verhalf, haben Hans bereits zum Heulen mürbe gemacht. Aber das Parfum, das der Nachtwind aus Mrs. Parkers Haar zu seiner Nase weht, die Nacht selbst, der Anblick der glitzernden Bucht ... Hans Fichte müßte nicht Hans Fichte sein, um trotz aller finanziellen Sorgen das prickelnd Abenteuerliche seiner Situation zu genießen. Er streicht zärtlich über die Wölbung seines Mantels, unter welcher Erwin pustet. „Braver, vorwurfslos ergebener, unermüdlicher Sancho Pansa Erwin. – Aber die Parker duftet wirklich verdammt gut!"

„Schwager, hast du gehört?" ruft Giselher von ihrer rechten Seite, schuddernd vor Kälte und Aufregung. „Mrs. Parker erzählt gerade, sie wohne nicht im Hotel, sonder in der Villa, wo ihre Freundin auf Anacapri besitzt. Stell dir vor, wir werden in einer Villa wohnen! Und alles bloß wegen dem Benzin, wo wir ihr geschenkt haben. Und – wem hast du das zu verdanken, Schwager? Mir! Dem Giselher Knopf. Schwager!"

„Ja doch!"

„Ich hab nix zum Anziehen mit. Du hascha auch nix Vernünftiges. Denn müssen wir uns in Capri vollkommen neu einkleiden, nöch?"

Hans nickt abwesend. Es könnte wirklich alles wunderschön sein, wenn es nur billiger wäre – und wenn es keinen Florian gäbe, der jetzt zwei Tage lang ohne Fichtesche Aufsicht um Jous dummes Kleine-Mädchen-Herz werben darf.

18. Kapitel

Südliche Nächte

In Rom herrschte eitel Frieden unter den Busfahrern. Sie begegneten einander mit Gelassenheit und Wohlwollen.

Kein Wunder, denn ihr Blick durfte nach Verlassen des Hotels weit ausschweifen – bis zu den erhabenen Bauten der Engelsburg und des Petersdomes. Sie waren an würdevolle, stille Weite gewöhnt und am nächsten Abend in der lärmenden, schlampigstickigen Enge neapolitanischer Gassen eingeschlossen. Der Blick prallte gegen schwitzende Mauern oder durch ein geöffnetes Fenster auf intimes Familienleben. Die Füße taten auf einmal bewußt weh, die Nerven meldeten sich, das Wohlwollen gegenüber den kleinen Schwächen und Besonderheiten der Mitreisenden schwand, Gereiztheit wurde großgeschrieben, und eine nicht funktionierende Nachttischlampe, ein tröpfelnder Wasserhahn, irgendeine winzige Begebenheit löste einen tränen- und wortreichen Streit aus.

Es muß sich in jener ersten Nacht in Neapel, da Jou vor Sorge um ihre Mannen nicht schlafen konnte, recht Unerfreuliches getan haben, denn am nächsten Morgen herrschte an einigen Frühstückstischen eisiges Schweigen.

Aber nur vier Personen trugen ihren Streit dem Robert Florian vor, zwei weibliche und zwei männliche.

Die weiblichen: Frau Küßnich und die Feldherrin. Sie teilten vom ersten Tag an ihre südlichen Nächte, und bisher ging das auch recht gut. Die Feldherrin ist geduldig und verträglich und Frau Küßnich eine liebe, ältere, nicht übermäßig geistig belastete Dame mit guter Beamtenpension und auf Karakul getrimmten Löckchen. Trotz ihrer

Jahre ist sie zu eitel, einen Hörapparat zu tragen. Sie versteht lieber Bahnhof und schenkt den Mitreisenden dadurch manch frohe Minute.

Aber was tut es, wenn Mussolini statt Michelangelo die Grabmäler der italienischen Könige in der Kapelle Medici geschaffen hat! Die Medicis würden sich nur freuen, daß Frau Küßnich Könige aus ihnen macht, Mussolini fühlt sich geschmeichelt – höchstens Michelangelo könnte gegen die Verwechslung Einspruch erheben.

Die Feldherrin begegnete dieser Schwerhörigkeit mit rührend geduldigem Gebrüll, und Frau Küßnich hatte bisher nichts gegen das Hobby ihrer Bettnachbarin einzuwenden.

Die Feldherrin liebt nämlich nicht nur Tiere – lebendige und solche zum Umhängen –, sie sammelt auch Pflanzen. Die Feldherrin hat die Ablegersucht.

In Neapel führt sie bereits einen Pinienschößling, ein Agavenjunges, einen Feigen- und einen Zitronentrieb mit sich. Außerdem erstand sie in Florenz ein reizendes Zierbäumchen mit rosa Blüten, dessen Ballen – in poröses Sacktuch gebunden – neben Florian auf dem Führersitz blühen und Erde streuen darf. Von Fiesole stammt der kleine, weißblühende Oleander und aus der Umgebung Neapels ihre Feigenkakteen.

Sobald sie eine Stadt erreichen, schreitet die Feldherrin zur Wässerung ihres botanischen Gartens. Diese findet im gemeinsamen Hotelwaschbecken statt, in der das Gros an reisender Vegetation auch die Nacht verbringen darf.

Frau Küßnich nahm es freundlich seufzend hin, daß ihre Waschlappen sich erdig anfühlten. Auch das ungewöhnliche Knirschen beim Zähneputzen beanstandete sie nicht.

Aber in jener ersten Nacht in Neapel, in einem düster tapezierten Zimmer voll stickiger Luft und gereizter Atmosphäre, beim müden Schein einer geschirmten Nachttischlampe, beim Anblick eines Oleanders und eines rosa blühenden Bäumchens vor ihren unteren Bettpfosten, da platzte Frau Küßnich der Kragen der Geduld. Da soll sie so laut, daß es Neumanns noch im Nebenzimmer hörten, „Ich hab's satt, vor meinem Tode in einem Krematorium zu schlafen!“ geschrien haben und: „Raus mit dem Zeug, aber dalli!“

„... und stellen Sie sich vor, Herr Florian“, weint die Feldherrin am nächsten Morgen, „springt diese Person doch aus dem Bett, greift alle meine Ableger aus dem Waschbecken und schmeißt sie zum Fenster hinaus. Gerade die Bäumchen konnte ich noch retten!“

Florian ringt müde die Hände. Der Posten eines Reiseleiters ist schon schwer genug ohne Ableger, Schwerhörigkeit und verlorene Herzliebs, nach deren Besatzung er heute früh an alle Ortschaften zwischen Terracina und Neapel vergebens telefonierte.

Jetzt brodelt auch noch ein Streit zwischen Kümmel und dem Primus auf. Die beiden sind ebenfalls Bettnachbarn. Aus ihrem Zimmer tönt selten ein Laut – es sein denn strammes Schnarchen. Der Primus behauptet, Gustav zersaäge pro Nacht einen kompletten Pinienhain, und wenn das noch Wochen so weitergehe, dann wäre er mit den Nerven fertig und Italien kahl! Kümmel hingegen meint, der Primus unterstütze ihn mannhaft beim Roden.

Dieser geht meistens nach dem Abendbrot zu Bett. Dafür steht er aber auch um fünf Uhr nachts auf, um Freiübungen zu machen.

Kümmel: „Vom Knirschen seiner morschen Knochen wache ich jedesmal auf.“

Primus, giftig retour: „Aber wenn Sie nachts ins Zimmer stolpern – voll wie tausend Mann – und dreimal von der Bettkante trudeln, ehe Sie einen Stiebel aushaben, und mir dann noch Ihren Schlips ins Gesicht feuern – das ist gar nichts, wie? Ich habe das Glückslos mit Ihnen gezogen, wahrhaftig! Der döllste Suffkopp Europas muß ausgerechnet mein Bettnachbar werden.“

Kümmel, wehleidig: „Und was hab ich für'n Fang mit Ihnen gemacht? Nicht nur, daß Sie zu völlig unanständigen Zeiten turnen, nein, Sie drehen nachts auch noch Filme auf.“

Primus, mit erhobenem Zeigefinger: „Aber nur unter der Bettdecke!"

Florian, mit elendem Gesichtsausdruck: „Meine Herren, wenn Sie sich absolut nicht vertragen können, muß ich Sie mit jemand anderem zusammenlegen."

Kümmel: „Am liebsten wär's mir mit unserem Knöpfchen."

Primus empört: „Lustmolch, Mensch! Die Kakteen der Feldherrin kriegen Sie ins Bett!"

Einen Augenblick herrscht ratlose Stille, dann legt sich Kümmels Arm um die runden Schultern seines Streitpartners. „Is ja alles bloß Spaß, nich? Wir bleiben zusammen, Ede, Bettchen an Bettchen. Ich schmeiß dir keinen Schlips mehr ins Gesicht, und du turnst erst ab sieben Uhr früh. Es ist doch so nett mit uns beiden!"

Wie immer, wenn jemand in besonders herzlichem Ton mit ihm spricht, bekommt der Primus feuchte Augen, und sein Gesicht nimmt den griesgrämig-gutmütigen Ausdruck eines Boxerrüden an.

„Meine Damen", ruft Florian schnell. „Nehmen Sie sich ein Beispiel an soviel männlicher Großherzigkeit! Umarmen Sie sich auch! Los, Frau Behrend, machen Sie den Anfang – na, bitte! Lächeln Sie dabei – wundervoll! Zwei Sorgen bin ich los. Bleibt nur noch die eine. Ich habe heute früh bei allen möglichen Polizeistationen angerufen und die beruhigende Mitteilung erhalten, daß weder zwei deutsche Touristen noch ihr Dackel auf dem Weg hierher verunglückt sind. Nehme an, daß sich Fichte verfahren hat oder unsere Hoteladresse vergaß. Aber spätestens heute abend, wenn wir aus Amalfi zurückkehren, werden sie hier eingetroffen sein. – Bestimmt", fügt er bekräftigend und voll Überzeugung in Jous Richtung hinzu. „Sie brauchen sich wirklich keine Sorgen zu machen, Jou!"

„Ich fahr nicht mit, Herr Florian. Ich kann doch nicht ..."

„Unsinn", sagt er und schiebt sie vor sich her dem Hotelausgang zu. „Sie kommen mit. Nur Ihre Sorgen dürfen Sie hierlassen. Männer wie Fichte und Giselher, die sind nicht so schnell auszurotten!" Auch diese letzte Bemerkung spricht er voll Überzeugung.

19. Kapitel

Er chat serr fröllisch gelebben

Der Vesuv sieht heute nur noch auf älteren Postkarten wie der Vesuv aus. Seitdem er das Rauchen aufgegeben hat und zum pensionierten Vulkan wurde, unterscheidet er sich nicht mehr von anderen Bergen. Höchstens ein paar Lavafelder, um die die Vegetation bisher einen Bogen gemacht hat, erinnern noch an seinen letzten Ausbruch.

Sie fahren an Gemmenschneidereien und Korallenfabriken vorbei zum gründlichsten Opfer seiner Lavaströme und Aschenregen: Pompeji.

„Ach, bitte, Herr Florian, wann fand dieses Drama noch statt?"

„Am 24. August 79."

Fräulein Herzberg, kopfschüttelnd: „Gott, wie die Zeit vergeht!"

Der Führer in Pompeji sieht aus wie Napoleon III. Er trägt einen schwarzen Regenschirm überm Arm und strömt mit seinen erklärenden Worten betörenden Veilchenpastillenduft über die grünumwucherten Ausgrabungen.

„... und nun wirr werden kommen zu das Chaus von Vetti. Er warr ein Schunggeselle, und er chat serr fröllisch gelebben."

Zumindest hat dieser Vetti selig einen ausgezeichneten Architekten gehabt. Fensterlose Mauern schließen sein Haus von der Außenwelt ab. Vom blühenden Innenhof überblickt man fast sämtliche Räume des Hauses. Leuchtende Wandmalereien im architektonischen Stil ersetzen die Möbel.

„... und darum Witze ieber Galan in Schrank nix möggl-lisch in alltes Pompeji."

Der Führer empfiehlt den Damen, im Peristyl eine Weile zu lustwandeln, während er die männlichen Mitglieder der Gruppe gegen eine kleine Extravergütung in ein besonders privates Gemach des Herrn Vetti führt.

Jou weiß nicht, was es in „Nur für Herren" zu sehen gibt. Sie kennt nur die Reaktionen der Männer, als sie nach wenigen Minuten zurückkehren.

Rudi, mit hochrotem Kopf: „Mann, o Mann!"

Elfi, begierig: „Erzählste mir nachher?"

Primus, griesgrämig: „Ziemlich übertriebene Darstellungen."

Neumann, verärgert: „Blitzlicht hätte man mitnehmen sollen, es war so dunkel. Aber wer ahnt denn das!"

Kümmel, grinsend. „Er chat wirklisch serr fröllisch gelebben!"

Florian, dozierend: „Man führt diese Darstellungen auf den ungebundenen, spätalexandrinischen Einfluß zurück."

Und Düvenasch, empört bis in die Zehen: „Der Vetti, so ein Schwein!"

20. Kapitel

Lieblinge der Götter

Mächtige Schaumgebirge rollen vom silbrigen Horizont durch breite Bänder in allen Blauschattierungen, ehe sie gelbsprühend an den Felsen zerschellen. In engen Buchten leuchtet das Meer russischgrün, vor dem Strand honigfarben. Links liegt, in blendendes Licht getaucht, die Bucht von Amalfi. Pastellfarbene Häuser, umgestülpte Fischerboote – gelb, rot und grün.

Wenn Jou den Kopf hebt, hat sie das Gefühl, daß die steil aufsteigenden Felsen dem schweren, unbeschreiblich blauen Himmel als Stützpfeiler dienen. Zwischen schwarzem Gestänge terrassenförmiger Gärten leuchten Zitronen, trocknet die Spätlese – und Florian sagt leise vor sich hin: „Unsere glücklichsten Augenblicke sind manchmal diejenigen, in denen gar nichts geschieht."

Im Augenblick geschieht nichts. Sie hocken nur da auf unbequemen, in die Weichteile einschneidenden Felsvorsprüngen, blinzeln schweigend um sich und – ja, soo, genauso haben sie sich Italien vorgestellt.

Neumann zieht die Stacheln eines Seeigels aus den Fußsohlen seiner Frau, und Elfi Düvenasch schreibt eine Ansichtskarte mit einer Palme im Vordergrund – dem botanischen Symbol nordländischer Sehnsucht nach dem Süden – an ihre beste Freundin in Neukölln. Sie schreibt gerade: „Unser Reiseleiter ist ein gutaussehender Mann – italienischer Typ, ganz schwarz –, aber ich habe ja meinen Rudi."

Fräulein Herzberg, in des Primus' Bademantel gewikkelt, wirft einen neidischen Blick auf die obere Hälfte Jous. Warum hat sie selber bloß so wenig Busen abgekriegt? Und der Primus fotografiert Wellen. Seine rotverbrannten Hände an den laschen, weißen Armen wirken wie Handschuhe.

Es geschieht wirklich nichts bis zu dem Augenblick, da sich Jous und Florians Blicke wie zufällig treffen. „Komm mit", sagt er halblaut und springt ins Wasser. Jou folgt knapp hinter ihm.

Sie schwimmen aus dem Schatten der Bucht, aus dem Blickfeld der Zurückbleibenden, auf einen meterhoch aus der gelben Gischt ragenden Felsvorsprung zu. Florian schwingt sich zuerst hinauf und zieht Jou nach. „Vorsichtig", warnt er, „nicht zerschellen!"

Jetzt sitzt sie neben ihm, spürt seine lachende Atemlosigkeit um sich und seine kühle, salzige Haut, langsam von innen sich erwärmend.

Sonne glitzert in Form von Billionen Pailletten auf dem bewegten Meer, hinter ihnen ist steile Felswand, von kleinen Grotten unterhöhlt. Daß sie jemals mit einem Mann außer Hans Fichte so sehr allein sein würde! Daß ihr dieses Alleinsein so sehr behagt obgleich sie doch vor Sorge um die verlorenen Mannen vergehen müßte!

Und dann sieht sie, daß Florian an der Schulter blutet. Er hat sich am spitzen Felsen geschnitten, und Jou macht erschrocken: „Oh! Tut's sehr weh? Soll ich mal pusten?" Sie beugt sich vor und pustet und spricht dabei den alten Kindervers: „Heile, heile Segen ... Jetzt besser?"

Florian küßt sie zum Dank auf den Nacken, aber das ist ein viel zu empfindlicher Punkt für einen Dankeskuß, und Jou fühlt plötzlich eine große, herzklopfende Scheu.

„Wo liegt eigentlich Capri?" fragt sie ablenkend.

„Schräg rechts. Aber Sie können die Insel von hier nicht sehen." Und dann sagt er: „Schau mich mal an!"

Sie tut es, blinzelnd zwischen feuchten Wimpern.

„Denk doch nicht immerzu an ihn. Es ist bestimmt nichts passiert."

Himmel, sie hat im Augenblick überhaupt nicht an Hans gedacht. Und um Versäumtes nachzuholen, seufzt Jou nicht ohne Bühnendramatik: „Was soll ich dagegen tun?

Ich sehe ihn deutlich vor mir. Verunglückt. Er stöhnt meinen Namen ... Ach, es ist schrecklich, Florian."

„Ja", nickt er nach einer Weile und macht dabei ein undurchdringliches Gesicht.

Jou wartet. Jetzt wird er sie trösten – nicht gerade wieder auf den Nacken, aber auf die Wange. Die ist beim Trösten schon erlaubt.

Aber sie wartet umsonst. Florian sagt nur: „Am besten, wir schwimmen jetzt zurück", und läßt sich vorsichtig ins Wasser gleiten. „Kommen Sie."

Es bleibt Jou nichts anderes übrig, als ihm zu folgen.

Indessen genießen die verlorengegangenen Mannen ihr capresisches Dasein wie einen Reiche-Leute-Film. Sie liegen auf der Terrasse der weißen, maurischen Villa, die außer ihnen zur Zeit nur das einheimische Hausmeisterpaar, die göttliche Mrs. Parker und ein New Yorker Hochzeitspärchen, Verwandte der abwesenden Besitzerin, bewohnen.

Ein Wasserfall von violetten Blüten rankt sich um Marmorsäulen, bizarre Schatten über das Mosaik des Terrassenbodens bis zu der Flasche mit gekühltem Capriwein werfend, die griffbereit und oft bewegt zwischen Giselhers und Hansens Stühlen steht. O dolce dolce far niente! Sie stöhnen vor Behagen und werden nicht müde, sich ihr unwahrscheinliches Glück zu schildern. Und wenn Hans Fichte nicht zuweilen die Sorge um Jou und seine Eifersucht auf Florian sehr wirklich zwickten, hielte er sein augenblickliches Dasein für eine Vorspielung falscher Köstlichkeiten, für den Fiebertraum oder die Fata Morgana eines hungrigen, frierenden, lebesüchtigen Pleitegeiers.

„Na, ist dieses Italien vielleicht eine Wucht?" sagt Giselher und meint damit Mrs. Parker, die, goldbraun, in hautengem Weiß, gerade die Terrasse vom Garten her betritt. Aber nicht nur Giselher, auch Hans befindet sich auf dem schnurgeraden Wege, ein Opfer ihrer geschmeidig gealterten Reize zu werden.

Ihretwegen hat er auch den hohen Preis für die raubtiergemusterte Badehose bezahlt, die sich ein wenig ungewöhnlich an seinen strammen, rosigen Breughelformen ausnimmt.

„Ich habe leckere Sachen eingekauft“, sagt sie englisch, auf ihren Strohkorb weisend. „Und für Erwin etwas besonders Gutes!“

Hans möchte „Sie verwöhnen uns zu sehr“ antworten, aber er weiß die Vokabel für „verwöhnen“ nicht, und darum beschränkt er sich darauf, „Oh, fine!“ zu sagen und einen ungeschickten Kuß auf die feingliedrige Hand zu drücken.

Während sie in die Küche geht, seufzt Giselher: „... und morgen ist unser Götterleben zu Ende. Morgen kommen die anderen an.“

„Du wirst zu jedem Schiff zum Hafen hinunterfahren, damit wir sie nicht verpassen“, sagt Fichte und denkt: Götterleben! Götterliebe! Götterlieblinge! Das sind wir im Augenblick. Aber die Gunst der Götter zeigte sich von jeher hauptsächlich darin, daß sie ihren Lieblingen frühzeitig den Garaus machten. Nicht nett von den Göttern.

21. Kapitel

Auf ziemlich hoher See

Und wenn Florian ihr auch hundertmal versichert, daß Hans, Giselher und Erwin nicht Böses zugestoßen sein kann, sie hätten es sonst längst von der alarmierten Polizei erfahren – Jou sieht sie dennoch und immer deutlicher mit zerschmetterten Gliedern in einem armseligen Dorfspital liegen oder von Banditen überfallen und in Berghöhlen verschleppt. Allerdings, gegen diese letzte grause Möglichkeit spricht der Umstand, daß sich Giselher noch nicht in Neapel eingefunden hat. Denn spätestens nach einem Tag hätten selbst Banditen seine totale Nutzlosigkeit erkennen müssen und ihn laufenlassen,

Jou ist halbtot vor Sorge und schlaflosen Nächten. Sie weigert sich strikt, am nächsten Morgen mit nach Capri zu fahren. Am gestrigen Tag in Amalfi hielt sie die Hoffnung, die drei abends im Hotel vorzufinden, noch aufrecht. Jetzt hat sie keine mehr.

Kurz bevor die anderen vom Hotel aufbrechen wollen, wird Florian ans Telefon gerufen. Gleich darauf kommt er, Arme schwenkend, auf Jou zugelaufen. „Wir haben sie, wir haben sie! Das heißt, wir haben Herzlieb. Eben erhielt ich von der Polizei die Nachricht, daß der gesuchte Wagen mit der Berliner Nummer auf dem Parkplatz am Hafen steht. Bereits seit vorgestern abend. Die beiden Herren seien angeblich nach Capri gefahren, und zwar mit einer Amerikanerin, deren Wagen ..."

Er bricht ab, als er Jous Gesicht sieht, das plötzlich ganz rund geworden ist, so fest beißt sie die Zähne aufeinander.

Nichts empört eine Frau mehr als die springlebendige Treulosigkeit eines Mannes, um dessen Leben sie mit aller Kraft ihres Herzens gebangt hat. „Eine Amerikanerin?"

„Der Mann kann sich auch geirrt haben", sagt Florian schnell.

Doch Jou weiß bereits aus Erfahrung, daß Erfreulichkeiten sich oft als Irrtum erweisen, Hiobsbotschaften dagegen meist auf Wahrheit beruhen.

Ihre Sorge um Hans verwandelt sich urplötzlich in grimmigen Zorn. Sie schaut Florian an und spürt noch einen Extrazorn ... Wie viele unwiederbringliche Gelegenheiten, mit diesem so herrlich gebildeten, gutaussehenden Mann zu flirten, sind ihr durch ihre Sorge entgangen!

Sie fahren zum Hafen hinunter. Es regnet Bindfäden. Der Vesuv hat sich fröstelnd in eine graue Wolke gewikkelt, und die wundervolle neapolitanische Wäsche hängt schlapp und regenschwer in den Gassen.

Jou zottelt als letzte auf den ältlichen Dampfer. Sie ist so böse wie das Wetter und möchte mit niemandem sprechen. Die mitleidigen Blicke der übrigen Touristen, die noch nichts von Fichtes und Giselhers capresischem Abstecher wissen, empfindet sie als Hohn. Auch Kümmels Aufheiterungsversuche behagen ihr nicht.

Gleich nachdem der Dampfer den schützenden Hafen verlassen und in die schaumköpfigen, größer werdenden Wellen hinausgerauscht ist, nimmt Gustav da Wulkow die grantige Jou beim Arm. „Komm, mein Mädchen, wir steigen mal rasch zur Bar. Wenn schon, dann sollen die Fische was Ordentliches zu kosten bekommen." Und: „Buon giorno", begrüßt er fließend den Mixer. „Was möchten Sie trinken, Knöpfchen?"

„Ich weiß nicht, was mögen die Fische gern?"

„Due Kognaks, per favore."

Der Mixer spült die Gläser mit zwei Fingern aus und stellt das Gewünschte vor sie auf die Bar.

„Molto Sturmo today, ja?" fragt Kümmel und heult zwecks Erläuterung seines Ausländisch wie der Wind in Kriminalhörspielen.

Der Mixer antwortet mit einem lachenden Wortschwall.

„Was hat er gesagt?"

„Weiß nicht, wird aber schon stimmen. – Eh, Signor! Tutti Personas seemalade, was?"

Da der Italiener nicht gleich versteht und Kümmel Anstalten trifft, ihm plastisch und akustisch vorzuführen, was er mit seemalade meint, zieht Jou ihn eilends fort.

Die Bucht von Neapel sieht nirgends nach sonnigem Süden aus, als sie – Kümmel mit flatternden Hosenbeinen, Jou in seinem Windschatten – das Vorderdeck betreten und sich zu Florian, Primus und Fräulein Herzberg unter zwei Regenschirme drängeln.

Zuerst ist es wie das mutwillige Wiegen einer üppigen Bauersfrau, die einem fernen Tanzlied lauscht. Einmal nach rechts über die Hüfte und einmal links, dann eine kleine Verbeugung. Ganz harmlos. Aber sie befinden sich ja noch tief im Schutze der Bucht.

Später werden die Wellen höher. Der Dampfer legt mehr Temperament in seine Tanzbewegungen. Das eben war schon ein vollendeter Hofknicks.

„Und etwa zwei Stunden dauert die Fahrt noch?" fragt Fräulein Herzberg ängstlich.

In diesem Augenblick rutscht Kümmel auf Jou, Jou auf Primus, dieser auf Fräulein Herzberg, und ihrer aller Gewicht drückt Florian hart an die Reling.

„Das war nichts weiter. Die Bank hat sich bloß gesenkt, gleich steht sie wieder gerade. Sehen Sie?" tröstet Primus seine Nachbarin. „Ein Ärger, daß es regnet. Kommen so viele Tropfen aufs Objektiv. Interessieren Sie sich für Fotoapparate, Fräulein Herzberg?"

„O jaa, leidenschaftlich." Ihre Stimme klingt eifrig, doch ein wenig blaß.

„Das hier ist eine wundervolle Kamera, alles automatisch. Die Kurbel spannt Verschluß und Selbstauslöser, bedient den Filmstop und die Belichtungssperre und schaltet, wenn man geknipst hat, automatisch zum nächsten Bild."

„Wie erstaunlich." Fräulein Herzbergs Interesse ist jetzt auch nur noch ein automatisch von der Höflichkeit geschaltetes. Ihre Stimme klingt nicht mehr blaß, sondern grün. „Die Bank senkt sich doch recht oft, nicht wahr?“

„Ja, ja.“ Primus ist ungeduldig über die Unterbrechung seines Vortrages. „Diese Kamera hat zwei brennweitengleiche Objektive in vollsynchronisiertem ...“

„Oh –“, macht Fräulein Herzberg wehe und ist die erste, die den Fischen Frühstück, Seele und allen Lebenswillen spendet. Der Primus sieht ihr hilflos zu, bis das Meer plötzlich seinen Rachen aufreißt, der Bug des Dampfers bis zum Schlund hineinstolpert und salzige Lippen sich gierig über dem Oberdeck schließen. Sie fühlen sich sekundenlang verschluckt. Als wieder Himmel über ihnen auftaucht, ist Kümmels Mütze fort, Jous Schirm zerbrochen und ein Matrose da, der sie gellend vom Vorderdeck verscheucht.

Florian hat die völlig durchnäßte Jou in seinen Regenmantel mit eingeknöpft. So schleudert sie – fest an ihn gepreßt, ganz in seine schützende Wärme eingeschlossen – mit dem Schiff auf und nieder, und es ist niemand da, der etwas dabei finden würde.

Es ist überhaupt allen alles egal: das Benehmen der anderen, der Standesunterschied, die Nationalität und das mögliche Ende auf dem Meeresgrund. Der Tod und die Seekrankheit machen die Menschen eben gleich.

„Verstehe das nicht“, brüllt Kümmel gegen den Sturm an. „Irgendwann muß unser Dampfer doch untergehen!“

Oma Radke singt mit zittriger Stimme: „Aus tiefster Not schrei ich zu dir.“ Am Bug der Feldherrin stöhnt ein fremder junger Mann. Der Primus turnt über mehrere Lebensmüde hinweg zu jener Bank, auf der Elisabeth Herzberg willenlos hin und her rutscht. Mit liebevoller Tapsigkeit fängt er ihre schlaff herabschlenkernde Hand ein. „Hallo, Sie! Wollen wir Mariechen singen? Mariechen fuhr auch mal zu Schiff, mal zu Schiff, mal zu Schiff ... ?“ Und die arme Herzberg hat keine Kraft, um mit dem Schnürschuh nach ihm zu schlagen.

Noch fühlt sich der Primus nur als der herrliche Beschützer des armen, leidenden Fräuleins, mehr fühlt er nicht für sie, aber die Rolle gefällt ihm. Er hat doch noch nie Gelegenheit gehabt, eine Frau zu beschützen. Er hat überhaupt noch nie einer Frau beweisen können, was für ein dolles Mannsbild er ist.

Noch möchte Fräulein Herzberg den Primus zum Teufel jagen. Sie hat sich immer den Schutz eines Mannes gewünscht, und keiner war bisher bereit, ihr solchen zu gewähren. Und jetzt – wo sie mit dem Leben abgeschlossen hat und niemanden sehen noch um sich haben will, da kümmert sich endlich ein Mann um sie. Ich muß abscheulich aussehen, kann sie noch denken, er muß sich doch vor mir graulen. Aber irgendwo tief innen, unter allem Jammer, spürt sie ein winzig kleines, wärmendes, ganz neues Glücksgefühl. Und so beginnt auf einer tobsüchtigen Seepartie zur „schönsten Felseninsel der Welt, ganzjährig blühend“, die späte, ein wenig umständliche Liebe zwischen zwei ältlichen, vereinsamten Junggesellen.

„Wie geht's?“ fragt Florian besorgt.

„Och, danke, ich halte schon durch“, lächelt Jou tapfer zu ihm auf. Es ist bei einem so engen Aneinander in einem Regenmantel nicht zu vermeiden, daß Florians Mund zuweilen über ihre regennasse Stirn streicht. Es ist auch nicht zu vermeiden, daß sie ihren Kopf fest an seinen Hals preßt. Wenn wir untergehen und man uns eines Tages so eng vereint auffischt, denkt sie voll dumpfer Genugtuung, also dann – schaden würde es Hans Fichte nichts!

In diesem Augenblick versucht Rudi Staubschläger die Treppe vom unteren Deck her zu überlisten. Kümmel, der ihn dabei beobachtet, brüllt: „Hallo, Rudi! Wie geht's Papachen?“

Da verklärt sich Rudis bleiches, von nassen Haarzipfeln eingerahmtes Gesicht zu überirdischem Leuchten. „Papachen kotzt!“

Anfangs hieß es, daß wegen des Sturmes überhaupt kein Dampfer von Neapel nach den Inseln auslaufen würde, und Giselher – naß bis auf die Haut – wollte frohlockend zur Funiculare eilen und sich zur Villa zurückbegeben, um seinen ‚Schwager‘ und Mäzen von der unverhofften Verlängerung ihres Götterlebens zu unterrichten, da wurde die Meldung widerrufen. Es sei doch ein Dampfer unterwegs.

Wie gesagt – erfreuliche Nachrichten erweisen sich öfter als Irrtum.

Giselher verharrt also im schützenden Torbogen, neben sich den zitternden, pitschnassen Erwin. Sein Rücken wölbt sich vor Unbehagen, die kurzen Hinterpfoten sind eingeknickt – er sah nie elender und rattenhafter aus.

Vor dem Hafen klatschen Motorjachten in gelbköpfigen, durcheinanderwirbelnden Wellen, Fischerkähne reißen ungeduldig an ihren Leinen. Die Felseninsel wirkt so grauflimmrig und streifig wie eine alte, abgespielte Filmkopie. Jetzt rollt eine Kutsche mit regenblankem, schwarzem Verdeck ins Bild und hält. Ihr entsteigen die Hochzeitsreisenden aus New York. (Man muß schon sehr verliebt sein, um sich freiwillig in dieses Wetter hinauszuwagen!)

„Hallo“, ruft Giselher und eilt, Pfützen umspringend, auf sie zu. Was er denn hier am Hafen mache, fragen sie. Och, sagt Giselher, er wolle seine Schwester abholen. Die Arme, seufzt die Honeymoonerin, sicher wird sie seekrank sein. Aber wo, sagt Giselher, seine Schwester sei die stürmische Seefahrt von Kindheit an gewohnt. Bereits mit zwei Jahren segelten die Eltern mit ihr auf ihrer Luxusjacht nach Teneriffa.

Die Honeymoonerin denkt: Es scheint in der ganzen Welt so zu sein, nicht nur bei uns, daß die Söhne der Geldaristokratie häufig mit einem wenig reizvollen Äußeren bedacht worden sind. Pferdezähne, fliehendes Kinn, abstehende Ohren, Fistelstimme. Sie kennt mehrere Fälle wie diesen Giselher Knopf.

Er spürt ihr freundliches Interesse – alle verliebten Leute sind ja so gläubig, weil ihnen ihr eigenes Gefühl gar keine Zweifel läßt, an den Worten eines anderen zu zweifeln. Und Giselher schneidet immer waghalsiger auf. Villen, Rennwagen, gräfliche Güter mütterlicherseits. Seine Familie – so hat's den Anschein – setzt sich aus hohenzollernschem Stammbaum und Onassisschem Geld zusammen.

Und dann läuft mit jenen weich ausschaukelnden Bewegungen, die den Seetüchtigen oft noch im letzten Moment den Magen umstülpen, der erwartete Dampfer aus Neapel ein. Wird vertäut mit viel Geschrei und Gerenne – wenn schon Arbeit, so geschieht sie hier mit lärmender Wichtigkeit.

Die ersten Jammergestalten gehen an Land, unsicher tastend ob der plötzlichen Festigkeit des Bodens unter ihren Füßen. Giselher sieht Düvenasch im Lodenmantel, durch zahllose innerliche Umdrehungen erschöpft und total entgrimmt. Sieht Oma Radke mit verrutschtem Strohhut, Opa schleift sie behutsam hinter sich her. Sieht den verbeulten Primus, an seiner Schulter ein zerstörtes Fräulein Herzberg, sieht die Feldherrin mit ihrem Oleanderbaum im Arm, sieht Krause mit geknüpftem Taschentuch auf dem Kopf und die aufgeweichten, grüngesichtigen Neumanns. Sieht endlich auch mit strähnigem Haar seine Schwester. Sie führt die elende Frau Küßnich und trägt ihre drei Nerze – kurz, Giselher sieht einen Trupp von grotesker Erbärmlichkeit, wie ihn nur ein Goya zeichnen konnte und wie er auf keinen Fall zu den Aufschneidereien eines Knopf junior paßt. Zu so einem trostlosen Trupp kann die Tochter des großen Hamburger Reeders Otto Knopf einfach nicht gehören. Und Giselher zieht sich tiefer in den Schutz des Torbogens zurück. Erwin kurz an der Leine.

Seine Schwester sei wohl nicht mitgekommen? fragt der Honeymooner.

„No“, sagt Gisel und quält sich sekundenlang mit einer Unbehaglichkeit herum, die sich am treffendsten als Judasgewissen bezeichnen läßt.

Er verleugnet Jous Ankunft noch einmal bei seiner Rückkehr in die Villa vor Hans Fichte.

„Nein, Schwager, sie war wohl nicht auf dem Schiff, ich hätte sie ja sonst gesehen. Vielleicht kommt Jou morgen an ...“

„Du fährst zum nächsten Dampfer wieder zum Hafen, verstanden?“ sagt Hans, aber sein strenges Befehlsgesicht weicht in einem Lächeln auf, als Mrs. Parker die Terrasse betritt. „Hello – Joan!"

Giselher beobachtet voll Eifersucht das herzlich-freundschaftliche Gehabe der beiden – und möchte am liebsten selber überlegen! Hätte er doch die Ankunft der Schwester nicht verleugnet! Hans Fichte wäre durch Jous Auftritt als Nebenbuhler um die Gunst Joan Parkers ausgeschaltet gewesen. Jetzt wird er ihn jede Stunde zum Hafen hinunterschicken, damit er eine Jou abfange, die gar nicht mehr ankommen kann, weil sie bereits irgendwo auf der Insel ist. – O Giselher! Du Idiot!

22. Kapitel

Kapriolen

Für den Nachmittag gibt Florian seinen lädierten Schafen Urlaub, damit sie sich von den Strapazen der stürmischen Seefahrt erholen können.

Aber bereits nach dem Mittagessen fühlen sich einige von ihnen wieder wohl genug, um ihn mit Fragen zu überfallen.

„Wann fahren wir zur Blauen Grotte, Herr Florian?“

„Herr Florian, ich habe mein Netz auf dem Dampfer vergessen!“

„Gucken Sie mal, in meinem Baedecker steht, daß der zuständige Arzt von Capri Dr. Axel Munthe heißt. Aber ich denke, der ist längst tot, Herr Florian!“

„Wie alt ist denn Ihr Baedecker? – Eben!“

„Hat der Tyrann Tiberius wirklich seine Opfer vom Felsen ins Meer gestürzt?“

„Ob wohl Faruk gerade hier ist?“

„Herr Florian, ich brauche dringend ...“

„Meine Zimmertür schließt nicht richtig. Herr Florian! Ja, wo ist er denn?“

Er muß sie plötzlich verloren haben. Sie lugen in alle Winkel der Hotelhalle, jedoch vergeblich.

„Zu dumm“, ärgert sich Kümmel, „gerade wollte ich ihn fragen, was für Zahnstocher man zur Zeit auf Capri benützt, und das ist doch so wichtig! – Mich deucht, Florian hat uns absichtlich verloren. Gönnen wir's ihm. Auch das gelernteste Herdenvieh hat mal Momente, wo es für sich ganz allein grasen möchte.“

Florian verdrückte sich übrigens, um Jou zu suchen, die gleich nach dem Mittagessen über die Insel schwärmte, in der Hoffnung, ihre Mannen zu finden.

Es treibt sie weniger die Sehnsucht als vielmehr die vom Vater ererbte Ordnungsliebe: Was man verloren hat – ob man's noch braucht oder nicht –, muß man erst wiederfinden, ehe man es wegwirft.

Und während Florian Jou sucht und Jou ihre Männer, fahndet Giselher nach allen beiden oder irgendeinem anderen Busmitglied, das ihm sagen kann, in weichem Hotel sie abgestiegen sind.

Hans Fichte hatte ihn zwar zum Hafen geschickt, aber was soll er am Hafen? Er muß Jou finden, die irgendwo auf der Insel ist. Jou soll die fröhliche Idylle Parker-Fichte stören, damit er, Giselher, endlich einmal ungehindert seinen pickligen Charme auf die reizvolle Amerikanerin verströmen lassen kann.

Zweimal rennen die Geschwister aneinander vorbei, ohne sich zu sehen. Eine wuschlig-possierliche Caprimischung, die in greifsicherer Entfernung, doch hoffnungsvoll hinter Gisel herlümmelte, schließt sich Jou an und spannt so eine Brücke zwischen ihnen, die beide zu betreten versäumen.

„Cane", lockt Jou den Hund. Cane – kleine, namenlose Kreatur – welcher Hund hörte wohl zu Hause auf „Hund"? Und sie gibt ihm das Fleisch, das sie für Erwin in ihrem Strohkörbchen mit sich herumträgt. Es schmeckt ein bißchen nach ihrem Parfüm, aber Cane verschlingt es genußlos hastig – im letzten Moment könnte ja jemand kommen und es ihm wieder fortnehmen.

Giselher trabt indessen einen steilen Pfad in villenlose Höhen hinauf und an einer kleinen, künstlichen Grotte vorbei, in die sich der getürmte Reiseleiter vor einem starken Regenschauer zurückgezogen hat. Giselher ergeht sich – zornig schlenkernd – in stummen Anklagen gegen sein trostloses Schicksal: „Fichte hätte ihr nie das Benzin geschenkt, dazu ist er viel zu knauserig. Wer hat es ihr geschenkt? Ich, Giselher Knopf! Wer kam auf die Idee, nach Capri zu fahren? Wem hat Schwager zu verdanken, daß wir in einer Traumvilla wohnen? Dem Giselher. Und wie dankt er es ihm? Indem er ihn jede Stunde zum Hafen hetzt, damit er ungestört mit der Parker flirten kann. Sieglinde muß her, aber schnell! Aber so was von schnell!"

Florian, der ihn amüsiert beobachtet hat, führt einen kleinen Kampf mit sich selber aus. Ich sollte mich doch melden, denkt er. Jou sucht jetzt verzweifelt nach ihren Mannen. Giselher gehört zu den mir anvertrauten Schafen. Ich sollte mich wirklich melden. Aber Hans Fichte gehört nicht zu seiner Reisegruppe. Hans Fichte ist die überflüssigste Person, die sich zur Zeit in Italien befindet. Hans Fichte soll weiter verloren bleiben, denn Jou ... Was kann er, Florian, dafür, daß ihre hausbackene Seele in diesen hinreißenden, herausfordernd biegsamen Körper geschlüpft ist, daß ihr Anblick ihm zusetzt, bei Tage und leider auch nachts!?

Und so wandert Giselher, charaktervoll gestikulierend, an der Grotte und seinem Reiseleiter vorbei, bergabwärts. Und guckt sich nicht einmal um. Das ist sein Schade, denn gleich nach ihm schlendern der Primus und Fräulein Herzberg über die malerische Höhe, die der Regen vereinsamt hat. Primus trägt ihre Tasche aus gemustertem Rindsleder, vor der Grotte halten sie einen Moment an und blicken auf das graue, sich langsam beruhigende Meer hinab.

Und Florian fühlt sich wie ein Zuschauer in einem Theater: Auftritt der Schauspieler von links, Abgang nach rechts.

„Tagsüber ist mein Kater Pepi bei der Nachbarin, ich kann ihn doch nicht mit ins Büro nehmen", erzählt Elisabeth. „Aber so gegen sechs Uhr, da weiß er: jetzt kommt Frauchen. Ich bringe ihm auch immer was Feines mit. Schabefleisch oder Bückling."

„Ach was", staunt der Primus und blinzelt ihr verträumt ins Gesicht. Dann nimmt er ihren Arm, sie wandern weiter, ohne Florian bemerkt zu haben.

Hoffentlich mag er Katzen, denkt dieser, tritt seine Zigarette aus und macht sich auf den Heimweg zum Hotel.

Später, beim Abendessen, sagt Düvenasch plötzlich: „Sie, Fräulein Knopf, mir ist so, als ob ich Erwin gesehen hätte. Zumindest war es ein Rauhhaardackel, der ihm bis aufs I-Tüpfelchen ähnlich sah. Stimmt's, Elfi?"

„Jawohl, Papachen", sagt Elfi, „aber zwei junge Leute hatten ihn bei sich, die sprachen Amerikanisch mit ihm, und das versteht der Erwin doch nicht, oder?"

„Nein", Jou wühlt mit zorniger Gabel in ihren Spaghetti, „das versteht er nicht."

„Daß Sie so ruhig sind, Fräulein Knopf", wundert sich Marie Peters, und Frau Neumann fügt hinzu:

„... und auch noch essen können! Also wenn mein Bruder oder mein Freund ..."

„Und vor allem der kleine Dackel", schiebt die Feldherrin ein.

„... verlorengingen, ich weiß nicht, was ich täte! Aber ich glaube, ich wäre verrückt vor Sorge."

„Ja", nickt Oma Radke, „das wäre ich auch."

„Laßt das arme Mädchen zufrieden", mischt sich Kümmel ein, der als einziger von Jou über den treulosen Verbleib ihrer Mannen orientiert wurde, „sie hat es schwer genug. Und ich finde es sehr tapfer von ihr, daß sie uns nicht durch Jammertiraden die Reise verdirbt."

Auf Jous Drängen hin ruft Florian nach dem Abendessen alle entlegenen Hotels und Pensionen an, die näheren wollen sie zu Fuß aufsuchen. Aber ihr mühevolles Unternehmen führt zu keinem positiven Ergebnis, denn das üppige Domizil der Abtrünnigen ist ein Privathaus, das nicht an Fremde vermietet.

Gegen zehn Uhr kehren sie von ihrem fruchtlosen Suchgang ins Hotel zurück.

„Jetzt ist es mir egal", sagt Jou. „Ich laufe nicht länger einem Hans Fichte hinterher, der mich grußlos sitzenließ!"

„Nicht so laut. Primus und Fräulein Herzberg ..."

„Aber ist doch eine Unverschämtheit, finden Sie nicht? Von Rechts wegen müßte er mich suchen und nicht ich ihn. – Ja, ich spreche schon leiser. – Gute Nacht!" Jou möchte mit einem höflichen Gruß an Elisabeth Herzberg vorbei, aber diese kommt rotwangig vom Schlüsselbord her auf sie zugeschossen.

„Wir haben doch beide unsere Zimmernummern vergessen, Herr Schnell und ich – Man hört aus der Betonung ihres Ausrufs, wie ungewohnt es für sie ist, „wir" und „beide" und „ein Herr und ich" zu sagen. „Vielleicht weiß Florian aus dem Kopf, wo er uns eingewiesen hat?" Während dieser gemeinsam mit dem Primus und dem Nachtportier die Zimmerliste durchgeht, flüstert Elisabeth wie ein aufgeregter Backfisch: „Ach, Fräulein Knopf! Wie verstehe ich Sie jetzt! Die Liebe ist doch etwas Wunder-wundervolles!"

„Na bitte", sagt Jou sauer.

„Was war denn?" fragt Florian wenig später, als sie sich von den beiden verabschiedet haben und zur Treppe gehen. „Sie haben vielleicht ein Gesicht gemacht!"

„Ich mußte Fräulein Herzberg bestätigen, daß die Liebe etwas Wunder-wundervolles ist."

„Das ist sie ja auch – zuweilen", sagt er.

Langsam, die Hand auf dem Geländer, zieht sich Jou die Stufen hinauf. Ihre rote Stola schleift sie achtlos nach.

Florian hebt sie auf und legt sie wie eine Liebkosung um ihre Schultern.

„Schön", sagt er. „Das Geranienrot und Ihr helles Haar ..."

„Ach", sagt Jou, „das müßte ich dringend nachtönen lassen, es wächst schon dunkel nach."

In jedem Stockwerk steht ein Fenster offen – ein Rechteck voll schwarzem, flimmerndem, sehr fernem Sternenhimmel. Von irgendwoher tröpfelt Mandolinenmusik in das eintönige Rauschen des Meeres, und von den Gärten duftet die Feuchtigkeit herauf. Die Musik und ein heller, gefühlvoller Tenor, der zu Florians Ärger dazu singt, stimmen Jou plötzlich sehr romantisch.

„Tadidada Tadidadam ...", singt sie leise mit. „Erinnern Sie sich noch? Venedig. Unsere Gondelfahrt. Dadiiiachja ... wie lange das her ist."

„Knapp zwei Wochen."

„Erst?" Sie summt leise, die Arme aufs Fensterbrett gelehnt. „Ein wundervolles Land, dieses Italien. Und hat soviel Kultur."

Herzchen, denkt Florian amüsiert, sprich nicht von „Kultur“, wenn du gerade „O sole mio“ hörst! Und dann ist er nur noch gerührt, denn er spürt, sie möchte ihm auch in ihren Worten gefallen.

„Ja, es ist ein schönes Land“, sagt er. „Der Primus und Fräulein Herzberg, zum Beispiel, wären zu Hause interesselos aneinander vorbeigelaufen.“

Jou nickt. „Sie haben ihr spätes Glück Italien zu verdanken. So ein tägliches, enges Beieinander in romantischer Umgebung, das bringt die Menschen schon auf Gedanken, auf die sie zu Hause nie gekommen wären“, sagt sie sinnend und fügt sehr sachlich hinzu: „Meinen Tierarzt hat es auch auf feine Gedanken gebracht.“

„Nicht nur ihn“, sagt Florian, und da ist Jou plötzlich still.

In der Ferne die dilettantische Mandolinenmusik und Stimmen, wie Stimmen nur im Sommer klingen – träge und sorglos.

Wenn sie nach Hause kommen, werden morgens die ersten Herbstnebel über den Gärten liegen. Die Füße rascheln durch modernes Laub, und es wird lange, unfreundliche Monate bis zum nächsten Frühling dauern.

„Ich mag noch nicht schlafen gehen“, sagt Jou. „Der Abend ist viel zu schön.“

Nein, sie möchte nicht in ihrem Zimmer allein sein, nicht daran denken müssen, daß man sie sitzengelassen hat, ohne Grund. Sie möchte Musik hören und Wein trinken und einen Schwips haben und von Florian geküßt werden ... Kurz, Jou möchte endlich einmal mit einem Mann allein eine südliche Nacht erleben.

Sie schaut Florian fragend an.

„Gut“, sagt er nach kurzem Überlegen, „gehn wir bummeln!“

Jou läuft zur Treppe, dreht sich ungeduldig um, weil Florian ihr nicht folgt. Er lehnt noch am Fenster, und er sieht im Augenblick genauso aus wie der Mann, mit dem man ein „südliches Abenteuer“ erleben muß, wenn es unvergeßlich sein soll ... so jedenfalls empfindet Jou seinen Anblick.

„Komm noch einmal her", sagt er, und sie geht zu ihm zurück und legt die Arme um seinen Nacken.

In der Ferne das eintönige Rauschen des Meeres, dilettantische Mandolinenmusik und Stimmen, wie Stimmen nur im Sommer klingen – träge und sorglos.

Jou gibt sich Florians Zärtlichkeiten hin – seinen geübten Händen und sanften Lippen. Wann – jemals in ihrem Leben – empfand sie so ein Glücksgefühl? Florian, ach Florian ...

Hans Fichte ist vergessen. Denn so war es niemals mit ihm.

23. Kapitel

Sie gehen bummeln

Auf der hellerleuchteten Piazza ist jeder Tisch mit farbenfrohem Völkchen besetzt, das sich in dekorativer Laschheit über die Stühle räkelt. Man flirtet nachlässig, mustert die Leute neben sich, klatscht, trinkt – man holt den verregneten Tag nach.

Überdimensionale Sonnenbrillen, die weibliche, sonnenverbrannte Gesichter modisch entzaubern und um diese nächtliche Stunde genau so unnütz sind wie ihre Trägerinnen ein ganzes Leben lang, richten sich auf Jou und Florian, abschätzende Blicke verbergend: Das Mädchen ist aufreizend hübsch, der Mann sieht intelligent aus und – irgendwie vielversprechend. Schade, daß er schon was Passendes gefunden hat. Aber vielleicht bleibt er noch länger hier. Auf Capri wechselt man „was Passendes" manchmal über Nacht.

Jou spürt von diesen abschätzenden Gedanken hinter Sonnenbrillen nichts. Sie ist glücklich und sentimental, bis in die Zehenspitzen von der prickelnden Süße ihres Abenteuers erfüllt. Es ist ihr erstes. Hans Fichte war kein Abenteuer. Hans Fichte war eine Art Lebensversicherung, ein fröhliches Zuhause. Herzklopfen hat sie dabei nie gehabt.

Auf ihrer Schulter spürt sie Florians Hand, besitzergreifend, liebkosend, während er sie vor sich her durch die vollbesetzten Tischreihen schiebt, nach freien Stühlen forschend. Vielleicht sitzt dort irgendwo ein sensationshungriger Spähtrupp ihrer Reisegruppe – vielleicht Marie Peters oder Düvenasch. Jou ist es egal. Jou ist viel zu beschwingt und glücklich, um sich jetzt um möglichen Matsch zu sorgen.

Und dann sieht sie Erwin. Er wandert, Mätzchen machend, von Tisch zu Tisch, um einen Happen schnorrend.

„Erwin!"

Der Dackel setzt sich abrupt hin, wie immer, wenn er nachdenken muß. Guckt sich um, wittert Jou, starrt atem- und bewegungslos auf ihre Erscheinung, und erst als sie ihn noch einmal anruft, löst sich seine Erstarrung in einem seligen Aufheulen. Die krummen, kurzen Pfoten laufen sich selbst davon, mit nicht zu bremsender Eiligkeit prallt er gegen ihre Füße, die Zunge leckt ziellos und stürmisch durch die Luft. Tiefinnerliche Schnarchtöne des Glücks werden laut, als er ihn am Genick zu sich heraufbefördert.

Es gibt kaum einen im Umkreis, der diese Begrüßung nicht beobachtet hätte. An einem Tisch stolpert ein Stuhl um. Hans Fichtes überraschte Stimme:

„Jou?"

Und dann ein hallender Schrei: „Jou! Um Himmels willen, bleib stehen! Sei kein Traum!"

Er stürzt auf sie zu und fleht in ihr verdattertes Schweigen: „Pschscht, pschscht, Liebling! Schimpf jetzt nicht. Schimpf später. Ich bin ja so froh, daß ich dich wiederhabe. Wann bist du denn angekommen? Giselher war doch zu jedem Dampfer am Hafen. – All deine Vorwürfe sind unbegründet, glaub mir, Kindchen. Es kam nämlich so – Joan Parker hatte kein Benzin mehr, und wir gaben ihr zwanzig Liter. Und dann verloren wir die Hoteladresse und grämten uns halbtot. Dachten, in Capri finden wir dich eher wieder als in Neapel. Sie besorgte uns eine Bleibe hier, wir trafen sie doch zufällig auf dem Dampfer, und so war das eben. Verstehst du nun?"

„Kein Wort", sagt Jou verwirrt.

„Weil du nicht verstehen willst, Knöpfchen! Sei nicht so trotzig! Freu dich doch, daß du mich wieder hast. – Tag, Florian. Na, war das ein Ding, das uns da passiert ist?" Er schiebt Jou vor sich her zu dem Tisch, an dem der Cameriere gerade den umfallenden Stuhl wieder aufrichtet und eine grazile Frau in hautengem, violettem Samtanzug mit

Goldstickerei am spitzen Ausschnitt sehr gelassen ihre Zigarettenasche in ein Weinglas stäubt ... was beweist, daß sie der unerwarteten, dank Fichte nahezu turbulenten Szene zwar gewachsen, jedoch ein bißchen verblüfft ist.

„Miss Knopf – Frau Parker“, stellt er stürmisch vor und drückt Jou auf seinen Stuhl. „Sei freundlich“, zischt er dabei, „wir haben Joan viel zu verdanken.“

Mrs. Parker drückt ihre Zigarette aus – diesmal korrekt im Aschenbecher – und lächelt amüsiert.

„Oh, Ihre Freund hat mich nix mehr zu danken wie ich zu ihm.“ Sie schaut Fichte an, der bis in die Ohrläppchen errötet.

„Aber Sie können ja Deutsch, Joan!“ stöhnt er.

„Ein büschen“, lacht sie. „Ich hatte großen Spaß, wenn Sie sprecken mit Giselher über mir.“ Dann blickt sie auf Florian, der bisher schweigend hinter Fichte gestanden und mehrmals vergeblich einen Ansatz gemacht hat, sich vorzustellen.

„Ach Gott, entschuldigen Sie, Joan – das ist unser Reiseleiter. Robert Florian – Mrs. Parker. Kinder, was machen wir bloß jetzt? Hier ist kein Platz für uns vier, und unser Wiedersehen muß doch gefeiert werden.“

„In unser Haus haben wir viel Platz“, sagt Joan Parker, sich mit jungenhafter Schlacksigkeit erhebend. „Let's go?“

Sie schlendern zu viert durch die laue Nacht, Sternenhimmel über sich, einen übermütigen Erwin vor sich, und Hans Fichte redet, redet ... es ist gut, daß er innerhalb weniger Minuten loswerden will, was er in den letzten beiden Tagen erlebt und gedacht hat ... Dadurch fällt die Schweigsamkeit der anderen nicht auf.

Florian denkt kurz und ärgerlich: Ist mir doch noch kein Kerl begegnet, der mit so akkurater Pünktlichkeit immer dann auftritt, wenn seine Anwesenheit am meisten stört.

Und Jou ist völlig durcheinander. Sie hatte Hans eine schöne, laute Krachszene machen wollen, aber seine ehrliche Wiedersehensfreude hindert sie daran. Und am liebsten würde sie über die Unterbrechung ihres so köstlich begonnenen Abenteuers weinen.

„Bloß eins verstehe ich nicht: wie konntet ihr hier landen, ohne daß Giselher euch bemerkt hat! Seid ihr etwa mit einem Geisterschiff gekommen?“ fragt Fichte.

„Man konnte unsern Dampfer eher als Seelenverkäufer bezeichnen“, sagt Florian.

Auf der romantischen Terrasse der Villa empfangen sie die Honeymooner und fallen sofort mit herzlicher Neugier über Jou her. Wann sie denn angekommen sei? Was? Heute früh, mit dem ersten Schiff von Neapel? Mit jenem Dampfer, auf dem alles seekrank gewesen sei? Ganz recht, sagt Jou.

Aber zu dem wären sie doch mit ihrem Bruder am Hafen gewesen und hätten so lange gewartet, bis der letzte Passagier von Bord gewesen sei. – Giselher hätte ihnen derweil soviel von seiner Schwester erzählt – remember, Margy?

„Ach, was erzählte er denn?“ fragt Jou interessiert.

Nun, von den Gütern ihrer Mutter und ihrer ersten Fahrt auf der väterlichen Segeljacht nach Teneriffa ... Margy, did he say Teneriffa? – You're right, darlin'.

„Schuft“, knirscht Hans Fichte vor sich hin.

Aber wie konnte Jou nur auf dem Dampfer gewesen sein, wenn Gisel sie nicht gesehen hat!?

„Ja, wie konnte ich –“, sagt sie nur lahm. Es gelingt ihr nicht, sich über die schmähliche Verleugnung durch ihren Bruder zu ärgern, denn indirekt hat sie ihm die romantischste Stunde ihres bisherigen Lebens zu verdanken.

Ihr Blick wandert auf vorsichtigen Umwegen über Hans und die Honeymooner zu Florian, der in einem gelben Fledermausstuhl liegt, die Beine übereinandergeschlagen, sehr elegant, sehr zurückhaltend und sehr nachdenklich. Er lächelt ihr zu. Und zuckt kaum merklich mit den Schultern.

„Wo ist Giselher jetzt?“

„Er war mit auf der Piazza. Joan schickte ihn zu einem Weinhändler, damit er noch ein paar Flaschen holt. Auf der Terrasse trinkt sich das Zeug wie Wasser weg ... weiß auch nicht, wie das kommt“, grinst Hans. „Im Nu sind die Flaschen leer.“

Joan Parker hat Cocktails gemixt, der Honeymooner für Musik gesorgt. Um das Windlicht flattern geblendete Insekten, und der Nachtwind raschelt in der violetten Umrankung der Terrassensäulen ...

Fichte rutscht mit seinem Stuhl zu Joan heran. „Hätte ich nicht deinetwegen solch belastetes Gewissen gehabt", leitet er vorsichtig seine Rede ein, „also dann hätte ich die beiden Tage hier genossen! Es war wie im westlichen Vorort des Götterhimmels. Da schuftet man sein Lebtag lang, um sich sonntags ein Kotelett und ein Bier leisten zu können und ab und zu einen neuen Anzug – übrigens, ich hab mir eine schicke Badehose gekauft, sehe wie Tarzan drin aus –, ja also, da denkt man, das Kotelett und das Bier und der Anzug machen die Wohlhabenheit eines braven Erdenbürgers aus ... und dann kommt man hierher." Er unterbricht seinen Wortschwall und bläht die Nasenflügel unheilschwanger, denn eben stolpert Giselher, mit Flaschen beladen, vom Garten her die Terrassenstufen herauf.

„Hello –" ruft er amerikanischer als die Amerikaner selber und sackt sichtbar in sich zusammen, als er plötzlich Jous nackte Beine mit den zierlichen ‚Angelos' daran aus einem weißen Stuhl baumeln sieht. „Siegi – du!"

Ehe sie noch antworten kann, hat sich Fichte erhoben. „Stell die Flaschen ab. Dann komm mal mit, mein Junge. Ich wollte dir schon immer die Kakteen im Garten zeigen."

„O weh", lächelt Florian hinter den beiden her, „Giselher machte nicht den Eindruck, als ob er besonders neugierig auf diese ‚Kakteen' wäre. – Warum mag er uns wohl am Schiff verleugnet haben!?"

„Weiß nicht", erwidert Jou gleichgültig. Was geht sie im Augenblick ihr Bruder an! „Vielleicht hat er sich unserer Aufmachung geschämt. – Robert!"

Zum erstenmal spricht sie Florians Vornamen – er klingt so steif und ernst, als ob er einen schwarzen Prüfungsanzug trägt, und sie flüchtet sich eilig zu dem vertrauten, viel heitereren „Florian" zurück. „Ich möchte auch tanzen."

Die Honeymooner bewegen sich mit schleifenden, mechanischen Schritten auf dem Mosaikboden – man kann es auch Tanz nennen, aber vor allem benutzen sie die langsame Fortbewegung, um sich intensiv und ungeniert zu küssen. Joan Parker ist in die Küche gegangen, um frisches Eis zu holen. Im Dunkel des Gartens standrichtet Hans Fichte mit Giselher.

Es ist niemand da, der sich um Florian und Jou kümmert. Seine Stirn reibt sich beim Tanzen sehr zart an der ihren.

„Mädchen", sagt er halblaut, „was haben wir uns da eingebrockt."

„Ja", nickt Jou, „es ist sehr schlimm. Ob ich es ihm gleich sagen soll?"

„Was willst du ihm denn sagen?"

„Nun – daß wir beide – hallo, Hans!" lächelt sie Fichte zu.

Er steht breitbeinig und stämmig da, die Unterlippe vorgeschoben, eine steile Falte zwischen den hellen Augenbrauen. Steht vielleicht schon eine ganze Weile an der Treppe und hat sie beobachtet. Sie lösen sich langsam voneinander. Jetzt lacht er sein unbekümmertes Jungenlachen. „Tanzt nur weiter. Wo steckt denn Joan Parker?"

„Here I am", ruft sie von der rundbogigen Hallentür her, und Hans geht Joan entgegen, um ihr den schweren Eiskübel abzunehmen.

„Giselher ist gestiegen in Fenster von Küsche", flüstert sie ihm zu, „mit ein ganz rotes, dickes Gesicht. I'm afraid you slapped him."

„Und wie ich den Burschen geslapped habe."

„Warum?" fragt sie kopfschüttelnd.

„Ich schlage sehr selten zu, aber wenn – dann habe ich Grund", erwidert Hans nur.

Joan Parker stellt eine Schüssel voll Obstsalat auf den Tisch, und Florian erklärt schnuppernd: „Zu diesem Salat möchte man Prost sagen", so alkoholisch duftet er.

„Ist Rezept von meinem Vater. Er war Cook in die größte Hotel von Chicago", strahlt Joan.

„Und meiner war Schiffskoch!" Auf einmal hat Jou kein Seelendilemma mehr, auf einmal hat sie einen Löffel in der Hand und probiert gleich aus der Schüssel heraus.

„Gut?" fragt Joan Parker gespannt.

„Prima", lobt Jou. Sie lachen sich zu. Es fällt schwer, sich nicht zu mögen, wenn beide Väter Köche sind, wenn sie zudem im Leben ihrer einzigen Töchter eine so wichtige Rolle spielen, daß es dem einen – Otto Knopf – sogar aus der Ferne gelang, eine Zeitlang ein Stopschild vor die Abwege töchterlicher Leidenschaften zu stellen.

„Prost, auf unsere Väter!" Und ihre schwappvollen Löffel klirren klanglos aneinander.

Inzwischen hat sich – maulend und rotverschwollen – auch Giselher eingefunden. „Toothache-Zahnweh", erklärt er leidend die blühende Backpfeifen-Veränderung seines Gesichts. Die Honeymoonerin springt mitleidig auf, um schmerzstillende Pillen aus ihrem Zimmer zu holen.

Gegen ein Uhr erhebt sich Florian: „Es war ein großartiger Abend. Ich bedanke mich. Aber wir müssen jetzt leider ins Hotel zurück, denn morgen früh steht uns laut Reiseplan die Blaue Grotte bevor."

Joan Parker guckt erschrocken aus ihrem angeregten Gespräch mit Jou auf. Oh, schon gehen? Dabei wollten sie doch noch einige Rezepte austauschen, und außerdem gibt es so viele Histörchen von ihren Vätern, die sie sich noch nicht erzählt haben! Kann Jou die Nacht nicht in der Villa zubringen? Muß Jou mit zur Blauen Grotte? So wichtig ist die doch nicht!

Jou schaut Florian an.

Hans Fichte ruft: „Großartige Idee. Knöpfchen bleibt über Nacht hier."

Jou blickt noch immer Florian an. „Ich kann nicht. Ich – ich habe doch keine Zahnbürste mit."

„Es gibt hier sicher eine speziell für Gäste. Du bleibst", bestimmt Hans.

So kommt es, daß Robert Florian allein durch die Nacht zum Hotel zurückwandert, Jou auf der Terrasse der maurischen Villa sitzen bleibt und mit Joan Parker Salatrezepte tauscht, die sie jetzt gar nicht mehr interessieren.

Fichte aber hebt sein Weinglas gegen die Marmorsäulen und sagt stumm vor sich hin: „Gesegnet seien die Köche – der in Altona und der in Chicago."

Jou sieht Florian erst am nächsten Nachmittag wieder. In der Hotelhalle. Kurz vorm allgemeinen Abmarsch zum Hafen. Hans Fichte ist dabei, die Honeymooner und Joan Parker, die ihren Mann vom Dampfer abholen will.

Auch auf dem Schiff, das sittsam streng und ohne zu schwanken an einem vorbildlichen Sonnenuntergang vorbei nach Neapel zurückrauscht, finden sie keinen unbewachten Augenblick.

Hans bleibt fröhlich, aber eisern um Jou bis zum Gute-Nacht-Gruß. Und am nächsten Morgen, früh um halb acht, fahren sie – beladen mit weißen Gladiolen- und Nelkensträußen – nach Monte Cassino.

24. Kapitel

Rechts neben der Landstraße

Der kleine Soldatenfriedhof liegt kurz vor Cassino, rechts neben der Landstraße, wenn man von Neapel heraufkommt.

Die Sonne brennt auf das eingezäunte Stückchen verwilderten Gartens mit seinen dunklen Holzkreuzen. Vor dem Eingang hockt ein Kind mit einem blauen Ferkelchen, dem es eine Strippe um die Hinterpfote geschlungen hat. Das Kind lächelt scheu den vielen Fremden zu, die, von Kreuz zu Kreuz gehend, jeden einzelnen Namen lesen. Namen, die ihnen nichts sagen, außer daß es deutsche Namen sind.

„Wenn man bedenkt, daß es mich damals auch erwischt hätte", flüstert der Primus Elisabeth Herzberg zu. „Auf unsere Schreibstube in Holland fiel eine Bombe. Von meinem Arbeitsplatz war hinterher nicht mehr sooo viel da!"

„Und Ihnen ist nichts passiert?" fragt sie erschüttert.

„Nein, ich war gerade auf Heimaturlaub. Aber wenn ich es nicht gewesen wäre ..."

„Hier wird nicht geschwätzt und rumgestanden", schimpft die Feldherrin, schürzt ihren Rock und geht mühsam in die Knie. „An die Arbeit!" Mit fast zornigem Eifer greifen ihre Hände nach dem Unkraut, das die Gräberreihen überwuchert.

Im Nu sind alle beschäftigt, richten schiefe Holzkreuze auf, jäten mit ungeübten Händen, befestigen den Zaun, holen Wasser vom nächsten Bauernhof für ihre mitgebrachten Blumen – und sind ihrem Schicksal herzlich dankbar, daß ihnen die Sonne auf den gekrümmten Bukkel brennt, daß sie etwas für die tun können, die Cassino nicht auf einer wohlgeordneten Reise im gutgefederten Bus kennenlernten.

Jou und Frau Neumann ordnen die Blumen um das kleine Hauptkreuz auf seinem Sockel aus Feldsteinen. Die höchsten Gladiolenblüten reichen bis zu den vier Worten hinauf: „Für Deutschland, unser Vaterland."

Aber die Feldherrin ist unzufrieden mit der Dekoration. Sie sagt, sie verstände schließlich mehr von Blumen, und ordnet sie noch einmal nach ihrem Geschmack um. Und ganz nebenbei erwähnt sie ihre beiden Söhne, die in Rußland geblieben sind.

Nicht einmal Düvenasch wagt zu lästern, als seine Nachbarin wenig später einen Unkrautableger vom Friedhof im Gepäcknetz verstaut. Man muß eben bei alten Frauen manches übersehen, vor allem dann, wenn sie einmal Mütter waren.

An der Landstraße steht das Kind mit seinem Ferkelchen an der Strippe und winkt dem Bus und Herzlieb hinterher. Erwins Kläffen ist noch lange zu hören.

Sie kommen durch den Ort und dann in Serpentinen zum neu erstandenen Kloster hinauf, und alles um sie erinnert noch bedrückend an den Krieg. Friedhöfe, zerstörte Unterstände, Ruinen.

Aber eine halbe Stunde später – auf dem Wege nach Rom – wird wieder „Mariechen" gesungen.

25. Kapitel

Das römische Fest

Der Hotelstrand wird von einer Mole begrenzt. Auf dieser schmoren sie seit zwei Tagen vom Morgen bis zum Abend und lassen sich durch nichts, aber auch gar nichts aus den sonnendurchglühten Gefilden der Faulheit locken.

Nein, danke, Herr Florian, keine alten Meister mehr, keine Kirche, kein noch so schöner landschaftlicher Blick. Selbst der wißbegierige Primus ist kunstsatt, nachdem er das für ihn wichtigste Bauwerk Italiens, den schiefen Turm von Pisa, gesehen hat. Und außerdem hat er vollauf mit der Entdeckung eines von ihm neu entdeckten Gebietes: der Liebe, zu tun. Hier allerdings werden seiner Wißbegierde noch züchtige Grenzen von Elisabeth Herzberg gesetzt.

Wie sich das mausgraue, ältliche Fräulein verändert hat! Kümmel behauptet: „Sie grünt und blüht." Frau Neumann drückt es etwas nüchterner aus. „Endlich hat sie sich eine vernünftige Frisur machen lassen." Und jeder einzelne betrachtet ihr Glück, den eigentlichen Verschönerer dieser verkümmerten Menschenblume, als sein eigenes Werk und darum uneingeschränkt wohlwollend.

Einen neuen Badeanzug hat Elisabeth auch erstanden – rot und verwegen gemustert. Sie trägt ihn auf der Mole, reizend verschämt ob der lauten, teils plumpen, aber gutgemeinten Komplimente, die an ihm haften.

Vor ihnen schwimmen angebissene Feigen, Tomaten und die Fetzen eines im Zorn zerrissenen Briefes im Meer. Das sieht nicht nach Riviera di Levante aus, das mutet heimatlich an.

„Für tausend Lire spucke ich genau auf die Tomate", schlägt Rudi gerade vor.

„Für tausend Lire tu ich noch was ganz anderes. Dafür fasse ich sogar einen lebendigen Polypen an", erbietet sich Giselher.

Jedoch – auch er findet keinen Wettpartner, obgleich alle Anwesenden die Ausführung dieses Angebotes ungemein interessieren würde. Aber dafür tausend Lire riskieren? Geldnot hat schon manchen giselherenen Feigling zu unerwartet heldenmütigen Taten verleitet.

„Wetten die Verarmten schon wieder untereinander?" fragt Florian, der gerade, einen Liegestuhl unter dem Arm, über platt ausgestreckte, ölig glänzende Leiber zur Spitze der Mole vorklettert, auf der noch ein paar tote Fischlein vom letzten Sturmangriff des Meeres liegen und glitzernd verdorren. Er hat dabei auch über Jous geschmeidigen, brutzelbraunverbrannten Rücken steigen müssen, und sie hob ein wenig den Kopf.

Neben ihr – so nah, daß man keinen Liegestuhl dazwischenbauen kann –, liegt Hans Fichte, seit Capri ihr unentwegter Leibgardist. Nicht einmal die beängstigenden Sonnenbrände auf seinem Körper können ihn davon abhalten, von ihrer Seite zu weichen. Er dampft und brütet unter seiner Vermummung, die von den Zehen bis zum Haaransatz reicht, erträgt es geduldig, daß man ihn zuweilen an unvorbereiteter Stelle kitzelt, „Mummum Kukkuck" mit ihm spielt, und weicht auch nicht, als Jou ihn warnt: „Du wirst dir noch einen Hitzschlag holen." Er ist immer um sie, vom Frühstück bis zum Gute-Nacht-Gruß vor ihrer Zimmertür, und er gestaltet seine ständige Anwesenheit so zufällig, daß niemand annehmen kann, sie entspränge etwa einer eifersüchtigen Regung.

Und Jou ist völlig hilflos. „Ich müßte endlich mit ihm über Florian sprechen, so geht das doch nicht weiter", nimmt sie sich stündlich vor. Aber um mit Hans über Florian sprechen zu können, müßte sie vorerst mit diesem gesprochen haben, und dazu bietet sich keine Gelegenheit. Dazu müßte sie erst energisch Hans Fichte aus dem Wege räumen.

Wie aber räumt man einen Menschen – und sei es auch nur für eine Stunde – fort, der einem mit soviel unschuldiger Fröhlichkeit begegnet und gar, aber auch gar keine Angriffsflächen für einen Streit bietet, in dem man verärgert: „Ach, laß mich allein!" fordern könnte!

So bleibt ihnen nichts weiter übrig, als heimliche Blicke zu tauschen – sehnsüchtige, leidenschaftliche, rebellische, schwermütige und immer verzagtere.

Derjenige, den Jou ihm eben bei seinem Erscheinen auf der Mole zuwarf, war schon sehr verzagt. Er reichte nicht mehr bis zu Florians Augen hinauf, nur noch bis zu seinem Knie ...

Aber so geht das natürlich nicht weiter ...

Nein, so geht das nicht weiter, denkt auch er, während er seinen Liegestuhl entwirrt, der auf italienisch geradezu polnisch heißt, nämlich „sdraio".

Er greift mit Entschlossenheit in seinen so mysteriösen wie heimtückischen Mechanismus und fühlt eine unerwartete Latte am Ohr. Diese schlägt die Entschlossenheit aus seiner Miene, und er flucht „sdraio!", denn dazu eignet sich das Wort vorzüglich.

„Heute ist der letzte Abend, an dem wir vollzählig sind", sagt Kümmel, der – eine gefaltete Zeitung auf dem Kopf – bisher still vor sich hin geschwitzt hat. „Neumanns verlassen uns doch morgen in Genua ..."

„Autsch!" sagt Florian und lutscht am Daumen. Er hat ihn sich bei der Überlistung des „sdraio" geklemmt, aber dieser nimmt Formen an, die bereits an einen Liegestuhl erinnern. Florian legt sich vorsichtig – hält er? – hinein und schlägt erleichtert die Beine übereinander. Geschafft.

„Ha, Herr Kümmel?"

„Also da dachte ich mir, wir starten unser Abschiedsfest schon heute abend. Es müßte natürlich was Besonderes sein. Hat jemand dazu vielleicht einen Vorschlag?"

„Ich!" Rudi streckt einen salzig verkrusteten Zeh in die Höhe. „Wie wäre es mit einem echt römischen Fest?"

„Pfui, Deibel!" ruft Elfi Düvenasch, denn schließlich weiß sie aus zahlreichen Mammutfilmen, wie es früher bei römischen Gelagen zuging. Und hat davon behalten: feiste, amoralische Trunkenbolde, Lustknaben, arme, hübsche, leichtbekleidete Sklavinnen.

„Was du dir wieder denkst, meine ich doch gar nicht", rechtfertigt sich Rudi.

„Ich weiß, was Sie meinen", strahlt Elisabeth Herzberg. „Wir erscheinen alle in römischen Gewändern –"

„Wo kriegen wir die her?"

„Ganz einfach: Bettlaken", klingt es dumpf unter dem Handtuch hervor, das Fichte über sein verbranntes Gesicht gezogen hat. „Und Lorbeerkränze ins Haar."

„Lorbeer haben wir einen ganzen Baum vor unserer Dependance", sagt Neumann. „Der reicht aus."

„Na, herrlich", jubelt Elisabeth. „Und dann dachte ich, jeder von uns sagt ein antikes Gedicht auf!"

„Ich weiß eins", sagt Kümmel. „In Ägypten geradeaus, dann links, steht die Sphinx. Gut, ja? – Ist leider nicht von mir."

Jou beschließt sofort: Ich ziehe mein griechisches Nylonnachthemd aus New York an. Das wirkt auch altrömisch und steht mir so gut. Und geschlafen habe ich sowieso noch nicht drin, dazu ist es viel zu schade.

Florian denkt: Vielleicht ergibt sich auf so einer Party endlich die ersehnte Möglichkeit ...

„Ja", sagt er laut, „das römische Fest ist eine gute Idee. Wir feiern es in unserer Hotel-Dependance, da sind wir ganz unter uns. Und unsere älteren Herrschaften, die drüben im Haupthotel wohnen ..."

„Denen erzählen wir natürlich noch nichts", ruft Neumann. „Wir sagen ihnen nur, daß wir um neun bei uns das Abschiedsfest feiern wollen. Seine echt römische Färbung soll eine Überraschung für sie sein."

„Papachen wird aber Augen machen", bemerkt Elfi bedrückt.

„Phh – wegen der paar Gedichte, die wir aufsagen werden?" Rudi rollt sich männlich auf den brühheißen Bauch. „Mein liebes Kind, du stehst viel zu sehr unterm Pantoffel deines Vaters. Das wollte ich dir schon immer sagen!"

Am Nachmittag kauft Florian vom gesammelten Geld mehrere Literflaschen Wein, Brot, Ziegenkäse und Salami für die echt römische Party.

Wie schon besprochen, wird das Fest in der Halle der Dependance des Grandhotels stattfinden, in der außer Neumanns, Jou, Florian, Fichte, Giselher, Krause, Kümmel und der frischen Liebe Primus-Herzberg niemand sonst wohnt.

Über diese Dependance-Hall, die zu ihrer Zeit – um die Jahrhundertwende – zweifellos todschick gewesen sein muß und heute nur mehr im äußersten Notfall benutzt wird, das heißt, wenn die fünfhundert Betten des Grandhotels belegt sind, wäre zu sagen: man vermißt in ihr nur die Fledermäuse.

Ihr Boden ist im Schachbrettmuster gefliest. Von der Decke lächeln pausbäckige Stuckengel. Ein Mädchen mit güldenem, sich abwärts schlängelndem Haar, in die seerosigen Schlinggewächse des Jugendstils unrettbar, doch schelmisch verstrickt, nimmt eine gläserne Längswand bis zum ersten Stock ein. Schlächterpalmen verstauben würdevoll in bauchigen Majolikakrügen mit Birkenrinden-Dessin, und kandelaberartige Lampen mit getönten Milchglaskugeln erhellen den ganzen Zauber mühselig.

Aber unsere Bus-Touristen lieben diese Atmosphäre abblätternden Pomps geradezu zärtlich, denn sie gehört ihnen ganz allein. Kein strenges Portierauge nimmt Anstoß daran, wenn sich Erwin auf der Troddelottomane zur mittäglichen Siesta niederläßt. Kein Hotelgast zeigt sich schockiert, wenn die Sportlichen unter ihnen das Treppengeländer bis zum bleckenden Löwenknauf hinunterrutschen.

Um acht Uhr abends betritt das Zimmermädchen zum letztenmal die Dependance, um die Betten für die Nacht zu richten. Danach ist das Haus die Privatvilla unserer Berliner Bus-Touristen.

Um acht Uhr dreißig – das Mädchen ist kaum ins Grandhotel zurückgekehrt – werden die von ihr sorgsam verstopften Laken mit Schwung von den Matratzen gerissen und mit Hilfe von Sicherheitsnadeln und Broschen über sonnenverschwollenen Schultern zu römischen Togen drapiert.

Sämtliche Zimmertüren stehen dabei offen, einer hilft dem anderen. Frau Neumann steckt Jous Haar „möglichst antik“ auf. Giselher und Rudi rupfen den Lorbeerbaum am Hauseingang. Elfi verteilt alle ihre Haarklemmen an die anwesenden Herren, damit sie den Lorbeer befestigen können. Und – kein Zweifel dieser Schmuck verleiht selbst Krauses Stirn einen dichterischen Anflug.

Erwin bellt hysterisch ob all der weißen Gespenster, die über die Flure eilen, und verzieht sich endlich knurrend vor Angst – unter Fichtes Bett. Er ist in diesem Italien völlig mit den Dackelnerven runtergekommen.

Kümmel, mit Weinlaubkranz und raschelnden Lorbeergirlanden auf dem Bettlaken, gefällt sich als römisch-berlinischer Bacchus. Eine entkorkte Literflasche im Arm, wandert er von Zimmer zu Zimmer, und als er Jous Raum betritt, entfährt ihm ein ehrlicherstauntes: „Donnerlittchen! – Du bist mir heute abend zu schön, Knöpfchen. Das Griechische steht dir zu – römisch.“

Jou freut sich über sein Kompliment. „Danke, Herr Kümmel.“ Er setzt sich auf den Bettrand, die Hände zwischen den Togafalten über seinen starken Knien, die Flasche neben sich, und schaut sie prüfend an. „Aber das geht so nicht –“, sagt er vor sich hin.

Jou, ihn durch den Waschbeckenspiegel ansehend: „Warum nicht? Ich habe doch was unter.“

„Das meine ich nicht. Ich mache mir andere Gedanken. Sie wissen schon ...“

„Ja“, nickt Jou, legt ihren Kamm fort und setzt sich neben ihn auf die knarrende Matratze des altnordischen Bettes. „Es ist wirklich sehr schwierig, Herr Kümmel.“

„Komm, trink was, Knöpfchen.“ Er reicht ihr eine Flasche, und dann fragt er: „Hast du dich denn nun entschlossen?“

Jou setzt die Flasche ab. Ja. – Ich glaube. – Wir hatten so wenig Gelegenheit bisher, allein zu sein. Aber Florian

...“ Sie seufzt. „Manchmal wünschte ich, man könnte beide Menschen zu einem verschmelzen. Florians Aussehen, seine Bildung und sein ... na ...“ Sie schnippt mit den Fingern, aber das hilft ihr auch nicht, das rechte Wort zu finden.

„Nennen wir's seine männliche Ausstrahlung. Das ist ein vornehmer Ausdruck dafür“, assistiert Kümmel lächelnd.

„Ja“, nickt Jou ernsthaft, „und zu allem Hans Fichtes Fröhlichkeit und seine solide Praxis ...“

Der Bacchus Gustav lacht leise vor sich hin. „Knöpfchen, wer hätte in seinem jungen Leben nicht einmal gewünscht, er könnte zwei liebenswerte Menschen zu einem einzigen verschmelzen, damit ihm selbst die Entscheidung erspart bliebe. – Komm, trink noch mal! – Aber selbst, wenn dieser Wunsch zu verwirklichen wäre, dann würde sich nach kurzer Zeit ein anderer Haken finden, denn niemand – auch kein realisierter Wunschmensch – ist vollkommen.“

„Ich bin's auch nicht“, seufzt Jou.

„Nein“, sagt er herzlich, sich erhebend, „du auch nicht. Aber verdammt hübsch bist du. Und das andere, na – du weißt schon, das überlege dir gut.“

„Ja, Herr Kümmel. – Herr Kümmel!“

Er wendet sich an der Tür noch einmal um.

„Eine Entscheidung habe ich schon getroffen.“ Und Jou ist plötzlich sehr verlegen. „Sie möchte ich gern als Freund behalten – auch nach der Reise. Ist das vielleicht möglich?“

„Mein Knöpfchen –“, lächelt er und erhält einen Buff von rückwärts: Giselher möchte an der Menge Kümmel vorbei ins Zimmer. Zwei Frottiertücher – ein hellblaues und ein rosagemustertes, an Schulter und Hüfte zusammengepiekt – drückt er unzufrieden an sich. „Siegi, hilf mir mal. Da muscha woll irgendwo ein Trick sein mit dem Drapieren von einem Lustknaben. Schwager sagt auch – soo geht das nich.“

Auf seinen rötlichen Borstenhaaren, die sich während der letzten Woche beinahe zu Locken ausgewachsen haben, raschelt ein verrutschter Lorbeerzweig. Und parfümiert ist er –! Das ganze Zimmer duftet im Nu billig.

„Komm mal mit", sagt Kümmel und schiebt ihn vor sich her auf den Flur, „das werden wir schon irgendwie hinkriegen."

Jou steht jetzt wieder vor dem Waschbecken, auf einem nah herangerückten Stuhl, und betrachtet abschnittsweise ihr Äußeres in dem schmalen Spiegel darüber. Vom Flur hört sie Krauses aufgeregte Stimme: „Herr Florian! Wo is er denn? Er soll mir wieder zusammenpieken, mein jesamtes Römertum is am Rutschen! Florian – Mensch, die anderen kommen doch gleich!"

„Sofort", antwortet Florians Stimme so nah, daß Jou zusammenfährt und zur Tür schaut, in deren Rahmen er seit geraumer Zeit gelehnt und sie schweigend betrachtet hat.

„Ach, Florian", sagt sie sehnsüchtig von ihrem Stuhl herab.

Er geht auf sie zu, nimmt sie in seinen Arm und hilft ihr auf den Erdboden zurück ... und all die Worte, die sie ihm in den vergangen Tagen sagen wollte und nicht sagen konnte, weil es keine Gelegenheit dafür gab, die fallen ihr plötzlich nicht mehr ein.

Hinter ihr gähnt das offene Türrechteck, jeden Augenblick kann jemand hereinkommen. Krauses Stimme ruft immer ungeduldiger:

„Herr Florian!!!"

„Wenn wir nur erst in Berlin wären", sagt Florian und hält Jou noch immer in seinen Armen. „In Berlin wird alles anders."

„Es ist gleich neun!" schreit Neumann aufgeregt über die Flure. „Auf die Plätze, marsch, marsch! Unsere Alten kommen!"

„Ja, in Berlin", nickt Jou atemlos. In Berlin ...

Aus allen Zimmern jagt es – die Bettlaken über die Knie geschürzt – in die Halle hinunter, kichert und stolpert und rennt sich um.

Punkt neun erscheinen die übrigen Bus-Mitglieder – feingemacht und ahnungslos ob der römischen Färbung des geplanten Abschiedsfestes – in der Tür der Dependance und schrecken kreischend zurück. Denn in dieser müde beleuchteten, verstaubt-üppigen Umgebung wirken die weißbelakten Gesichter eher spukig als römisch.

Sie lagern – noch atemlos von ihrer eigenen Verspätung – auf der geschnitzten Treppe. Erwin flitzt – wie im Veitstanz nach dem kitzelnden Lorbeerzweig schnappend, den man ihm ins Halsband gezwängt hat – treppab – ottomaneauf und springt endlich bittend an Düvenasch hoch, damit er ihn von seinem Schmuck befreie.

Neumann, leicht zerzaust und weinselig, erhebt sich mit großartiger Geste, um die verstörten Ankömmlinge zu begrüßen.

„Freunde! Mitreisende! Berliner!
Hört mich an!“ beginnt er schallend.
„Dies sind die Thermen des Floranius,
und was ihr drinnenseht, sind echte Römer
mit kahlen Köpfen und dicken Bäuchen,
die nachts gut schlafen –
Au warte!“ unterbricht er sich selbst. „Da bin ich doch in den verkehrten Shakespeare geraten. Na, macht nischt. Auf jeden Fall: Salve! Seid herzlich gegrüßt.“

Er schlägt seine Hand zum römischen Gruß um der Feldherrin verdatterten Arm und ahnt, was all seine antiken Mitbürger auf der Treppe im gleichen Moment befürchten: Dieses altrömische Fest hat die besten Aussichten, ein Mißerfolg zu werden.

Denn Radkes, Düvenasch, Frau Küßnich fühlen sich in ihrer sonntäglich-bürgerlichen Aufmachung hier eher deplaciert als erheitert: wieder einmal eine Überraschung, die danebengelang.

Jetzt schreitet Jou – ängstlich bedacht, nicht auf den Saum ihres teuren Nachthemdes zu treten – die Treppe herab, und Neumann – noch immer nicht durch die eisige Zurückhaltung der Gäste entmutigt – begleitet ihren Auftritt mit der werbenden Stimme eines Rummelbuden-Besitzers:

„Sieglinde, die schöne Barbarin,
gotische Geisel am Hofe des Floranius,
dazu ausersehen, verdienstvollen Kriegern
unserer herrlichen römischen Armee
den Rücken zu salben. –
Applaus für Sieglinde. Na, Mensch, nun klatscht schon!"

Die Besucher aus dem Grandhotel applaudieren höflich, und Florian schickt eilends den Wein herum, damit er die Stimmung hebe.

Er selbst setzt sich zu den alten Damen auf die Lehne der Troddelottomane und erzählt ihnen Witzchen. „Vier Schnecken gingen auch mal ein Bier trinken ..." Und es sind weniger seine harmlosen Darbietungen als seine „männliche Ausstrahlung", das Interesse, das er ausschließlich ihnen widmet, was die alten Damen Radke, Behrend und Küßnich im Nu in angeregte Stimmung versetzt. Sie leben zwar schon jenseits von Gut und Böse, aber so wie das weibliche Baby bereits unbewußt mit dem männlichen Wesen kokettiert, das sich über sein Körbchen beugt ... es hört eben nie auf. Nie ...

Giselher erzählt so laut, daß auch Marie Peters es hören kann, von seinen unglaublich romantischen Erlebnissen mit Joan Parker, der Millionärstochter aus Chicago. Beim Abschied habe sie – kaum der Tränen mächtig – zu ihm gesagt: „Gisel dear, you've been my little lucky star."

„Öh –, macht Rudi darauf ungläubig, obgleich er kein Englisch versteht, und Marie Peters zuckt spöttisch mit den Mundwinkeln. Auch sie hat inzwischen begriffen, daß Giselher Knopf über eine geradezu hochstaplerische Phantasie verfügt. Und trotzdem – ihrer Eitelkeit versetzen seine Parker-Lügen doch einen winzig kleinen Stich.

Auf der Treppe hat man vor lauter Jucken und Um-sich-Schlagen keine Zeit, sich römisch zu gebärden. Hans Fichte vollführt auf Kümmels massigen Schultern einen akrobatischen Balance-Akt beim Schließen der oberen Hallenfenster, durch die ununterbrochene Ströme von atonal singenden Moskitos ins Innere ziehen. Auf gingen die Fenster so leicht, aber zu ...

Gegen Mitternacht entschließen sich die Römer zum Singen. „Es war in Schöneberg, im Monat Mai" und „Horch, was kommt von draußen rein? Hollahiiii hollahooo. Muß doch ein Moskito sein, hollahiaho."

Dabei haben sie sich untergeärmelt, Käse, Salami und Brot in der Hand – auch geöffnete Taschenmesser. Und das bringt sie endlich in Stimmung. Es wird aber auch Zeit.

„Komm", sagt Fichte zu Jou und zieht sie am Arm in die Höhe. „Die Römer schunkeln mal wieder. Laß uns verschwinden."

„Wohin?" fragt sie widerstrebend, während ihre Augen Florian suchen. Sie will nicht fort ...

„Ich dachte, wir machen so eine kleine Spazierfahrt."

„Jetzt, mitten in der Nacht?"

„Is doch schön, Kindchen! Nun komm schon – Er zerrt sie ungeduldig hinter sich her aus der Halle, wobei er seinen unnatürlichen Bauch unter der Toga festhält. Jou wirft noch einen unglücklichen Blick zurück auf Florian, dann fällt die schwere Hallentür hinter ihnen zu.

Eine Weile noch begleitet sie der Gesang. „Am Rhein, am deutschen Rhein ..." Düvenaschs gefühlvolles Tremolo ist deutlich herauszuhören. Und jetzt ist nur noch das Schrillen der Zikaden um sie, müdes Wellenklatschen an Bootswänden, ein erregtes Frauenlachen irgendwo in der Dunkelheit.

Hans Fichte schließt Herzlieb auf und räumt seinen künstlich verstärkten Bauch auf den Vordersitz: einen gemausten Zipfel Salami, Brot und eine angebrochene Flasche Wein. „Müßte eigentlich in Neapel erfunden worden sein, diese Toga-Mode", sagt er, das Verdeck zurückwuchtend. „Ein ideales Kleidungsstück zur Tarnung von illegal erworbenen Gütern. – Steig ein, Sieglinde, schöne Barbarin. Herzlieb wird schon ungeduldig. Falls es dir zu kalt sein sollte – hier ist eine Decke."

Ich will nicht fort, ich will nicht ... denkt sie verzweifelt, aber da hat er sie schon in den Wagen gehoben, das neuerworbene Plaid (in Italien sind sie so billig, daß man sie einfach kaufen muß, selbst wenn man schon zwei zu Hause hat) um ihre Schultern geschwungen, den Schal zugeklappt, und ab geht's, den romantischen Palmenkai hinunter.

Nach hundert Metern muß Fichte noch mal anhalten, denn er hat im Rückspiegel einen mitten auf dem Damm emsig vorwärtstrudelnden Schatten entdeckt: Erwin.

„Hupp rein, mein Sohn“, sagt er, den Schlag öffnend, und Erwin kollert japsend zwischen seine Füße. „So, damit wären wir drei einmal wieder ganz für uns allein. Zum letztenmal. In Italien, meine ich. Dies hier war der letzte Ort, an dem sich unsere Kleider noch mal für längere Zeit auf Bügeln erholen konnten. Ab morgen leben wir wieder aus dem Koffer.“

Er lacht. „War ja nie ein eleganter Herr, aber so verdreckt und zerknauscht wie jetzt – ich schäme mich direkt, meine Hemden in die Wäscherei zu geben. Und meine Anzüge – die reinsten gastronomischen Landkarten mit Gruß aus Rom in Tomatensauce und Fettflecken als Erinnerung an Capri. – Wird höchste Zeit, daß wir nach Hause kommen.“

„Wo fahren wir eigentlich hin?“

„Weiß ich auch nicht“, lacht Fichte unbekümmert. „Ins Blaue. Macht's dir keinen Spaß? Bei der schönen Luft und dem Palmengeraschel! Du bist unromantisch, Knöpfchen!“

„Ich bin romantisch“, widerspricht sie gereizt.

„So? Na, um so besser.“ Hans Fichte redet und redet, und da er kein Echo findet, amüsiert er sich herzlich über seine eigenen Dialoge.

Er scheint wirklich nichts davon gemerkt zu haben, wie es um sie und Florian steht. Demnach muß Jou fürchten, daß er sie entführte, um endlich einmal wieder ungestört zärtlich sein zu können. Und daran liegt ihr nichts. Sie will nicht, sie will nicht ...

Nach einer halben Stunde Fahrt stellt Hans den Wagen am dunklen Ausgang eines kleinen Badeorts ab. „So, da wären wir.“

„Wo?“ fragt Jou.

„Keine Ahnung. Aber ich nehme an, hier irgendwo in der Nähe befindet sich ein lauschiges Plätzchen ...“

„Wozu?“ fragt sie mißtrauisch.

„Zum Picknicken, mein Herzblatt. – Erwin, wirst du wohl! Er riecht die Salami. Nimm sie gleich an dich, Jou, und, bitte, auch das Brot.“ Er stülpt das Verdeck über Herzlieb, holt die Decke, Wein und Zigaretten aus dem Wageninnern, schließt ab und schiebt seinen Arm unter den ihren. „Gehen wir.“

Nach etwa zehn Minuten Tasten durch geröllhaltige Dunkelheit hat Hans das Passende gefunden: einen einsamen Ausläufer des Strandes und darauf ein an Land gezogenes Fischerboot.

„Klein und schäbig, aber dafür auch nicht unser“, deklamiert er und springt hinein. „Paß auf, daß du dir keinen Splitter einreißt. – Und nun laß uns schmausen, was der liebe Vati alles geklaut hat.“

Erwin hat sich zwischen sie auf das morsche Querbrett gedrängelt, seine spitze, stachelige Schnauze drückt verlangend auf Jous Arm. Wegen der Salami.

In der Ferne glitzern die Lichter des Hafens von Portofino, das Meer ist glatt und seidigblank wie ein frischgestrichener Appe. Zikaden zirpen. Eine winzige rote Lampe gleitet quer durch die Bucht, begleitet von leisem Ruderplätschern.

„O sonniges Italien“, seufzt Hans. „Am besten gefällst du mir nachts.“

Da hocken sie, römisch verkleidet, in einem alten, lekken Fischerboot in lauwarmer, flimmernder, nächtlicher Einsamkeit, zwischen ihnen das eilige Atmen eines kleinen Hundes. Es ist nicht gerade das, was man so gern unter südlich-erregender Romantik versteht. Es ist die Romantik der halbwüchsigen Pfadfinder an einem nächtlichen Lagerfeuer, das köstliche Abenteuer eines kleinen Jungen namens Hans Fichte, der wider seinen Willen ein Mann werden mußte.

Jou betrachtet ihn zuerst heimlich und abwartend von der Seite – sein kurznasiges Profil mit der vorgeschobenen Unterlippe, seinen stämmigen Nacken und die vorgebeugten Schultern, die er ab und zu vorsichtig bewegt, weil ihn die verbrannte Haut schmerzt. Und als er sie plötzlich ansieht, kann sie gar nicht anders: sie lächelt ihm zu. Er ist ihr so herzlich vertraut.

Hans nutzt ihre plötzlich weiche Stimmung nicht aus. Grinst nur freundlich zurück und schaut dann wieder auf das Meer.

„Am liebsten ginge ich jetzt schwimmen“, sagt er.

„Aber wir haben doch kein Badezeug mit.“

„Na und? Die Fische stört das nicht. Du brauchst ja auch nicht, wenn du nicht willst.“

Jou bleibt im Boot hocken und hört neidisch auf das zaghafte Plätschern im seichten Wasser, das seine vorsichtigen Schritte auf dem Geröll begleitet, und dann jenen temperamentvollen Wasserwirbel, der ihr ankündigt, daß Hans jetzt auch oberhalb der Gürtellinie untergetaucht ist. Sie selbst darf doch nicht, was würde Florian von ihr denken! Aber er sieht es ja nicht, und darum kann er nichts denken! Und schon hat sie sich ausgezogen und läuft Hans nach.

Sie schwimmen auf die Lichter von Portofino zu. Jou legt sich auf den Rücken und sucht die ihr bekannten Sternbilder am endlosen Himmel, und wenn Hans nicht neben ihr wäre, würde sie sich vor der Größe des Weltalls fürchten. Eine Sternschnuppe huscht gleich einem goldenen Faden auf die Berge herab, und Jou wünscht sich ganz schnell ... ja, was soll sie sich wünschen: daß alles gut wird.

„Schön, nicht wahr?“ sagt Hans, das Meer mit Daumen und Zeigefinger aus seiner Nase drückend. „Ich schwimme nachts am liebsten. Da sieht man wenigstens die Polypen nicht, wenn sie sich einem um die Wade wickeln ... Jou, wo willst du hin?“

„Ans Ufer!“ Jou hat nämlich am vergangenen Mittag einen großen Polypen auf dem Wege in die Hotelküche gesehen. Ein Kellner trug ihn in einem Wasserbehälter, und weil er die bildhübsche Deutsche einmal kreischen hören wollte, nahm er ihn heraus und erlaubte ihm, seine langen, glitschigen Fangarme um seine Hand zu wickeln.

So eine Zumutung am Bein, und Jou ginge vor Schreck unter.

Mangels eines Handtuches müssen sie sich an der Luft trocknen lassen, und diese laue Nachtluft auf nasser Haut ist plötzlich zum Zähneklappern kühl. Erwin umspringt seine schlotternde Familie, selig, sie wieder auf dem Landboden zu wissen. Er hatte ihren Schwimmausflug – bis zum Bauch im Wasser stehend – mit langgezogenem Geheul begleitet.

Jetzt sitzen sie wieder im Boot, in ihr römisches Habit verkleidet, das Plaid über die Schultern, und Hans flicht mit seinen Fransen Zöpfchen. Sie trinken den Rest des Weins, Fichte erzählt ausführlich von seinem Landstraßenabenteuer, in das ihn Giselher auf dem Wege nach Neapel verwickelt hatte. Jou sagt: „Wenn Vater das alles wüßte, ich glaube, er prügelte sein Söhnchen windelweich." Und dann erzählte sie ihm von Pompeji und der unvorstellbar schönen, tausendkurvigen Küstenstraße, der Amalfiana, auf der Krause ins Schwitzen geraten war.

„Ja", sagt er, „Italien war schön. Ich bin ihm nicht einmal böse, daß es mein Konto aufgefressen hat."

Die Zeit vergeht über ihrem friedlichen Erinnern. Hans hat zweimal das Plaid umlegen müssen, damit Jou die Franzosenzöpfchen lösen und er neue flechten kann. Und über den Bergen beginnt es zu dämmern ...

„Hast du eine Uhr mit?"

„Als verkleideter Römer? Natürlich nicht. Aber ich glaube, es wird Zeit, zurückzufahren, wenn wir noch zwei Stunden vor dem allgemeinen Abmarsch schlafen wollen. Gehen wir?"

Die Decke fällt auf seiner Seite auf den tief schlafenden Erwin, denn Hans ist aufgestanden. Jou bleibt sitzen und schaut ihn unzufrieden an.

Sie hatte sich mit allen Fasern ihres von Florian besetzten Herzens gegen dieses nächtliche Abenteuer gesträubt, aus Angst, Hans könnte ihr zu nahe treten. Jetzt waren sie mehrere Stunden hier, sie hatten zusammen geschwommen und Wein getrunken – nur durch Erwins halbe Portion voneinander getrennt unter einer Decke gesessen. Sie waren beinahe so vertraut wie früher, aber Hans hatte nicht einmal den Arm um sie gelegt. Er behandelte sie wie einen guten Freund, und das verletzte, obgleich sie sich's gewünscht hatte. Wenigstens den Versuch, sie zu küssen, hätte er unternehmen sollen ...

„Es wird hell." Er hilft ihr aus dem Boot, sie gleitet im Schwung gegen seine Brust und macht keine Anstalten, sich von dort zurückzuziehen. Da hebt er mit zwei Fingern ihr Kinn zu sich empor, Jou schließt erwartungsvoll die Augen. „Mach sie ruhig wieder auf, ich küsse dich doch nicht", sagt er. „Ich hab's nämlich nicht gern, wenn eine Frau in meinen Armen an einen anderen Mann denkt. – So, und nun komm."

„Aber, Hans, wie kannst du –!" Sie stolpert verletzt, beschämt und zugleich furchtbar böse hinter ihm her.

„Ja, wie konnte ich. So ein lieber Trottel wie Hans Fichte hat doch gar kein Recht, zu bemerken, wenn er betrogen wird."

„Ich habe dich nicht betrogen!" schrie sie wütend.

„Vielleicht noch nicht, weil ihr keine Gelegenheit dazu hattet."

„Es hat überhaupt erst alles begonnen, als ich erfuhr, daß du mit einer Amerikanerin nach Capri gefahren bist!"

„Sieh mal an. Und diese Amerikanerin, die hast du bereits in Venedig vorausgeahnt?"

„Wieso? Hat etwa Giselher ... ?"

„Nein, hat er nicht. Aber glaubst du, mir wäre nicht bereits in Florenz euer gegenseitiges leidvolles Anhimmeln aufgefallen!? So guckt man sich bloß an, wenn man mitten in einer Idylle durch den lästigen Dritten gestört worden ist. – Pschscht, Knöpfchen, trompete jetzt nichts Unbedachtes. Du bist ein schlechter Streitpartner. Du gibst im Zorn viel mehr zu, als dir recht ist."

Gut gesprochen, Hans Fichte, denkt er. Und so überlegen. Dabei ist ihm gar nicht wohl zumute, denn – zum Kuckuck noch mal: Sie ist ein dummes, kleines, sentimentales Mädchen, aber diese Erkenntnis hindert ihn nicht daran, sie zu lieben.

Jou möchte gern etwas zu ihrer Verteidigung sagen, aber in ihrem Kopf poltern alle Gedanken hilflos durcheinander, nur Trotz bleibt, der Trotz des ertappten Schulmädchens.

„Ja, ich mag Florian!" schreit sie in den verschlafenen Morgen.

„Verstehe ich, Kindchen, hatte ja selbst die Gelegenheit, seine Vorzüge kennenzulernen. Er sieht gut aus, er ist klug, gebildet, scheint sogar einen anständigen Charakter zu haben. Lacht nie im falschen Augenblick und wird keine blauen Krawatte zum grünen Hemd tragen so wie Hans Fichte. Einziger, sichtbarer Fehler: er hat noch weniger auf der Bank als ich. Aber er kann ja, wenn er Glück hat, noch unverhofft erben ..."

„Sei endlich still, Hans!"

„Mich bedrückt nur eins. Wird Florian wohl auf die Dauer genügend Humor aufbringen, um dich zu verstehen – dich komische kleine Mischung aus einer Rose und einer Mohrrübe?" Es gelingt ihm noch rechtzeitig, ihre Fäuste abzufangen.

Sie begreift nicht die Zärtlichkeit in seinem Gesicht, sie schreit, und Hans muß von neuem mahnen: „Kindchen Knopf, nicht so gewaltig! Du weckst ja die Felsen mit deinem Gebrüll."

„Es ist restlos aus mit uns!"

Sie haben sich inzwischen bis zum Herzlieb vorgestritten, und Fichte tastet die Toga ab, als ob sie Taschen hätte.

„Dieses Italien hat mir die Augen geöffnet!"

Hans findet keine Zeit zu fragen, wofür es wohl Jous Augen geöffnet hat.

Er guckt Herzlieb unter den Rock und sucht die Straße im nahen Umkreis ab.

„Nimm sofort die ‚Mohrrübe' zurück, Hans, das war so gemein von dir!!!"

„Sag mal", fragt er, sich aufrichtend, „weißt du zufällig, wo ich vorhin die Autoschlüssel gelassen habe?"

„Auch das noch!" jammert Jou auf.

„Sie sind futsch!" sagt Hans, und an seinem Gesichtsausdruck erkennt sie, daß verlorene Autoschlüssel beinahe so ein Drama heraufbeschwören können wie ein neuer Mann in einer alten Liebe. Im Nu schaltet Jou von leidenschaftlichem Trotz auf Sachlichkeit um. „Wo hast du sie denn hingesteckt?"

Hans blickt an seiner Toga herab. „Da gab's nicht viel zum Stecken. Ich glaube, ich hielt sie in der Hand. – Tut mit leid, Jou, aber ich muß noch mal zum Strand zurück."

Sie folgt ihm, Schritt für Schritt den Weg absuchend, das Plaid eng um die fröstelnden Schultern gezogen.

Gemeinsam stülpen sie das Fischerboot um. Ein verrostetes Messer mit zerbrochener Klinge fällt heraus, aber kein Schlüsselbund.

Um sie ist die zauberische, silberblaue, reglose Dämmerung, aber sie sehen nur Steine – rote, graphitfarbene, kalkweiße – und nirgends zwischen ihnen das so dringend Ersehnte.

„Da war doch auch der Talisman dran, den ich dir geschenkt habe", sagt Jou plötzlich.

„Ja. Wieso? Wolltest du ihn wiederhaben?"

„Quatsch." Und dann suchen sie weiter.

Hinter den Bergen breitet die Grandedame Sonne ihr majestätisches Lever vor. Jou und Hans gucken sich ratlos an:

„Was machen wir nun?"

„Schlag Herzlieb eine Scheibe ein!" rät sie.

„Nützt nichts, der Startschlüssel ist ebenfalls am Bund."

„O du lieber Himmel!"

„Ja", seufzt Hans, „das finde ich auch."

„Unser Bus fährt um halb acht vom Hotel ab. Wie kommen wir jetzt dorthin?"

„Zu Fuß", meint er lakonisch.

„So, wie wir angezogen sind?" stöhnt Jou. „Man wird uns als Geisteskranke verhaften!"

„Wenn uns nichts Schlimmeres passiert. Komm!"

„Hast du einen zweiten Schlüssel für Herzlieb?"

„Ja. In Berlin. Aber wo – in meinem Schreibtisch, glaube ich. Und den Schreibtischschlüssel habe ich mit. Werde gleich mit Zuhause telefonieren. Die Hecht muß die Schublade aufbrechen und ihn herschicken."

„Aber dann kannst du ja gar nicht mit uns zurückfahren!"

„Nein, Kindchen. Wird dir doch recht sein."

Jou antwortet nicht.

Erwin zottelt verschlafen hinter ihnen her, während sie ein zweites Mal den Weg zum Herzlieb zurücklegen.

„Aber er kann doch nicht spurlos vom Erdboden verschwinden, das gibt's doch gar nicht!" bäumt sich Hans zornig gegen sein Schicksal auf. Er hat die gehbehindernde Toga über die Knie gezogen, an der freien Hand zerrt er die müde, verzweifelte Jou hinter sich her zu einem Bauernhaus. Auf dem schmalen Hofplatz davor schläft ein uralter Lastwagen.

„Hänsel und Gretel vor dem Hexenhaus." Aber sein Scherz gefällt Hans selber nicht. Trotz seines wohlausgebildeten Sinns für Situationskomik – ihr haarsträubend römischer Aufzug im güldenen Licht der Morgensonne ist zweifellos kein Anblick auf nüchterne Mägen. Und als plötzlich ein wütender Hund auf sie zugeschossen kommt, da ist auch keine Gretel mehr an seiner Hand. Sie hat sich losgerissen – gefolgt von Erwin – in ein nahes Lorbeergebüsch gerettet.

Die nächsten Minuten werden für Otto Knopfs Tochter immer ein grotesker Alptraum bleiben, den sie gar nicht erlebt haben kann. Sie hockt in den kratzenden Zweigen des Busches, zwischen den Knien Erwin. Unter dem plissierten Vorhang ihres Hemdsaums fühlt er sich leider stark und fletscht dem wie toll bellenden Hofhund seine sämtlichen Zähne entgegen. Angenehm ist so was nicht.

Dazu kommt die Szene, die sich vor dem Lastwagen abspielt und von Jou mit entsetzen Blicken zwischen den blanklackierten Lorbeerblättern hindurch beobachtet wird.

(Und sie dankt ihrem Schöpfer, kein Mannsbild zu sein, das Mut markieren muß, auch in so trostlosen Situationen wie der augenblicklichen.)

Durch das wütende Gekläff angelockt, ist nämlich ein junger Mann auf dem Hof erschienen. Guckt verschlafen um sich, das Hemd in die Hose stopfend, guckt auch hinter den Lastwagen und sieht Hans Fichte – bedauernd lächelnd – dastehen.

Der junge Mann, wer nimmt's ihm übel, ahnt nicht, daß es sich bei dieser wilden Erscheinung um einen braven Tierarzt aus Berlin handelt, der, abgesehen von Strafmandaten wegen falschen Parkens und Baumfrevels, nie mit dem Gesetz in Konflikt gekommen ist.

Er starrt ihn blöde an, Hans vollführt eine anschauliche Pantomime, das heißt, er beginnt mit einer solchen, bricht aber mittendrin mit einer hilflosen Geste ab: Wie soll man einem Menschen, der kein Wort Deutsch versteht, klarmachen, daß man von einer „römischen" Party kommt, daß man die Nacht über am Seeufer verbracht hat und die Autoschlüssel verloren hat!

Der junge Mann mag ihn für einen Entlaufenen, für einen spinnerten Wanderprediger halten, auf jeden Fall fängt er plötzlich an zu brüllen: „Anna! Mario! Mama!"

„Pschscht! Nicht doch, kein Aufsehen!" drückt Fichtes beschwörende Geste aus. Er will dem anderen den Mund zuhalten, aber da stürzen sie schon vom Haus her: Anna, Mario, Tonio, einige Bambinos mit schlafwirren Köpfen und zum Schluß – fett, atemlos und gebirgig – die Mama.

Sie bekreuzigt sich vorsichtshalber bei seinem Anblick, die anderen brechen in kreischendes Gelächter aus. Wer hätte das gedacht! Schon am frühen Morgen einen Übergeschnappten, solch ein Glück!

Daß sie ihn nicht der zuständigen Ortspolizei überantworten, hat Hans dem Tonio zu verdanken. Er war während des Krieges als Fremdarbeiter in Deutschland und verfügt seit dieser Zeit über sächsische Sprachkenntnisse. Ihm trägt Fichte seine Kümmernisse vor. Tonio nickt grinsend zum Zeichen, daß er verstanden hat, aber glauben tut er die ganze Geschichte als intelligenter Mensch natürlich nicht. Das mit dem Autoschlüssei mag schon stimmen. Aber das andere –?

Nach kurzem Zögern bespricht er sich lärmend mit seiner Familie, ab und zu treffen Fichte abschätzende Blicke. Er läßt es sich lächelnd gefallen, daß die Bambinos indessen an ihm herumzerren.

Im Familienrat scheint man sich endlich geeinigt zu haben, und Tonio tritt wieder vor ihn hin. Er sagt etwas, und Hans nickt erleichtert.

Mario springt auf den Lastwagen, und Anna hebt die Bambinos zu ihm hinauf. Gino wuchtet Mama auf den zweiten Sitz der Führerkabine. „Was soll das?" fragt Hans skeptisch.

„Alle mitgomm'", lacht Tonio und macht ein einladendes Zeichen: Nun steig schon auf.

Aber Hans schüttelt den Kopf und zeigt auf das giftig knurrende Lorbeergebüsch.

„Meine Frau sitzt da drin, die muß auch mit. – Jou, komm vor!" ruft er laut.

„Kann doch nicht! Die Köter!" jammert sie.

Gino und Tonio laufen mit Fichte auf den Busch zu. Gino pfeift seinem Hund. Tonios verarbeitete Hände biegen die Lorbeerzweige auseinander. Staunend grinst er in Jous angstvoll aufgerissene Augen. Sie zieht fest das Plaid um sich.

„Dein – Frau?" fragt er ungläubig.

„Klar! Signora Fichte."

„Buon giorno, Signora." Es ist Ginos unzweideutiges, bewunderndes Jungenlächeln, das Jou wieder auf die Beine hilft. Allerdings erleidet ihr Selbstbewußtsein noch einmal eine arge Demütigung, als sie den beiden weiblichen Familienmitgliedern vorgeführt wird.

Da ist zuerst Anna. Neugierig hebt sie einen Zipfel des Plaids an und läßt ihn mit der Entrüstung einer tugendsamen Italienerin fallen, nachdem sie Jous Nachthemd gesichtet hat.

Und dann erst Mama. Mit so einem Frauenzimmer fährt sie nicht auf einem Wagen. Und will wieder aussteigen. Es sei überhaupt eine Sünde, diesen gottlosen, meschuggen Ausländern Hilfe zu leisten. „Du fährst sie nicht zum

Hotel, Tonio. Was würde der heilige Antonius davon halten?“

Tonio gibt zu bedenken, daß sie sich ihre Hilfestellung ja gut bezahlen lassen werden, und wenn Mama von diesem Geld zwei Kerzen kauft und dem Heiligen stiftet, vielleicht wird er dann ein Auge zudrücken!?

Mama überlegt, ihre Nase reibend, und betrachtet mit strengen Augen die meschuggene Ausländerin. Jou lächelt ihr schüchtern zu. Hm. So verdorben sieht sie eigentlich gar nicht aus, eher jämmerlich. Sollte die wirklich Böses getan haben, so ist sie vom heiligen Antonius schon genügend bestraft worden, indem er ihre Autoschlüssel verschwinden ließ.

Vielleicht genügt auch bloß eine Kerze, überlegt Mama, und Gino hebt Jou auf den Laderaum des Lasters, schwingt sich selbst hoch, zieht Fichte nach, und ab geht die Fahrt.

Sie rasen durch einen hinreißend blauen, leuchtenden Morgen, krampfhaft um lockere Planken gekrallt, ständig in Angst, auf die Straße geschleudert zu werden, dabei bemüht, den heimtückischen Fahrwind an einem frivolen Spiel mit ihrer locker sitzenden Verkleidung zu hindern. Hans muß zudem noch den völlig verstörten, wehrlos hopsenden Erwin festhalten.

Die Bambinos kreischen vor Vergnügen, Anna hat sich flach ausgestreckt, die Arme um Jous Hüften wenn sie vielleicht auch ein lockeres Frauenzimmer ist, bietet sie doch immerhin einen Halt.

In einer tollkühn geschnittenen Kurve schleudern sie alle übereinander zu einem kreischenden, lachenden Knäuel.

So kommen sie denn – durchmassiert und blaugeschlagen – vor die Tore ihres Badeortes. „Wie spät mag es wohl sein?“

Der Laster rast mit unvermindertem Tempo und Hupengeheul den Palmenkai hinab.

Vor dem Grandhotel parkt der himmelblaue Touristenbus. Krause und der Hoteldiener sind gerade dabei, die letzten Koffer zu verladen.

Zwischen seinen reisefertigen und vorwurfsvoll um sich blickenden Schafen steht Florian mit unbeweglichem Gesicht.

Sie bemerken wohl das tollwütige Gefährt, das auf sie zugeschossen kommt, Düvenasch schimpft über die rücksichtslose Fahrweise der Italiener, Neumann gibt dagegen zu bedenken, daß in diesem Land weniger Unfälle passieren als zu Haus, sie pumpen ihre Lungen voll zu einem lauten Für und Wider – da hält der Laster kreischend und krachend vor ihnen. Sämtliche Touristen springen erschrocken nach rückwärts.

Zuerst geschieht nichts. Jou und Hans haben sich flach auf den Boden gelegt, um den Blicken der zum Abschied versammelten Hotelangestellten zu entgehen.

„Das sind unsere Leute da", zischt er, auf die Touristen zeigend.

Gino richtet sich auf, einen zappelnden Gegenstand im Arm, den Frau Neumann mit einem Aufschrei als „Erwin! Das ist doch der Erwin!" erkennt.

Im Nu umringen sie den Laderaum des Lasters, begeistert von den Bambinos begrüßt.

Jou hebt vorsichtig den Kopf und steckt ihn sofort wieder runter, nachdem sie in Florians eiskühle Augen geschaut hat.

„Mensch, Schwager, wo wart ihr denn bloß? Wir warten und warten und denken, ihr seid längst tot. Wo ist Herzlieb? Warum steigt ihr nicht aus?"

„Weil wir immer noch römisch sind", flüstert Hans, und während er und Jou sich eilig in Neumanns heraufgereichte Regenmäntel wickeln, erzählt er in Stichworten von ihrem Mißgeschick.

Eine Minute später rennen sie zur Dependance hinüber. Auf halbem Wege fühlt sich Fichte roh am Arm ergriffen, schaut verärgert zurück in Tonios mahnendes Gesicht.

„Ja doch, du kriegst gleich dein Geld. Muß mich doch erst anziehen!"

Er rennt weiter, Tonio hinterher.

„Sweitaus Lire!" schreit er.

Zweitausend Lire dafür, daß sie sich auf dem Höllenauto die Knochen verrenkt haben! „Jou, er verlangt zweitausend Lire!"

„Na und? Gib sie ihm doch", ruft sie schon von der Treppe her. „Vorhin hättest du ihm glatt zehntausend geboten, um aus deiner scheußlichen Lage herauszukommen!"

„Aber ich besitze bloß noch im ganzen zweitausend Lire."

„Dann pump Kümmel an, der hat noch." Und sie verschwindet in ihrem Zimmer.

Tonio erhält seinen Lohn, und als er schon an der Tür ist, reut Fichte sein Geiz. War doch eigentlich ein netter Kerl, der Tonio. Überhaupt die ganze Familie – reizende Leute, alle sind sie mit hierhergekommen. Soviel Aufmerksamkeit für lumpige zweitausend Lire – fast geschenkt. Und er ruft Tonio noch einmal zurück und vermacht ihm sein letztes Päckchen deutscher Zigaretten. Sie scheiden mit Tränen in den Augen voneinander.

Dann zieht sich Hans in Windeseile um. Als er seine Toga über die Matratze breiten will, kommen ihm furchtbare Bedenken, ja, er gerät beinahe in Ausnahmezustände. Gewiß, das Laken hat heute nacht viele für ein Laken ungewöhnliche Dinge erlebt, zuletzt eine mörderische Fahrt auf einem schmutzigen Laster. Aber das entschuldigt trotzdem nicht sein wüstes Aussehen. Es geht so nicht. Es ist ganz unmöglich, daß es so geht. Schließlich reist er heute nicht ab, er muß dem Zimmermädchen doch ins Auge sehen, er muß seinen vernichtenden Blick ertragen. „Ferkel!" wird dieser Blick sagen.

Sekundenlang verharrt Fichte in dumpfer Verzweiflung, dann kommt ihm der Gedanke, der Rettung mit süßer Rache verbindet. Er reißt das Schandlaken vom Bett und rennt damit zu Florians Zimmer, um es mit dem nur leicht zerknitterten des Reiseleiters zu vertauschen.

Somit hat er alle unschönen Bezeichnungen aus dem Munde des Zimmermädchens auf den Rivalen abgewälzt, aber die rechte Befriedigung stellt sich nicht ein.

Auf dem Treppenabsatz begegnet er Jou, bis zum Hals mit Gepäck beladen. Und jetzt begreifen beide zum erstenmal, daß sie sich trennen müssen. Sie wird in wenigen Minuten mit den anderen, mit Florian, abfahren – er wird hier noch eine Zeitlang warten müssen, bis seine zweiten Autoschlüssel aus Berlin eintreffen.

„Also dann – gute Reise."

„Danke. – Hoffentlich kommen die Schlüssel bald. Und ... und paß auf den Hund auf."

„Mach ich ... Wir werden uns ja in Berlin mal sehen."

„Natürlich."

Es ist viel schlimmer, als sie angenommen hat. Es ist ganz schlimm.

„Siegi, komm bloß, wir müssen los!" ruft Giselher von der Hallentür.

„Sofort – Sie schaut Hans Fichte an. Er schaut unglücklich zurück, aber er sagt nichts.

Da knickt Jou zusammen und greift sich den kleinen Dackel. „Tschüß, mein Kleiner. Sei schön brav, und wenn du nach Berlin zurückkommst, dann rufst du mich sofort an. Sollte es länger dauern, dann ... dann schreib mir mal, hörst du, Erwin? Eine Postkarte – Sie richtet sich schnell auf, greift nach ihren Mänteln, rennt die Treppe hinunter und heult wie ein grauliger Schloßhund dabei.

Hans folgt mit den Koffern.

Auf halbem Weg erwartet sie Florian. „Endlich", sagt er kühl, und als er ihre Tränen bemerkt, wird seine Stimme sofort weich. „Aber, aber –"

„Na ja", heult Jou auf, mit dem Handrücken einmal im Halbkreis um die Nase wischend.

„Ich verstehe –"

Zwei Minuten später rollt der himmelblaue Bus mit seinem schwankenden Kofferanhänger den Palmenkai hinunter. Hans Fichte steht mitten auf dem Damm und schwenkt beide Arme. In seinen Ohren klirrt noch Giselhers aufgeregte Stimme:

„Mach's gut, Schwager. Und schreib mir mal, nächste Woche habe ich Geburtstag. War ganz lustig, dies Italien, aber das beste war Capri, und das hast du ja woll mir zu danken, nöch?"

Jetzt biegt der Bus in eine Querstraße ein, sein Heckbaby zottelt hintendrein. Hans nimmt seine Arme aus der Luft.

„Weg sind sie. Komm, Erwin, wir müssen mit Berlin telefonieren.“

Fräulein Hecht, die Assistentin, ist zu Tode erschrocken. Ein Ferngespräch aus Italien! Ihrer Stimme hört man die weichen Knie an. „Wie? Den Autoschlüssel? Aber, Herr Doktor! Ja, ich werde gleich mal nachsehen – obgleich es mir unangenehm ist, Ihren Schreibtisch aufzubrechen ... natürlich, natürlich ... und das Wetter ist gut? Nein, hier war nichts Besonderes? Der Vertreter? Ein reizender, feinsinniger Mensch. Möchten Sie ihn auch mal sprechen? Wie? – Ach so, wird zu teuer. Aber das muß ich Ihnen erzählen, Herr Doktor. Der eine Spaniel von Marschalls hat am Donnerstag, nein, ich glaube, es war am Mittwoch ...“

„Wiederschaun, Fräulein Hecht. Das dürfen Sie mir alles zu Hause berichten, da kommt's mich billiger. Also – nicht den Schlüssel vergessen. An folgende Adresse ...“

Nach diesem Gespräch überlegt Hans, was sich außer dem Autoschlüssel in der Schublade befinden mag, die Fräulein Hecht gewiß voll Wißbegierde durchstöbern wird. Dann setzt er sich mit Erwin zu einem ausführlichen Frühstück ins Grandhotel.

Am späten Vormittag borgt sich Fichte den Topolino des Chefobers und fährt noch einmal zur Stätte ihrer nächtlichen Abenteuer hinaus. Vielleicht wird er Mama und ihrer Familie einen Besuch abstatten – er hat ja jetzt soviel Zeit, bis der Schlüssel aus Berlin kommt.

Erwin wedelt, als er das abgestellte Herzlieb sieht, Hans tippt ihm freundschaftlich aufs Verdeck. „Na, altes Mädchen?“ Und er wirft auch einen sehnsüchtigen Blick in sein Inneres. Im Fond liegen eine kunstvolle Basttasche aus Fiesole für Fräulein Hecht und die Majolikavase für den Hauswart und auch – „Guck mal, Erwin, deine Wasserkuh Florenzia!“

Auf den steinigen Strand brennt jetzt die hohe Mittagssonne, aus der Ferne tönt Badegeschrei, Jachten kreuzen gemächlich auf dem Meer ... ein makelloser, leuchtender, fröhlicher Sommertag ... nur Jou fehlt. Fehlt ihm schrecklich.

Hans hockt sich auf den Rand des alten Fischerkahns, seine Schuhspitze schubst mutwillig gegen die Weinflasche, nachdem er zuvor geprüft hat, ob sie heute nacht nicht doch noch einen kleinen Rest in ihr gelassen haben, jedoch sie haben nicht. Die Flasche kollert mit viel Geklapper über die unebenen Steine.

„Dummes Ding", schimpft Hans und weiß selber nicht, wen er damit meint, die Flasche oder ... aber Jou fehlt ihm schrecklich.

Der Hund beobachtet ihn stumm. Er hat sich im Schatten des Kahns ausgestreckt, sein magerer Körper zittert in rhythmischem Jacheln, und in plötzlicher Zärtlichkeit beugt sich Hans zu ihm und streicht über sein rauhes Köpfchen. So ein Hund kann zwar keine Lücke ausfüllen, die ein geliebter Mensch hinterlassen hat, aber er ist ein Lebewesen, das mit einem in der gleichen Bredulje sitzt – ergeben, vertrauensvoll, vorwurfslos.

„Mein Sancho-Pansa-Erwin", sagt er mit einer Stimme, die ganz schwer ist vor Sentimentalität, „da gerätst du armes Viech an einen Tierarzt, von dem man annehmen müßte, er wird dir ein gesundes Hundeleben bieten, statt dessen ... anzeigen müßte ich mich selber beim Schutzverein. Aber ich verspreche dir hoch und heilig, so was Tierquälerisches wie eine Italienreise brauchst du nie, nie wieder zu erleben. Du sollst es gut ..."

Hans bricht ab, seine Augen weiten sich, er starrt wie hypnotisiert auf ein metallisches Glitzern zwischen roten Steinen ... „Heiliger Franz, wenn das ..." Er läßt sich auf die Knie fallen, wagt nicht zu blinzeln, aus Angst, das metallische Blinken, in dem sich ein Sonnenstrahl verfangen hat, könnte inzwischen verschwinden; seine Hände greifen zögernd, doch gierig, gleich denen eines enttäuschten Goldsuchers, der glaubt, beim Anblick eines plötzlich goldigen Aufleuchtens einer Halluzination zu erliegen, nach dem metallischen Blinken – und wie jener „Gold, pures Gold!" geschrien haben mag bei der Erkenntnis, daß es keine falsche Vorspiegelung war, so brüllt Hans glücklich: „Meine Schlüssel!" Und beinahe hätte er sie geküßt.

26. Kapitel

Der Brunnen von Trevi

Hinter der schwarzen, knorrigen Silhouette märkischer Kiefern spielt die scheidende Sonne Blutorange ... und – komisch – ist genau dieselbe Sonne, deren gigantisches Abgangsschauspiel unsere Bus-Touristen auf der Überfahrt von Capri nach Neapel zu mundoffenem Entzücken anregte.

„Die Sonne hat's gut“, seufzt Elfi Düvenasch. „Darf überall scheinen, ohne erst dafür teuer bezahlen zu müssen.“

„Ah“, meint Kümmel – seit München Jous Platznachbar, „wenn man das so oft wie die Sonne gemacht hat, dann ist es pure Routinesache.“

„Wie in jedem Beruf“, nickt Rudi erfahren. „Dabei fällt mir auf: es weiß doch beinahe keiner von uns vom anderen, was er zu Hause macht.“

„Wozu auch? Der gleiche Fahrpreis hat uns für die Dauer der Reise alle gleichgestellt.“

Stimmt nicht ganz, denkt Jou. Giselher, zum Beispiel, hörte keinen Augenblick auf, sich den übrigen Touristen gesellschaftlich überlegen zu fühlen. „Wenn ich bedenke, was mein Bruder für eine Bombenstory aus seiner Italienreise machen wird“, schaudert sie. „Bestimmt hat er sich den staunenden Mitreisenden im Zugabteil als ‚von Knopf, Hamburg‘ vorgestellt und so ganz nebenbei vom Leben unter seinen Millionärsfreunden auf Capri erzählt. Ich fürchte, er landet noch mal wegen Hochstapelei im Knast.“

„Bewahre“, sagt Kümmel, „das sind alles Pubertätserscheinungen. Aus Giselher wird noch mal ein ganz ordentlicher Junge werden.“

„Sie wollen mich bloß trösten, Herr Kümmel."
„Keineswegs. Ich beabsichtige sogar, ihm eine neue Lehrstelle zu besorgen."
„Aber nicht in Berlin!" fleht Jou. „Sonst siedle ich nach außerhalb um."
Jetzt steuert Krause den Bus auf den Berliner Ring. Die Sonne ist längst untergegangen. Zugvögel streichen durch das duftige Blaß des Himmels gen Süden, und unsere Heimkehrer wissen nicht recht, ob sie die Vögel beneiden sollen. Sie befinden sich in einem Zustand der Unentschlossenheit: noch italienisches Abschiedsweh, schon Vorfreude auf Zuhause. „Wir wollen noch einmal Mariechen singen", ruft Rudi, „sozusagen zum Abschied."
„Aber unser Busdichter Neumann fehlt!"
„Herr Kümmel soll dichten."
Gustav da Wulkow nimmt die Zigarre aus dem Mund, räuspert sich – „Aber schön wird's bestimmt nicht" – und beginnt mit heiserem Baß:

„Und als Mariechen kam nach Haus,
kam nach Haus,
kam nach Haus,
Da war die schöne Reise aus, Reise aus.
Das Geld war futsch, der Sommer aus,
die Palmen fort
und fort das Meer.
Der Jammer, der kam hinterher, hinterheeeer ...

„O ja", seufzt Jou.
„Stimmt meine köstliche Lyrik das Mädchen traurig?" fragt er belustigt.
„Ein bißchen schon sehr, Herr Kümmel. Ich weiß doch nicht, wie es weitergehen soll."
„Ich denke, du hast dich entschieden?"
„Natürlich", sagt Jou. „Aber ob er mich jetzt noch will?"
Es ist dunkel, als sie den Kontrollpunkt Dreilinden passieren. Jetzt dauert es nicht mehr lange – und die Erleichterung, bald zu Hause zu sein, verleiht Krauses Bewegungen einen geradezu virtuosen Anstrich.

„Na, bitte“, lacht er, „haben wa diese Fuhre ooch heil durch die Runden jeschifft. War die letzte Lange in diß Jahr. Jetzt mach ick noch mal nach'n Harz und wintersüber die konschtante Tour nach Hamburg. Ihnen is ooch wohl, daß Se die Bande loswer'n, was?“ wendet er sich an Florian, der neben ihm eine Zigarette nach der anderen raucht, tief in Gedanken versunken und zu keiner Unterhaltung bereit.

Über ihnen taucht die Brücke der Potsdamer Chaussee auf. Ein hellerleuchteter Bus der Linie 18 überquert sie in Richtung Zehlendorf. Berlin. Zu Hause.

Und jetzt die Avus, natürlich mit Bauarbeiten.

Krause greift zum Mikrophon und verkündet in Reiseleiterton: „Meine Damen und Herren. Das, wo wir jrade druff langfahr'n, is die Avus, ein Werk des 20. Jahrhunderts, an dem se immer noch rumkrebsen. Rechts und links sehn Se nischt wie Bäume und alles märkische. Am liebsten jedeiht hier die Kiefer, weil's doch so ein reichhaltiger Sandboden is. Und nu, meine Herrschaften, sehn Se genau vor sich ...“

„Das Kolosseum!“ ruft Rudi.

„Falsch. Na, Herr Radke, sagen Sie ihm mal, was das is?“

„Der Funkturm“, grinst Opa kopfschüttelnd.

Die Avus ist sehr lang, wenn man so ungeduldig wie unsere Touristen auf ihr Ende wartet. Kümmel hört ein kleines, zärtliches Lachen neben sich.

„Wissen Sie, was Hans Fichte gesagt hat? Ich wäre eine komische Mischung aus einer Rose und einer Mohrrübe.“

Der Bus reiht sich in den eiligen Verkehr auf der Kantstraße ein, in seinem Innern hebt ein wildes Packen an.

Und jetzt erreicht er den Stuttgarter Platz: Ausgangspunkt und Endstation ihrer Reise.

Oma Radke hat sich, den Strohhut in ihre verwilderten Haare drückend, aufgerichtet und späht aus dem Fenster. „Nu guck doch, Vatter! Ella und Hildchen sind da! Und Herbert auch!“

„Huhu, Fritz, huhu!“ Die Feldherrin bummert aufgeregt gegen die Scheibe, wirres Ankunftsgerede stammelnd, obgleich Fritz sie gar nicht hören kann.

„Da steht meine Frau“, sagt Krause zu Florian.

Ja, da steht ihr Zuhause mit Schnittblumen und langen Hälsen und kann's gar nicht abwarten, von Schulzes und ihrem schlimmen Schwiegersohn zu erzählen und vom Gummibaum, den sie in Pflege genommen haben. Er hat lauter gelbe Blätter, dabei haben sie ihn täglich gegossen ...

Da steht ihr Zuhause.

Drei Wochen lang fügte die gleiche Ferienidee, gebucht bei der gleichen Reisegesellschaft, unsere Busfahrer zu einer Familie zusammen. Aber da steht ihr Zuhause. Die Gemeinschaft, die eben doch nur eine zufällige war, löst sich in Sekundenschnelle auf. Man ist sich wieder fremd.

Die Feldherrin ist wieder Frau Behrend aus der Paulsborner Straße, Frau Küßnich die liebe Hertha ihrer vollzählig versammelten Kränzchenschwestern, Radkes sind nur noch Eltern und Großeltern, keine verspäteten Hochzeitsreisenden mehr.

Gerade fährt ein Mercedes mit Schofför vor. Ein Herr und eine Dame entsteigen ihm, und Kümmel macht eine artige Verbeugung ins Leere.

„Meine Frau Schwägerin hat sich auch bemüht ...“, lacht er.

Nun ja, er ist immerhin ein gutgehender Verwandter. Zum Glück hat er nicht geheiratet. Man wird – abgesehen von seinem Junggesellenplunder – auch seinen echten Liebermann erben.

„Arrivederci, mein Knöpfchen“. Er beugt sich herzlich über Jou. „Wir sehen uns bald. Habe ja deine Telefonnummer. Und – ich halte dir fest die Daumen.“

„Danke, Herr – Gustav da Wulkow.“ Sie küßt ihn herzlich auf die Wange. „Danke für alles.“

Dann steigt er aus, geht auf seine Verwandten zu und weiß nichts mehr davon, daß er im Canale Grande geschwommen und Bettnachbar Primus im seligen Suff seine Schlipse ins Gesicht gefeuert hat. Er ist wieder ganz der Herr, den man zu Hause von ihm erwartet.

„Grüßen Sie das Kerlchen", sagt Düvenasch zu Jou und schüttelt schmerzhaft ihre Hand. „Hier ist meine Adresse, falls – falls er mal Vater werden sollte."

„Ja", ruft die Feldherrin, „ich nehme auch ein Kind von Erwin!"

Für die noch nicht vorhandenen Nachkommen des Dakkels ist bereits gesorgt, denkt Jou, aber für mich? – Alles meine Schuld.

Der Primus und Elisabeth Herzberg buckeln gemeinsam ihr Gepäck zum nahen S-Bahnhof hinüber.

„Was wohl mein Pepi sagen wird, wenn ich ihm von der Reise ein Herrchen mitbringe", kichert sie aufgeregt. „Er besaß doch noch nie eins!"

Jeder hat seine Art von Zuhause an der Endstation Stuttgarter Platz gefunden. Selbst Marie Peters in Form eines blankschädeligen, üppigen Herrn, sozusagen „Wenn-keinen-anderen-mehr, na-denn-den". Er empfängt sie mit einem Strauß Astern, und sie freut sich darüber, als ob es Orchideen wären.

Einzig Jou steht verlassen zwischen ihrem Gepäck. Ohne Blumen, ohne Umarmung, ohne frischgebohnertes Zuhause, das auf ihre Ankunft wartet.

Niemand ist da, der sich auf sie freut. Sie kam sich selten so verlassen vor.

Vom S-Bahnhof schallt die Stimme des Stationsvorstehers durch den Lautsprecher. „Nach Spandau-West bitte einsteigen. Dile Türen schließen. Vorsicht am Zuge ..."

„Gondola, scheene Gondola, Lady!" singt eine Stimme im werbenden Ton des venezianischen Gondoliere hinter ihr, und Jou wendet sich strahlend um.

„Florian! – Hat Sie auch niemand abgeholt?"

Seit ihrer überstürzten Abreise von der östlichen Riviera ging sie dem Alleinsein mit ihm aus dem Wege. Nicht etwa, weil sie ihn weniger herrlich fand als vorher, sondern weil ihr Hans Fichte heute ebenso herrlich erschien. Sie wird niemals seine trutzige, sonnverschwollene Gestalt, eingehüllt in ein zerknittertes Laken, im Hofe der Italiener vergessen. Da hing alles von ihm ab. Da kam es nicht auf die gewisse „männliche Ausstrahlung“ an, nicht auf schönes schwarzes Haar, nicht auf kunsthistorische Bildung, sondern einzig und allein auf Mut. Und Hans bewies ihn, semmelblond und stupsnasig. Da ward er in Jous Augen zum Helden.

Sie startet eine großartige Geste. „Besorgen Sie mir bitte eine Gondel zum Lietzenburger!“

Florian winkt ein Taxi heran. „Soll es eine mit Gesang sein?“

„Ach, lieber nicht, das kommt zu teuer.“

Er verlädt Jous Koffer. Sie steigt ein.

„Wenn ich's mir recht überlege, dann könnte ich eigentlich mitfahren. Schließlich wohne ich in der Xantener.“

Jou guckt ihn fast erschrocken an. ‚So nah bei mir!‘ Dann sagt sie: „Bitte.“

Das Taxi fährt ab. Sie lehnen nebeneinander im Fond, der eine links, der andere rechts ... genauso fing es damals in einer venezianischen Gondel an. („Damals!“ Dabei ist es noch nicht einmal drei Wochen her.)

Sie fahren durch Berliner Straßen, und Jou seufzt: „Diese romantischen, verwunschenen Kanäle ... ach ja, es war schön. Ich werd's nie, nie, niemals vergessen.“ Und dann singt sie leise den zweiten Vers von Kümmels Mariechen-Dichtung.

„Das Geld war futsch, der Sommer aus,
die Palmen fort
und fort das Meer.
Der Jammer, der kam hinterher – tadiiidadam!“

Sie überqueren den Kurfürstendamm Richtung Olivaer Platz. Jetzt will das Taxi in die Lietzenburger einbiegen.

„Die Dame zuerst?“ fragt der Schofför.

„Ja“, nickt Florian.

„Nein, bitte, halten Sie einen Augenblick hier. Ich habe noch etwas zu erledigen“, sagt Jou und steigt aus. „Kommen Sie, Florian.“

„Wohin?“

„Zum Brunnen von Trevi."

„Aber Herzchen, der liegt doch nicht in Berlinisch-Venedig!"

„Weiß ich", sagt Jou, den Kopf schüttelnd ob so einer dummen Bemerkung. „Er liegt in Rom. Und Rom liegt hier in den Anlagen des Olivaer Platzes. Verstehen Sie?"

„Ich bemühe mich", lacht er amüsiert, und bittet den Taxischofför, einen Augenblick zu warten, und läuft hinter ihr her, die Treppen der Anlage hinab.

Unten angekommen, nimmt Jou seine Hand und sagt feierlich, auf ein humorloses Brunnengebilde zeigend: „Das ist er!"

Der Brunnen des Olivaer Platzes enthält zur Zeit kein Wasser, nur künstliche Steine und dazwischen viel zusammengeknülltes Stullenpapier.

„Wundervoll", sagt Florian überwältigt.

„Nicht wahr? – Haben Sie zufällig einen Sechser bei sich?"

Er kramt eifrig durch die Taschen seines Jacketts und fördert „leider nur Lirestücke" zutage.

„Um so besser." Jou nimmt eine Münze aus seiner Hand, stellt sich mit dem Rücken zum Brunnen auf. „Jetzt muß ich schmeißen und mir dabei etwas wünschen. Was soll ich mir wünschen, Florian?"

Das Geldstück in ihrer Faust wird warm, ehe er eine Antwort findet.

„Wünsch dir, daß du glücklich wirst. So oder so."

„Lieber bloß so!" sagt sie und wirft die Münze über ihre Schulter in den Brunnen. Sie klirrt hell auf einen Stein. „Oder ist immer schlecht."

Das Ganze ist ein törichtes Spiel, aber die beschwörende Ernsthaftigkeit, mit der Jou es ausführt, rührt Florian. Er nimmt sie behutsam in den Arm.

„Zurn Abschied."

„Ja –", nickt Jou und legt die Hände um seinen Nacken. „Zum Abschied. Es fällt mir nicht leicht, weißt du. Denn beinahe –"

„Beinahe –", bestätigt er, über ihr helles Haar streichelnd, das vom Salzgehalt des Meeres starr geworden ist.

„... aber auf die Dauer wäre es nicht gutgegangen. Du hättest die Mohrrübe in mir nicht verstanden."

Mohrrübe? überlegt er. Natürlich, Mohrrübe. Und lacht.

„Diese Erkenntnis ist nicht auf deinem Mist gewachsen?"

„Nein, auf Hans Fichtes. Und eigentlich müßte ich darüber böse sein. Aber für seine Verhältnisse ist das schon eine Art Liebeserklärung."

Auf der Straße rollen ununterbrochen Autos vorbei, Richtung Kurfürstendamm, Richtung Fehrbelliner Platz. Der Abend ist fast sommerlich warm – wenn man bedenkt: Ende September!

Jou streichelt abschiednehmend über Florians schmales, dunkles Gesicht.

„Es war wunderschön, und ich werde dich nie vergessen, weil – weil es keine süßere Erinnerung in unserem Leben gibt als die an das einmal ersehnte Ungeschehene ... hat Kümmel in Rom zu mir gesagt", fügt sie sachlich hinzu. „Und er weiß so was. Denn in seiner Jugend, als er noch nicht so dick und bequem war ..."

Ihre Stimme gleitet in den vorherigen sentimentalen Klang zurück, während ihr Kopf gegen Florians Schulter sinkt.

„Du kannst mir glauben, leicht fällt mir der Abschied von dir wirklich nicht ..."

Und jetzt klinkt sie mit dem Ellbogen die Tür zu ihrem möblierten Zimmer auf.

Die Wirtin ist nicht zu Hause, auch keiner von ihren Untermietern. Jou stellt ihre Koffer ab und knipst das Licht an.

Auf dem Tisch liegt ihre Post, aber eine Nachricht von Hans Fichte befindet sich nicht dabei.

Vielleicht ist er inzwischen zu arm geworden, um eine Briefmarke kaufen zu können!? Vielleicht stieß ihm auf der Rückfahrt etwas zu – ein Unfall oder eine neue Frau!? Vielleicht will er ihr auch gar nicht mehr schreiben!

Es soll schon öfter vorgekommen sein, daß jemand zwei große Lieben hatte und auf einmal alle beide los wurde. Jou ist sehr mulmig zumute.

Seufzend wendet sie sich ihrem Wellensittich zu, einem Geschenk Hans Fichtes. „Tag, Otto, Frauchen ist wieder da – Aber er begrüßt sie nicht wie sonst, sondern wendet sich nach flüchtigem Blick seiner Vogelpuppe aus Zelluloid zu, die neben ihm auf der Stange hockt. Beschnäbelt sie, stupst sie und nuschelt ihr all die Zärtlichkeiten zu, die Jou ihm mühsam beibrachte: „Thththth – ach, der süße Otto – thththth – Frauchens kleiner Liebling – thththth – gib Küßchen gib Küßchen – thththth ..."

Selbst der Wellensittich zieht eine dumme, leblose Zelluloidpuppe ihr vor. Das Leben spielt Jou wirklich hart mit.

Sie nimmt ihren alten Regenmantel vom Haken, steckt das Portemonnaie ein und geht über den endlosen, schlauchschmalen Flur der Altberliner Wohnung, in der man nach Herzenslust Budenangst frönen kann (sofern man frönen will), zur Tür.

Würstchenessen heißt ihr Ziel, mit dem Ober reden, bloß nicht nachdenken müssen.

Jou hat schon eine halbe Treppe hinter sich, als sie das Telefon hört. Ist ja doch nicht für mich, denkt sie und will weitergehen.

Aber das ist so eine vertrackte Sache mit einem stur klingelnden Telefon. Man braucht viel Willensstärke, um seinem alarmierenden Ton zu widerstehen. Jou besitzt sie nicht.

Sie rennt die paar Stufen zurück, schließt hastig die Tür auf, jagt zum Apparat, den die Wirtin neben dem Garderobenspiegel anbringen ließ.

„Ja, bitte?"

„Jou?" fragt eine ihr wohlbekannte Stimme. „Ich sollte mich doch gleich melden, wenn ich nach Berlin zurückkomme. Hier spricht nämlich der Erwin ..."

Happy Ende

Ein gewisser Herr Ypsilon

I

Dein Terminkalender – und meine Phantasie

Prolog

Ich werde ihn „Herr Ypsilon“ nennen.

„Ypsilon“ ist ein gutes Pseudonym für jemand, der nicht beim rechten Namen genannt zu werden braucht. Zudem hat das Ypsilon seinem in ähnlichen Fällen benutzten Zwillingsbruder, dem X, gegenüber den Vorteil, daß es durch seine Dreisilbigkeit aus der wesenlosen Klasse der Buchstaben in den Stand eines Beinamens erhoben wird. Hinter „Herr X“ kann sich schließlich ein jeder verstecken. „Herr Ypsilon“ hingegen hat schon beinah ein Gesicht.

Das Gesicht des Herrn Ypsilon war viel zu freundlich geraten. Der arme Mensch sah immer so aus, als ob er es gut meinte. Und so etwas kann leicht zu Mißverständnissen führen.

Er mochte zudem so nüchtern gucken, wie er wollte, die tiefe Lage seiner Augen und lange Wimpern stempelten ihn auf den ersten Blick zu einem Träumer, und das ärgerte ihn ungemein. Denn er träumte wirklich gern.

Zudem gehörte der Herr Ypsilon zu jenem glücklichen Typ, der in allen Lebensaltern ab sechzehn Jahren wie ein Liebhaber ausschaut und niemals wie ein Beamter, Familienvater, Lebemann oder Großpapa. Selbst ein Zweitagebart verlieh ihm noch den rauhen Reiz eines Filmpartisanen.

Es war kein weibliches Kunststück, ihn zu lieben. Aber es fällt um so schwerer, ihn der Wahrheit entsprechend als wenig energisch, kultiviert und beinah schön zu schildern, ohne dabei wohlanständige Langeweile zu verbreiten.

Ich wünschte, ich könnte ihn mit waghalsigen Attributen ausrüsten, mit einer gern gelesenen Lasterhaftigkeit, saugrobem Benimm der Geliebten gegenüber – leidenschaftliche Hände, die Spitzenhemden zerreißen, sind in Romanen sehr beliebt (nur in Romanen). Ein draufgängerisches Biest ist überhaupt so viel dankbarer zu beschreiben als ein sympathischer, ruhiger Mann von fünfunddreißig Jahren.

So alt war Herr Ypsilon, als ich ihn kennenlernte. In den folgenden Jahren brachte er es auch ohne dichterische Zuschüsse meinerseits zu einiger Berühmtheit in seinem Beruf, so daß die Gazetten zuweilen über ihn berichteten, jedoch nie in den Klatschspalten.

Wir begegneten uns zum erstenmal vor – nun, zehn Jahre ist es bestimmt her. Ausgerechnet auf dem grell lärmenden, staubbrodelnden „Zinnober“, dem Berliner Akademiefest, fand diese Begegnung statt.

1

Anfangs hatte es meinen Freunden viel Spaß gemacht, den Bärenführer zu spielen. Ich war der Bär, der zum erstenmal und darum noch recht hilflos treppauf und treppab hinter ihnen her durch den hektischen Gähnkrampf der letzten Faschingsnacht tapste.

Später, so gegen Mitternacht, machte sie meine Anhänglichkeit merklich nervös. Sie stellten mir immer häufiger und immer dringlicher alleinstehende männliche Bekannte vor. Ich war jedoch nicht gewillt, mit einem dieser vom nächtelangen Feiern bis zur Hohläugigkeit strapazierten jungen Männer in verschwitzten Hemden – kariert war gerade große Mode, und der mehlige Schimmer darüber stammte von gepuderten Mädchenschultern – eine fastnächtliche Notgemeinschaft zu gründen; wozu auch. Ich war sehr gern das dritte Rad an einem Wagen, der sich verzweifelt bemühte, in die ungestörte Zweisamkeit zu rollen.

Meine Freunde Suse und Felix begannen ernsthaft und mit Recht zu fürchten, sie würden mich bis zum Morgen nicht mehr los. Darum zerschnitten sie im günstigen Moment das Band, an dem ich – arglos störend – hinter ihnen herschlenderte.

Ich war plötzlich allein und hilflos wie ein Hund, der im Gedränge seinen Herrn verloren hat. Ein bärtiger Maler nutzte meine offensichtliche Verlassenheit auf seine Weise, das heißt, er kniff mich in die Kehrseite, in der absolut irrigen Annahme, ich hätte Verständnis für solchen Spaß.

Ich rettete mich zu einem tomatenroten Wollhemd, das ich selbst gebügelt hatte: Es gehörte meinem Bruder Peter, und ich tippte erleichtert an seine leuchtende Schulter.

Peter nahm sein Gesicht nur widerwillig aus einer frisch gewaschenen, knisternden Mädchenmähne.

„Ach, Maijie ...", sagte er, „du?" Und es wurde mir kränkend klar, daß er meine Freude über unser Zusammentreffen an diesem Orte keineswegs teilte. „Was willst du, Maijie?" fragte er nicht unfreundlich, aber auch nicht sehr geduldig.

Maijie ist nicht mein Taufname, der lautet bürgerlicher. Maijie ist ein Wortgebilde, das meine ungelenke Babyzunge für mich erfand und das mir seitdem anhängt. Andere heißen ihr Leben lang Brüdi, Püppi, Pützchen, Bubi und so fort.

„Ich bin verloren worden", sagte ich. „Von Suse und Felix ..." Peters Mädchen mit den knisternden Haaren sah mich böse an.

„Na, dann such sie", schlug er vor und drehte mir den Rücken zu.

„Es nützt mir leider nicht viel, sie wiederzufinden. Sie wollen mich nicht."

Peter rollte sich eine Haarsträhne des Mädchens um den Zeigefinger. Für ihn war unser zufälliges Treffen auf dem Fasching erledigt.

Ich lahmte enttäuscht von dannen, ich lahmte, weil ich ein arg lädiertes Knie hatte. Aber ich war erst ein paar Schritte weit, da rief er mich zurück.

„Maijie!"

„Ja?" hoffte ich – trotz der bösen, leidenschaftlich verglasten Blicke seines Mädchens.

„Sie glaubt mir nicht, daß du meine Schwester bist. Sag ihr, daß du's wirklich bist."

Ich nahm das Haar zurück. „Gucken Sie meine Ohren an und seine!"

„Bist du nun beruhigt?" fragte Peter sein Mädchen. Es nickte ohne Überzeugung.

„Manchmal sehen Schwestern eben nicht wie Schwestern aus."

Und damit war ich endgültig entlassen. Um eine Erfahrung bitterer, stieg ich die Treppe hinab: Es nutzt einem im Fasching gar nichts, auf ein noch so verwandtschaftliches Verhältnis zu pochen. Jeder muß allein sehen, wie er sich amüsiert. Und wo er bleibt.

Als mich ein ältlicher Torero mit der Bemerkung: „Was hat das Puppchen bloß für niedliche Beißerchen!“ in seinen Schnapsdunst zu hüllen versuchte, wußte ich, wo ich bleiben würde: auf keinen Fall länger hier. Mir fehlte damals noch jegliche Gelassenheit im Umgang mit öffentlichen Ärgernissen.

Ich war ein totaler Mißerfolg in dieser lärmenden Fastnacht, ich wollte nach Hause und mich schämen ob meiner hochgeschlossenen Prüderie.

Die Garderobenstudentin nahm wortlos meine Marke, wühlte eine Weile im großen Massenhängen nach meinem Mantel und stellte ein paar Gummistiefel auf den langen, hölzernen Tisch, der uns voneinander trennte. Ihr lustloses Gähnen verwandelte sich dabei plötzlich und unverhofft in ein weibliches Lächeln, das kaum der Anblick meiner Galoschen ausgelöst haben konnte.

Ich blickte mich um auf der flüchtigen Suche nach einem Grund für weibliches Entzücken und entdeckte einen Mann hinter mir, der sich gerade den Schal vom Nakken zog und diesen in den Mantelärmel stopfte. Das war Herr Ypsilon.

Sein ungewöhnlich gutes Aussehen war wohl weniger entscheidend für die spontane Zuneigung des Garderobenmädchens als seine Ausstrahlung. Inmitten der Alkohol verdampfenden, heftig strapazierten Körper in schweißfeuchten Trikots wirkte er, als habe er sich gerade vom dichten, kurzen Hals bis zu den Füßen die Zähne geputzt. Mit Pfefferminzgeschmack.

Er war im Straßenanzug, und er war nicht allein hierhergekommen. Es gehörten einige Herren unterschiedlichen Alters zu ihm, die ihre Mäntel nur wenige Schritte von uns entfernt in die Garderobe reichten. Zu ihnen blickte er hilfesuchend hinüber, als er seinen Mangel an Kleingeld feststellte. „Ich habe nur fünfzig Mark.“

„Zahlen Sie, wenn Sie gehen“, sagte die Garderobiere, denn er sah nicht nur keimfrei und absolut vertrauenerweckend aus. Er war ganz einfach der Mann, bei dem eine Frau eine Ausnahme macht.

Ich weiß auch nicht, woran das lag. Nichts in seinem Auftreten verlangte danach, im Gegenteil. Hinter seinem höflichen Lächeln hockte der dringende Wunsch: „Wenn möglich, laßt mich zufrieden." Ein Wunsch, den man auf dem Fasching an der Garderobe abgeben sollte. Ich hatte das auch versäumt.

„Warten Sie, vielleicht kann ich wechseln", rief ich schnell und beinahe besorgt, er könne fortgehen. „Wo habe ich denn ... ?" Im Mantel war das Portemonnaie nicht, in meiner Rocktasche auch nicht. „Gleich habe ich's. Moment."

„Vielen Dank", wehrte er meine Bemühungen ab, „aber meine Kollegen ..."

„In der Galosche!" erinnerte ich mich noch rechtzeitig. In der linken Galosche steckte das Portemonnaie. Es war prallgefüllt mit Fünfzigern, Groschen, Sechsern und Pfennigen, kurz – mit allem, was ich nach ausführlichem Suchen aus Sommertaschen, Mänteln und Knopfschachteln zusammengesammelt hatte. Man will schließlich nicht unvermögend auf ein Fest gehen.

Durch die Vielzahl an Münzen nahm der Geldwechsel einige Zeit in Anspruch. Herrn Ypsilons Kollegen hatten inzwischen ihre Garderobenmarken erhalten. Einer tippte ihn kurz an die Schulter: „Wir gehen schon vor" und zwinkerte dabei anerkennend: kaum hier und schon ein Mädchen. Alle Achtung!

„So warten Sie doch!" rief er ihnen nach, aber die hörten nicht mehr. Vier seriöse Rücken schoben sich unternehmungsgeladen in die dampfende, bunte Kulisse.

„Sieben Mark fünfzig, sechzig, fünfundsechzig", zählte ich in Herrn Ypsilons Hand, die vor Münzen beinahe überquoll.

„Jetzt sind sie glücklich fort", ärgerte er sich.

„Sieben Mark achtzig, einundachtzig, dreiundachtzig, vierund ..."

„Sagen Sie bitte, wollen Sie mir die restlichen zweiundvierzig Mark in Pfennigen auszahlen?" entsetzte er sich.

„Nein." Ich gab ihm seinen knisternden Schein zurück und zeigte etwas kleinlaut mein Portemonnaie vor, in dem sich nur noch Schuppen vom letzten Silvesterkarpfen befanden. „Nicht einmal das kann ich mehr. Entschuldigen Sie."

„Oh, es macht nichts." Aber ich spürte deutlich, daß es ihm wohl etwas ausmachte. Er war ärgerlich, und er war keineswegs gewillt, unseren mißglückten Geldwechsel zum Anlaß zu nehmen, mich kennenzulernen. Schade. Da kam ein Mann daher, dessen bloßer Anblick meine hochgeschlossene Prüderie bis zum Herzen aufknöpfte, und ausgerechnet dieser Mann legte gar keinen Wert auf mein Gefühlsdekolleté.

Was für eine gelungene Nacht!

„Ich habe Ihnen ja gleich angeboten, nachher zu zahlen", sagte das Garderobenmädchen und reichte ihm die Marke.

Herr Ypsilon nickte verabschiedend in mein bekümmertes Gesicht und ging seinen Kollegen nach. Dabei band er seinen schottischen Schlips zu einer schüchternen Schleife. Das war seine Konzession an den Fasching und lokkerte etwas die zivilen Hemmungen.

Ich nahm einen Gummischuh vom Tisch und stellte ihn auf den Boden. Mein angeschlagenes Knie unter dem dikken Verband, den ich mit ein paar aufgestickten Pailletten dem närrischen Treiben weit mehr angepaßt hatte als meine Stimmung, schmerzte heftig beim Bücken. Und die Galosche erinnerte mich plötzlich an leere, frostkalte Straßen, an das Warten auf einem zugigen Bahnsteig.

Fünfzehn kostbare Mark hatte die Eintrittskarte zu diesem Vergnügen gekostet. Davon hatte ich höchstens sieben Mark fünfzig abgeärgert. Warum sollte ich der Festleitung einen halben Eintrittspreis schenken? Zudem ist es feige, vor Unannehmlichkeiten zu kneifen. Wenn ich jetzt nach Hause ginge, würde niemals ein ordentlicher Massenmensch aus mir werden.

Ich zog die Galosche wieder aus und stellte sie auf den Tisch zu ihrem linken Pendant mit dem kraftlosen umgekippten Gummischaft.

„Vielleicht bleibe ich doch noch ein bißchen hier“, sagte ich zu dem Garderobenmädchen.

Nach zehn Minuten angestrengten, vergeblichen Suchens in Sälen, Nischen und dämmrigen Bars wandte sich Herr Ypsilon einmal um – und sah mich.

Er lächelte verwundert. „Sie?“

„Es ist purer Zufall“, sagte ich errötend.

Herr Ypsilon hatte wohl schon die trostlose Einsamkeit eines Alleinstehenden auf einem Faschingsfest zu spüren bekommen, denn er wandte sich nicht sofort ab, sondern sah mich unschlüssig an.

Was er vor sich sah, war zwar nicht überwältigend, aber immerhin schön bunt. Ein rotgepunktetes Kopftuch, leicht verrutscht. Eine hemdartige Bluse ohne Ärmel. Ein türkisfarbener Fransenrock. Ein glitzernd bestickter Knieverband. Verlegene Finger um ein nicht mehr ganz sauberes Taschentuch, in das der Lippenstift und zwanzig Pfennig für alle Fälle eingeknotet waren. Aus der blütenförmigen Halskette tropften Glasblätter und Knospen von gerissenen Fädchen.

Eine ein bißchen verhuschte, leicht erhitzte, ungemein verlegene Dreiundzwanzigjährige stand vor ihm und wäre in diesem Augenblick so gerne eine aufregende, faszinierende Person gewesen, eins von diesen schrägäugigen, gazellenhaften Tierchen mit knisternder Mähne ...

„Gute Nacht“, sagte ich und wandte mich zum Gehen, um meiner Beteuerung, ihn nur durch Zufall verfolgt zu haben, glaubwürdigen Nachdruck zu verleihen.

„Hören Sie –“, hielt mich seine unschlüssige Stimme auf.

„Ja?“

„Was haben Sie mit Ihrem Knie gemacht?“

„Ich bin vom Rad gestürzt. Aber es ist schon über eine Woche her, und – es stört überhaupt nicht beim Tanzen.“

„Na, wenn es nicht stört –“, er lachte plötzlich amüsiert, „– dann kommen Sie.“

Man stieß uns ins Kreuz und trat gegen unsere Schienbeine auf dem Schlachtfeld vor der lautstarken Dixielandband. Wir rangen stolpernd und lachend nach Atem. Und ich war glücklich in seinen unbeteiligten Armen.

Einmal schrie er mir etwas zu. Ich verstand „Tagung in Berlin ... Abendessen ... eingeladen, Berliner Fasching kennenzulernen ..."

„Ich mache das hier auch zum erstenmal mit!" schrie ich zurück.

„Wie?"

„Ich auch – zum erstenmal – hier!"

„In Berlin?"

„Nein – hier. Zinnober!"

„Ah ja." Danach verzichteten wir auf gebrüllte Konversation.

Beim nachfolgenden Septembersong ging es etwas friedlicher zu. Die Pärchen schleuderten sich nicht länger um die eigene Achse, sondern preßten die verschwitzten Gesichter glitschfest aneinander und guckten tiefsinnig in eine nicht vorhandene Ferne, denn der Septembersong ist ein melancholisches Lied.

Herr Ypsilon, mit dem ich mich im dampfenden Gewühl langsam drehte, suchte über meine Schulter hinweg zwischen Bürstenhaarschnitten, Pferdeschwänzen, verwegenen Ponies und ölblanken Mähnen nach den Häuptern seiner Kollegen, jedoch vergebens. „Sie sind leider nicht hier. Ich verstehe nicht, wie sie so plötzlich vom Erdboden verschwinden konnten!"

„Hier trifft man nur immer diejenigen Leute wieder, die man nicht sehen will."

„Ja, ich glaube auch –", und dann wurde ihm klar, was er da gedankenlos bestätigt hatte, und ereiferte sich beinahe, als er beteuerte: „Bitte, ich habe Sie bestimmt nicht damit gemeint."

Dem Septembersong folgte ein rascher Oldtimer, bei dem einem des öfteren anderer Leute Füße unterliefen. Und als auch dieser Nahkampf vorüber war, hinkten wir – leicht gerupft – aus der Arena.

Herrn Ypsilons Hosenbeine waren bis zu den Knien unter einer mehlartigen Staubschicht ergraut, an seinem

Jackett fehlte ein Knopf. „Wahrlich, ein heftiges Fest", sagte er, das vereinsamte Knopffädchen zwirbelnd, während seine Blicke über die von der Kampfstätte trödelnden Tänzer hinweg noch immer nach den verlorenen Kollegen ausschweiften.

„Also dann – vielen Dank." Er gab mir die Hand. „Ihrem Knie hat es nicht geschadet? Nein?"

„Also dann –", sagte auch ich. „Hoffentlich finden Sie Ihre Leute bald."

„Ja, hoffentlich. – Gute Nacht."

„Gute Nacht. Und viel Spaß noch."

„Danke, gleichfalls."

Wir zerschnitten voll nüchterner Geschäftigkeit die allgemeine Schlenderei, Herr Ypsilon nach rechts und ich nach links, ohne uns noch einmal nacheinander umzusehen.

Und die Enttäuschung drückte schmerzhaft auf das wunde Knie!

Ich lahmte aus den lärmbrodelnden Regionen des Faschings zu den kühleren Garderobenräumen hinab, auf denen spürbare Müdigkeit lastete, und ließ mir zum zweitenmal in dieser Nacht Mantel und Galoschen herausgeben.

Wenn ich mich beeilte, würde ich noch die letzte U-Bahn am Bahnhof Zoo erreichen. In dem ausgekühlten Abteil saß gewiß ein Betrunkener auf der Bank schräg gegenüber, das kannte ich schon. Dann war noch ein Pärchen da, eine eingedöste, auf ihrem ratternden Sitz kraftlos hin und her schwankende Toilettenfrau, die Feierabend hatte, und jener undefinierbare Mann, dem man alles zutrauen konnte.

Zuerst stiegen die ungefährlichen Personen aus. Das war immer so. Übrig blieben der undefinierbare Mann und ich – zwei bange, endlose Stationen lang. Meistens war er harmlos, aber einmal war er's vielleicht nicht ...

Und zu allem war strenger Februar.

Mein Leben gefiel mir zur Zeit nicht besonders gut. Dafür konnte ich leider nur mich selbst verantwortlich machen, denn zumindest sprichwörtlich ist jeder seines Glückes Schmied. Ich schmiedete sehr unvollkommen, ich war überhaupt nicht sehr talentiert und aus diesem Grunde wohl zur Zeitung gegangen, womit ich keineswegs behaupten will, daß die Gazetten der Sammelplatz für Existenzen sind, die zu einem anderen Beruf nicht taugen. Es gab sehr clevere, wendige, begabte Leute unter meinen Kollegen, die es zu etwas brachten. Ich hingegen würde immer zweite Garnitur bleiben, und diese Erkenntnis nagte tiefe Löcher in mein Selbstbewußtsein.

Das Blatt, dessen Feuilletonredaktion mich beschäftigte, erfreute sich keines feinen Rufes, dafür aber einer um so höheren Auflage. Es war über die Boudoirgespräche eines Prinzenliebchens ebensogut orientiert wie über die letzten Gedanken der Flugpassagiere kurz vor dem Absturz, bei dem es keine Überlebenden gab. Wir wußten und schrieben einfach alles für den unausgeschlafenen Leser auf seinem morgendlichen Weg zum Büro.

Was mein Privatleben anbelangt: ein Bruder und ein Hund, die bekocht werden mußten. Ein paar Freunde. Aber eine Liebe, die den Alltag auf eine reizende Lämmerwolke gehoben hätte, besaß ich leider nicht. Zuweilen kam es zu einem Flirt, bei dem mich meine Phantasie anregend unterstützte. Eben – meine Phantasie. Davon besaß ich viel zuviel. Ein Mann, der mich einmal sehr gern mochte, bezeichnete sie als seinen ärgsten Rivalen, gegen den er in seiner irdischen Begrenzung nicht anglänzen konnte – und resignierte. Meine Phantasie hatte sich nicht etwa an den wundervollen Aschenbrödel-Einzelschicksalen und Starkarrieren infiziert, die in unserem vielgelesenen Kulturerzeugnis breitgewalzt wurden; sie trug ein Empirekleid, entzückte sich an verschnörkelten Geistigkeiten und galoppierte im Damensitz über weiche, sonnige Herbstwiesen, ohne jemals vom Pferd zu plumpsen. Und der Mann, der dazugehörte, ja, der sah eigentlich genauso aus wie der Herr Ypsilon. Wir hatten hoffnungsvolle, leicht erziehbare Kinder und litten keine Not ... in meiner Phantasie.

Sie hatte sich diese sanfte Traumwelt im Kriege zum Schutz gegen die furchtbare Wirklichkeit aufgebaut und konnte auch später nicht mehr von ihr lassen.

Wenn ich ohne anzuhalten bis zum Bahnhof Zoo rannte, würde ich den letzten Zug bestimmt noch erreichen.

An der Ausgangstür sah ich mich noch einmal um. Hinter mir stand Herr Ypsilon.

„Es ist purer Zufall“, lächelte er.

Er schaute wirklich aus wie Orpheus ohne trauriges Schicksal, groß, hell und beinah schön – trotz seiner fürwitzigen Jungennase. Aber meine paßt auch nicht zu meinem Charakter.

„Ich wollte gerade gehen.“

„Und Ihre Kollegen?“

„Eben deshalb“, sagte er. „Ich habe sie gefunden. Als ich sie sah, wurde mir plötzlich klar, wie wenig ich sie vermißt habe. Sie lärmten in einer Bar und benahmen sich genauso, wie sich Männer benehmen, wenn sie unbeobachtet auf Geschäftsreise sind.“

Wir sahen uns an und lächelten und wußten nicht recht. Und dann sagte ich: „Jetzt ist er weg.“

„Wer?“

„Mein letzter Zug.“

Herr Ypsilon überlegte einen Augenblick. „Dann bleibe ich auch. Schließlich ist es meine Schuld, daß Sie ihn verpaßt haben“ – und stützte mich, als ich die Galoschen abschüttelte und zum drittenmal in dieser Nacht zur Aufbewahrung gab.

Jetzt lächelte das Garderobenmädchen nicht mehr. „Sagen Sie mal, wollen Sie mich eigentlich ... ?“

„O nein“, beteuerte Herr Ypsilon. „Wir sind nur ein wenig unentschlossen heute nacht.“

Er legte eine Hand auf meinen Ellbogen und schob mich in den Trubel zurück, der sich von Saal zu Saal steigerte.

Auf einem Barhocker entdeckte ich Suse und Felix, einen über dem anderen. Auch an meinem heftig beschäftigten Bruder stiegen wir auf einer rechts und links mit Liebespärchen gespickten Treppe vorbei. Ich trat versehentlich einem Romeo auf die Hand. Er schimpfte noch, als wir einen neuen Saal erreicht hatten und rauh in eine volkstümlich schunkelnde Kette eingehenkelt wurden.

Herrn Ypsilons amüsiert-hilfloser Miene merkte ich an, daß er des Schunkelns unkundig war.

Man sang vom Kaiser Wilhelm, den wir wiederhaben wollen, aber den mit Bart, aber den mit Bart.

Dem monarchistischen Gebrüll folgte ein Berliner Gassenhauer.

„Wir versaufen unser' Oma ihr klein Häuschen
und die erste und die zweite Hypothek."

Ypsilon guckte fasziniert auf meinen mitgrölenden Mund. „Daß Sie so schöne Stücke auswendig können!"

„Ich kann alles, was nicht unbedingt zur feineren Bildung gehört. Das Unnütze lernt sich soviel leichter, finden Sie nicht?" Darin gab er mir recht.

Wir lösten uns aus der Schunkelkette und schlenderten weiter, an zärtlich verhäkelten Pärchen vorbei.

„Es findet hier erstaunlich viel Liebe statt", stellte Herr Ypsilon fest.

„Schließlich ist der Fasching die beste Gelegenheit, schnell und gründlich Bekanntschaften zu schließen. – Oh, danke." Ich war über ein paar ins Halbdunkel gestreckte Beine gestolpert, aber er fing meinen Fall noch rechtzeitig ab.

„Man sammelt hier Adressen und Telefonnummern, damit man nicht plötzlich allein dasteht, wenn der Frühling ausbricht, verstehen Sie?"

„Ah, ja, das leuchtet mir ein", sagte er amüsiert und stellte gleich darauf eine sehr berechtigte Frage: „Haben Sie Durst?"

„Gern", sagte ich, „aber wenn Sie glauben, daß ich auch hierhergekommen bin, um jemanden kennenzulernen ..."

„Ein absurder Gedanke!" widersprach er glatt.

„Ich bin nur hier, um endlich einmal mitreden zu können, wenn vom berühmten ‚Zinnober' gesprochen wird." Und erst nach dieser Erklärung, zu der ich mich moralisch verpflichtet fühlte, durfte er mir auf den Barhocker helfen.

Über uns zitterten stanniolblanke Ungeheuer an langen Drähten, die an die Prähistorie und den Surrealismus gleichermaßen erinnerten. Die Wände waren schwarz, mit tanzenden Skeletten bemalt. Auch unsere zartesten Gefühle sind heute abgebrüht genug, um sich von derart anheimelnden Kulissen nicht verschüchtern zu lassen.

Herr Ypsilon trank mir zu. „Probieren Sie. So einen schönen, warmen Sekt bekommt man nicht alle Tage", lobte er, den hellen Kopf in den rechten Winkel seines Armes gestützt. Ich sah ihn an – und meine Phantasie zwängte sich verstohlen in ihr Empirekleid aus weißem Musselin, das so gar nicht zu dem burschikosen Kordhosenton paßte, den ich mir bei der Zeitung angewöhnt hatte.

„Sie – Sie sind nur vorübergehend in Berlin?"

„Ja", sagte er kurz.

Ich schüttete warmen Sekt in mich hinein und wagte mich noch einmal vor.

„Beruflich?" fragte ich.

„Ja." Genauso freundlich-abweisend, während er die makabren Kulissen betrachtete.

Da gab ich es auf.

Der Student hinter der Bar schenkte Sekt nach und winkte einer Litfaßsäule zu, einer mit unendlich viel Mühe beklebten Säule, aus der oben ein schwitzender, trauriger Jungenkopf und unten seine großen Füße in Turnschuhen hervorguckten. Wir drehten sie im Kreise und lasen ihre Plakate. „Raubmord! Fünftausend Mark Belohnung. Der Täter ist einsfünfundsiebzig groß, rothaarig. Besondere Kennzeichen: abstehende Ohren, Alter neunzehn Jahre."

„Der Steckbrief paßt genau auf mich", erklärte uns die Säule. „Das war Absicht."

„Sehr ulkig."

„Aber im nächsten Jahr denke ich mir was anderes aus. Das hier ist zu unpraktisch. Die Mädchen wollen mich bloß lesen, sonst nichts. – Oh, danke." Die Säule nahm das Glas Sekt, das Herr Ypsilon ihr zuschob, und schüttete es in ihren mageren Hals, wobei der Adamsapfel auf und nieder tanzte. Dann wandte sie sich an den Barmixer. „Hast du Reni gesehen? Ich habe sie überall gesucht."

Herr Ypsilon machte plötzlich so ein wehmütig-vergnügtes Erinnerungsgesicht. „1938 war ich zum letztenmal auf einem Fasching. In München."

„Sie sind Münchner?" hakte ich ein und erkannte sofort meinen Fehler, denn er kehrte zu seiner abweisend-freundlichen Haltung zurück: „Nein."

Der Mann hatte das Ausfragen zweifellos nicht gern. „Was macht Ihr Knie?" lenkte er ab. „Sein Verband mit all den Pailletten und Herzchen ist zweifelsohne sehr lieb. – Wie ist das überhaupt passiert?"

„Ich bin in eine alte Dame hineingeradelt, aber sie hatte schuld. – Gucken Sie mal!"

Ein ganzes Rudel Frohsinn wälzte sich lärmend in die düstere Bar. Es handelte sich dabei um Herrn Ypsilons Kollegen, ihre zufälligen Faschingsbräute und deren Anhang, der sich von den zugereisten Herren kostenloses Durstlöschen versprach.

Herr Ypsilon starrte sekundenlang zu ihnen hinüber. Dann riß er mich so heftig vom Barhocker, daß ich beinah lang hingeschlagen wäre. Im Schutze der Litfaßsäule, die er vor sich hertrieb, erreichten wir unerkannt den Ausgang und tauchten im tanzenden Hexenkessel des nächsten Saales unter.

„Das ist noch mal gutgegangen", lachte er erleichtert und zog mich fester in seine Arme. Über meine Schulter hinweg schaute er auf die Uhr an seinem Handgelenk. „Vier Uhr früh. Ich glaube, es wird langsam Zeit."

„Zeit wozu?" Ich kam vor Schreck aus dem Takt und hatte sogleich den trübseligen Geruch meiner Galoschen in der Nase.

„Fastnacht zu feiern", sagte er. „Sonst ist sie endgültig vorbei."

Und somit begannen wir in den frühen Stunden des Aschermittwochs, den Fasching nachzuholen.

Wir feierten ihn so, wie ihn routinierte Massenfeierer gar nicht mehr erleben können, weil echte Fröhlichkeit ein Geschenk ist und kein Zustand.

Wenn ich heute daran zurückdenke, so sehe ich sein zärtliches Jungengesicht über mir in einem Wirbel von Farben, Lärm und Rauch. Unsere Füße berührten keinen staubbedeckten Boden, sie tanzten auf einer mit Luftballons gepflasterten Ebene, vielleicht waren es auch Wolken. Oder ein Regenbogen.

„... und dabei tanze ich gar nicht gern."

„Ich auch nicht. Wollen wir aufhören?"

„Um Himmels willen, nein!"

Wir feierten mit Haut und Haaren bis über beide Ohren den Fasching aus – und unser Vergnügen war sehr sichtbar. Gegen Morgen steuerten wir eine leere Fensternische in einem halblauten, düsteren Raum an.

Der Weg dorthin führte über einen Clochard – oder Penner, wie man diese nicht ganz reinlichen Superindividualisten hier zu nennen pflegt. Er lag zusammengerollt im Staub, den zerknitterten Lokalteil einer Abendzeitung über den Hüften, und schlief neben einer dreiviertelgeleerten Schnapsflasche. Aus seinen senkellosen, zerfetzten Stiefeln starrten magere, bläulichweiße Schienbeine blank hervor. Das schmutzige Oberhemd war durchlöchert.

„Das ist schon beinah kein Kostüm mehr, sondern eine soziale Anklage", meinte Herr Ypsilon, als wir vorsichtig über den Schlafenden hinwegstiegen. „Was mag ihn wohl bewogen haben, die närrischen Nächte so ungewöhnlich närrisch zu verbringen?"

„Wahrscheinlich hat er seinen Sartre falsch verstanden", überlegte ich. „Auf jeden Fall widert ihn unsere läppische Fröhlichkeit an. So ein Auswuchs bürgerlicher Einfalt!"

„Armes Luder. Mitten im harten Staub! Maijie, es ist gewiß nicht einfach, auf so trostlose Art originell sein zu müssen."

„Nein, Herr Ypsilon."

„Was halten Sie von der Fensternische da drüben? Ihr Knie braucht endlich Ruhe."

Durch die Fensterritzen zog die Februarkälte in eisigen Fäden. Wir hockten einander gegenüber und schauten ausführlich aneinander vorbei.

„Haben Sie Schmerzen?“ fragte Herr Ypsilon.

„Nein. Ich spüre nichts. Komisch ist das mit so einem Knie. Es tut bloß weh, wenn man unglücklich ist.“

Herr Ypsilon spielte mit den Fransen seines Rockes.

„Nebenan scheint jemand Knieweh zu haben – hören Sie?“

In der Nische neben uns zupften müde Finger über die Saiten einer Gitarre. Sie zupften unendlich, geradezu spanische Mittagsmelancholie in den Raum.

„Vielleicht ist ihm seine Freundin durchgebrannt. Armes Nebenan“, sagte ich mit dem flüchtigen Mitleid der Besitzenden.

„Wir scheinen aus Versehen in den Abstellraum für die Enttäuschten geraten zu sein. Der Clochard, der Mann mit der Gitarre, das alte Mädchen da drüben ...“

Ich lehnte den Rücken gegen die kühle Nischenwand und wickelte den Lippenstift aus dem Taschentuch. Dabei rollten meine beiden Groschen-für-alle-Fälle zu Boden.

Herr Ypsilon bückte sich nach ihnen. „Da hat sie ja auch noch Wechselgeld versteckt“, lachte er. „Wie kamen Sie eigentlich dazu, mit Groschen und Pfennigen meinen Fünzigmarkschein zerkleinern zu wollen?“

„Ja, wie kam ich ... weiß auch nicht. Aber ich finde, es war eine gute Idee.“

„Eine wundervolle Idee.“

Ich zog meine Lippen ohne Spiegel nach und sah ihn dabei an. Die Zärtlichkeit für ihn machte meine Arme so schwer, daß ich ihr Gewicht am liebsten um seinen Hals gelegt hätte.

So hockten wir schweigend da und schauten uns an. Und atmeten wider den Atem. Und schauten uns an. In meinem Schoß lag die Hand mit dem aufgeschraubten Lippenstift. Es ging ganz still vor sich, ohne Leidenschaft, ohne jede Regung. Wir schauten uns nur an.

„Dabei wollten wir bloß Fasching feiern“, sagte er endlich, nahm mir den Lippenstift aus der Hand, schraubte ihn zu und verknotete ihn zusammen mit den Groschen in meinem Taschentuch. Das kleine Bündel legte er in meinen Schoß.

Wir schauten uns an. Und hatten in diesem Augenblick bereits das beschwingte Stadium der Verliebtheit übersprungen und mit dem Liebhaben begonnen.

„Ich muß heute wieder fort“, sagte er. „Ich darf gar nicht daran denken.“

„Wann?“

„Irgendwann am späten Nachmittag geht die Maschine.“

„Kannst du's nicht verschieben?“

Er nahm meine Hand auf. „Komm mit.“

„Ja“, sagte ich, ohne zu wissen, wohin.

„Aber es hat ja keinen Sinn.“

„Nein. Ja ...“ Ich war so durcheinander.

Er legte seinen Mund in die Innenfläche meiner Hand – ich spürte seinen warmen Atem, seine Lippen ... ich schloß die Augen ...

Und als ich sie wieder öffnete, war alles vorbei. Herr Ypsilon richtete sich ernüchtert auf und starrte von mir fort auf eine Erscheinung, die plötzlich und unerwartet vor unserer Nische aufgetaucht war. Er machte ein Gesicht, als ob er unverhofft einem sechsbeinigen Hund begegnet sei.

Vor uns stand eine ziegelrote, taillenlange, völlig verhedderte Bastperücke, unter der sich ein giftgrünes Trikot um schwungvolle Wölbungen spannte.

„Was ist das?“ raunte er staunend. „Ich glaube, das will was von dir.“

„Ach, das ist meine Freundin Suse.“ Ich hatte nur ungute Gedanken in diesem Augenblick für sie. „Was willst du, Suse?“ fuhr ich sie an.

„Hab' ich vielleicht nach dir gesucht!“ Sie schob die roten Fransen von den Augen, um Herrn Ypsilon besser betrachten zu können.

„Was du willst!“ bohrte ich ungeduldig.

„Unsere Garderobenmarke. Wir möchten gehen. Es ist schon sechs Uhr.“

„Sechs Uhr?“ erschrak Herr Ypsilon.

„Und ich habe sie nicht. Wieso soll ich eure Garderobenmarke ... ?“

„Im Schuh", unterbrach sie mich beharrlich. „Du hebst doch alles im Schuh auf. Sieh mal nach."

„Wenn ich dir sage, daß ich sie nicht habe!" Und als sie noch immer nicht verschwinden wollte, griff ich zur blanken Unhöflichkeit. „Laß uns in Ruhe!"

Da hob sie achselzuckend die runden Schultern, strich ihr Trikot über den Schenkeln glatt, warf noch einen letzten, unentschlossenen Blick auf Herrn Ypsilon und trat endlich den Rückzug an – was blieb ihr anderes übrig?

Wir sahen ihr nach, während sie bastraschelnd über den Clochard hinwegstieg. Ihr schiefgetanzter Absatz verhedderte sich in seinen Lumpen. Dadurch erwachte er aus seinem staubigen Brüten und staunte vorwurfsvoll an ihren prallen, giftgrünen Beinen in die Höhe: „He – Polyp, kannst du nicht aufpassen?"

„Ich bin kein Polyp, du Penner! Sie hüpfte sekundenlang auf einem Bein, während sie ihren Absatz aus seinem zerrissenen Jackenfutter befreite. „Ich bin Undine", warf ihre Perücke in den Nacken und stelzte, Verachtung aus den Hüften schwenkend, von hinnen.

„He, Polyp!" rief der Clochard, durch ihre Formen jäh dem Naturalismus wiedergewonnen. „Willst du was trinken?"

Aber sie hatte bereits den Ausgang dieses abseitigen Jammertales erreicht, in dem sich außer Herrn Ypsilon und mir nur Enttäuschte oder solche, die es ihrer augenblicklich favorisierten Philosophie zuliebe sein wollten, befanden.

Herr Ypsilon sah auf seine Uhr. „Wirklich schon sechs." Und legte seine Hände um mein Gesicht – sie waren kühl und hatten ihren eigenen, sanften Duft gegen die Geruchsangriffe der Nacht erfolgreich verteidigt. „Mit roten Bastfransen ist der Aschermittwoch über uns hereingebrochen. Ich fürchte, es wird Zeit." Er küßte mich leicht auf die Nasenspitze, dann stand er auf und hob mich zu sich auf. Ich legte meine Arme um seinen Hals, und er trug mich über den Pseudo-Clochard hinweg. Das betrunkene alte Mädchen schlief, und auch der Gitarrespieler war mit hängenden Fingern über den Saiten eingenickt.

Erst an der Tür zum Gang zeigte eine leichte Röte seiner Wangen an, daß Herr Ypsilon mein Gewicht zu spüren begann. Er stellte mich behutsam auf die Füße, aber er behielt mich in seinem Arm.

Wir bummelten noch einmal durch die bizarren, grau verstaubten Kulissen unseres Abenteuers „Fasching".

Auf den Tanzflächen warfen unermüdliche, junge Männer ihre Mädchen durch die Luft und fingen sie wieder auf, das heißt manchmal auch nicht. Das Ganze wurde mit verbissenem Ernst ausgeführt, den kein einziges Lächeln aufheiterte. Auseinander Ruck! – Zusammen, Klatsch – kurzer Schwenk – Ruck! Oben rüber ... noch kindliche Schenkel in groben Netzstümpfen zappelten sekundenlang durch die Luft – Ruck! Kehrtwendung. Ein Mädchen rutschte durch das Dreieck magerer Jungenbeine und stand beinah erschrocken wieder auf seinen Füßen.

„Es kann sein, daß du bereust, daß ich das nicht mit dir gemacht habe", sagte Herr Ypsilon.

„Du hast mich wundervoll geschmissen", beruhigte ich ihn. Wir sahen noch einen Augenblick diesem strengen Götzendienst zu. Gott Boogie-Woogie drehte sich leise klimpernd in der Maske eines Roboters über die Tanzfläche ... am Nachmittag würde man ihn von seinem Draht schneiden und auskehren.

„Mußt du wirklich heute schon fort?"

„Ja, aber wir sehen uns vorher noch", sagte Herr Ypsilon und zog mich weiter. „Wir müssen uns noch sehen ..."

Ein Junge, der sich einen wackligen Leierkasten geliehen und einen Stoffaffen auf die Schulter gekettet hatte, karrte sein Instrument durch die Räume. Er kurbelte beinah vergessene Gassenhauer und Evergreens aus dem Kasten und mischte ein bißchen Rummelplatzromantik in das hektische Sterben des Faschings. Neben ihm her lief ein sehr verliebtes, sehr müdes Mädchen auf Strümpfen, an jedem seiner Zeigefinger baumelte ein Schuh.

Und beinah wären wir Herrn Ypsilons Kollegen in die Arme gelaufen. Sie hockten auf einer Treppe und sangen Weihnachtslieder und hatten sich allesamt ein billiges

Andenken an ihre verschwundenen Faschingsbräute angesteckt: eine falsche Locke, zerdrückte Stoffblumen, ein Pompadour aus Glasperlen.

Auf die Melodie „Vorn Himmel hoch, da komm' ich her" grölten sie einen eigenen Text: „Die Väter haben Sand gekarrt, bis daß der Marktplatz volle ward. Da schickt' der Herr von seinem Thron fünf Groschen jedem Arbeitslohn."

„Fünf Groschen ist zu wenig. Hast du mal Sand gekarrt?"

„Das ist Ausbeutung der arbeitenden Klasse! Das muß vor die Gewerkschaft!" brüllten sie durcheinander.

„Aber meine Herren, meine Herren", sagte Ypsilon leise, „es ist sechs Uhr. Um zehn erwartet uns der Herr Bausenator. Was wird er sich über unsere Ölköpfe freuen!"

Wir kamen unbemerkt an ihnen vorbei zur Treppe, die nach unten führte. Ein Betrunkener grinste mich gutmütig an. „Na, Määchen, glücklich? Laß ihm man nich so schnell wieder loofen."

„Hast du gehört?"

„Ja", sagte Ypsilon, „du sollst mir nicht so schnell wieder laufenlassen. Ich möchte auch gar nicht ..."

Wir waren stehengeblieben. Eine Band spielte „I'm beginning to see the lights". Von fern der Leierkasten behäbig dazwischen: „Es war in Schöneberg, im Monat Mai ...". Lautes Gelächter. „Leise rieselt der Schnee", sangen Herrn Ypsilons Kollegen zweistimmig. Eine Frauenstimme zankte. Jemand rief: „Aua Mensch, paß doch auf!"

Lärm. Ringkampf der Melodie. Aufbruch. Und mittendrin standen der Herr Ypsilon und ich voreinander. Und schauten uns an.

„Ein Wahnsinn", sagte er kopfschüttelnd. „Was haben wir uns bloß eingebrockt!"

„Ich find's wundervoll."

Da öffnete er seine Arme – „Ach, Maijie!" – und schloß mich völlig in seine Zärtlichkeit ein.

Ausgerechnet hier, mitten im Weg der zerrupften, verschwitzten Heimstolperer, fiel es dem Herrn Ypsilon ein, mich zu küssen – er vertiefte sich sehr darein –, und als ich mich endlich aus seiner unerschöpflichen Umarmung beugte, öffnete er nur zögernd die Augen, blinzelte um sich und meinte: „Vielleicht ist das hier nicht ganz der passende Ort ..."

„Ich möchte jetzt weit fort mit dir sein – irgendwo, wo Sommer ist und Wiesen und Stille ..." seufzte ich.

„Weißt du, Maijie, es müßte nicht unbedingt eine Wiese sein", meinte er, und wir gingen langsam und ein bißchen schwindelig zur Garderobe.

„Schau, da sitzt meine Freundin Suse."

Neben ihr dämmerte der dünne Felix mißmutig vor sich hin, den Rücken gegen den Garderobentisch gelehnt. Suse hatte ihm ihre Bastperücke aufgesetzt und die Fransen mit einer Haarklemme von seiner gefurchten Stirn gebannt.

„Erst wenn alle Sachen abgeholt worden sind, kriegen wir unsere Mäntel heraus", klagte sie weinerlich, als sie uns sah. „Hast du wirklich nicht unsere Marke?"

„Sie ist meistens ein netter Mensch", sagte ich zu Herrn Ypsilon, der mir den Schal um den Hals legte, „aber manchmal geht sie mir auf die Nerven."

Als wir die Akademie verließen, fiel der Wind mit Eiskrallen über uns her. Wir krochen fröstelnd aneinander.

Zwei junge Männer, unter deren Wintermänteln der bunte, zerknitterte Fasching hervorschaute, bemühten sich am Rinnstein um das stöhnende Elend eines dritten. Autos rutschten vorsichtig über den vereisten Damm, und eine Zeitungsfrau kämpfte mühsam auf ihrem Fahrrad gegen den schneidenden Wind an. Es war endgültig Aschermittwochmorgen.

Am Eingang des U-Bahnschachtes nahmen wir Abschied. Ich schrieb meine Telefonnummer auf die Eintrittskarte zum „Zinnober", und Herr Ypsilon legte sie in seine Brieftasche.

„Ich rufe dich nachher an", sagte er und beugte sich über mein kläglich verfrorenes Gesicht.

An der Sperre sah ich mich noch einmal um. Er stand hell gegen den dunkelgrauen, kalten Schneehimmel; er stand den mit der Zeit um die Wette rennenden Menschen im Wege und hob die Hand ein wenig in einer winkenden Gebärde.

So sah ich ihn noch vor mir, als ich aus der U-Bahn in den Autobus umstieg und dem Schaffner, abwesend lächelnd, meine Monatskarte für die Stadtbahn reichte.

„Die gilt bei uns leider nicht", drang er mit möglichst behutsamer Stimme in meinen seligen Zustand ein.

„Ach so, ja. Entschuldigung." Ich kramte mein Portemonnaie hervor.

„Macht nischt", beruhigte er mich. „Vorhin hat einer mir sogar seinen Kamm angeboten." Und während er meinen Fahrschein lochte, fragte er: „War's denn so schön, daß Sie jetzt so schußlig sind?"

Er war der erste Schaffner, dem ich die Hand gab und beim Aussteigen „Auf Wiedersehen" sagte.

Ich spürte den Ostwind nicht und keine klammen Füße.

Für mich sangen Amseln, und die Eisluft duftete nach Flieder und Jasmin und Goldlack, denn ich war Herrn Ypsilon begegnet.

Vor dem Hause, in dem ich vor kurzem mit meinem Bruder ein Zwei-Zimmer-Appartement bezogen hatte, saßen drei überzählige Feierer auf einem Mauervorsprung: ein breitschultriger Mann in einem leichtfertig geöffneten Kamelhaarmantel zwischen einem ungemein blonden und einem flammend roten Wesen. Es mußte eine Menge Alkohol dazu gehören, um die Kälte und das Ende des Faschings in so großzügiger Weise zu ignorieren, wie diese drei es taten.

Die Damen sangen: „Wir lassen uns, wir lassen uns fotografieren, am Asch-, am Aschermittwoch früh." Aber es war kein Fotograf zur Stelle, und das war gut.

„Nun seid mal still!" gebot der Mann nicht ohne Pathos.

„Ich muß mit der gnädigen Frau reden." Womit er mich meinte. Anscheinend hielt er formvollendete Höflichkeit für ein untrügliches Zeichen von Nüchternheit und stand auf. „Guten Morgen. Bitte, könnten Sie uns vielleicht mit hineinnehmen, bitte schön? Mein Schlüssel ist mir abhanden – er ist jedenfalls weg. Bitte schön." Und als ich die Haustür für mich selbst aufschloß: „Oh, danke vielmals, gnädige Frau, sehr liebenswürdig."

Wie rührend blau er war!

Jetzt bedachte er seine grell-leuchtenden Begleiterinnen mit einem Blick, der darauf schließen ließ, daß es sich bei den beiden um keine ständigen Begleiterinnen, sondern eher um Blüten handelte, die er im Sektüberschwang an einer Bar gepflückt, hierher verschleppt hatte und deren Dasein er mit zunehmender Ernüchterung zunehmend bereute.

„Ihr fahrt jetzt nach Hause", beschloß er und zog einen Geldschein aus der Manteltasche, den er nicht ohne Grazie im Blumenbeet des Faschingshutes seiner rothaarigen Eroberung einpflanzte. „Seid schön brav und verschwindet. Der Taxistand ist gleich um die Ecke."

Ihre Proteste schwebten als Rauchwolken in der kalten Luft hinter uns her. Ich hielt die rettende Fahrstuhltür für den Mann auf. Im Nu roch der Lift wie eine Eckkneipe.

„Welchen Stock?" fragte ich und gab mir Mühe, nicht zu lachen. Er hörte gar nicht zu, sondern sinnierte angestrengt: „Man lädt sich manchmal manches auf, womit man gar nichts anzufangen weiß. In der Nacht sahen die beiden ganz lustig aus. Aber im Morgenlicht –! Entweder hielt das Morgendlicht ihnen nicht stand oder sie ihm nicht." Er fuhr unsicher über sein raschelndes Kinn. „Ich auch nicht, wie?"

„Welchen Stock?" fragte ich noch einmal und wandte ihm den Rücken zu, um ihn durch mein Lachen nicht zu weiteren Meditationen zu ermuntern.

„Ist ganz egal", meinte er großzügig.

„Also welchen?"

„Na, vielleicht den dritten. Und Sie?"

Ich stieg im zweiten aus, nachdem er mir die Hand geküßt und schöne Träume gewünscht hatte. Durch die Liftscheibe winkte er „Tschüß – gnädige Frau!" und schwebte zu meiner und seiner Verwunderung wieder in die Tiefe. Er mußte sich wohl im Knopf vergriffen haben.

Hübsch war das! Und alle Menschen so liebenswert – denn ich hatte Herrn Ypsilon kennengelernt.

Hanskarl, unser dicker Hund, begrüßte mich voll ausgeschlafener Freude. An den Dellen in meinem aufgeschlagenen Bett erkannte ich, wo er die Nacht verbracht hatte. Die Tür zum Zimmer meines Bruders stand offen, er war noch nicht heimgekehrt.

Ich setzte mich auf den Wannenrand, drehte beide Hähne auf und stierte glücklich auf meine ausgestreckten Beine. Unter dem paillettenbestickten Verband puckerte es im Knie, na und? – Gestern abend, als ich mich hier anzog, wußte ich noch nichts von Herrn Ypsilon. Ich ging beinah widerwillig auf das Akademiefest.

Und jetzt liebe ich ihn. Ein märchenhafter Zustand. Auf meinen Armen haftet noch immer der leichte Duft seiner Hände. Eigentlich ein Jammer, daß man sich waschen muß.

Er hat so ein zärtliches Gesicht ... und meine Lippen sind von seinen behutsamen Küssen geschwollen, ich sehe nicht hübsch aus im Spiegel, aber glücklich ... und ich liebe ihn ... das passiert einem wohl nur einmal im Leben. Wo ist bloß das Badesalz ...

Das schrille Telefon rührt meinen Magen um wie Lampenfieber.

Hanskarl quietscht auf, als ich ihm vor Eile auf die Pfote trete.

„Habe ich dich etwa geweckt?“ fragt Herr Ypsilon, und seine Stimme klingt dunkel und rauh vor Übermüdung.

„Nein, nein, ich bin eben erst nach Hause gekommen. Warte, das Badewasser – es läuft sonst über.“

„Ich hole mir inzwischen eine Zigarette“, ruft er noch in den Hörer. Und fragt: „Hast du was auf den Füßen?“ als ich aus dem Bad zurückkehre.

„Ich habe sogar noch die Schuhe an, und außerdem steh ich im Hundekörbchen.“

„Ich habe eben gebadet“, sagt Herr Ypsilon, „und jetzt bin ich nicht mehr sicher: war ich auf dem Fasching oder im Kohlenpott. Da hält man sich an den Händen und schaut sich an und merkt gar nicht, wieviel Staub man inzwischen ansetzt. – Maijie, wann sehe ich dich? Hast du überhaupt Zeit?“

„Wozu habe ich schließlich ein schlimmes Knie?“

Wir verabredeten uns für drei Uhr nachmittags im „Bristol“ und ich hatte noch nicht den Hörer aufgelegt, als die Wohnungstür aufgeschlossen wurde.

Gleich darauf gähnte sich mein Bruder Peter ins Zimmer.

„So, das wäre geschafft. Ein Jahr lang haben wir Ruhe vorm Fasching.“

Er stand breitbeinig vor mir, zog das Halstuch ab und stopfte es in die Hosentasche.

Mittelgroß, geschmeidig, mit schnellen, dunklen Augen und spitzer Nase war Peter ein Typ, den Mädchen sehr schätzen. Sie fanden ihn ein bißchen französisch und erwarteten Dementsprechendes von ihm – was genau, war mir nicht recht klar. Ihnen, den Mädchen, wahrscheinlich auch nicht.

„Du bist ja auch erst nach Hause gekommen“, staunte er.

„Na, und? Dachtest du, ich wäre auf deinen Beistand beim Feiern angewiesen?“

Meine Antwort machte ihn mißtrauisch. Zu spät erwachte sein Aufpassergewissen. Brüder sind sehr streng mit ihren Schwestern – vor allem, wenn sie Elternteile bei ihnen vertreten müssen. „Mit wem warst du denn so lange –?“ Aber dann wurde er durch eine neue Sorge von seinem Mißtrauen abgelenkt; er beobachtete – leicht angeekelt –, wie ich den Verband von meinem Knie löste. „Du“, sagte er, „das sieht aber nicht gut aus. Das eitert doch ganz schön.“

„Kannst du nicht für mich in der Redaktion anrufen und sagen, ich hätte dringend zum Arzt gemußt?“

„Aber geh auch wirklich hin. Versprich mir das!“

Ich versprach es ihm, während ich meine Schuhe abstreifte. Aus dem linken Pumps fiel etwas klatschend auf den Teppich. Peter bückte sich danach. „Das ist doch eine Garderobenmarke“, sagte er verwundert und legte sie auf den Tisch. „Kriegst du dafür noch irgendeinen Mantel?“

„Ich nicht, aber Suse und Felix.“

„Was ist überhaupt mit deinem Knie, Maijie? Hast du schon etwas wegen der Schadenersatzansprüche unternommen? Nein?“ Er stöhnte geplagt. „Wenn man sich nicht um alles bei dir kümmert –! Hast du den Heelms angerufen?“

Sein ungewöhnliches Interesse für meine Angelegenheiten nach drei verfeierten Nächten empfand ich als aufdringlich. „Kannst du dich nicht später um mich kümmern? Ich möchte jetzt schlafen."

„Der Heelms muß dir die Arztkosten ersetzen und deine Schuhe und Strümpfe. – Gib mir seine Visitenkarte, ich rufe ihn nachher an."

„Ich glaube, sie liegt oben links im Sekretär."

Die Visitenkarte des Herrn Ernst Ludwig Heelms aus Frankfurt, dessen Tante vor vier Tagen in mein Fahrrad gelaufen war, lag wirklich oben links im Sekretär. Mein Bruder nahm sie an sich und versprach: „Ich werde dir schon zu deinem Recht verhelfen. Darauf kannst du dich verlassen. – Was haben übrigens die Schuhe gekostet?"

„Die Schuhe?" Mir war plötzlich – zum erstenmal bewußt geworden, daß Herr Ypsilon heute wieder abreiste. „Was für Schuhe?"

Peter betrachtete mich kopfschüttelnd, dann drehte er sich auf dem Hacken um und verließ wütend mein Zimmer.

„So um die dreißig Mark", rief ich ihm nach. In meine Stimme schlug heftig die Zimmertür.

Nun ja – ich möchte mich auch nicht zur Schwester haben.

Wir kamen beinah zur gleichen Zeit vor dem „Bristol" an. Herr Ypsilon trug einen kurzen, englischen Dufflecoat, unter dem seine Beine besonders lang wirkten, und einen dunkelgrauen Flanellanzug. Über seinem Gesicht lag ein müdes, zärtliches Lächeln.

Wir standen einen Augenblick schweigend voreinander – zwei Fremde, die sich seit ein paar Stunden zu lieben glaubten und sich jetzt noch einmal trafen, um Abschied voneinander zu nehmen.

In der Garderobe des Cafés gaben wir unsere Mäntel und Koffer ab. „Galoschen?" fragte Herr Ypsilon, auf meine Füße blickend. „Heut' nicht. Es sind schreckliche Dinger, nicht wahr?"

„Immerhin ist es ihnen gelungen, in mir gewisse Sentiments für derartige Bekleidungsstücke zu erwecken. Man kann auch Galoschen liebhaben, wenn sie dazugehören. – Du siehst übrigens wundervoll frisch aus", fügte er hinzu.

„Danke." Fieber verleiht mir immer eine blühende Hautfarbe. Aber das sagte ich ihm nicht, auch nichts von dem Pochen in meinem steifen Knie ... Ich war noch immer nicht zum Arzt gekommen.

In Anbetracht des Aschermittwochs war das Café nur spärlich besucht. Ein paar ältere Damen fütterten ihre mitgebrachten, bunt eingestrickten Pudel mit Torte und warteten auf etwas, das nicht kam – vielleicht auch nur darauf, daß der einsame Nachmittag zu Hause ohne sie vorüberginge. An einem Tisch saßen weißhaarige Lebemänner mit ganz jungen Mädchen vor den Resten eines späten Mittagessens.

Wir strebten einem Ecktisch zu, der zwei Wände im Rücken und Dämmerlicht gewährte. Sämtliche Blicke begleiteten uns voll abschätzender Neugier, es waren die ungenierten, routinierten Caféhausblicke der Großstädten Ich gab mir Mühe, so wenig wie möglich zu hinken. Aber beim Setzen mußte ich das schlimme Bein zur Seite strekken, und das fiel Herrn Ypsilon auf.

„Wie geht's deinem Knie?"

„Mein Bruder trifft sich heute mit dem Mann, dessen Tante schuld hat. Wegen der Schadenersatzansprüche."

„Einen Bruder hast du auch? – Ich weiß gar nichts von dir."

„Mein Leben ist nicht sehr interessant", sagte ich und nahm eine von seinen Zigaretten. „Ich möchte am liebsten einen Grog trinken."

Herr Ypsilon bestellte, dann legte er die Hände auf den Tisch und beugte sich zu mir herüber. „Erzähl mir, wie das mit dem Knie passiert ist."

„Also, ich kam vormittags vom Uhrmacher und radelte sehr schnell nach Haus – um zwölf beginnt doch mein Dienst in der Redaktion. Die alte Dame tauchte ganz plötzlich hinter einem parkenden Auto auf und überschritt den Damm, ohne nach rechts oder links zu gucken. So passierte es eben. Ich fuhr mit ungebremstem Schwung in sie hinein. Wir landeten alle beide auf dem Pflaster ... interessiert dich das wirklich?"

„Ihr landetet alle beide auf dem Pflaster."

„Ja. Zuerst war das Loch in meinem Knie ganz weiß vor Schreck, dann fing es an, fürchterlich zu bluten. Das schlimmste waren für mich die kaputten Strümpfe. – Die alte Dame saß ein Stück ab von mir auf der Fahrbahn und sah mich unter ihrem verrutschten Hut vorwurfsvoll an. Sie trug den reinrassigsten Breitschwanzmantel, den ich je gesehen habe. ‚Sind Sie verletzt?' fragte ich sie und zerrte mein verbogenes Rad auf den Bürgersteig. Die alte Dame saß bloß da und guckte böse. Mein Knie fing jetzt an, sehr weh zu tun. Schmerz macht mich immer wütend, und so habe ich mit ihr geschimpft. ‚Stellen Sie sich vor, ich wäre ein Auto gewesen!' schimpfte ich. Zur Antwort reichte sie mir ihre Hand so, daß ich dachte, ich solle sie draufküssen, und sagte streng: ‚Helfen Sie mir.' Es war gar nicht so einfach, sie auf die Beine zu bringen. Sie war groß und stark und gab sich keine Mühe, mich zu unterstützen. Dabei fehlte ihr überhaupt nichts. ‚Meine Handtasche!' war ihr nächstes Kommando. Ich kroch mit meinem stark blutenden Knie unter das parkende Auto, unter das die Tasche gerutscht war, und zog sie hervor. Anstatt sich zu bedanken, sagte die Alte wütend: ‚Völlig verschrammt.' Als ob das meine Schuld gewesen wäre! Und von meinem Knie sagte sie nichts. Das Blut floß auf meine Schuhe – hellbraunes Wildleder! Dreimal angehabt, stell dir vor!"

Der Grog kam, Herr Ypsilon machte ihn für mich zurecht. „Zwei Stückchen Zucker?"

„Ja, bitte. – Die alte Dame ließ sich von mehreren Passanten umringen, vorwiegend alten Leuten, die an der nahen Haltestelle auf den Autobus gewartet hatten. Alle schmetterten bitterböse Blicke nach mir. Ich mußte eine Menge Gift schlucken, Bemerkungen wie ‚Immer trifft's die armen, alten Rentner!' und ‚Aber alte Leute sind ja bloß noch zum Totfahren da!' Meine Gegenpartei sah dabei weder nach Rentnerin aus, noch hatte ich sie totgefahren. Sie ließ sich zur nächsten Bank in der Anlage führen. Um mein Knie kümmerte sich niemand. Ich war die eindeutig Schuldige, weil unsere Zeugen alt wie die alte Dame waren und weil Fußgänger immer zu Fußgängern halten. Auf einmal war ein Schupo da. Die schlimme alte Dame winkte ihn heran und zeigte auf mich: ‚Die Person da hat mich angefahren.' Und alle ihre tuttligen Zeugen nickten eifrig dazu. ‚Jawohl. Wir haben es deutlich gesehen.' Nichts hatten sie gesehen, denn als es geschah, standen sie dreißig Meter entfernt an der Haltestelle und blinzelten in das bißchen Sonne, das gerade für diese Straße zuständig war. – ‚Haben Sie die Dame angefahren – ja oder nein?' fragte mich der Schupo. ‚Ja', sagte ich, ‚aber –' ‚Dann geben Sie mir Ihre Personalien.' Er schrieb meinen Namen auf und meine Adresse. ‚Aber ich habe die Frau nur angefahren, weil ich nicht anders konnte.' ‚Womit?' wollte der Wachtmeister wissen. ‚Mit meinem Fahrrad, womit denn sonst? Ich kam die Straße ganz vorschriftsmäßig heruntergeradelt, da tauchte sie so plötzlich hinter einem parkenden Auto auf, daß ich nicht mehr bremsen konnte.' ‚Beruf?' fragte der Polizist, und ich haßte ihn für seine Engstirnigkeit. ‚Warum fragen Sie nach meinen Personalien, schließlich hat die Dame schuld!' Der Schupo ging auf mein Fahrrad zu und besichtigte es anfangs oberflächlich, dann handgreiflich und leider immer interessierter. ‚Sagen Sie mal, womit bremsen Sie eigentlich?' wollte er wissen. ‚Na, mit der Fußsohle', sagte ich. ‚Ach nee, wirklich? Der Rücktritt funktioniert auch nicht mehr, wie?' ‚Vorhin ging er noch', schwor ich auf gut Glück. ‚Klingel und Katzenauge und die Hälfte der Speichen haben Sie auch eben erst verloren!?' ‚Trotzdem hat die Alte schuld!' schrie ich aufgebracht. ‚Und überhaupt, was hat ein fehlendes Katzenauge am Hinterteil eines Fahrrades mit einem Zusammenstoß zu tun, der eindeutig vorn und am hellichten Vormittag passiert ist, eh –?'"

An dieser Stelle meiner Erzählung stolperte die Serviererin mit einem gefüllten Tablett über mein ausgestrecktes Bein. Es klirrte, und Sahne tropfte auf den Boden, aber sonst war nichts passiert. Ich selbst hatte mich am meisten erschreckt.

„Du baust laufend Verkehrsunfälle“, sagte Herr Ypsilon und nahm meine Hand und legte sein Gesicht hinein. „So heiß. Hast du etwa Fieber?“

„Es ist nicht schlimm.“

„Paß auf, du hast dich heute nacht erkältet.“

Heute nacht – da war die Erinnerung wieder ganz nah.

„Liebling –“, sagte er, „oh, Liebling ...“

„Wenn ich an dich denke, möchte ich die Arme öffnen und dich umschließen und den Schlüssel zu meinen Händen verlieren ... wenn ich nur an dich denke! Es ist wirklich verrückt!“

Er küßte zur Antwort auf meine Fingerkuppen.

„Du hast bestimmt Fieber“, sagte er noch einmal. „Du gehörst ins Bett.“

„Ja – Und ich wußte genau, daß er jetzt sagen würde: „Ich bringe dich ins Bett.“ Und ich wußte genau, daß er dabei weniger an die heiße Zitrone dachte, die er für mich bereiten wollte, als daran, sich an meiner vermeintlichen Erkältung anzustecken.

Sein Blick war schmerzhaft intensiv. Ich hörte mich leise – vor Behagen – stöhnen. Und die Frau am Nachbartisch trank zum zweitenmal versehentlich aus der Tasse ihres zeitunglesenden Mannes, denn sie konnte die Augen nicht von uns wenden.

„Wenn du dich unbedingt anstecken willst, dann mußt du dir das Knie aufschlagen. Daher kommt mein Fieber.“

Herr Ypsilon wollte eine Menge Besorgnis auf mich loslassen, aber ich beruhigte ihn mit einer schnellen Lüge: „Der Arzt sagt, es sei ganz ungefährlich.“

„Die Unfallgeschichte war noch nicht zu Ende“, fiel ihm ein.

„Sie ist uninteressant.“

„Ich möchte sie trotzdem hören.“

„Und ich möchte von ganz etwas anderem reden.“

„Komm – er küßte meine Hand „– erzähle.“

„Also – der Polizist untersuchte mein Fahrrad und sagte: ‚Wissen Sie, daß Sie sich schon allein dadurch strafbar gemacht haben, indem Sie ein unzweifelhaft verkehrswidriges Vehikel benutzten!?‘ Die alte Dame hörte ihm mit sichtlichem Wohlbehagen zu, dann winkte sie einem Sportwagen mit Frankfurter Nummer zu. Ein Mann stieg aus – so ein lauer Typ, den ich nicht mag. Mit kalter Pfeife im Mundwinkel und Schritten, die vor lauter Selbstbewußtsein Löcher ins Pflaster stampften. – Die alte Dame hatte ihren Hut geradegerückt und sah wieder vollkommen aus. Einzig die Anwesenheit des Schupos und die tutternden Greise verwunderten den Mann. Er ging auf sie zu und sagte so, als ob er manches von ihr gewohnt wäre: ‚Was ist denn nun schon wieder los, Hermine?' Und sie antwortete mit viel Vorwurf in der Stimme: ‚Wärst du pünktlich gewesen, wäre nichts passiert. Diese Person da', sie vernichtete mich mit ihrem Zeigefinger, ‚hat mich heimtückisch angefahren. Auf einem verkehrswidrigen Vehikel!' Ihr Neffe – oder wer immer er war, er heißt Heelms – guckte in meine Richtung und guckte rasch wieder fort, nachdem er mein blutüberströmtes Bein gesichtet hatte. ‚Aber ich verzichte auf die Bestrafung der Person!' sagte die schlimme alte Dame. Ihre Huld kannte wirklich keine Grenzen, wohl aber meine Erziehung. Ich schrie ihr meinen gerechten Zorn entgegen, doch all meine Anklagen kullerten an ihr ab wie – na, wie Regentropfen an einem imprägnierten Mantel, ohne ihr Gewissen auch nur zu befeuchten. Sie wollte in den Sportwagen ihres Neffen steigen; dieser war jedoch etwas nachdenklich geworden. ‚Tante Hermine', fragte er, ‚hast du wirklich schuld?' Da sah sie reizend lächelnd zu ihm auf und sagte: ‚Natürlich, mein Junge, du hörst es ja. Laut genug!'"

Herr Ypsilon brachte nicht das zornige Mitgefühl für mein trauriges Schicksal auf, das ich von ihm erwartet hatte. „Man hat dir zweifellos arg mitgespielt", sagte er zwar, aber dabei grinste er. „Möchtest du etwas trinken?"

„Danke, nein."

Er bemühte sich, möglichst unauffällig auf seine Uhr zu schauen. „Wie spät ist es?" fragte ich besorgt.

„Leider gleich soweit. Es war so schön, dich noch einmal zu sehen." Seine Finger spielten mit dem Aschenbecher, sie schoben ihn ziellos hin und her. Ein kleines Lastenboot auf dem Tisch, ohne bestimmten Kurs. „Weißt du, ich wollte erst die Besprechung in Hamburg verschieben und heute noch hierbleiben. Aber es ist besser, wenn ich schon heute – es würde alles nur noch viel schlimmer machen", sagte er bedrückt.

„Du kommst doch bald wieder?" Auf einmal hatte ich Angst.

„Ja, bestimmt – irgendwann einmal. Maijie – Er sah mich an, und in seinem Blick war ein entsetzlich schlechtes Gewissen in unendlich viel Zärtlichkeit eingebettet. „Ich bin sehr feige gewesen, Maijie. Ich hätte es dir gleich sagen sollen ..."

Ich wußte plötzlich, was er mir gleich hätte sagen sollen. Es war ein schlimmer Schock, es war so, als ob jemand sekundenlang mein Herz anhielte. Meine Hände brauchten jetzt auch etwas, um beschäftigt zu sein. Sie fanden die Zuckerdose, sein Aschenboot fuhr klirrend dagegen.

„Komisch, ich bin gar nicht auf die Idee gekommen. Du trägst auch keinen Ring ... es ist ..."

„Ich habe dich sehr lieb", sagte er. „Wenn du wüßtest, wie mir zumute ist."

Wenn er wüßte, wie mir zumute war. Er brauchte dazu kein Fieber und keine mögliche Blutvergiftung. All das war gar nicht wichtig gewesen, solange ich mich im Schutz seiner Zärtlichkeit gewußt hatte. Sie umgab mich ein paar Stunden lang wie eine uneinnehmbare Burg mit dicken Mauern und Wassergräben. (In mein Gefühl wie auch in meine Phantasie hat die moderne Technik noch keinen Einzug gehalten.)

„Bist du wenigstens glücklich verheiratet?" gelang es mir, nach einer Weile zu fragen.

„Ja", sagte er. Es tat ihm leid, mir weh zu tun, aber er war zu geschmackvoll und zu ehrlich, um mich mit der mitleiderregenden Geschichte von der Ehe zu rühren, in der er sich unverstanden fühlte und neben seiner Frau nur so herlebte und schon längst fortwollte, aber aus Anständigkeit noch immer geblieben war.

Seine Finger setzten das Aschenboot zu einer neuen Irrfahrt in Bewegung. „Weißt du, wir sind schon so lange zusammen und haben so viel miteinander durchgestanden. Und außerdem haben wir ein Kind." Sein Foto zückte er Gott sei Dank nicht. „Ich hätte dir das gleich sagen sollen, aber anfangs bestand keine Veranlassung dazu – und später ... du weißt ja, woran ich später gedacht habe. Dabei wollten wir doch nur Fasching miteinander feiern." Er sah mich an. „Warum sagst du nichts?"

„Wir haben nichts anderes getan."

„Doch, Maijie, wir haben von Herzen Fasching gefeiert." Er ließ sein Aschenboot im Stich und nahm meine Hand. Er war sehr bedrückt.

„Es ist nicht so schlimm", versprach ich ihm. Aber das stimmte nicht. Es war ganz schlimm. „Wir werden schon nicht daran sterben, nicht wahr?"

„Maijie –" Es fiel ihm nichts anderes mehr ein als dieser Name, den ich mir selbst als Kind gegeben hatte.

Ich setzte mich aufrecht hin. Mein Bruder bezeichnete mich als hoffnungslos schußlig und energielos, als total geschäftsuntüchtig. Er findet, daß ich im zwanzigsten Jahrhundert völlig fehl am Platze sei. Mag sein, daß ich wirklich nicht viel tauge. Aber eins kann ich: mich zusammennehmen, auch wenn mir noch so jämmerlich zumute ist. Ich bot dem Herrn Ypsilon kein Schauspiel, sondern lächelte, so gut es ging.

Er brachte mich zum Taxi und half mir beim Einsteigen. Mein vereitertes Knie war jetzt völlig steif.

„Versprich mir, daß du gleich zum Arzt fährst."

Ich flatterte vor Schüttelfrost und war seltsam benommen.

„Versprich es mir!" sagte er noch einmal.

„Ja –" So verbrachten wir die letzte kostbare Minute mit Besorgnis und Zähneklappern.

Der Taxichauffeur wartete mit breitem, unbeweglichem Rücken, aber Ohren, die nach hinten gerichtet zu sein schienen.

„Wenn ich jetzt an Berlin denke, so werde ich an dich denken", sagte Herr Ypsilon.

„Nie wieder in meinem Leben geh' ich auf den Fasching ...“
„Bis zum nächsten ist es noch lang hin.“
„Trotzdem –“ Ich streckte ihm meine Hand hin.
„Sei nicht traurig, Maijie.“
„Nur ein bißchen.“
„Ich bin es sehr. – Irgendwann einmal ...“
„Hmhm.“

Der Chauffeur kratzte sich hinter dem Ohr, wir starrten beide wie gebannt auf seine roten Finger.

Dann war die Wagentür zwischen uns. „Wohin?“ fragte der Fahrer.

„Nach Haus, bitte.“

Herr Ypsilon klopfte an die scheppernde Scheibe des alten Autos. „Hast du überhaupt Geld fürs Taxi?“

Ich schüttelte den Kopf.

Er öffnete noch einmal die Tür und gab mir einen Schein, dann sagte ich meine Adresse, und wir fuhren schleudernd von der vereisten Bürgersteigkante ab.

Herr Ypsilon stand am Straßenrand und sah dem abfahrenden Wagen nach. Er wirkte sehr groß in seinem zu kurzen Mantel. Und ein bißchen einsam. Orpheus mit Handgepäck, mitten auf dem Kurfürstendamm allein gelassen.

Alles, was gut und zärtlich und ernsthaft und phantasievoll in mir war, nahm seinen Anblick noch einmal in die Arme. Ich würde ihn nie wiedersehen ...

Vor der Haustür fror mein Bruder Peter mit hochgezogenen Schultern und frostroter Nase. Er hatte mich sofort hinter den beschlagenen Scheiben des Taxis entdeckt und riß die Wagentür auf. Ich wußte, was jetzt kommen würde, und hätte am liebsten die Ohren geschlossen.

„Sag mal, bist du wahnsinnig?“ fiel er über mich her, während er mich auf die Straße zerrte. „Steckst sämtliche Schlüssel ein, und ich kann nicht in die Wohnung. Habe beim Arzt angerufen, und er sagt, du wärst überhaupt noch nicht erschienen. Wie siehst du denn aus? Du hast ja Fieber. Wo warst du? Warum warst du nicht beim Arzt? Das kann dich dein Bein kosten!“

„Schrei mich nicht an!" Ich stand mehr tot als lebendig im eisigen Wind und konnte meine Glieder nicht halten, sie schüttelten hilflos an mir herum.

Zehn Minuten später landeten wir mit dem gleichen Taxi beim Arzt. Im Wartezimmer hörte der Schüttelfrost plötzlich auf. Es war, als ob tausend Sonnen auf meinen Körper schienen. Ich wurde angenehm müde und legte die Arme auf die Tischplatte und meinen schweren Kopf darauf.

Herr Ypsilon ...

„Übrigens war ich heute nachmittag im Hotel bei dem Heelms. Du, das ist ein ganz interessanter Mann. Er hat in Frankfurt eine große Werbeagentur. Wir waren uns sofort sympathisch ..." Peters Stimme kam von weit, weit her.

Ich würde Herrn Ypsilon nie wiedersehen ...

„Als er hörte, daß ich Werbefachmann bin, wurde er ganz wach. Er sagte, er brauche immer junge, tatkräftige, begabte Leute mit eigenen Ideen. Na, da sagte ich ihm, daß ich nicht besonders zufrieden mit meinem jetzigen Job wäre ... Heute abend treffen wir uns noch einmal. Ich soll ihm Arbeiten mitbringen. Hörst du überhaupt zu?"

„Nein."

„Vielleicht bezeichnen wir es noch einmal als Glücksfall, daß du in seine Tante hineingeradelt bist. Er bleibt noch zwei Tage in Berlin ..."

Ich hob mühsam den Kopf. „Und meine Schuhe und Strümpfe – wird er die ersetzen?"

„Ach, weißt du, Maijie, mit solchen Lappalien wollte ich ihm danach nicht mehr kommen."

„Natürlich."

Und dann wurde ich als dringender Fall vor den anderen wartenden Patienten ins Sprechzimmer gerufen.

Ich hatte eine schwere Sepsis, erhielt eine Penicillinspritze und wurde geschnitten. Mir war alles so egal, denn ich würde Herrn Ypsilon nie wiedersehen ...

2

Als Herr Ypsilon vor fünfzehn Monaten das wehmütige Vergnügen hatte, meine hoffnungsvolle Liebe zu werden, wußten wir nicht mehr voneinander als Elsa und Lohengrin, was bekanntlich recht wenig ist. Das heißt, mein Vergleich hinkt etwas, denn Lohengrin war immerhin über Elsas Herkommen orientiert.

Herr Ypsilon wußte von mir nur den Kosenamen und meine Telefonnummer, flüchtig auf die Eintrittskarte zum Akademiefest gekritzelt. Ich bin sicher, daß er sie bereits auf der Heimreise verloren hatte, vielleicht sogar bewußt verloren. Schließlich kehrte er zu Frau und Kind und Alltag zurück. Und der Fasching war vorüber.

Ich wußte nicht einmal, in welcher Stadt er lebte, sondern nur seinen Beruf: Herr Ypsilon war Architekt.

Manchmal versuchte ich, sein zärtliches, helles Gesicht zu rekonstruieren. Auf einem Notizblatt. Aber ich kann nicht sehr gut zeichnen. Herr Ypsilon wurde es nie, nicht einmal ein hübscher Mann. Das lag am zweiten Auge, das in meiner Zeichnung immer zu tief rutschte. „Unegale" Augen kommen zwar in der modernen Malerei häufig vor. Es handelt sich aber bei dieser leichten Abstraktion um einen Effekt, der ausschließlich den Geist anspricht, nicht das Gemüt. Das Herz braucht eine fotogetreue Darstellung des geliebten Menschen, am besten gleich gerahmt auf dem Nachttisch.

Im Laufe des vergangenen Jahres ließ meine Porträtierfreudigkeit mehr und mehr nach, auch Herr Ypsilon verblaßte in meinem Gedächtnis. Um einen Mann auf die Dauer unglücklich lieben zu können, muß er schon tot sein.

Eines Tages ereiferten sich die Zeitungen über das neu entstandene Schauspielhaus einer westdeutschen Großstadt. Wir befanden uns damals ja noch in einer aufstrebenden Zeit, in der jeder neue „revolutionäre" Bau länderweit diskutiert wurde. Heute findet ein solcher nur noch lokale Beachtung, und selbst die bleibt flüchtig. Wir sind ja so übersättigt.

Kunstkritisches Lob und volkstümlicher Spott fielen in konzentrierter Form über den Neubau her. Die Phantasie der unverbildeten Beschauer erblühte an seinen eigenwilligen Glas-Betonmauern und schmückte ihn mit niederschmetternd gut getroffenen Spitznamen.

Ich glaube, ich wäre als Architekt unter soviel treffsicherem Hohn seelisch und künstlerisch zusammengebrochen. Und Schnapsvertreter geworden. Aber ich bin ja nur eine ängstliche, kleine Seele, die einen neuen Hut schon dann nicht mehr aufsetzt, wenn ein einziger über ihn gegrinst hat.

Anfangs nahm ich keinen Anteil an der Diskussion, die über den Fotos des neuen Schauspielhauses in unserer Redaktion entbrannte. Warum sollte ich mich über einen Bau erregen, der so weit fort von uns war?

Aber dann sah ich ein Foto des Architekten – und griff – für meine Verhältnisse geradezu ungewöhnlich aktiv – und laut dazu – in die Diskussion ein. „Gewiß, er ist revolutionär. Aber in einigen Jahren wird noch viel Verrückteres gebaut werden. Dann erscheint uns dieses Theater geradezu konventionell!"

Ich ereiferte mich so lange, bis mir das leichte Erstaunen in den Mienen meiner Kollegen auffiel. Einer fragte mich sanft: „Warum schreist du eigentlich so? Wir sind doch alle deiner Meinung."

Das Foto des mit einem Schlag bekanntgewordenen Architekten verschwand noch zur gleichen Stunde aus der Redaktion und wurde – trotz heftigen Suchens – nie wiedergefunden.

Ich kaufte einen weißen Lederrahmen dafür und stellte es auf den Tisch neben meiner Couch – und ließ es nur unter dieser verschwinden, wenn Besuch kam. Das Foto war nicht besonders gut von Herrn Ypsilon, aber besser immerhin als meine Portraitversuche nach dem Gedächtnis. Beide Augen saßen an der richtigen Stelle.

Das war vor etwa einem Monat.

Jetzt saß ich mit dem Fotografen in der Halle des Hotel Kempinski und wartete auf ihn. Man hatte ihn zu Besprechungen nach Berlin eingeladen – und es war mir in mühsamer Bohrarbeit gelungen, unsere Redaktion von der Dringlichkeit eines Interviews mit ihm zu überzeugen. Mein ungewöhnliches Interesse an moderner Architektur fiel allgemein auf.

Kurz vor dem Mittagessen war die Hotelhalle von apéritiftrinkenden Franzosen, abreisebereiten Amerikanerinnen, westdeutschen Geschäftsleuten und einer bedrükkend jugendlichen, whiskyfreudigen Filmschauspielerin und ihrem gelangweilten, eleganten, nichtssagenden augenblicklichen ständigen Begleiter bevölkert, so daß Herr Ypsilon, als er den Lift verließ, nicht sofort überblicken konnte, an welchern Tisch Reporterin und Fotograf auf ihn warteten.

Er wandte sich an die Rezeption, der Empfangschef zeigte in unsere Richtung, und mit der schönen Selbstsicherheit, die ihm sein junger Ruhm verlieh, durchmaß er die Hotelhalle. Ober dem sonnenbraunen Gesicht trug er einen leicht abwesenden Ausdruck, den er gegen verbindliches Lächeln eintauschte, als er an unseren Tisch trat.

Ich gab ihm die Hand.

„Guten Tag, Herr Ypsilon."

Noch immer schaute er sich keine Frau näher an. Er begrüßte den Fotografen, Herrn Klein, und setzte sich in den dritten Sessel.

„Kann ich etwas für Sie bestellen?" Er wandte sich natürlich mit dieser Frage zuerst an mich.

Ich schüttelte das schützende Haar aus dem Gesicht und sah ihn an. „Am liebsten warmen Sekt."

„Nein", sagte er; seine Fassungslosigkeit war wundervoll. „Aber nein, das ist doch nicht wahr!"

Warmer Sekt! Klein schämte sich im Namen der Redaktion für mich.

Herr Ypsilon riß sein ungläubiges Entzücken von mir los und strahlte ihn an, so an, daß es Klein ganz warm ums Herz wurde. Er schoß sein erstes Foto, und ich griff zu meinem Block.

„Sekt. Eine Hausmarke. Möglichst nicht vom Eis“, sagte Ypsilon zum Barmixer, der sich durch diese Bestellung etwas auf die Schippe genommen fühlte.

„Es könnte vielleicht auch ein Ginfizz sein“, lenkte ich ein.

Nach diesem kurzen Intermezzo stellte ich meine erste Frage an Herrn Ypsilon. „Waren Sie nach dem Kriege schon einmal in Berlin?“

Er brauchte einen Augenblick, um nach der privaten Überraschung auf offizielles Interview umzuschalten. Dann lehnte er sich, die Arme verschränkend, zurück und grinste ein bißchen: „Ja. Vor über einem Jahr. Aber leider viel zu kurz ... während des Faschings, wissen Sie. Warmen Sekt gab's auch.“

Herr Klein, der ihn blitzend mit der Kamera umturnte, registrierte leicht verwundert unser erinnerungsträchtiges Lächeln.

„Finden Sie, daß sich Berlin inzwischen verändert hat?“ lautete meine zweite Frage. Herr Ypsilon schaute mich indessen glücklich an, zwischen seinen Fingern verflakkerte das Streichholz, mit dem er seine Zigarette entzünden wollte. „Wie bitte?“

„Ob sich Berlin verändert hat.“

„Ein wenig. Ich hatte es bloß nicht so blond in Erinnerung.“

„Das Blonde macht die Sonne.“

„Möglich. Es steht Berlin gut.“

So ging es nicht weiter vor Herrn Kleins verblüfft gespitzten Ohren, wenn Ypsilon von diesem nicht in die Kategorie Dorftrottel eingereiht werden wollte. Darum fügte er schnell hinzu: „Schaun Sie, ich bin erst gestern abend angekommen und hatte noch wenig Gelegenheit, mich umzusehen. – Die Ruine der Gedächtniskirche steht jedenfalls noch ...“ fügte er mit leicht abfälligem Tonfall hinzu.

„Gott sei Dank“, sagte Klein aggressiv, und auch ich nahm Kampfstellung ein. Bei aller Wiedersehensfreude – an seiner Gedächtniskirche verträgt kein Berliner auswärtige Kritik. Ypsilon sah sich zwiefachem Lokalpatriotismus gegenüber, der warnend die Ärmel hochkrempelte.

„Was dem Römer sein Colosseum ...“ begann ich.

„Sie ist sozusagen der Triumphbogen des Kudamms“, fiel mir Herr Klein ins Wort.

Herr Ypsilon hob abbittend die Hände, und der Ginfizz kam. Als ich nach meinem Glas greifen wollte, rollte der Kugelschreiber zu Boden. Herr Ypsilon und ich bückten uns gleichzeitig nach ihm. Unsere Gesichter kamen sich unter dem Tisch sehr nah.

„Versteckst du noch immer alles im Schuh?“ raunte er.

„Das weißt du noch?“

„Ich habe ein gutes Gedächtnis, was dich anbelangt.“ Er tauchte – hochrot im Gesicht – wieder auf und reichte mir den Stift.

„Oh, vielen Dank, sehr liebenswürdig.“

„Nehmen Sie mal die linke Schulter zurück?“ bat der Fotograf.

Herr Ypsilon nahm die Schulter zurück und lächelte mich an. „Ich bin sehr glücklich, wieder hier zu sein.“

Über seinen Kopf hinweg schnitt Klein eine Grimasse, die ich sehr wohl verstand: ‚Sie reden alle das gleiche Zeug, ob es sich um Politiker, Wissenschaftler, Filmstars oder sonstige Prominente handelt. In Anbetracht der prekären politischen Lage unserer Stadt fühlen sie sich alle zu der Seligkeit, wieder hier zu sein, geradezu verpflichtet – und finden sich dabei so furchtbar nett uns armen Berlinern gegenüber.‘

Herr Ypsilon schien wirklich beglückt über sein Hiersein, nur hielt er es nicht für angebracht, Herrn Klein die näheren Gründe dafür mitzuteilen. Dieser hatte genug Fotos geschossen und nahm befriedigt im Sessel Platz. Er zündete eine Zigarette an, trank seinen Ginfizz schlückchenweise, und ich fragte besorgt: „Wollen Sie etwa auf mich warten? Es wird bestimmt noch eine Weile dauern. Ich fahre sowieso nicht mehr in die Redaktion."

Das lauernde Schweigen am Tisch verwandelte sich in erleichtertes Schweigen, als er endlich seine Kamera verstaut, den letzten Schluck getrunken und einen Abschied genommen hatte, der unser beider Ungeduld endlos erschien.

„Und jetzt zu Ihrem Besuch, Herr Ypsilon. Sie sind zu Besprechungen mit dem Berliner Senat ..."

„Leg deinen Block fort", sagte er. „Herr Klein kann uns nicht mehr hören."

Und so saßen wir denn voreinander, beladen mit unserer Wiedersehensfreude, und waren plötzlich sehr befangen.

„Ich hab auch Herzklopfen", gestand er, leise lachend.

„Soll ich – soll ich den Klein zurückrufen? In seiner Gegenwart waren wir viel natürlicher."

„Ach, Maijie –"

„Ja –"

„Ich habe viel an dich gedacht."

„Hmhm. Ich hab's gespürt. So im Mai vorigen Jahres ließ es dann etwas nach und dann immer mehr ..."

Er lachte nur zu dieser Feststellung. „Aber jetzt erzähle: Wie kommst ausgerechnet du von allen Berlinern dazu, mich zu interviewen? Woher wußtest du überhaupt – oder war es etwa ein Zufall?"

„Wo denkst du hin? Es war höhere Strategie. Und es war vor allem ein Glück, daß du ein Schauspielhaus gebaut hast."

„Findest du es auch schrecklich?"

„O nein, nur verwunderlich. Ich meine, ich finde es verwunderlich, daß ein Mann, den meine Phantasie in der griechischen Sage oder zumindest im Empire angesiedelt hat, so etwas Hypermodernes baut."

„Und ich hätte nie erwartet, daß dieses verträumte, schutzbedürftige Mädchen Maijie Reporterin eines Boulevardblattes ist", parierte er lachend. „So finden wir uns beide notgedrungen mit der Gegenwart ab." Und dann, lebhaft: „Es ist herrlich, daß du da bist. Wenn du wüßtest, was ich auf dem Flug hierher gegrübelt habe: ‚Wie erfährst du ihre Adresse?' Aber ein Mädchen, dessen Telefonnummer man verloren hat und von dem man nur weiß, daß es Maijie heißt, in einer Millionenstadt zu finden –! Ehrlich gestanden, ich hatte auch ein bißchen Angst davor."

Das verstand ich wohl. So ein Wiedersehen ist schließlich immer ein Risiko. Das Original hat einen schweren Stand gegenüber der verklärten Erinnerung. So charmant und hinreißend kann man gar nicht auf Kommando sein, um ein gemeinsames Erlebnis, bei dem man weder charmant noch hinreißend, aber sehr glücklich war, zu wiederholen oder gar zu übertrumpfen.

„Es war schön mit uns beiden damals ..." sagte er.

„Hmhm."

„Ich hatte nur ein furchtbar schlechtes Gewissen."

„Du siehst, ich habe es überlebt", lachte ich. Es war einer schweren Blutvergiftung zusammen mit einem gebrochenen Herzen nicht gelungen, mich umzubringen. Damals enttäuschte es mich etwas, daß ich so zäh war. Ich erzählte Herrn Ypsilon nicht, wie sehr ich um ihn gelitten hatte. Seinen Kummer behält man besser für sich.

„Im vorigen Sommer war ich in München", erinnerte er sich. „In der Theatinerstraße lief eine Frau vor mir her. Ihre Figur, ihr Haar und vor allem die Art, wie sie ging – dieses mutwillige Trödeln mit den Schuhspitzen nach innen –, erinnerte mich plötzlich so sehr an die Fastnacht in Berlin. Aber als ich sie einholte, warst es leider nicht du."

„An dem o-beinigen Gang hatte mein kaputtes Knie schuld", verteidigte ich mich.

„Richtig, das Knie. Du warst in eine alte Dame hineingeradelt."

„Da ist die Narbe." Ich hob ein wenig den Rocksaum.

Herr Ypsilon betrachtete sie ausführlich. „Was hast du bloß für rührende Jungsknie!"

Ein Hotelboy, der unbemerkt an unseren Tisch getreten war, schaute sie sich ebenfalls an. Er meldete zwei Herren, mit denen Ypsilon zum Essen verabredet war.

„Ich muß dich jetzt leider verlassen, Maijie."

„Und mein Interview?"

„Richtig, das Interview." Er erhob sich und rechnete rasch das Programm des heutigen Tages nach. Zwischen sechs und acht Uhr abends fand er eine Lücke. „Paßt es dir dann – oder hast du keine Zeit?"

Ich sah ihn an. So eine dumme Frage!

„Weißt du, was ich jetzt getan hätte, wenn ich dir nicht begegnet wäre?" fragte Herr Ypsilon. Und das taten wir dann gemeinsam, das heißt, wir fuhren zur Glienicker Brücke zwischen Berlin und Potsdam hinaus.

Über sie ist soviel preußische und später deutsche Geschichte gerollt wie wohl über keine andere. Heute bildet sie eine schlagbaum- und postenbestückte Grenze zwischen West-Berlin und Ostzone.

Aber der blaß-blau-dunkelgrünen Parklandschaft um den Jungfernsee konnte die Politik nichts anhaben. Sie erinnerte in der starren Vorabendstimmung, da die Sonne den Himmel über dem silhouettenschwarzen Pfingstberg goldgelb überschwemmt hatte, an einen alten, kräftigen kolorierten Stich.

Wir setzten uns dort ans Ufer, wo kein Schiff die Sicht und keine Ameisenvölker die Stimmung beeinträchtigten. Mein Hund Hanskarl war auch mit.

„Es ist so nah, daß man hinüberschwimmen könnte", sagte Herr Ypsilon und sehnte sich zum anderen Ufer hinüber. „Eins von den Dächern dort muß zu dem Haus gehören, in dem ich aufgewachsen bin. Möchte wissen, wer jetzt dort wohnt."

Und dann erzählte er mir von seiner Tante Sophie, die ihn zusammen mit ihren sechs Söhnen in Potsdam aufgezogen hatte. Ihre Beschreibung hätte ebensogut zu einem General gepaßt. „... Auf ihrer preußischen Korrektheit wagte kein Busen zu erblühen", erinnerte er sich. „Und keine ihrer dünnen, in einem Dutt gefangenen Haarsträhnen besaß jemals die Verwegenheit, sich zu locken. Sie war streng protestantisch und ignorierte das Hitlerregime bis zu ihrem Tod. Als ihre Söhne einer nach dem anderen fielen, überließ sie das Weinen dem Personal. Sie ging überhaupt unmenschlich hart mit sich und ihrer Umgebung um. Es gab nur eine Schwäche in ihrem Leben: ihren Mann. Er war schön und leichtsinnig und treulos. Er brachte ihre Mitgift genial um die Ecke, aber er hatte zweifellos Respekt vor ihr. Und sie liebte ihn auf ihre steife, unerschütterliche, tapfere Art. Als er fiel, mochte sie auch nicht mehr leben." Herr Ypsilon rupfte einen langen Grashalm aus und band ihn zu einer kleinen Schleife. „Die beiden waren wie das Glockenspiel der Garnisonkirche. Sie war der gestrenge Text ‚Üb immer Treu und Redlichkeit'. Er war die heiter-verspielte Mozartmelodie dazu."

So hockten wir am Ufer des Jungfernsees und sahen den Schwänen zu, die gelassen und wundervoll gleichgültig auf der perlmuttfarbenen Strömung dahinfuhren, und unterhielten uns, als ob wir unbegrenzt Zeit füreinander hätten. Es war ganz anders als auf dem Fasching. Damals waren wir vor allem verliebt. Heute lernten wir uns näher kennen.

Ein Schleppzug tuckerte friedlich und unter Mißachtung neuzeitlichen Tempos an der basilikaartigen Sakrower Heilandskirche vorbei aus den westlichen Gewässern der Havel in die östlichen hinüber. Er hieß „Betty" und hatte Kohlen geladen. Um sein Kajüthaus trocknete karierte Wäsche. Ein kleiner weißer Bordhund kläffte grundlos in die Luft – Hanskarl bellte vom Ufer zurück. Und die Geranien an den Kajütfenstern bildeten einen sich langsam entfernenden, geradezu pausbäckigen Farbklecks in der stilvollen, romantisch-exakten Parklandschaft.

Es war die Landschaft, in der ich meine Träume angesiedelt hatte.

„Meine Phantasie wohnt hier am See in einem Garten mit steinernen Urnen unter Trauerweiden, und sie hat ein Empirekleid an", sagte ich zum Herrn Ypsilon. „Jetzt lach mich ruhig aus."

Aber er lachte nicht, sondern blinzelte gegen die Sonne zum anderen Ufer hinüber. „Wie schön, eine Phantasie zu haben, wenn man mit der Gegenwart einmal gar nicht einverstanden ist. – Du hast dein imaginäres Empirekleid, Maijie. Ich besitze für ähnliche Zwecke ein klappriges Spinett, aber, bitte, frag mich jetzt nur nicht, ob ich darauf spielen kann!"

Herr Ypsilon legte die zierliche, aus einem Grashalm geformte Schleife auf meinen Handrücken.

„Danke", sagte ich und gab ihr einen Kuß.

Er zog mich mit sich in die Höhe, denn es war höchste Zeit, in die Stadt zurückzufahren. Einen Augenblick standen wir voreinander, eingefangen in den Sonnenschein und eine tanzende Mückensäule, die uns zu attackieren vergaß.

„Jungfer Maijie vom Jungfernsee", lächelte er, seine Hände um mein Gesicht legend. „In deiner Nähe steht das zwanzigste Jahrhundert wirklich still."

Der Kurfürstendamm duftete nach warmem Staub, auf seinen Trottoiren blühten bunte Sommerkleider. Man bummelte Korso an den dichtbesetzten Vorgärten der Cafés und lästerte. Die Hunde an der Leine zerrten von Vitrine zu Vitrine, und aus den Kinos strömten die Besucher der Nachmittagsvorstellung. Kein Auto hatte es besonders eilig.

Herr Ypsilon machte gut, was er heute mittag Abfälliges über den Turm der Gedächtniskirchenruine gedacht hatte. Er sagte: „Ich möchte eine langstielige Rose in das Maul seiner ausgebrannten Rosette hängen."

Hanskarl und ich brachten ihn zum Hotel.

„Wann fährst du wieder?"

„Morgen mittag", sagte er. „Es war so schön mit dir da draußen. Wenn ich jetzt an dich denke, wirst du ein Empirekleid tragen in einer Parklandschaft."

„Bei Potsdam", ergänzte ich, und dann lachten wir ein bißchen über uns selbst.

„Leb wohl, Maijie, und danke, daß du wieder da warst."

„Du auch – ich meine, leb wohl, Herr Ypsilon."

Wir wollten beide schneller sein als das elende Abschiedsgefühl, das in uns aufstieg – und das gleich meine Augen erreichen würde. Ich nahm den havelfeuchten

Hanskarl an die Leine und überquerte mit ihm den Damm. Da hielt mich seine Stimme auf:

„Maijie –"

„Ja?"

„Du hast noch immer kein Interview."

„Ach, richtig", sagte ich erleichtert und kehrte um. „Das hatte ich ganz vergessen."

„Mir fiel's auch eben erst wieder ein – als triftiger Grund, dich noch einmal zu sehen. Aber ich werde nicht vor elf, halb zwölf heute abend frei sein. Und das ist natürlich viel zu spät für dich."

„Ach, weißt du, der Beruf verlangt zuweilen Opfer von mir. Soll ich um halb zwölf hier sein?"

Am Nebentisch in der ungarisch verkleideten Bar saß eine Liebe im Anfangsstadium. Die beiden mochten höchstens zwei Kinobesuche, einmal Tanzen und einen sandstäubenden Spaziergang zwischen Kiefernschonungen im Grunewald hinter sich haben. Es plagte sie noch der heftige Mittellungsdrang jedes neuen Verhältnisses, der nicht eher Ruhe gibt, als bis alles Dramatische und die hochanständigen und tapferen Taten aus dem eigenen Leben vor dem anderen ausgebreitet worden sind. Erst heute nacht auf dem Heimweg würden sie sich küssen und danach von wesentlicheren Dingen sprechen –

Der Mann nebenan blätterte sich hemmungslos auf den Tisch und das in einer Lautstärke, die unsere eigene Unterhaltung zuweilen übertönte. Nach Fronterlebnissen, bei denen die Weingläser bedenklich ins Schwanken gerieten, bestieg er nun in allen prekären Einzelheiten einen Zweitausender.

„So eine frisch verliebte Frau besitzt eine geradezu asiatische Geduld im Zuhören", stellte Herr Ypsilon fest. „Möchtest du tanzen?"

Als wir an unseren Tisch zurückkehrten, hing der Nebenmann noch immer lautstark am Seil, und wir begannen ernstlich zu fürchten, daß er den Gipfel in dieser Nacht nicht mehr erreichen würde.

„So eine Frau“, stellte Herr Ypsilon weiter fest, „muß sich doch im Laufe der verschiedenen Freunde eine umfassende Allgemeinbildung zulegen. Sie friert sonntags auf Fußballplätzen oder wird zum Zuhören von Kammermusik verdonnert, die in ihren Ohren – bei aller Liebe – wie vertontes Zahnweh klingt. Durch einen Assistenzarzt kommt sie mit Medizin in Kontakt, erfährt durch einen Elektrotechniker, wie man Sicherungen selbst heilbastelt und weiß, wie Frösche zu botanischen Studien zerlegt werden. Sie geht mit zu politischen Versammlungen, lernt den Adventismus kennen. Wird einem Mann zuliebe rothaarig. Und sogar Vegetarierin. Kurz – sie ist formfreudiges Wachs in den Händen ihrer eigenen Zielstrebigkeit.“

„Ja“, gab ich ihm recht. „Wer oder was immer der jeweilige von ihr verlangt – sie steuert stets das gleiche an: eine Ehe mit Südbalkon.“

„Gesetzt den Fall, wir beide ...“

Er sah mich an. „Wir dürfen gar nichts miteinander?“

„Doch, zum Beispiel – begegnen. Wir dürfen uns zuweilen zufällig begegnen und über die frische Liebe der Leute am Nebentisch reden.“

Ich trank mein Glas aus, der Ober schien darauf nur gelauert zu haben. Er schenkte nach, und ich hatte schon wieder mein Glas in der Hand. Ich war ein bißchen blau und mir selbst überlegen, so, wie ich zu sein wünschte.

„Aber – gesetzt den Fall, es wäre nicht so, wie es ist. Ich wäre frei. Würden wir dann auch so miteinander reden wie die da?“ Er schwenkte einen flüchtigen Blick über die Schulter an den Nebentisch, an dem gerade ein drohendes Gewitter über dem an der Steilwand zappelnden tapferen Mordskerl aufzog.

Ich nahm noch eine Zigarette und wurde endlich so ernst, wie Herr Ypsilon es wollte. „Wenn wir beide so könnten wie die beiden da, dann starrte ich jetzt fasziniert auf deinen Bleistift. Als Architekt würdest du mir bestimmt auf diese Serviette hier –“ sie war leicht zerknittert und voll Lippenstiftspuren – „den Grundriß des Hospitals aufzeichnen, das du gerade baust. Und ich würde so tun, als ob es nichts Interessanteres auf der Welt gäbe als diesen Grundriß."

Zur Antwort holte er das greisenhafte Ende eines ehemaligen Bleistiftes hervor und zeichnete mit schnellen Strichen ein Haus im klassizistischen Stil auf eine waldige Anhöhe. „Da unten liegt der Jungfernsee, dort drüben ist Potsdam. Das hier – er zeigte auf eine Lippenstiftspur „ist die untergehende Sonne. Sieht das Haus, von dem du träumst, so aus?"

Ich nickte. Und dann fiel mir jene zierliche Schleife aus einem Grashalm ein, die er am Nachmittag während unserer Unterhaltung geknüpft hatte. Ich fand sie in meiner Handtasche zwischen den schützenden Wänden des Ausweispapiers und legte sie auf die Zeichnung.

„Die hast du aufgehoben?"

Wir schauten uns an, so lange und so unvernünftig, bis es beinah nicht mehr zu ertragen war.

Und dann erst bemerkten wir den Primas der Zigeunerkapelle. Er stand schon eine Weile an unserem Tisch und fragte, ob wir einen bestimmten Wunsch hätten, bittascheen.

„Hast du einen?"

„Ja."

„Keinen musikalischen, ich weiß. – Aber sag irgend etwas, damit wir Ruhe haben."

„Irgend etwas in Moll", sagte ich.

Die Kapelle schleifte ihre Instrumente an unseren Tisch und setzte schmelzend ein.

Nichts stört die Stimmung mehr als ein spezielles Lied für diese Stimmung in einer Bar. Man zwingt sich eine elegische Miene ab und ist dabei immer auf der Hut vor dem leidenschaftlichen Fiedelbogen des Primas, der es irgendwie auf die Nasenlöcher seiner Opfer abgesehen hat.

Herr Ypsilon bestellte etwas für die Kapelle, und der Mann am Nebentisch beendete eilig seine epische Bergbesteigung und rief nach dem Ober. „Die Rechnung bitte!"

„Aus Angst vor einer Lage für die Kapelle hat er doch wirklich noch heute nacht den Gipfel erreicht!" lachte ich.

„Es ist nicht mehr heute nacht. Es ist schon lange morgen früh", sagte Herr Ypsilon, auf seine Uhr schauend.

Als wir die ungarische Bar als letzte Gäste verließen, war es bereits hell. Spatzen plusterten sich in den Baumkronen, und eine Amsel schleuderte ihr glückliches Erwachen in den blassen Himmel. (Wenn ich da so an meine eigenen, unwirschen Töne beim Aufwachen dachte –!)

Wir schlenderten den Kurfürstendamm hinauf – Fußspitzen einwärts, Handtasche an zwei Fingern schlenkernd, Arm um Schulter, nicht ganz nüchtern ... es war alles so leicht und hübsch ...

Ein Taxi fuhr fragend langsam neben uns her.

„Guck mal, ein Taxi."

„Ja."

„In zehn Minuten könnten wir bei dir zu Hause sein", überlegte Herr Ypsilon.

„Jaha –"

„In zehn klitzekleinen Minuten!"

„Nein."

Er seufzte. „Deine Vernunft macht Überstunden."

„Na und? Sie hat sonst so wenig zu tun."

Der Taxifahrer gab uns als Kunden auf und fuhr davon.

„Wie viele Menschen machen sich gar keine Gedanken darüber!"

„Sie stammen ja auch nicht aus Preußisch-Potsdam, so wie wir."

„Wenn ich an den leichtsinnigen Mann meiner Tante Sophie denke – sie hat ihm immer wieder verziehen."

„Ich möchte aber nicht, daß man dir meinetwegen verzeiht."

„Na, schön."

In der Ferne jagte eine Funkwagensirene in die Ferne. Es war alles so weit ab, was da geschehen sein mochte. Und berührte uns gar nicht. Irgendwo klappte eine Wagentür zu, ein Motor sprang an ...

„Glaubst du nicht, daß wir am Ende unseres Lebens unsere jetzige Hochanständigkeit bereuen werden?“ fing Ypsilon wieder an

„Glaubst du, daß wir am Ende unseres Lebens überhaupt noch an uns denken werden? Und wenn – dann vor allem deshalb, weil wir uns versäumt haben.“

„Trotzdem leide ich jetzt unter meinem verflixt reinen Gewissen““, sagte er nach einer Weile. „Und es ist mir ziemlich Wurscht, was ich am Ende meines Lebens denke.“

„Lieber Herr Ypsilon ... wir reden viel zuviel.“

Vor einem Blumenschaufenster, das in dekorativer Schönheit vor sich hin dämmerte, blieb er stehen. „Nelken?“

„Lieber Rosen.“

„Rote?“

„Die gefüllten rosanen da drüben. Aber nur eine, bitte.“

„Soll ich die Scheibe einschlagen? Für eine einzige gestohlene Rose ginge ich vielleicht straffrei aus.“

„Es ist sehr ungewiß.“

An der nächsten Straßenecke standen zwei ältere Prostituierte und rauchten sich gelangweilt durch ein spärliches Gespräch.

„Das Schlimmste an diesem Beruf muß das umsonstene Warten sein“, überlegte Herr Ypsilon. „Und das auch noch auf hohen Hacken.“

„Ob sie hören, wie hübsch die Amsel singt?“

Über diese Bemerkung mußte er sehr lachen, dabei hatte ich sie gar nicht komisch gemeint.

Wir standen plötzlich vor einem Umleitungsschild, das eine Seitenstraße des Kurfürstendamms für den Verkehr versperrte. Nur Omnibusse und „Anlieger“ durften sie passieren. Dahinter erhoben sich sandige Straßenbauarbeiten. Und eine rotweiße Barriere. Sie reizte uns zum Überspringen. Auf einem taufeuchten, hölzernen Querbalken richteten wir uns ein. Ich schnatterte ein bißchen mit den Zähnen, denn um diese frühe Morgenstunde war es noch recht frisch. „Ganz idyllisch hier ...“

„O doch, auf unsere bescheidene Art.“

An den höchsten Ziegeln des gegenüberliegenden Hauses traf das erste Sonnenlicht ein.

„Bist du sehr müde?“ fragte er.

„Sehr. Aber ich möchte trotzdem noch nicht nach Haus.“

Ein gelber Autobus mit nur einem Fahrgast, der auf der Querbank hin und her geschüttelt wurde, rumpelte vorsichtig über die schmale Fahr-Passage.

Herr Ypsilon pfiff leise die kleine, heitere Mozartmelodie von Papageno, der ein Mädchen sucht ...

Und ich sagte bedauernd den strengen Zweittext dazu: „Üb immer Treu und Redlichkeit bis an dein kühles Grab und weiche keinen Finger breit ...“

„Keinen Finger breit ... !“ stöhnte er. „Ach, Maijie ...“ Seine Hand glitt über meinen Nacken in mein Haar hinein und stülpte es zärtlich um. „Keinen erhobenen Zeigefinger breit von deinem Wege ab. Seit Jahren schiebt man mir alle möglichen Verhältnisse in die Schuhe, weil man sich einfach nicht vorstellen kann, daß ich – nun, daß ich keine und gar keine Sehnsucht danach haben könnte. Und dann begegnet mir ein Geschöpf, das ich herzlich liebhabe. Und was tut dieses Geschöpf? Es läßt mich unwiederbringliche Augenblicke auf einer Baustelle verleben anstatt in seinen Armen. Üb immer Treu und Redlichkeit. Du machst mich sehr nervös, Maijie. Warum mußte ich dich jetzt überhaupt wieder treffen, wenn ...“

„Das war rein beruflich.“

„Ah ja, natürlich.“ Ich hätte dem Herrn Ypsilon nicht soviel Beharrlichkeit zugetraut. Nach wenigen Augenblikken, in denen sich seine Hände ausgiebig mit meinem Haar beschäftigten, fing er wieder an. „Wenn wir ein Taxi nähmen, wären wir in zwanzig Minuten am Jungfernsee.“

„Ja, und?“

„Badest du nicht gern morgens?“

„Schon. Aber es bliebe ja nicht beim Baden. Ach, Herr Ypsilon ...“

Er seufzte bloß.

„Wir hätten eine große Liebe werden können.“

„Hmhm."

„Aber weil's nicht sein kann, so hab ich mich halt damit abgefunden. Du bist jetzt das schönste Bedauern für mich", sagte ich.

„Schönes Bedauern?"

Er nahm die Hand aus meinem Haar und sah mich an und wußte nicht, ob er lachen sollte oder kopfschütteln.

„Ist das nicht ein Gefühl für die Vitrine?"

„Wo soll ich es denn sonst unterbringen, Herr Ypsilon?"

Darauf wußte er keine Antwort. Nach einer Weile küßte er mich behutsam auf die Wange. „So geschehen im zwanzigsten Jahrhundert! Oh, meine Liebste, wenn ich eine Zeitlang mit dir im gleichen Gespann laufen würde, so baute ich keine Wohnhäuser und Theater und Spitäler mehr, sondern würde schnurstracks auf eine grüne Wiese traben und weißsternige Träume grasen." Er dehnte sich schmerzhaft, und ich litt unter der kräftigen, sehnsüchtigen Nähe seines Körpers.

„Wenn irgend jemand ahnte, was mir passiert ist, nachdem ich mich einmal nach vielen Jahren verliebt habe ... ! Auf einer Baustelle!"

„Es wäre zweifellos ein Lacher", nickte ich bedrückt.

Als die Sonne das ganze gegenüberliegende Hausdach überflutet hatte und zu den geöffneten Fenstern des oberen Stockwerks hinabkletterte, setzte er mich in ein Taxi.

Und ich hatte noch immer kein Interview.

Am nächsten Morgen beging eine Berlinerin ihren hundertsten Geburtstag, ein Ereignis, zu dem nicht nur ihre zahlreiche Nachkommenschaft, sondern auch der Bezirksbürgermeister und einige Lokalreporter erschienen waren. Mein Redakteur schickte mich mit einem Blumenstrauß und dem Auftrag hin, eine „feuilletonistische Nachdenklichkeit" über dieses seltene Fest zu schreiben.

So stand ich denn übernächtigt und sehr nervös im überfüllten Tagesraum des Altenheimes, in dem die Feier stattfand. Auf dem Flugplatz wartete Herr Ypsilon auf mich, um mir zum viertenmal innerhalb von vierundzwanzig Stunden adieu zu sagen. Diese Mal würde es endgültig sein.

Ich fragte das letzte lebende Kind der Greisin – dieses Töchterchen war einundachtzig Jahre alt – über das Leben seiner Mutter aus und wollte gerade den Raum verlassen, als ich in der Tür mit dem Pfarrer und zwei Mädchen seiner Blockflötengruppe zusammenstieß. Er kam, um der Jubilarin den Glückwunsch der Gemeinde zu übermitteln.

Ein forschender Blick des nimmermüden Seelenhirten in meine übernächtigten Augen ermunterte ihn zu der mit gütiger Strenge vorgetragenen Aufforderung: „Ach, bleiben Sie ruhig noch, mein Fräulein." Das klang, als ob er sagen wollte: „Auch Ihnen kann es nichts schaden, mir zuzuhören."

Nachdem er alle Anwesenden mit Handschlag begrüßt und den feingemachten Ururenkeln, die sich auf dem Boden um eine leere Konservendose balgten, über die Köpfe gestrichen hatte, ging er vor seinen mitgebrachten Mädchen in Dirigentenstellung und leitete schwungvoll ihr aufgeregtes Blockflötenspiel. Ich habe diesem Instrument nie das rechte Verständnis entgegenbringen können, vor allem dann nicht, wenn kleine Mädchen hineinpusten. Heute ging es mir völlig ab.

Die Jubilarin saß in schwarzseidener, rührend ehrwürdiger Hilflosigkeit zwischen stützenden Kissen und lächelte voll sanfter Abwesenheit auf ihre Hände hinab. All ihre Gäste, außer den Jüngsten, standen schweigend um sie herum, und manchen sah man an, daß sie ihre Füße spürten.

Ich schaute verstohlen auf die Uhr. In dreißig Minuten würde Herrn Ypsilons Maschine von Tempelhof aus starten ... aber vor der Tür zum Flur stand schwarz und unverrückbar der Herr Pfarrer.

Nach dem Blockflötenspiel folgte ein Gedicht, noch ein Blockflötenstück, und dann hub der fromme Mann mit seiner Rede an. So ein hundertjähriges Leben ist sehr lang, wenn es ausführlich referiert wird. Zu Regierungszeiten

König Friedrich Wilhelms IV. begann es – und wenn man bedenkt, was inzwischen alles passiert ist!

Als wir beim ersten Weltkrieg angelangt waren – der Pfarrer hatte selbst als junger Spund daran teilgenommen –, stieß sich ein Ururenkel den Kopf und mußte von einer Ururenkelin entfernt werden. Sein Gebrüll drang aus dem Nebenraum und schadete der allgemeinen Andacht. Ich stand wie auf glühenden Kohlen.

Nach seiner Rede erfaßte der Pfarrer all unsere Stimmen in einem Choral. Die erste Strophe beherrschten wir, bei der zweiten unterstützten seinen kräftigen Baß nur die hellen Stimmchen der Konfirmandinnen. Den übrigen Anwesenden war der Text entfallen.

Das Geburtstagskind hatte die Feierlichkeiten mit einem freundlich-teilnahmslosen Lächeln über sich ergehen lassen. Jetzt wandte es sich an seine zunächststehende Enkeltochter: „Ja, Marie, sag einmal – wer hat denn eigentlich heute Geburtstag?“

Ich stürzte auf die Straße und warf mich mit ausgebreiteten Armen vor ein vorüberfahrendes Taxi.

Die Maschine rollte gerade zur Startbahn, als ich den Flugplatz erreichte.

Jeder Abschied ist schlimm. Aber das schlimmste ist ein verpaßter Abschied. Man steht da mit einer Last von ungesagten Worten und Gesten, die einem niemand abnimmt.

Adieu, Herr Ypsilon. Es war schön, dich wiederzusehen, aber klug war es nicht. Jetzt hat alles wieder von vorne begonnen. Ich liebe dich, Herr Ypsilon. Vielleicht begegnen wir uns noch einmal. Das Leben ist ja so lang. Manche Menschen werden sogar hundert Jahre alt.

3

Sechs Wochen später reiste ich in die Stadt, in der Herr Ypsilon lebte, um die Hochzeit meiner Cousine in einem neu eröffneten Hotel zu feiern, das Herr Ypsilon gebaut hatte. Welch sinniger Einfall des Zufalls. Nach der Trauung fuhren wir zu einem Sektfrühstück dorthin, und ich wanderte – Glas, Teller, Besteck und brennende Zigarette in den überforderten Händen, Handtasche unter den Arm geklemmt – durch die luftigen, gläsernen Räume und guckte und dachte und bewunderte und sehnte mich sehr.

Später gesellte ich mich zu einer Gruppe von Hochzeitsgästen, die hauptsächlich aus Damen bestand, von denen ich keine kannte.

Sie zerpflückten die Trauungsfeierlichkeiten, lobten sich gegenseitig die Kleider vom Leibe, fanden den Sommer zu kalt und den Sekt ausgezeichnet, so trocken! Sie bedauerten eine nicht anwesende, schrecklich allergische Elisa, beschrieben ihr Urlaubshotel und wehrten sich geschlossen gegen den Hummercocktail. Weil er zuviel Mayonnaise enthielt.

Ich wanderte mit dieser Damengruppe, in der mich niemand beachtete, zum grünen Innenhof des Hotels. Ein Wasserstrahl plätscherte beruhigend aus dem spitzen Hals einer abstrakten Figur in ein mit weißgoldenen Mosaiken ausgelegtes Becken. Die Damen waren ganz begeistert. „Nein, das hat er aber hübsch gemacht!“

Und meinten damit den Architekten des Hotels, der – (ihre Worte) „... bei seiner enormen Begabung auf der Woge der allgemeinen Bautätigkeit steil nach oben geschwemmt worden“ war.

Ich sah Herrn Ypsilon sporenklirrend auf dem glitschigen Kamm einer haushohen Welle reiten – und fühlte mich ein wenig seekrank bei dieser Vorstellung.

Ein richtiger Glücksmensch sei er, fanden die Damen. Geradezu ein Götterliebling. Nicht nur immens begabt und erfolgreich. Nein, auch noch so schön dabei. Und gutklassig. Aus Potsdam, wußten Sie das? Die meisten Damen wußten es nicht.

Es war übrigens eine unter ihnen, die sagte, von vornherein überzeugt, daß man sie doch nicht verstehen würde: „Das Netteste an ihm ist, daß er nicht nur so ausschaut – man glaubt ihm wirklich, daß er noch Ideale hat.“

„Ja“, rief ich lebhaft, „ja, das stimmt.“

Und sah mich im gleichen Augenblick von den spitzen Pfeilen vieler Blicke durchbohrt. Lieber Herr Ypsilon, du bist doch Tierfreund! Wo, bitte, hast du das Mauseloch in diesem Bau ausgespart, in dem ich mich verkriechen kann?

„Kennen Sie ihn denn?“

„Woher sollte ich ...“

Eben. Die Damen guckten mich noch einen Augenblick unschlüssig an. Da sagte eine Frau Hipfel junior, ihre Lippen vor dem Rund des Puderdosenspiegels nachziehend: „Ich frage mich nur, ob er seiner Frau wirklich treu ist. Sie soll ja sechs Jahre älter sein als er.“

Und niemand kümmerte sich mehr um mich.

„Sechs Jahre? Man sieht's. Das kann auf die Dauer nicht gutgehen, nicht bei soo einem Mann.“

„Warum denn nicht?“ Ich konnte den Mund nicht halten!

Die Blicke, die mich jetzt trafen, rückten gleichzeitig von mir ab; nur jene Frau, die vorhin behauptet hatte, daß Herr Ypsilon nicht nur so aussähe, als ob er Ideale hätte – jene Frau lächelte mir zu. „Tja, warum sollte er nicht? Altern ist schließlich ein Schönheitsfehler, dem wir uns alle nicht entziehen können. Aber es gibt wenige, die es mit soviel Gelassenheit hinnehmen wie Frau Ypsilon. Und das ist doch eigentlich ein Zeichen dafür, daß ihr Mann an dieser Unabänderlichkeit keinen Anstoß nimmt.“

Dann kam mein Onkel Eberhard und zog mich von den Damen fort. „Nun erzähl mal von deinem Bruder. Wie gefällt es ihm bei dem Heelms in Frankfurt?"

„Oh, er schreibt begeistert."

„Aus dem Jungen wird mal was", prophezeite er lebhaft. „Ein Jammer, daß eure Eltern das nicht mehr erleben können. – Und du, was ist mit Heiraten, Maijie?"

Beruflich nahm mich niemand in der Familie ernst. Für sie war ich ein lieber Versager, den nur noch ein Ehemann retten konnte.

„Noch nichts, Onkel Eberhard." Mir war so, als hörte ich plötzlich im kühlen Innenhof des Hotels das Glockenspiel der Potsdamer Garnisonskirche. Eine heitere Mozartmelodie ... einen aufrechten Text. „Weißt du, ich muß mich erst von sehr viel korrektem und noch viel mehr süßem Ballast befreien. Dann vielleicht."

Der Geschäftsmann Onkel Eberhard sah mich ziemlich erschüttert von der Seite an. „Achejee. Du redest wie deine Mutter, Maijie. Die war auch so wie du... 'n bißchen meschugge. Ich erinnere mich noch an meinen letzten Besuch bei deinen Eltern."

Wenn er bloß nicht davon anfangen wollte!

„Wir saßen auf eurer Terrasse im Dunkeln und tranken eine Trockenbeerenspätauslese von Tante Herthas Weingut. Na, so was von einem Weinchen!" Er küßte Daumen und Zeigefinger.

„Da kam Fliegeralarm. Wir alle in euren Vorratskeller – und weitergetrunken. Zuletzt kam deine Mutter. Und das werde ich nie vergessen: Sie hatte nicht etwa ihre Pelze oder ihre Schmuckschatulle bei sich, nein. Sie hatte eine Spieluhr in der Hand, eine Spieluhr. Maijie! Ja, wer rettet denn so was –!"

„Du hast ganz recht, Onkel Eberhard", sagte ich. „Wenn ich so werde wie meine Mutter und keinen Mann habe wie meinen Vater –! Ich muß mich dringend ändern."

„Ja", sagte er, „prost." Und trank sein Sektglas aus. – Übrigens hatte wenige Wochen nach Onkel Eberhards Besuch eine Sprengbombe unser Haus getroffen. Ich war an jenem Abend bei meiner Großmutter in Potsdam. Darum blieb ich übrig – ich und mein Bruder, der damals in Rußland war.

Am nächsten Tag sah ich mir das Schauspielhaus an, das Herr Ypsilon gebaut hatte. Und den Rohbau eines Krankenhaus-Anbaues, über dem die Richtkrone mit verregneten Bändern wehte.

Aber ich rief ihn nicht an. Das wäre wider die Spielregeln gewesen. Schließlich war er in dieser Stadt zu Hause, in seinem festgefügten Rahmen, in dem es keinen Platz für „schönes Bedauern" gab.

Am Tage meiner Abfahrt ging ich einmal an dem Haus vorbei, das er für seine Familie gebaut hatte. Es handelte sich dabei um ein Halbrund voll unbeschwerter Heiterkeit – zumindest von außen. Auf dem Balkon im ersten Stock flatterte ein Kinderbadeanzug zum Trocknen in der Sonne.

Ein roter Anzug mit weißen Punkten.

Sein Anblick half mir mehr über alles hinweg als die besten, vernünftigsten Ansichten.

Auf der Heimreise nach Berlin zog ich entschlossen ein bockendes Gangfenster des D-Zuges auf und warf meine Träume in Empirekleidern und auch das schöne Bedauern hinaus. Sie flatterten auf eine grüne Pferdekoppel.

(„Oh, meine Liebste, wenn ich eine Zeitlang mit dir im gleichen Gespann laufen würde, so baute ich keine Wohnhäuser und Theater und Spitäler mehr, sondern würde schnurstracks auf eine grüne Wiese traben und weißsternige Träume grasen.")

Diese Pferdekoppel schien mir ein geradezu idealer Abladeplatz für Seelenballast zu sein, den man nicht mehr gebrauchen konnte.

Und dann kam ich nach Haus.

Meine Wohnungstür war nicht abgeschlossen, in der winzigen Garderobe vernebelte süßer Pfeifenrauch eine heillose, männliche Unordnung. Und Hanskarl, mein

Hund, den ich am Tage meiner Abreise bei der Nachbarin abgegeben hatte, hing faul über den Knien eines fremden Mannes. Er ließ sich hinter den Ohren kraulen und fand alles vollkommen in Ordnung. Ich nicht.

Der Mann war Ernst Ludwig Heelms oder „Billy Heelms", wie er allgemein genannt wurde. Mein vernarbtes Knie erkannte ihn sofort wieder. Hanskarl rutschte von seinen Schenkeln und wedelte mir mit dem schlechten Gewissen einer ertappten Ehefrau entgegen. Ich schob ihn mit dem Fuß beiseite.

„Tut mir leid", sagte Billy Heelms, „wir hatten Sie noch nicht so schnell zurückerwartet. Ist denn die Hochzeit schon vorüber?"

Und dann umfaßte er mit einer nachlässigen Handbewegung den Zustand meines Wohnzimmers. „Es sieht ein bißchen wüst hier aus."

„Ein bißchen", sagte ich und sah ihn ausführlich an – damals auf der Straße war ich vor Empörung und Schmerz nicht dazu gekommen. Er wirkte wie ein Geschäftsmann, der sich übers Wochenende als Naturbursche versucht. Auch in abwartender Haltung empfand ich seine vitale Ausstrahlung als aufdringlich. Alles, was in mir vorsichtig war, lehnte ihn ab. Zudem trug er viel zu elegante Schweinslederpantoffeln an den nackten Füßen. Und ein grünes, grobgestricktes Hemd, das locker auf seinen Hüften aufsaß. Seine ganze Aufmachung ließ vermuten, daß er mein Berliner Wohnzimmer mit der Halle eines Rivierahotels verwechselte. „Wo ist Peter?" fragte ich.

„Ihr Bruder sitzt zur Zeit in der Wanne."

„Maijie!" schrie Peter aus dem Bad. „Wieso bist du nicht mehr bei der westdeutschen Verwandtschaft?"

„Tut mir leid, daß ich euch störe!"

„Es ist nicht so schlimm." Darauf folgte ein Plätschern und dann: „Gib Billy endlich die Hand und sei nett zu ihm." Woher wußte er, daß ich beides bisher versäumt hatte? „Billy ist geschäftlich in Berlin. Aber wir hatten keine Lust auf ein Hotel, darum zogen wir bei dir ein."

„Wir sind seit zwei Tagen hier", sagte Billy. „Es war herrlich, Hanskarl fand's auch schön. Den ganzen Tag Schabefleisch und Schokolade. – Nun begrüßen Sie ihn endlich, er wartet doch darauf."

Ich streichelte die dicken Pfoten, die sich an meinen Strümpfen heraufhangelten.

„Komm rein!" rief Peter vom Bad.

Er saß mit gewellter Abendzeitung in einer türkisgrünen Woge und rauchte, meine Seifenschale als Aschenbecher benutzend. „Grüß dich, Liebes." Seine Schaumarme legten sich um meinen leicht widerspenstigen Rücken. „Du bist doch nicht böse?"

„Habt ihr Mädchen hier gehabt?"

Peter ließ mich los und lachte. „Das würde ich nie wagen. Wir haben hier gekocht und sämtliche niederen Küchenarbeiten geleistet."

„... und bestimmt nicht herumgeschnüffelt!"

„Außer dem Foto eines gutaussehenden Mannes fanden wir nichts Interessantes."

„Ich würde nie in deinen Sachen herumschnüffeln!"

„Du bist auch nicht verantwortlich für mich – so wie ich für dich. Ist er dein Freund?"

„Wer?"

„Der Mann auf dem Foto im weißen Rahmen. Ich hab's unter deiner Couch gefunden."

Wenn ich geahnt hätte, daß zwei Männer in meiner Abwesenheit bei mir saubermachen und dabei bis unter die geblümten Volants der Couch vordringen würden, hätte ich Herrn Ypsilons Bild im Mottensack versteckt.

„Ach der – das ist vorbei", sagte ich möglichst kühl. „Ich habe keinen Freund, das heißt, ich habe mehrere, mit denen ich ab und zu ausgehe. Das ist alles."

„Wirklich?" Peter blätterte die Zeitung auf den Badevorleger und legte die Hände um die angezogenen Knie. „Es ist doch schön, daß es immer noch Männer gibt, die mehrere Abendessen und Barbesuche in eine Frau investieren, obgleich diese nicht bereit ist, mehr als ihren guten Appetit zur Unterhaltung beizusteuern."

„Ach, weißt du, auf der Heimfahrt lassen sie mich schon zuweilen in den Kurven fühlen, wie wütend sie sind“, gab ich zu.

Peter sah mich an. Er konnte, wenn er wollte, soviel Verständnis. Sympathie und Verläßlichkeit in seinen schnellen, wachen Blick legen. Man hatte im Nu das Gefühl, dem nettesten Kerl der Welt in die Augen zu schauen. Kein Wunder, daß Billy Heelms einen Narren an ihm gefressen hatte. Peter wirkte beruhigend wie der Anblick einer Ordensschwester am Krankenbett. Er war ständig gut gelaunt, engelsgeduldig, sportfit, und ich, seine Schwester, wußte immer noch nicht: War er wirklich so, oder entsprang sein Bestreben, „ein wundervoller Bursche“ zu sein, einer sehr gesunden Berechnung.

„Ganz schön, dich wiederzusehen“, gab ich zu.

„Na, endlich sagst du was Nettes. – Wie war die Hochzeit? Hat die Familie vor Rührung geweint? Wie ist der Bräutigam von unserem Gieselchen?“

„Es gab auch Hummer. Aber davon erzähle ich dir später.“ Ich drehte den Warmwasserhahn auf, damit das Rauschen unsere Stimmen gegen Billy Heelms Ohren abschirmte. „Und wie geht's dir?“

„Oh, gut, gut ...“ Er fand kein Holz in der Nähe, nur Kacheln und Fliesen, darum klopfte er dreimal gegen seine Stirn.

„Deine Briefe klingen unwahrscheinlich!“

„Zur Zeit bin ich Billys berufliches und privates Mädchen für alles. Und solange es mir so prächtig dabeigeht ...“

Peter bezeichnete das Zusammentreffen mit Heelms noch immer als die große Chance seines Lebens. Schließlich bot ihm dieser nicht nur einen beruflichen Aufstieg in seiner Werbeagentur, sondern durch seine Freundschaft auch ein Privatleben, das sich jeder junge Mann erträumt. Peter lebte in seinem Hause, durfte seinen schnellen Wagen fahren, Ski laufen in St. Anton, Wasserski an der Riviera und bei Boxkämpfen in der ersten Reihe sitzen. Er lernte viele Leute kennen.

„... und all das habe ich deinem Knie zu verdanken, Maijie“, sagte er herzlich und reichte mir den Frottierhandschuh. „Bist du so lieb?“ Ich massierte damit seinen Rücken.

„Daß mir ausgerechnet meine weltfremde Schwester einmal zu einem solchen Job verhelfen würde!“ Es war das letzte Mal, daß Peter so, menschlich mit mir sprach. Er veränderte sich sehr in den folgenden Jahren.

Ich schrubbte nachdenklich seinen sehnigen, leberflekkigen Rücken. „Da du gerade in so dankbarer Stimmung bist: Kannst du nicht etwas für mich tun? In Westdeutschland habe ich bloß Leute getroffen, die um die Wette in den Finanzhimmel hineinkletterten. Nicht einer hat von einem geschäftlichen Rückschlag gesprochen, an dem ich menschlich teilhaben konnte. Es ist zum Auswachsen, Peter ...“

„Rubbel nicht so stürmisch! Meine Haut kann nichts dafür!“ jammerte er.

„Dieses Geldfieber steckt an wie der Mumps. Ich muß jetzt auch mitmischen, irgendwie.“

„Meine Haut, Maijie!“ schrie er.

„Ja doch. Schau mal, bei der Zeitung komme ich nicht weiter. Weißt du nicht einen Job für mich? Für irgend etwas muß ich doch taugen!“

„Heirate!“ brüllte er, drehte den Heißwasserhahn ab, denn er wollte weder gehäutet noch verbrüht werden, und entzog mir gleichzeitig seinen Rücken. „Ich werde mit Billy deinetwegen sprechen. Er hat schließlich die besten Beziehungen zu allen Branchen. Aber du hast ja nichts Vernünftiges gelernt!“ fügte er bedrückt hinzu.

„Störe ich die Geschwister?“ frage Heelms, kam herein und setzte sich auf den weißen, flauschigen Überzug des Toilettendeckels, der diesen schon beinahe zu einer gesellschaftsfähigen Sitzgelegenheit erhob. Hanskarl, der treulose, in seine doppelte Männerfreundschaft verliebte Hund, holte sich zuerst eine Portion Schaumbad von Peters Hand und nahm dann zwischen Billy Heelms' Pantoffeln Platz.

„Ist es nicht irrsinnig gemütlich bei Ihnen?" wandte er sich an mich. „Sie kommen von der Reise und finden anstatt staubiger Leere zwei reizende Männer in Ihrer Wohnung vor. Sogar die schrecklichen Blattpflanzen haben wir von der Nachbarin geholt und gegossen – das heißt heute noch nicht", gestand er, zog einen Pantoffel aus und kraulte meinen abtrünnigen Hund mit dem nackten Zeh.

„Es ist wirklich fein, daß ihr da seid", sagte ich.

Peter drückte seine Zigarette in der Seifenschale aus. „Weißt du, Billy, das ist das Nette an Maijie. Sie ist zwar hoffnungslos spießig, aber kein Spielverderber."

„Ich bin überhaupt nicht spießig."

Billy Heelms sah mich über den Rauch seiner Pfeife hinweg abschätzend an. „Sie ist nicht spießig. Möchten Sie einen Whisky?"

„Lieber Milch, ich habe Durst."

„Keine mehr da", strahlte Peter. „Von der haben wir Pudding gekocht. Mit Karamelgeschmack. Er ist nur ein bißchen bitter."

„Das liegt am Anbrennen, das heißt an den heimtückischen Töpfen. Wo haben Sie eigentlich Ihre Schürzen?"

„Ja, sag mal! Wir mußten uns welche von der Wirtschafterin deines Obermieters pumpen. Netter Kerl, übrigens. Hat uns gestern abend zum Essen eingeladen."

Ich staunte still vor mich hin. Die beiden sprachen von jenem Mann, den ich am Aschermittwochmorgen mit zwei sangesfreudigen Damen vor der Haustür kennengelernt und seitdem zuweilen im Lift getroffen hatte. Wir grüßten einander höflich, und wenn wir uns unterhielten, so nur über Hanskarl, den Hund. Ich hätte mir eher ein Laken umgebunden, als bei seiner Wirtschafterin eine Schütze zu borgen. Diese beiden wohnten kaum zwei Tage hier und ließen sich bereits vom Herrn von oben zum Essen einladen. So, als ob das ganz natürlich wäre. Männer sind doch bedeutend unkomplizierter!

Und dann gestanden sie mir ihr Hausmanns-Pech. Drei zerschlagene Teller, einen angebrannten Topflappen, einen verstopften Ausguß.

Aber im Eisschrank fand ich Vorräte für zwei Wochen vor. Ich glaube, manche Männer pflegen soviel auf einmal einzukaufen, weil sie sich schämen, nach einem Viertel- oder halben Pfund im Laden zu fragen. Man könnte sie ja für pleite oder knauserig halten.

Mein Bruder hatte inzwischen sein Bad beendet und betrat, blütenfrisch und gut durchblutet, das Wohnzimmer, in dem ich mit großzügigen Griffen die auffälligste Unordnung wegräumte. Da klingelte das Telefon, ich wollte herangehen, aber er winkte ab. „Wenn sie jetzt eine Frauenstimme hört, wird sie vollends hysterisch."

„Wer?"

„Gina."

Billy Heelms erhob sich mit einem Seufzen und verschwand im Nebenzimmer. Und schloß die Tür hinter sich. Das Telefonklingeln verstummte, wir hörten undeutlich seine Stimme durch die dünne Wand.

„Wer ist Gina?" fragte ich.

„Billys neuestes Problem. Sie will sich seinetwegen scheiden lassen, aber ihr Mann macht Schwierigkeiten. Furchtbar dramatische Angelegenheit."

„Haben sie Kinder?"

„Zwei. Die sind sowieso im Internat. – Billy ist Ginas große Leidenschaft. Sag ihm bloß nicht, daß ich dir was gesagt habe. Wenn er nachher von selber anfängt ..."

„Wenn sie füreinander die ‚große Leidenschaft' sind, warum kocht er dann hier Karamelpudding, anstatt bei ihr zu sein?" fragte ich.

„Das kannst du nicht so verstehen –"

„Doch, ich verstehe ganz gut. Er ist vor der Hysterie einer überreizten Frau mit dem Zorn des betrogenen Ehemannes getürmt. Für die große Leidenschaft ist er zuständig, aber nicht für die Komplikationen, die daraus entstehen", sagte ich streng, und mein Bruder sah mich an, knöpfte die blütenweißen Manschetten seines Hemdes zu und schüttelte den Kopf.

„Man spricht nicht alles aus, was man denkt, Maijie."

„Trotzdem ist es Feigheit vor dem Feind", beharrte ich.

„Heine hat gesagt: Lieber fünf Minuten feige als ein ganzes Leben lang tot."

„Wieso – will ihr Ehemann Billy etwa erschießen?" Wie aufregend geht es im Leben anderer Leute zu!

„Nicht mich, aber sie", sagte Billy, mißmutig zurückkehrend, warf sich gewaltig in die Sofaecke und starrte sekundenlang vor sich hin. Zwischen den Knien hatte er die Hände gefaltet, und ich wartete auf das dramatische Knacken seiner Fingerknöchei – da war es schon.

Er gehörte anscheinend zu den Menschen, die bedenkenlos vor Wildfremden ihr Privatleben besprechen, die höchstens darüber verwundert sind, wenn man nichts davon weiß.

„Whisky", sagte mein Bruder, der bereits das Glas mit der goldbraunen Flüssigkeit vor ihn hinstellte.

„Danke." Er trank. „Es hat wieder fürchterliche Szenen zwischen den beiden gegeben. Gina war völlig außer sich, die arme Person. Das ganze Theater vor der Scheidung bringt noch die besten Gefühle um", stöhnte er.

Aber bereits zehn Minuten später schaute er auf die Uhr. „Stell mal's Radio an. Es müssen jetzt Sportnachrichten kommen. Bin gespannt, wie unsere Frankfurter abgeschnitten haben."

Arme Gina, dachte ich. Läuft jetzt zu Hause, Nerven und Taschentücher zerfetzend, auf und ab, hat vielleicht eine zermürbende, nachtlange Szene mit ihrem Mann hinter sich, ist bereit, um Billys willen auf ihre Kinder zu verzichten! Wenn sie ahnte, oh, wenn sie ahnen würde, daß der Erreger ihrer großen, familienvernichtenden Leidenschaft sich zehn Minuten nach ihrem Anruf über einen Mittelstürmer ereiferte!

Aber Billy war wohl kein männlicher Einzelfall. Schon Jean Paul hat gesagt: „Eine Frau liebt in einem fort, ein Mann hat dazwischen zu tun." Und wenn dieses Tun im Augenblick auch nur aus dem Abhören einer Fußballübertragung bestand.

Ich betrachtete ihn prüfend. Feine Leute sahen nicht so aus wie er. Da war nichts Edles in seinem Gesicht und wenig Vertrauenerweckendes – nur Vielversprechendes für eine Frau, die in ihrer gepflegten, sensationslosen Ehe, in der der Mann hart arbeitete und sie gar nicht, von einem starken Kerl träumte, von rücksichtslosen Händen, von Hemmungslosigkeit und Einmal-alles-vergessen, ehe es für immer zu spät war. Und ausgerechnet das bezeichnete sie dann als ihr Schicksal – und konnte nicht mehr vom wilden Billy lassen.

Ich staunte so vor mich hin.

Gegen Mitternacht begann mein Bruder zu gähnen.

„Nun schau dir das an", jammerte Billy. „Ist es nicht schrecklich? Um diese Zeit wird er immer gern müde. – Sind Sie auch müde?" wandte er sich an mich.

„Ich habe gerade meinen toten Punkt überwunden."

„Das ist gut." Er betrachtete mich voll whiskyschwerer Sympathie. „Sie sind ein nettes Mädchen. Warum sagst du nicht Billy zu mir?"

„Mach dir nichts draus", murmelte mein Bruder schläfrig. „Zuerst erscheint er einem immer ein bißchen ungewöhnlich, aber mit der Zeit gewöhnt man sich an ihn. Wenn er nur nicht alles so übertreiben wollte – seine Arbeit, den Sport, das Feiern und die Liebe. Hier in Berlin ist er ja ganz friedlich. Möglich, daß das Tragen von Küchenschürzen den Löwen vorübergehend gezähmt hat. Aber in Frankfurt mache ich Schlimmes mit ihm durch. Sitzen wir manchmal bis Mitternacht im Büro, und dann geht er noch immer nicht nach Hause. Dann sucht er in den Bars nach jemand, mit dem er Geschäfte machen kann. Und ich muß mit."

„Sie sollten sehen, mit welcher Würde er auf einem Barhocker einzuschlafen versteht, ohne herunterzufallen", lachte Billy mit liebevollem Blick auf die auf dem Sofa zusammengekrümmte Gestalt meines Bruders. Gerade kletterte der fette Hanskarl in die Bucht seiner angezogenen Beine und rollte sich dort zusammen.

„Sagen Sie, Billy ..."

„Ja?" Er wandte sich mir spontan zu, den Körper vorgebeugt, alle Muskeln angespannt.

„Los!“ rief ich.
„Wie bitte?“
„Ich dachte, wenn ich ‚Los‘ rufe, würden Sie aufspringen und davonrennen. So dynamisch geduckt saßen Sie eben da.“
Billy sah mich an. Abschätzend. Sekundenlang verletzt. Und dann grinste er.
„Wohin soll ich rennen, damit Sie mich loswerden? – Ich gefalle Ihnen nicht sehr, wie?“
„Was heißt gefallen? Ich komme mir, seitdem ich hier bin, so vor, als ob ich im Theater sitze. Ich sehe ein Salonstück mit dramatischen Effekten.“
„Mach dir nichts draus, Billy“, murmelte mein Bruder. „Zuerst erscheint einem Maijie immer ein bißchen ungewöhnlich, aber mit der Zeit gewöhnt man sich an sie.“ Und danach schlief er endgültig ein.
Auch der Hund schlief, die Schnauze auf Peters Waden. Billy und ich waren allein.
„Was spielen wir jetzt für ein Stück?“ fragte er nach einer längeren Pause, in der er Schwierigkeiten mit seiner Dunhillpfeife zu überwinden hatte.
„Kennen Sie diese Gina schon lange?“ brachte ich endlich eine Frage an, die mich schon eine Weile beschäftigte.
„Oh, wahnsinnig lange. Seit dem letzten Münchner Fasching. Sie war mit Freunden dort, und ich war mit Freunden dort, und unsere Freunde kannten sich selbstverständlich. Die Welt ist ja so klein, wie Sie wissen.“
„Klitzeklein. – Aber Ginas Mann war nicht da?“
„Wer geht schon mit seinem Mann auf den Fasching!?“
„Natürlich.“
„Ich fand sie sofort hinreißend – und sie mich auch.“ Unter Komplexen litt er jedenfalls nicht, der Glückliche.
„War es zufällig in der Fastnacht?“ fragte ich.
„Fastnacht? Wieso? – Ach so, Fastnacht! Ah, da waren wir beide schon in Paris.“
Ich rollte mich in meinem Sessel zusammen. In Paris. So einfach war das alles. Man sah sich, verliebte sich und genoß sich – ohne Rücksicht auf die Familie. In Paris.

Unsereiner hingegen saß einmal mit übervollem Herzen in Anstand und Morgenfrische auf einer Berliner Baustelle und holte sich den Schnupfen. Nichts als Schnupfen. Auch das hatte auf dem Fasching begonnen.

Ich fing an zu lachen. „Verzeihen Sie."

„Sie sind ein schreckliches Kind", sagte Billy, der mein Lachen auf sich bezog. „Sie müssen noch viel lernen."

„Aber ich habe doch über mich selbst gelacht. – Ich dachte gerade daran, daß ich heute mittag im Zug das Gangfenster aufriß und all meine überflüssige Liebe auf eine Pferdekoppel warf."

„Pferdekoppel?"

„So dumm bin ich."

„Seien Sie mir nicht böse, Maijie, aber ich kapiere Sie nicht", sagte er. Und goß sich einen neuen Whisky ein.

„Ich werde jetzt schlafen gehen", beschloß ich. „Oder habt ihr mein Bett belegt?"

„Maijie", sagte Billy jetzt. „Gehn Sie noch nicht schlafen."

Hanskarl miefte heftig im Traum – wir schauten gebannt auf seine fliegenden Lefzen.

„Irgend etwas verfolgt er."

„Aber er kriegt es nicht", flüsterte ich.

„Wenn er will, kriegt er's", sagte Billy und sah mich an.

„Hanskarl?"

„Der nicht. Dazu ist er viel zu fett und träge. – Was für eine überflüssige Liebe haben Sie aus dem Zugfenster geworfen?"

„Erzählen Sie mir lieber von Gina. Sie waren zusammen in Paris. Sie trafen sich in Frankfurt wieder. Sie trafen sich so lange wieder, bis ihr Mann dahinterkam. Bis dahin war alles wundervoll. Jetzt wurde es prekär."

„Ja."

„Lieben Sie sie?"

„Ja, doch. Sie ist reizend."

„Werden Sie sie heiraten, wenn sie geschieden ist?"

Billy, der Löwe, stellte in diesem Augenblick fest, daß er auf den Hinterbeinen saß und Männchen machte. Das war zuviel. Er fuhr im Sessel herum und stieß meinen Bruder mit der Pantoffelspitze wach. „Peter – he, Peter!" Ein gequältes Grunzen.

„Auf, altes Haus! Wir fahren schwimmen."

„Bist du wahnsinnig?" stöhnte der so herzlos Geweckte. „Wasser ist doch kalt."

„Aber die Fragen deiner Schwester! Zuerst fand ich Maijie ganz komisch. Sie schmeißt Lieben aus dem Zugfenster wie unsereiner Bananenschalen. Und redet völlig kariertes Zeug. Aber jetzt wird sie unbequem. Sie nimmt mich ins Gebet."

Peter rappelte sich hoch und sah uns beide mit verschlafenem Vorwurf an. „Aber das ist kein Grund, baden zu gehen! Du möchtest auch nicht, Maijie, nicht wahr?"

„Doch."

„Ihr seid verrückt."

„Ich möchte jetzt um fünf Uhr früh baden gehen. Und zwar am Jungfernsee. Das wird die letzten Gefühle umbringen, die versehentlich nicht aus dem Zugfenster geflogen sind", sagte ich, jedes Wort betonend.

Mein Bruder sah mich voll Widerwillen an. „Wenn du keinen Alkohol verträgst, warum trinkst du welchen?"

„Ich bin ganz nüchtern!"

„Woher hast du dann den Zungenfehler und diese krausen Ideen?"

Und so zwängten wir uns zu dritt auf die schmalen Sitze von Billys Alfa Romeo. Ich klemmte in der Mitte, Peter fuhr. Billy hielt Hanskarl auf dem Schoß, amüsierte sich über seine flatternden Ohren und förderte noch durch aufmunternde Zurufe sein ohnehin nervtötendes Gebell, mit dem er die leeren Straßen aus ihrem blaßblauen Schlummer aufschreckte. „Ihr solltet ihn an einen Funkwagen vermieten, er ersetzt jedes Martinshorn."

Der Fahrtwind knatterte in dem lose gebundenen Kopftuch und massierte die Müdigkeit aus meinem Gesicht.

Wir rasten die Avus entlang nach Wannsee. Auf dem Mittelstreifen saß ein Fuchs so possierlich und unbeweglich wie ein Vorgartenzierstück.

Die Königstraße. Der Kilometerberg. Rechts dehnte sich der Glienicker Volkspark wiesenweit im glitzernden Tau. An der Mauer vor dem kleinen Aussichtstempel, der den Schloßpark gegen die Glienicker Brücke abschließt, hielten wir. Hanskarl sprang als erster aus dem Wagen und trabte zum Seeufer, er kannte die Gegend ja so gut. Beim vorletzten Male waren wir mit Herrn Ypsilon hier gewesen und dann noch einmal beide allein.

Aber der melancholische Zweck dieses letzten Besuches war durch einen korrekten Brustschwimmer gestört worden, der Interesse an meinem besinnlichen Alleinsein nahm. Seine Annäherungsversuche hatten in der verwegenen Frage gegipfelt: „Baden Frollein auch so gerne nakkicht?" – Und das mir, die eine gepreßte Empireschleife aus einem Grashalm in der Hand hielt und einer traurigen Erinnerung nachseufzen wollte.

Ich erzählte den beiden Männern mein Erlebnis.

Billy lachte darüber, nur mein Bruder sah mich besorgt von der Seite an. „Was war das für eine traurige Erinnerung? Seitdem ich in Frankfurt auf Billy aufpassen muß, komme ich gar nicht mehr dazu, dein Seelenheil zu überwachen."

„Und vor allem kommt der arme Kerl nicht mehr zu eigenen Erlebnissen. Wir sollten ihm wirklich einmal Urlaub von seinen Verpflichtungen geben. Der steht schließlich jedem Zoowärter zu", sagte Billy.

Aus den uralten Bäumen brach ein unbeschreiblich heiterer, vielkehliger Morgengesang, es war, als ob jedes Blatt zwitscherte. Im Schilf antworteten Taucher und Bläßhühner und Frösche. Der Geruch nach Wasser und taufrischem Grün, die duftigen Nebel über der perlmuttfarbenen, schwachen Strömung des Sees, die sich im ersten Sonnenlicht tänzerisch lösten, ein träges Plätschern – all das animierte meinen Bruder wenig später zu der zufriedenen Feststellung: „Sommer ist doch schöner –", und brachte ihn ganz von meinen „traurigen Erinnerungen" ab.

Hanskarl lief vor uns her, einen Ast schleifend, an dem sich seine langen Ohren verfangen hatten. Er trabte zielsicher zu dem Uferplatz, an dem ich mit Herrn Ypsilon gesessen hatte. Und wir folgten ihm.

„Bleiben wir hier", sagte Peter.

Ein vergessener bunter Ball und Picknickreste lagen im feuchten Gras. Wir zogen uns rasch aus. Während Billy seine Uhr in den Schuhen verstaute, streifte er mich mit einem schnellen, abschätzenden Blick.

„Deine Schwester hat eine erstaunlich hübsche Figur, aber – was hat sie da für eine scheußliche Narbe über dem Knie. – Unfall?"

„Ihre Tante", sagte ich und zerrte den bockenden Reißverschluß meines Badeanzuges auf dem Boden zu.

„Nein, wirklich? Ist das noch von damals? Ich habe ja gar nicht gewußt, wie schlimm das war!"

„Es war auch schlimm."

„Das lassen wir operieren", sagte er, auf mein Knie zurückkommend.

„Aber nein. Ich hänge inzwischen an der Narbe."

Für ihn war damit die Angelegenheit nicht abgetan. Er notierte auf dem Kalender seines Gedächtnisses, von dem Peter behauptete, daß es phänomenal sei: Maijies Knie. Dann plusterte er seinen durchtrainierten Oberkörper, stand sekundenlang da wie das kraftgeladene Männerdenkmal vor dem Sportstadion, nur ohne Sockel – und stürmte die friedliche Idylle des Sees an, als ob er es mit einem Ozean bei Windstärke acht zu tun hätte.

So viel Aufwand für so wenig Wasser!

Es bespülte noch immer nicht mehr vom wild vorwärtsstürmenden Billy als seine Waden.

„Er kann schließlich nicht aus seiner hundertprozentigen Haut", entschuldigte ihn Peter mit einem geradezu mütterlich verstehenden Blick. „In ihm ist immer Sturmflut. Und das erwartet er auch von seiner Umgebung – und vom Jungfernsee."

„Wie du das mit ihm aushälst! Es muß doch sehr anstrengend sein!"

„Ich versuche, ihn zu verstehen."

Ich sah Peter müde, in bräunliche Gänsehaut und eine karierte Badehose gekleidet, neben mir stehen und schüttelte mitleidig den Kopf. „Wenn du so weitermachst, trägst du mit Dreißig einen weißen, weisen Spitzbart."

„Mein liebes Kind", sagte er, „ich meine es nicht nur gut mit diesem Verrückten, ich habe es auch gut durch ihn."

Und die kühle Berechnung, die aus seinen Worten sprach, erschreckte und beruhigte mich zugleich.

„Nun kommt schon endlich", schrie Billy.

Hanskarl war der erste, der seinem Ruf folgte. Er stach plätschernd in See, wanderte eine Weile durch seine seichte Trübheit über dauergewellten, mit Steinen durchsetzten Sand und begann, Grund verlierend, Billy nachzuschwimmen, wobei sein kupierter Schwanz über dem Wasserspiegel freudig wedelte.

Und dann lag auch ich weit draußen im Glitzern des ersten sich spiegelnden Sonnenscheins auf dem See und sah einen Zug schnatternder Wildenten aus dem Schilf in den faden, wolkenlosen Himmel aufsteigen. Bei allen anarchistischen Gedanken auf dem Festland: Dies mußte ein wahrhaft königliches Gefühl sein ... so davonzuschweben und zu schnattern und den Sommer von oben anzuschauen ...

... und mit dem Herrn Ypsilon habe ich statt dessen auf einer Baustelle gesessen! Ich muß ganz dumm gewesen sein. Ich bin sehr dumm, weil ich noch immer an ihn denke. Aber laß nur, Herr Ypsilon, auch die Gedanken werden eines Tages vergeßlich. Ein Glück, nicht wahr? Nebenbei – bist du eigentlich ein guter Schwimmer?

Billy tauchte sehr plötzlich und nah vor mir auf. Seine vom Wasser geröteten Augen bemühten sich um einen sinnlichen Ausdruck. „Baden Frollein auch so gerne nakkicht?" Er schwamm einmal in korrekten Bruststößen um mich herum. „Ich habe Frollein schon die ganze Zeit gebührend beobachtet. Immer so einsam!"

„Ach, wissen Sie", ging ich auf seinen Ton ein, „ich bin sehr gern mit mir und der Natur allein."

„Ich ebenso", nickte er ernsthaft. „Auch mir bedeutet das Wandern in Sonne und Fauna sehr viel. Doch auf die

Dauer ist keiner gern allein. Ein süßes, kleines Frauchen – er sprach das Ch mit einem Rachenlaut „gehört nun mal dazu, um den Genuß vollkommen zu machen. Haben Frollein zufällig einen festen Herrn zur Zeit?"

„Ich schwimme zurück", rief Peter uns zu.

„Wir bleiben noch", antwortete Billy. „Wir bändeln gerade an."

Obgleich abgetakelte Maste über trockenen Halmbüschen auf Boote schließen ließen, die im Schilf ankerten, gehörte uns der See um diese frühe Stunde allein. Und dieses stolze Besitzergefühl forderte geradezu zu lautem Sprechen und Rufen heraus. Unsere Stimmen hallten weit zu den waldigen Ufern hinüber.

„Jetzt ist Peter nervös", lachte Billy begeistert. „Er glaubt, wir bändeln wirklich an. Das wäre ihm nicht recht."

„Bestimmt nicht."

„Er kennt mich zu gut – und was seine Schwester anbelangt ..." Billy, der neben mir hergetrieben war, das Gesicht in der Sonne, rollte sich jetzt auf den Bauch und verschränkte die Arme unter dem Kopf – er schien sich in einem Bett zu wähnen. Ich wäre bei einer solchen Sinnestäuschung glatt untergegangen.

„Eigentlich schade, neben einer Frau zu liegen, von der man weiß, daß sie von vornherein ausscheidet ... aber für Ihr Knie darf ich doch etwas tun?"

Mein Knie. Mein schicksalhaftester Körperteil!

„Was, weiß ich noch nicht, aber es fällt mir schon noch etwas ein", sagte er und war schon wieder bei einem anderen Thema. „Ist das hier eigentlich noch der Wannsee?"

„Der Jungfernsee", klärte ich ihn auf, ein bißchen atemlos von seinen Gedankensprüngen.

Eine Libelle flirrte über uns hinweg – ein blauglitzerndes Feenwesen bei seinem Morgenspiel: Wie tief kann ich fliegen, ohne ins Wasser zu stippen?

„Jumpfer Maijie im Jungfernsee ..." fiel es mir plötzlich ein. Billy blinzelte der Libelle träge nach, dann sah er mich an. Und lachte. „Hübsch. Ist das von Ihnen?"

„Das hat einmal ein Mann zu mir gesagt. Hier.“

„Schon lange her, der Mann?“ fragte er.

„Sechs Wochen, nein – es sind beinah sieben.“

„Ist es aus?“

„Wissen Sie, Billy, es gibt Dinge, die können nie aus sein, weil sie gar nicht stattgefunden haben.“

„Au, das ist schlimm.“ Er verstand mich sofort, was ich nicht von ihm erwartet hätte. „Aber Maijie“, fügte er hinzu, „man kommt über alles hinweg, über alles, Maijie, sofern man nur genügend zu tun hat.“

Das war ein sehr moderner Satz. Werther und all seine Nachahmer hätten sich bestimmt nicht aus Liebeskummer erschossen, wenn sie Chef einer großen Werbeagentur gewesen wären – wie Billy.

Er kraulte landwärts, ich folgte langsam.

Als ich das Ufer erreichte, war er bereits dabei, seinen Rücken zu frottieren, während Peter – schon angezogen – auf einem Baumstumpf saß und seine mageren Zehen einsandete. Hanskarl rollte sich eine dicke, graue Panierung auf den nassen Pelz. Er war der einzige, der von mir Notiz nahm, als ich an Land stieg.

Die beiden Männer unterhielten sich über die Entwürfe eines französischen Graphikers für eine neue Zigarettenmarke. Und so ganz nebenbei erfuhr ich aus ihrem Gespräch, daß sie während der letzten fünf Minuten beschlossen hatten, nach dem Frühstück nach Frankfurt zurückzufahren.

„Es war ja ganz lustig hier“, sagte Billy und suchte in seinen Hosentaschen nach Feuerzeug und Zigaretten. „Aber jetzt muß wieder was geschehen. – Außerdem kann ich Gina nicht länger warten lassen.“

„Das ist wirklich anständig von Ihnen“, sagte ich.

Er sah rasch auf und zerfetzte mich mit einem seiner Wilden-Billy-Blicke, der manchen Damen eine Schamröte in die Wangen treibt, die sie ganz gerne haben. Ich wurde bloß rot. „Deine Schwester nimmt mich, glaube ich, nicht sehr ernst, Peter.“ Und dann folgte ein freundliches Kopfschütteln, das mich wieder zusammensetzte, auch meinen

Badeanzug, Fetzen für Fetzen. „Jumpfer Maijie – !“ warnte er gutmütig.

... Und an eben diesem Seeufer hatte ich vor sieben Wochen mit Herrn Ypsilon auch über seine Potsdamer Tante Sophie gesprochen!

Nach dem Frühstück packten die beiden Männer ihre Unordnung in zwei Koffer. Ich winkte ihnen vom Balkon aus nach, als sie abfuhren. Hanskarl stand auf einem Stuhl neben mir, die Schnauze zwischen welken Geranien, und miefte leise. Es hatte ihm so gut mit den beiden gefallen.

Das Leben an meiner Seite war viel zu eintönig für einen kleinen Hund. Aber das sollte sich bald ändern.

II

Mein Terminkalender – und deine Phantasie

4

Der Herr neben mir in der vollbesetzten Mittagsmaschine von Frankfurt nach Berlin hatte es gar nicht gern, daß die geöffneten Aktendeckel und Geschäftsbücher nicht genügend Platz auf meinem Schoß fanden und ihn zuweilen am Bauch störten. Es tat mir sehr leid für ihn, ich hätte auch lieber Zeitung gelesen oder aus dem Fenster meditiert, aber gleich nach meiner Ankunft mußte ich zum halbjährigen Treffen der Geschäftsleiter fahren, auf dem nicht nur gut gegessen und geklatscht, sondern auch über Verbesserungsvorschläge gesprochen wurde. Und dazu wollte ich mein Gedächtnis an Hand von Geschäftsbüchern, -berichten und Notizen vorbereiten.

Der geneigte Leser mag aus obigem, mit nachlässiger Wichtigkeit niedergeschriebenem Wort „Geschäftsleiter" ersehen haben, daß ich – nach Einsicht meines journalistischen Unvermögens und der damit verbundenen Nicht-Aufstiegsmöglichkeiten in diesem Metier, in die „Wirtschaft" umgestiegen war.

So, wie mein aufgeschlagenes Knie meinem Bruder beruflich weitergeholfen hatte, so war bei mir ein Babyhemd der schicksalhafte Anlaß zu beruflichem Erfolg gewesen.

Das Hemdchen gehörte übrigens dem Säugling meiner inzwischen verehelichten und verbürgerlichten Freundin Suse. Suse machte von meinem ungenügenden Privatleben, das mir viel Freizeit ließ, heftigen Gebrauch: Sie ließ mich zum chronischen Babysitter ausarten.

In dieser Zeit lernten der Säugling und ich alle Kleidungsstücke hassen, die mühsam und umständlich anzuziehen waren. Hemdchen vorn gebunden, Jäckchen hinten gebunden. Baby schrie, wenn ich ihm etwas über den

Kopf würgte oder seinen Daumen in einem engen Ärmel beinah verlor. Beim Zuknöpfen schrien wir alle beide. Suse wiederum schrie, wenn sich Baby um den Bauch herum freistrampelte.

Also von Unwillen und Geschrei beflügelt, erfand ich eines Abends ein paar unverrutschbare, leicht anzuziehende Erstlingsmodelle. Dank meiner Großzügigkeit – das ist der elegante Name für Unordnung – lagen sie noch bei Peters nächstem Besuch auf meinem Schreibtisch. Er ließ sie sich von mir erklären und nahm sie mit – zu welchem Zweck, erfuhr ich erst zwei Wochen später aus einem Brief.

„Billy hat deine Entwürfe an seine Tante weitergeleitet, die bereit ist, sie anzukaufen. Du hast die Tante ja mal flüchtig kennengelernt ...“, schrieb er.

Ich überlegte. Billys Tante? Und erschrak. Etwa die –?! Der Grund meines für immer gezeichneten Knies?

„Sie stellt Kindermoden her“, schrieb er weiter. Na, und? Ich wollte nichts mit ihr zu tun haben. „Deine Vorschläge gefallen ihr gut. Gestern telefonierte sie mit Billy. Er weiß von mir, wie unzufrieden Du bei der Zeitung bist, und fragte sie, ob sie Dich nicht in ihrer Firma unterbringen könne. So lange ich Dich nicht hinter den soliden Gittern einer Ehe in relativer Sicherheit weiß, meine ich, daß Du Deine paar Fähigkeiten besser bei der Herstellung von Babymoden als beim Boulevard-Journalismus einsetzen kannst!“

„Deine paar Fähigkeiten!“ Das wurmte –!

Eine Woche später stand ich der schlimmen, alten Billytante in ihrem mit erlesenem Geschmack boudoirhaft ausgestatteten Chefzimmer gegenüber. Es mag ihr als Plus angerechnet werden – und auch mir, daß wir uns bei dieser ersten Begegnung einander vorstellen ließen und so taten, als hätten wir niemals im gleichen Rinnstein gesessen und uns gegenseitig angepöbelt. Sie kaufte meine Modelle, und ich trat den Posten eines gehobenen Lehrlings mit Entwicklungsmöglichkeiten in ihrer Firma „Schätzchen- und Rüpelmoden“ an.

Ein verflixtes Jahr lang wanderte ich durch alle Abteilungen des großen Betriebes, lernte viel und knirschte unter den lächelnden Fußtritten, die sie mir zuweilen versetzte. Ich glaube, sie konnte mir meine Schuldlosigkeit an unserem ersten Rencontre nicht verzeihen, war aber Geschäftsfrau genug, um mich nur gerade so viel zu triezen, daß ich nicht kündigte. Denn – meine „paar Fähigkeiten“ waren in ihrer Firma richtig und erfolgreich eingesetzt.

Und dann rief mich die schlimme, alte Frau eines Tages zu sich. Sie thronte hinter ihrem Schreibtisch aus knackfrischem Birnbaumrokoko mit rosegepolsterten Schubfächern, welche ein unerschöpfliches Gesprächsthema für ihre gesamte Belegschaft bildeten, und betrachtete bei meinem Eintritt ausführlich die kostbaren, mehrkarätigen Jugenderinnerungen an ihren sommersprossigen Händen.

Der Anblick ihres herrlichen Gesichts mit den sentimental-verschlagenen Augen ließ mich plötzlich an den verstaubten Pomp eines Grandhotels denken, das vor dem Ersten Weltkrieg seine große Zeit hatte; und ich konnte nicht umhin, mir vorzustellen, wie imponierend sie damals gewesen sein mochten: das Hotel und die alte Dame. Es ist doch ein Jammer mit der Vergänglichkeit. Man ist viel zu kurze Zeit up to date und so lange überholt!

Die schlimme Billytante hatte endlich das Studium ihrer Ringe beendet und sah auf.

„Was macht eigentlich Ihr Knie?“ fragte sie lächelnd.

Ich war bei ihr nur auf Bissigkeit eingestellt. Ihre unerwartete Liebenswürdigkeit und das verspätete Interesse an dem Weh, das sie mir einmal zugefügt hatte, stimmten mich völlig hilflos.

„Mein Knie?“ stotterte ich.

„Ja! Wie geht es ihm?“

„Es – es hat eine dicke Narbe.“

„Zeigen Sie mal!“

Ich mußte um den Schreibtisch herumkommen und den Rock anheben. Madame Hermine setzte ihre schmetterlingshafte, violettglitzernde, mit falschen Brillanten besetzte, ganz unmögliche Brille auf und betrachtete eingehend die Narbe.

„Hm. – Sie können Ihren Rock wieder herunterlassen. – Aber das Rad, auf dem Sie fuhren, war wirklich verkehrswidrig."

Nun, was sollte ich mich mit ihr über Gewesenes, Vernarbtes streiten!

Ich nahm auf einem höchstens fünfjährigen Louis-Seize-Sessel Platz, noch immer in innerlicher Abwehrstellung: Ihre Freundlichkeit war zu unerwartet und neu, als daß ich ihr zu trauen wagte.

Und da sagte sie auch schon bedauernd: „Eigentlich tut's mir leid, daß ich jetzt nett zu Ihnen sein muß. Unsere gegenseitige Abneigung hatte so was Erfrischendes, fanden Sie nicht?"

Ich nickte unsicher.

„Nun, geben Sie es schon zu."

„Ja. Sie wird mir direkt fehlen", sagte ich herzhaft.

„Na also! – Jetzt hören Sie mal zu. Billy meint, wir wären Ihrem Knie noch etwas schuldig. Meint er. Ich hingegen meine, wir sollten Ihnen nicht so leichtfertig einen verantwortungsvollen Posten übertragen."

Man wird verstehen, daß ich nicht sofort und vollkommen begriff, wovon sie eigentlich sprach. Ich erfuhr es erst so nach und nach.

Die schlimme Hermine hatte mit Billy Heelms' finanzieller Hilfe zuerst in Düsseldorf, dann in Berlin und München Kindermodengeschäfte eröffnet und das gleiche jetzt in Frankfurt vor. Billys Idee war es, mich für den großen Frankfurter Laden als Geschäftsführerin einzusetzen. „Eine idiotische Idee", fand Hermine. „Sie besitzen ja keinerlei kaufmännische Kenntnisse. Aber er meint, das sei nicht so wichtig. Meint er. Wenn man Ihnen eine perfekte Kraft zur Seite gibt, würden Sie sich schon einarbeiten. Wie kommt er eigentlich dazu, so viel von Ihnen zu halten? Haben Sie was miteinander?"

„O nein, kein Stück", schwor ich erschrocken. „Aber er hat sehr gute Erfahrungen mit meinem Bruder gemacht. Vielleicht glaubte er ..."

„Glaube versetzt Berge", unterbrach mich die schlimme Hermine, das ganze Gesicht voller Skepsis.

Einen Monat später siedelte ich mit Hanskarl nach Frankfurt über. Aber unser Berliner Appartement behielten wir. Peter übernahm die Kosten: „Es ist so beruhigend, in Berlin noch eine Bleibe zu haben."

Ich gebe zu, daß mir der Start in Frankfurt sehr leicht gemacht wurde. Schließlich besaß ich verwandtschaftliche und freundschaftliche Beziehungen zu einer der größten Werbeagenturen. Billy zwang seinen enormen Bekanntenkreis, in unserem Laden zu kaufen, und mein Bruder lieh mir ein paar hübsche Ideen für die Ausstattung. (Von ihm stammen übrigens auch die ausrangierten Karusselpferde und Schwanengondeln, an denen wir uns laufend mit blauen Flecken versorgen.)

Bereits nach einem Vierteljahr waren wir in Mode gekommen. Meiner gewinnenden Geduld im Umgang mit den Kunden und Angestellten und meinem Geschick beim Einkauf ist es endlich zu verdanken, daß wir in Mode blieben.

Außer Hermines Erzeugnissen führen wir heute den letzten Babyschick aus Paris, London, Italien und der Schweiz. Bei uns kauft, wer auf sein Kind etwas hält – und Geld hat. Neulich fragte mich ein Mann, der leichtfertig eine Patenschaft übernommen hatte: „Was berechtigt Sie eigentlich zu so unverschämten Preisen! Etwa die Tatsache, daß die Kleinen schnell aus den Sachen herauswachsen?"

Der Mann hatte ja so recht. Wir waren unverschämt teuer. Trotzdem kaufte er weiter bei uns, schon wegen der Tüte, auf der unser Name den Eltern des beschenkten Patenkindes zu verstehen gab, wo das Präsent erstanden worden war. Auf den Namen kommt es schließlich an, meinen viele Leute.

Das Geschäft florierte, aber es ärgerte mich, daß nur die verwöhnten Herzblättchen wohlhabender Leute unsere Modelle tragen durften. Mir fielen jene Mädchen in der Volksschule ein, die unter ihren verblichenen, geflickten, fünfmal vererbten Kleidern litten, während ihre Platznachbarinnen ihre duftigen Petticoats zählten, und ich legte mir eine Kartei von besonders bedürftigen Kindern an. Solche Adressen erhält man genug, wenn man sich nur darum bemüht.

Zu jedem Fest packte ich etliche Pakete, und Billy Heelms half mir mit einem Scheck dabei, denn die Kasse mußte schließlich stimmen.

Leider sind auch die besten Absichten nicht vor Entrüstung gefeit. Vor kurzem strömte eine besonders gute Kundin in unser Geschäft: „Wie kommt es, daß die Tochter unseres neuen Aushilfsgärtners das gleiche Kostüm wie meine Manuela Daniela trägt? Sie behauptet, die Sachen von Ihnen geschenkt bekommen zu haben. Wenn Ihnen noch etwas an meiner Kundschaft liegt ..."

Leider erfuhr Hermine durch meine Kassiererin von diesem Auftritt und machte mir eine üppige Szene am Telefon.

„Mit eurem sozialen Koller verjagt ihr meine besten Kunden", schrie sie und: „Hätten Sie es gerne, Maijie, wenn Ihre Reinemachefrau das gleiche Kleid umsonst trüge, für das Sie dreihundert Mark bezahlt haben?"

„Unsere Reinemachefrau nennt sich Raumpflegerin und fährt im Kleinwagen vor. Für mich wäre es eine Ehre, wenn ich das gleiche tragen dürfte wie sie", lautete meine dürftige Rechtfertigung.

„Nun, wir sprechen in Berlin darüber!"

Berlin. Unter uns schimmern die arabeskenhaften Pfützen der Havelseen zwischen waldigem Festland. Das da müßte der Jungfernsee sein. Ach ja, die Jumpfer Maijie vom Jumpfernsee ... die gab es auch einmal. Was war das für ein liebes, weltfremdes Hascherl – und war ich selber! Unvorstellbar. Jetzt fliegen wir durch die leichte Dunstwolke über der Stadt. Ziehen eine Schleife über den Ostsektor.

Der Mann neben mir steckt die Finger in die Ohren und gähnt künstlich. „Bei mir piekt's immer im Trommelfell beim Runterkommen, wissen Sie?"

Und jetzt sind wir da. Aus jedem anderen Verkehrsmittel kann man sich schneller herausdrängeln als aus einem

Flugzeug. Hier vollzieht sich alles in Zeitlupe – und dabei habe ich es so eilig.

Hart an der Grenze des unfeinen Galoppierens und im steten Kampf mit dem Pelz, der von meinem Arm rutschen will, trabe ich dem Ausgang zu, um die erste an der Kofferausgabe zu sein.

Und dann sagt jemand neben mir mit unbeschreiblicher Erleichterung und befangener Freude: „Jumpfer Maijie – daß ich dich wirklich noch erwischen würde!"

Vor mir steht Herr Ypsilon. Herr Ypsilon nach fünf ereignisreichen Jahren, in denen ich kaum an ihn gedacht habe. Herr Ypsilon mit einem Veilchensträußchen in der Hand, dessen Stiele tropfen. Er legt es auf meine Handtasche, die so prall gefüllt ist, daß sie nicht mehr zugeht.

„Ich hab's aus dem Blumenladen dort drüben gerissen, als ich dich so plötzlich auf der Gangway sah", lächelte er.

Ich weiß mit seiner herzlichen Wiedersehensfreude nichts anzufangen, und ich kann sie darum auch nicht erwidern. Gefühle spulen sich sehr langsam in mir ab.

Der Pelzmantel nutzt mein Erstaunen und gleitet jetzt endgültig von meinem Arm. Ich bemerke es erst, als ich beim nächsten Schritt darüber stolpere. Herr Ypsilon hebt ihn auf und streicht über sein zärtlichweiches, totes Raubtierfell. „Blauer Ozelot", sagt er. „Wie ist Maijie inzwischen elegant geworden!"

Was für eine seltsame, nicht mehr gewohnte Hastlosigkeit geht von seiner Stimme aus!

„Seit drei Tagen bin ich in Berlin. Aber die Stadt war für mich so verlassen ohne dich."

Ich sehe ihn verwundert an. Wie kann er nur so reden nach fünf Jahren! Und genauso zärtlich auf mich herablachen wie damals ... mein Gott, es ist so lange her. Und es war so viel dazwischen.

„Weißt du", sagte er, „ich saß drüben im Restaurant. Ich sah die Frankfurter Maschine landen und dich herausklettern." Er lacht. „Ich dachte, mich äfft eine Wunschvorstellung, aber du warst es wirklich. Schön, daß du es bist Maijie."

Die hinter uns an der Kofferausgabe wartenden Flugpassagiere haben seine Worte mitgehört und prüfen – jeder für sich –, ob mein Anblick auch ihrer Wunschvorstellung entspricht. Es ist sehr peinlich. Jetzt gucken sie Herrn Ypsilon an, der – obgleich bedeutend schwerer als damals – noch immer blendend aussieht.

„Da kommen die Koffer", sage ich erleichtert, denn nun nimmt niemand mehr Notiz von uns, sondern ausschließlich vom einrollenden Gepäckkarren.

Herr Ypsilon begleitet mich aus dem Flughafengebäude. Es hat zu regnen begonnen. Der Wind weht unfreundlich kalt.

„Brauchst du ein Taxi?" Er hat wohl inzwischen begriffen, daß ich mich nicht nur äußerlich verändert habe. Auch mein Herz denkt inzwischen viel zu praktisch, um noch „ein schönes Bedauern" für eine Liebe aufbringen zu können, die keinen Sinn hat. Wie sagte Billy noch: Man kommt heute über alles hinweg, wenn man nur genügend zu tun hat.

„Ja, ich brauche eins."

„Sofort?" fragt er.

„Ich habe es eilig, aber fünf Minuten ..." Ich versuche, ein Tuch um meine Haare zu binden, doch der Wind ist stärker. Herr Ypsilon setzt mein Gepäck ab, um mir zu helfen. „Du lebst noch in Berlin?"

„Nein, in Frankfurt. Es ist wirklich purer Zufall, daß ich hier bin."

Er lächelt. „Purer Zufall, das war es doch immer mit uns –", und verknotet die Enden des Chiffontuches in meinem Nacken. „Fest genug?"

„Ja, danke."

„Und es geht dir gut?"

„Ich bin schon lange nicht mehr bei der Zeitung. Ich leite ein großes Kindermodengeschäft in Frankfurt."

„Maijie ist also eine vielbeschäftigte, elegante Frau geworden. Ich muß mich an diese Wandlung gewöhnen. Albern von mir, aber ich sehe dich noch immer als das verträumte Mädchen im blauen Leinenkleid, das neben mir im Gras am Jungfernsee saß. Deine Phantasie trug damals Empire ..."

„Es ist so lange her."

„Das merke ich."

„Ich heule der armen, phantasievollen Zeit von damals keine Träne nach, denn ich leiste mir nicht die Sentimentalität der Wohlbestallten, die voll pathetischer Wehmut an ihre Geflickte-Hosen-Periode zurückdenken. Und vor nichts mehr zittern als vor einer Rückkehr derselben."

„Natürlich", sagte er ungewöhnlich sanft.

Ich sehe zu ihm auf und begegne traurig lächelnder Freundlichkeit. Nunja, er hatte mich fünf Jahre lang in längst überholter Erinnerung, während ich fünf Jahre lebte und mich veränderte. Heute besitze ich ein schönes, lautes, elegantes Selbstbewußtsein. Es gerät unter seinem Blick ein bißchen ins Stolpern.

„Du träumst heute nicht mehr", stellt er fest.

„Nein. Wozu? Postkutsche fährt man nur, wenn man sehr viel Zeit hat. – Und du, ich meine, was machst du so?"

„Nun, immer dasselbe: bauen."

„Deiner Familie geht es gut?"

„Ja."

„Ich werde übrigens auch bald heiraten." Herr Ypsilon ist sehr überrascht. Was hat er eigentlich erwartet? Daß ich ewig eine späte „Jumpfer" bleibe?

Und dann steige ich in das nächste Taxi, das vorfährt. Er verharrt einen Augenblick vor der offenen Wagentür. Der Regen fällt heftig über ihn her. Auf einmal sehe ich, daß Herr Ypsilon in den vergangenen fünf Jahren grauhaarig geworden ist, beinah weiß. Das tut mir weh, ich weiß auch nicht, warum. Dabei steht es ihm ausgezeichnet. Filmkünstler färben sich absichtlich weiß, wenn sie glauben, mit normaler Haarfarbe nicht mehr interessant genug zu sein. Jedoch bei Herrn Ypsilon ...

„Kommst du mit in die Stadt?" frage ich ihn. „Heute habe ich leider keine Zeit, aber vielleicht morgen vormittag –?"

„Glaubst du, ich habe hier im Flughafen gesessen, um die ankommenden Maschinen zu beobachten?" fragt er dagegen.

„Ach so, natürlich. Du fliegst heute schon wieder. Schade, wir hätten so viel zu reden gehabt. – Also dann ..." Ich gebe ihm die Hand, aber er nimmt sie nicht.

„Weißt du", sagt er und ist auf einmal verlegen wie ein Schuljunge, der sich fürchtet, Gefühle preiszugeben. „Weißt du, ich bin in der letzten Nacht stundenlang durch die Straßen gebummelt. Es gibt jetzt noch mehr Umleitungen und Baustellen als damals in Berlin. Und du warst nicht da."

Unsere Baustelle! Eine Amsel sang, vielleicht war es auch ein anderer Vogel, die Morgensonne kletterte über altmodische Hausdächer in die Straßen hinab und kitzelte sie aus ihrem schattigen Schlaf. Herr Ypsilon litt unter seinem verflixt reinen Gewissen auf dem Balken neben mir. Und ich war sicher, daß ich nie mehr einen Menschen so liebhaben würde wie ihn.

Jetzt richtet er sich auf, den Ärmel am Handgelenk schiebend. Regentropfen patschen auf sein Uhrenglas. „Maijie, es wird Zeit für mich."

Wir geben uns die Hand und scheiden mit herzlichen Zukunftswünschen voneinander.

Er geht rasch auf den Eingang des Flughafens zu. Das Taxi fährt an. Das war also das Wiedersehen mit Herrn Ypsilon nach fünf Jahren. Mein schönes Bedauern.

Als ich die Handschuhe aufnehme, die über meiner geöffneten Tasche auf dem Sitz neben mir liegen, entdekke ich das Sträußchen. Es ist viel Rührendes um so einen kleinen Veilchenstrauß, besonders dann, wenn Achtlosigkeit ihn zerdrückt hat.

Ich stecke die Nase in die Blüten. Etwas zerbricht in mir. Ich glaube, es ist die vielbeschäftigte, moderne Frau mit den angespannten Nerven, auf die sie sich selbst am meisten fällt.

Da sitze ich nun in meiner leicht verregneten Eleganz mit einem prallgefüllten Terminkalender und ebensolchem Privatleben. Beides verleiht mir das angenehme Gefühl gewisser Bedeutung. In wenigen Monaten werde ich heiraten ... Es geht mir ja so wundervoll ... aber die zerdrückten Veilchen! ... Ich war nicht sehr nett zu Herrn Ypsilon, dabei liebte ich ihn einmal ... ich bin überhaupt keine reizende

Person mehr. Gräßlich, diese Sentimentalität. Das machen bloß die Nerven. Ich habe zu wenig Schlaf. Man kann auch vor Übermüdung weinerlich sein. Aber der Herr Ypsilon ...

„Halten! Bitte, halten Sie!“ Ich hämmerte auf den Rükken des Taxichauffeurs ein. „Ich hab was vergessen.“

„Soll ich zurückfahren?“

Aber nein, das dauert zu lange. Ich springe aus dem Wagen und renne – Haken schlagend wie ein gehetzter Hase – zwischen abfahrenden Autos zum Flughafeneingang zurück.

Vor dem BEA-Schalter erwische ich Herrn Ypsilon an zwei erschrockenen Mantelaufschlägen, zu atemlos und durcheinander für einen vollständigen Satz. „Die Veilchen –“ bei dem stürmischen Anprall haben sie in meiner Hand noch mehr gelitten – „ich – hab vergessen ... noch gar nicht bedankt dafür.“

„Aber, aber –“ Herr Ypsilon nimmt mich in seine Arme. „Deshalb brauchst du doch nicht zu weinen.“

„Die Nerven“, schluchze ich, „deshalb ...“ Und stecke mein Gesicht in den kühlen, feuchten Stoff seines Regenmantels. „Ich hatte plötzlich so Heimweh nach dir.“ Es war wohl Heimweh nach dem unwiderruflich Vergangenen.

Seine großen, ruhigen Hände trösteten mich. Ich bin nur noch Hände gewöhnt, die zupacken können und betören; jedoch für „außergewöhnliche Situationen“ wie spontanes, jammerndes Elend mitten im Flughafengebäude wären sie nicht geschaffen.

Stundenlang möchte ich im Schutze von Herrn Ypsilons Armen heulen – über alles und gar nichts und hinterher einschlafen. Aber ich bin leider nicht mehr acht Jahre alt, und außerdem bilden wir die Zielscheibe der allgemeinen, blanken Neugier.

„Weißt du –“ beginnt er leicht verlegen.

„Ach, laß doch die Leute. Was gehen sie mich an.“

„Die Leute sind mir egal“, verspricht er, „aber die BEA wird unseretwegen nicht den Abflug verzögern.“

„Mußt du denn schon fort? Kannst du nicht umbuchen?“

„Ja, hast du denn überhaupt Zeit?“ fragt er.

„Das ist eben der Unterschied zwischen uns. Du hättest niemals meinetwegen eine geschäftliche Verabredung abgesagt. Ich tu's einfach. Ich sage ... ach, es fällt mir schon was ein."

„Gut", beschließt er nach kurzem Überlegen, „ich will's versuchen."

Mir ist gleich viel wohler zumute. Aber mit der seelischen Besserung erwacht auch die Erkenntnis, daß ich den Umstehenden eine zweifellos effektvolle Schau geboten habe – und ich wage nicht, das Gesicht aus Ypsilons Mantel zu nehmen. „Hast du nicht zufällig eine Sonnenbrille?"

Er hat. Sie hängt etwas verloren und viel zu groß auf meiner Nase, aber ich fühle mich anonymer hinter ihren dunklen Gläsern – und somit weniger peinlich.

Das Taxi fällt mir ein. Es wartet draußen mit meinem Gepäck. Und die schlimme, alte Dame! Und die Geschäftsleiterkonferenz! Ich werde sagen, die Maschine konnte wegen Nebel nicht starten.

„Herr Ypsilon!"

„Ja?"

„Es ist sehr schön, dich wiederzusehen", und dann laufe ich zum Ausgang.

„Maijie", hält er mich auf.

„Ja?"

„Was ich dich noch fragen wollte: Wann willst du heiraten?"

„In zwei, drei Monaten voraussichtlich."

„Maijie!"

„Ja?"

„Liebst du ihn?"

Wir stehen voreinander.

„Es ist ganz anders als mit uns ... weißt du."

„Es ist wirklicher, nicht wahr?"

„Hmhm."

„Ich freu' mich für dich", sagt er und streichelt meinen Arm.

„Was wird, wenn du nicht umbuchen kannst? Dann komme ich zurück, und du bist nicht mehr da!"

„Ich bin da, Maijie."

Er will gehen, aber ich halte ihn noch einmal auf. „Herr Ypsilon ..."

Ein leicht nervöses „Ja?" wegen der fortgeschrittenen Zeit.

„Ich habe schon einmal hier auf dem Flugplatz gestanden und dir nachschauen müssen ... bitte, bitte, heute nicht." Es gelingt ihm, auf eine Maschine umzubuchen, die eine Stunde später fliegt. Wir sitzen im Flughafenrestaurant und schauen uns an. Und schauen uns an. Soviel unbeschreibliche Zärtlichkeit ist in seinem Gesicht.

„Weißt du eigentlich, wann ich anfing, dich zu vergessen?"

„Als du dich neu verliebtest, nehme ich an."

„O nein, viel früher. Ich ging einmal an deinem Haus vorbei ..."

„Du warst da und hast nicht angerufen?"

„Hättest du es sehr geschmackvoll von mir gefunden?"

„Maijie", sagte er und küßte meine Fingerspitzen. „Du gingst also an meinem Haus vorbei."

„Auf eurem Balkon hing ein Kinderbadeanzug zum Trocknen."

„Deshalb?" fragte er.

„Ja. Ich wußte zwar, daß ihr eine Tochter habt. Aber erst dieses Beweisstück ernüchterte mich vollkommen."

Dann möchte er wissen: „Was war's denn für ein Anzug?"

„Ein roter mit weißen Punkten."

„Der paßt Anette heute nicht mehr", und die Zärtlichkeit in seiner Stimme gehört jetzt ausschließlich seiner Tochter. „Stell dir vor, sie kriegt schon Busen."

Der Ober stellt den Tee zwischen uns.

„Als wir uns kennenlernten, war sie noch ein Kind. Und jetzt kriegt sie Busen. Wir werden alt, Ypsilon."

„Es ist nicht aufzuhalten." Er nickt betrubt.

„Ich bin schon siebenundzwanzig", und seufzte über dieses unverschuldete Malheur.

Da lächelte Herr Ypsilon. Lächelt herrlich amüsiert und tätschelt meine Hand. Nun ja, beim letztenmal hatte ich vierundzwanzig zugegeben – und das ist jetzt fünf Jahre her. Ich werde ein bißchen unsicher. Schließlich hat er auch das Rechnen in der Schule erlernt.

„Hast du kein Bild von Anette bei dir?“ lenke ich darum ab.

„Kann sein –“ Er holt seine Brieftasche hervor und legt nach kurzem Suchen ein unterbelichtetes Foto vor mich hin. Ich sehe ein schlaksiges Mädchen an einer Mauer. Aus einem spitzen Gesicht springt die fürwitzige Nase seines Vaters. Unter schwarzen, ungekämmten Ponies blinzeln mürrische Augen in die Kamera. „Reizend“, sage ich und gebe das Foto zurück.

„Ja.“ Er läßt seine Tochter nicht ohne Stolz zwischen Flugticket und Hotelrechnung in der Brieftasche verschwinden. „Sie ist mir gut gelungen. Wenn sie nicht wäre ...“

„Ich meine, das Älterweden ist leichter, wenn man ein Kind hat. – Aber jetzt erzähle endlich von dir. Wen willst du heiraten?“

„Er heißt Billy Heelms.“

„Von der Heelms-Werbeagentur?“

„Kennst du ihn etwa?“

„Ich habe schon viel von ihm gehört.“

Wahrscheinlich nicht nur Gutes, darum sage ich vorbeugend: „Ich weiß, er hat privat keinen seriösen Ruf. Aber zu mir war er immer hoch anständig.“

„Maijie“, lacht Herr Ypsilon, „warum glaubst du, ihn verteidigen zu müssen? Ich habe ihn doch gar nicht angegriffen, im Gegenteil. Ich bewundere seine enorme Geschäftstüchtigkeit. Kennst du ihn schon lange?“

„Ja. Erinnerst du dich noch an mein Knie?“

„Gerne. Und mit dem Knie hast du Billy kennengelernt?“

„Durch das Knie. Seine Tante ... aber das führt zu weit. Zuerst war ich ziemlich entsetzt von ihm. Er betätigte sich gerade als Ehestörer, als ich ihn näher kennenlernte. Aber das hatte er bald satt. Als ich nach Frankfurt zog, wurde ich seine gute Freundin ich wollte es gar nicht, er machte mich einfach dazu. Er kam mit all seinen Frauengeschichten und Hobbies zu mir, und ich redete ihm feurig ins Gewissen. Manchmal beherzigte er sogar, was ich sagte, aber nur manchmal. Wenn mein Bruder und er in die Ferien fuhren, nahmen sie mich mit und paßten beide höllisch auf mich auf. Besonders Billy. Er war ganz verliebt in die Idee, ein braves Mädchen zu kennen. Das war manchmal ziemlich anstrengend für mich. Billy ist überhaupt der anstrengendste, unruhigste, launischste Mann, den ich kenne. Aber – so grundverschieden wir auch sind – er braucht mich irgendwie."

„... und eine Frau braucht vor allem das Gefühl, gebraucht zu werden. Damit fängt man sie und hält sie manchmal über Gebühr fest", nickte Herr Ypsilon.

„Na ja, und so kam es eben. Vor anderthalb Jahren. Billy, mein Bruder und ich waren an der Riviera. Billy hatte einen Flirt mit einer französischen Schauspielerin. Und er hatte einen neuen Fimmel: ein Rennboot. Das führte er mir eines Abends vor. Mitten auf dem Meer ging uns das Benzin aus. Es dauerte einige Stunden, bis man im Hafen begriff, daß wir nicht absichtlich so lange fortblieben. In diesen Stunden ohne Whisky und ohne seine vielen, lauten Freunde war er ein ganz anderer Kerl. So ruhig und behutsam, so besonders nett. Da muß ich mich wohl in ihn verliebt haben. – Seitdem ist ihm leider nie mehr das Benzin ausgegangen. Und nie der Whisky."

Ich habe dem Herrn Ypsilon mehr erzählt als beabsichtigt. Er schweigt dazu, lächelt nur, als er meinem Blick begegnet. Ich weiß nicht, was er denkt.

„Billy verwöhnt mich und ist sehr lieb zu mir. Ich habe es gut bei ihm." Sagt man eigentlich: Ich habe es gut, wenn man liebt – sagt man das nicht nur, wenn man sich schließlich abgefunden hat!? Ich muß wirklich ein bißchen bedachter mit meinen Worten umgehen. „Aber ich kann mich nicht beklagen", versichere ich darum.

„Das kannst du wirklich nicht", bestätigte Herr Ypsilon.

„Wenn bloß –"

„Ja?"

„Wenn Billy nur nicht so einen enormen Menschenverbrauch hätte. Er kann nie mit mir allein zu Haus sitzen, immer müssen viele Leute um uns sein. Zu viele Leute. Und immer neue. Das Wort Party ist bei mir zum Alptraum geworden. Und dann seine Raserei. Billy ist geschwindigkeitssüchtig – und ich bin es so gar nicht. Aber seitdem er seinen ersten bedenklichen Herzanfall hinter sich hat, keimt in mir so ein schüchterner Sprößling Hoffnung, daß er eines Tages doch noch ein bedingt friedlicher Mensch werden wird.“

Billys Herzattacke ereignete sich am Abend, bevor wir an die Corniche d'or fahren wollten, und ich hatte mich bereits seelisch auf ebenso sportive wie amüsante Strapazen vorbereitet, kurz, auf das, was Billy unter Ferien verstand. Das Leben dort war nicht weniger anstrengend als unser Leben in Frankfurt, aber wenigstens fand es in frischer Luft statt, und das war immerhin schon ein Vorteil.

Jedoch um sieben Uhr abends rief mich Billy mit merklich blasser Stimme aus dem Büro an.

„Packe Riviera aus und Volkstümliches ein. Wir fahren in ein Kneippbad.“ Es folgte eine Reihe von Flüchen. „Mir war vorhin nicht besonders gut. Es ging bald wieder vorüber. Aber dein Bruder war leider bei mir. Und weißt du, was dieser Idiot gemacht hat? Holt er doch den Professor Neuheiß. Der hat mich untersucht – und er mußte ja auch etwas finden. Schon wegen des Honorars.“

„Was hat er gesagt, Billy?“ fragte ich streng.

„Es wäre das Herz. Ein Anfall von Coronar ... , Coronar ... und dann kam noch etwas mit ‚suff‘ hintenan.“

„Was sollst du dagegen tun?“

Seine Bärennatur, auf die er so stolz war, und seine maßlose Betriebsamkeit wehrten sich gegen den erhobenen Zeigefinger des Arztes. Trotzdem mußte ihm nicht recht wohl zumute sein, denn er kam sehr bald nach Hause und legte sich bereits um zehn Uhr zu Bett; das war seit etlichen Jahren nicht mehr vorgekommen.

Am nächsten Morgen – Billy war noch immer nicht bereit, mit sich geschehen zu lassen, was nicht er selbst bestimmte –, am nächsten Morgen baute er ein Gesundheitsprogramm wie ein neues Unternehmen auf und betrieb es mit der gleichen Energie, was zur Folge hatte, daß es sich schon wieder gesundheitsschädigend auswirkte, zumindest auf mich, die ich alles mitzumachen gezwungen war. Allein war es für Billy ja viel zu langweilig.

Von ärztlich verordneter Ruhe hielt er überhaupt nichts. Wir fuhren in ein Kneippbad, wo bereits um sechs Uhr früh triefnasse Tücher in meinen schönen, ahnungslosen Morgenschlaf hineinklatschten. Wir traten Tau auf grüner Wiese, turnten zwischen kurzatmigem Wirtschaftswunderspeck, brüteten in der Sauna, ließen uns massieren, nahmen Heilbäder und lasches Mittagessen ein und rannten stundenlang über Stock und Stein. Ich fiel vom Fleisch und vom Humor, und die Kurkapelle spielte dazu die „Diebische Elster". Aber während sich in meinem Herzen eine leichte Verbitterung über diese mir aufgezwungene ganze Gesundheitsprozedur ansiedelte, fühlte sich Billy glücklich und rein wie ein Büßer nach vollendeter, mühsamer Wallfahrt.

Am Tage nach unserer Rückkehr aus dem Kneippbad beunruhigte er seine vierhundert Angestellten durch das Tragen von Gesundheitslatschen. Das waren sie am stutzerhaft gekleideten Billy nicht gewohnt; und jeder Kunde, der ihm nicht rechtzeitig aus dem Wege ging, erhielt einen flammenden Vortrag über den Wert einer Kneippkur.

Mein Gesundheitsapostel trieb Bruder Peter und mich um sechs Uhr früh zum Tautreten in den spätherbstlichen Garten hinaus. Peter floh in Geschäften nach Köln und Amsterdam.

Kurz, Billy Heelms war auf dem besten Wege, mir unsympathisch zu werden, denn selbst in unseren durch Mineralwasser feurig angeregten Stunden zu zweit wurde ich den Verdacht nicht los, daß er dabei noch immer sein Gesundheitsprogramm im Kopf hatte. Und das beeinträchtigt ungemein die natürliche Leidenschaft.

Ich begann, mich beinah nach dem Saulus Billy zurückzusehnen, denn der Paulus Billy war unerträglich. Die Bekehrten sind ja meistens die heftigsten Eiferer.

Als er mich heute mittag zum Flughafen brachte, trug er wenigstens keine Sandalen mehr. Diese Beobachtung läßt mich wieder hoffen ... worauf, weiß ich allerdings nicht, denn Billy lebt nur in Extremen.

„Gratuliere“, sagt Herr Ypsilon, der nichts von meinem urgesunden Dilemma ahnt. „Ich gratuliere ihm zu dir. Er ist zu beneiden ...“

„Glaubst du?“ zweifle ich. „Du kennst mich doch kaum. Vielleicht bin ich ein Biest.“

„Schon möglich. Wir hatten ja nie Zeit, voneinander enttäuscht zu werden. Wenn man alles zusammenrechnet, waren es höchstens vierundzwanzig Stunden!“

Vierundzwanzig Stunden in sieben intensiven Jahren! Und trotzdem, der Herr Ypsilon braucht keine Versprechungen zu machen, keine Bewährungsprobe zu bestehen, keine Schwüre abzulegen noch Präsente zu schikken, nicht einmal eine Ansichtskarte.

Er braucht mir jetzt nur gegenüberzusitzen, und alles fängt wieder von vorne an – trotz seiner Familie, trotz Billy Heelms.

„Du hast einmal gesagt: Wenn ich mit dir zusammen bin, steht das zwanzigste Jahrhundert plötzlich still.“

„Habe ich das gesagt?“

„Es steht jetzt wirklich still.“

Wir schauen uns an, so was Dummes, und können gar nicht aufhören, uns anzuschauen. Vierundzwanzig Stunden sind wirklich zu wenig in sieben Jahren – oder auch vierundzwanzig Stunden zuviel.

Herr Ypsilon nimmt zuerst seinen Blick von mir fort. „Ich gebe zu, daß ich nicht oft an dich gedacht habe“, sagt er, „aber manchmal, auf langen, nächtlichen Autofahrten, fällst du mir plötzlich ein. Und dann liebe ich dich so vor mich hin.“

Wir trinken unseren erkalteten Tee und verzichten auf die ermüdenden, sehr in Mode gekommenen Gespräche zwischen alten Freunden, die sich nach Jahren wiedertreffen. Wir zeigen nicht: Schau, was ich inzwischen alles angeschafft habe und wie weit ich in der Welt herumgekommen bin (wobei nicht vergessen werden darf, ein paar prominente Namen einzuflechten. Man muß dem anderen doch zeigen, mit wem man zu verkehren pflegt.)

Wir verzichten von vornherein auf diesen Wettstreit im Renommieren, der meistens von der heimlichen Sorge begleitet ist: Hoffentlich hat der andere inzwischen nicht mehr erreicht als ich. Hoffentlich besitzt er nicht Daimler-Benz-Aktien, während ich nur Mannesmann habe. Hoffentlich ist sein Swimming-pool nicht größer als meiner und sein Auto nicht teurer als meins; und wenn das – Gott behüte – wirklich der Fall sein sollte, so darf ich ihn nicht merken lassen, daß sein Mehr mir imponiert.

Wir sitzen nur da und erinnern uns. Und lächeln uns an. „Ich möchte gar nicht alles von dir wissen, Maijie", sagt er, „selbst auf die Gefahr hin, daß ich ein Biest weiterhin für einen Engel halte."

Der Ober räumt das Teegeschirr ab und wedelt Nüchternheit aus seiner Serviette über den Tisch.

„Wünschen die Herrschaften noch was?"

„Ein Glas Wasser für meine Veilchen."

„Es lohnt sich nicht mehr", winkt Herr Ypsilon nach einem Blick auf seine Uhr ab.

„Wieviel noch?" frage ich bange. „Es ist gleich soweit."

„Kannst du nicht noch einmal umbuchen?"

„Bis übermorgen ist alles ausverkauft."

„Dann nimm einen Zug." Ich mag ihn nicht schon wieder verlieren.

Statt einer Antwort sagt er: „Als ich nach Berlin kam, war ich naiv genug zu glauben, ich würde noch dieselbe Person vorfinden, die ich vor fünf Jahren verlassen habe."

„Im blauen Leinenkleid."

Er lacht. „Erinnerungen leben ohne Logik in einem fort, sonst würden sie ihre lieben Opfer bei Kälteeinbruch wärmer bekleiden ..."

„... und altern lassen", fügte ich hinzu.

„Ich kam vor allem nicht auf die Idee, daß du inzwischen weitergelebt haben könntest."

Ein kleines Mädchen mit Korallen in den Ohrläppchen steht plötzlich an unserem Tisch und stellt mit silberhellem Stimmchen, das man bis in die schattigsten Winkel des Restaurants vernehmen kann, fest:

„Tante! Der Onkel hat dir die Hand geküßt!"

Wir lachen beide zum Fenster hinaus, vor dem eine Viscount ausrollt.

Der Sturm fegt in die Haare und Mäntel der Hosenbeine der Passagiere, reißt ihnen das Winken aus der Hand, die hastig nach dem Hut faßt.

„Evelyn!“ versucht eine Frauenstimme das Kind von unserem Tisch fortzumahnen.

„Geh, Evelyn“, sage ich zu dem kleinen Mädchen, „die Mutti ruft.“

„Das ist nicht meine Mutti. Das ist Tante Elli“, belehrt es mich. „Mutti ist in Hannover.“

„Dann geh zu Tante Elli.“

Unser Abschied wird durch Lautsprecher ausgerufen.

Nein, bitte, bitte, noch nicht. Ich habe ihn fünf Jahre lang nicht vermißt, aber jetzt – jetzt mag ich ihn noch nicht hergeben. Meine Blicke klammern sich an seine kräftigen Schultern, seine behutsamen Hände, seine helle Zärtlichkeit ... wie an einen Rockzipfel. Alle noch vorhandenen guten Kindergefühle, alles, was in mir noch phantasievoll und zärtlich ist und andächtig sein kann, möchte ihn festhalten. Seine Gegenwart ist wie ein schönes, friedliches Zuhause, das ich schon so lange nicht mehr gehabt habe.

Es fallen mir auf einmal so viele Wünsche ein, für die Billy kein Verständnis hat. Ein richtiges Gespräch. Blumenpflücken. Ein Pontifikalamt in einer altitalienischen Kirche. Ein Besuch im Museum mit Filzlatschen an den Füßen und Katalog in der Hand. Ein Abend zu Hause, an dem beide lesen, der Hund in seinem Sessel träumt und nebenan ein Kind schläft. Ich hätte gern einen Jungen.

Aber mit Billy wird wohl niemals ein normales, friedliches Leben möglich sein, auch nicht nach dem dritten Herzanfall. Billy braucht kompaktes Leben – zumindest das, was er darunter versteht: Immer neue Nervenkitzel, eine Menge Leute, Hetze, Bars – und wenig Schlaf. Es ist sehr schick an seiner Seite, so schick, daß ich vor lauter Heimatlosigkeit manchmal heulen möchte wie ein Mitternachtshund.

An unserem Tisch steht noch immer das kleine Mädchen Evelyn und wippt mit dem Kinn auf der Tischkante und guckt uns an.

„Soll ich mal singen?“ fragt es.

„Evelyn!“ mahnt die Tante Elli hilflos und ohne Hoffnung auf Erfolg. „Kommst du sofort hierher!“

„Soll ich das Lied vom Schneemann oder von der Badehose singen? Ich kann beides. Und ich kann den ‚kleinen Bären von Berlin‘. Kennst du das, Onkel?“

„Aber deine Tante!“ sagt Herr Ypsilon verzweifelt.

„Evelyn! Ich erzähl's der Mutti, wenn du nicht sofort herkommst. – Entschuldigen Sie bitte, aber Sie wissen ja, wie Kinder sind“, ruft die Tante uns zu. Warum steht sie nicht auf und holt Evelyn von unseren letzten gemeinsamen Augenblicken fort!??

Wir starren bedrückt auf das anhängliche Mädchen und dann uns an. Und müssen lachen. Was bleibt uns anderes übrig?

„Es wird Zeit“, sagt Herr Ypsilon.

„Hmhm.“

„Laß mich rechtzeitig wissen, wann du heiratest, damit ich dir ein schönes Angebinde schicken kann. Rosa Rosen hattest du damals am liebsten.“

„Es hat sich nichts geändert“, sage ich, „was meinen Geschmack anbelangt ... was Rosen anbelangt ... ich meine ... überhaupt ... du kriegst eine Anzeige.“

In diesem Augenblick wird Herr Ypsilon namentlich durch den Lautsprecher aufgerufen.

Zu Evelyns rundäugigem Staunen nimmt er jetzt meine beiden Hände und küßt sie. „Ich wünsche dir viel Glück, Maijie –“

„Danke, lieber Herr Ypsilon. Ich wünsch' dir das gleiche, wofür immer du es gebrauchen kannst.“

Wir wollten aufstehen, aber Evelyn hat noch etwas mit uns vor. Sie setzt einen einohrigen, verfilzten Teddybär auf den Tisch. „Schau, Onkel. Er heißt Brummi, weil er brummt. Du mußt ihn streicheln. Du auch, Tante.“

Wir liebkosen beide das verkommene, senfgelbe Plüschtier. Und dabei finden sich unsere Hände auf seinem Rükken. Es ist schon ganz dumm mit uns beiden, die wir uns so selten begegnen und so wenig zwischendurch vermissen. Das schöne Bedauern tut trotzdem verflixt weh, wenn es akut ist!

Ich begleite Herrn Ypsilon, so weit es geht. „Deine Familie wird dich mit der vorigen Maschine erwartet haben", sage ich, um etwas zu sagen. Es fällt einem ja selten etwas Sinnvolles beim Abschied ein. Herr Ypsilon nimmt sein Flugticket und den Paß aus der Brieftasche. „Meine Familie ist seit einem Vierteljahr bei Freunden in Rom. Wir haben uns getrennt."

„Nein!" Nein. Nein. Ich habe nicht auf Herrn Ypsilon verzichtet, damit er sich sieben Jahre später doch von seiner Frau trennt. Ich habe mich – ohne es zu wissen – für seine Ehe verantwortlich gefühlt. Sie war etwas Gutes, woran ich glaubte.

Er lacht verwundert. „Du scheinst darüber empört zu sein!"

„Ist es wegen einer anderen Frau?"

„Nein. Wir haben uns halt auseinandergelebt. Das soll vorkommen", sagt er so leicht hin wie alle anderen ernsthaften Dinge.

Und wenn es so ist – warum konnte es dann nicht vor sieben Jahren sein?

Er beugt sich abschiednehmend über meine Wange. „Leb wohl, mein Schatz. Alles Glück der Welt für dich. Und vergiß nicht, mir eine Anzeige zu schicken."

Wir stehen einem Mann im Wege, der seine Angst, die Maschine zu verpassen, mit verrutschtem Hut, aufgeregter Stimme, hastigen Füßen und rücksichtslosen Ellbogen kundtut. Er reißt mich beinah um und rempelt Herrn Ypsilon vor sich her. Es entsteht ein Gewirr aus Taschen, Mänteln, Rücken und Armen, darüber ein zärtliches Gesicht zum letztenmal ...

Ich warte, bis Ypsilon im Flugzeug verschwunden, bis die Gangway fortgezogen ist und die Propeller zu kreisen beginnen. Ich warte, bis die Maschine zur Startbahn rollt,

Kraft sammelt und schnell, immer schneller über das weite Feld in den kaltblauen Himmel rast und auf das Bergmassiv zufliegt, das sich aus schwarzen Wolken über den Hausdächern am Horizont zusammengeballt hat.

Um elf Uhr abends komme ich endlich von unserer „Tagung" heim, schließe die Haustür auf, hole den Fahrstuhl herunter, öffne ihn – und stehe einem winzig kleinen Bündel Hund gegenüber, das sich in eine helle Ecke des Lifts drückt. Es versucht, durch fürchterliches Grollen und Fletschen der spitzen Mausezähne meinen Eintritt mit Gepäck zu verhindern.

„Nicht weglaufen lassen! Bitte!" brüllt eine Männerstimme aus den oberen Regionen des Hauses.

„Ich bringe das Raubtier zum zweiten mit hinauf!" rufe ich zurück.

Wir steigen beide in die Höhe, das knurrende Stückchen Fell und ich.

Es sträubt sich heftig gegen meine Hände, die es aufheben – und vergißt im Nu, daß es ein gefährliches, kleines Ding ist, als es meinen Pelz schnuppert.

Im zweiten Stock nimmt uns ein sehr erleichterter Hundevater in Empfang. Es handelt sich dabei um den „Herrn von oben", mit dem mich seit jenem Aschermittwochmorgen vor sieben Jahren eine flüchtige Liftbekanntschaft verbindet.

„Ihnen gehört der zornige kleine Mann?"

„Kein Mann. Eindeutig ein Mädchen", belehrt er mich und schließt sein Hundebaby in die Arme. „Ich wollte bloß meine Wohnungstür abschließen, da fuhr der Lift mit Lieschen in die Tiefe. Warten Sie, die Koffer nehme ich. – Guten Abend übrigens. Sie waren lange nicht hier."

„Guten Abend." Ich steige mit der Hand in die prallgefüllte Tiefe meiner Handtasche auf der Suche nach den Wohnungsschlüsseln.

„Wie geht's Hanskarl?"

„Oh, ausgezeichnet. Er bellt inzwischen frankfurterisch und wird immer fetter."

„Jaja, das Wirtschaftswunder macht auch vor den Kötern nicht halt."

Ich schließe die Wohnungstür auf, taste nach dem Schalter – aber soviel ich auch knipse, es wird nicht Licht.

„Vielleicht ist die Birne kaputt“, überlegt der Herr von oben.

„Ich fürchte eher, man hat mir das Elektrische abgeschaltet.“

„Wegen Zahlungsschwierigkeiten?“ fragt er freundlich.

„Ümüm, Vergeßlichkeit. Wir haben die Rechnungen nicht bezahlt.“

Sein Feuerzeug flackert spärlich vor uns her in die schwarze, dumpf riechende Wärme des Wohnzimmers. Auf dem Sekretär steht ein Schiebeleuchter mit einer Kerze, die jetzt zögernd aufflammt.

„Ziemlich trübseliges Heimkommen“, findet der Herr von oben. „Soll ich Ihnen wenigstens ein eisgekühltes Bier pumpen? Sie haben doch bestimmt nichts im Haus.“

„Danke, sehr freundlich. Aber ich gehe sofort schlafen.“ Jetzt durchwandere ich mit der Kerze in der Hand die kleine Wohnung, öffne ein Fenster, um warme, abgestandene Luft herauszulassen – draußen tropft der Regen von kahlen Ästen.

Und dann ruft Billy Heelms an. Er behauptet, das nach mir zu haben, was er unter Sehnsucht versteht – nämlich Ungeduld. Und entschuldigt sich, weil er vergaß, mir Blumen zum Empfang zu schicken. „An so was erinnert mich sonst dein Bruder, aber unter Verwandten hält er es wohl nicht für nötig.“

Dabei fallen mir Herrn Ypsilons Veilchen ein. Arme Veilchen. Sie sind schon sehr, sehr müde. Auf dem Wege zum Wasserhahn purzelt die Kerze aus dem Leuchter und verlischt auf dem Teppich. Was nun? Ich habe keine Streichhölzer.

Aber der Herr von oben scheint noch auf zu sein. Ich höre zuweilen Schritte über mir.

Er empfängt mich mit einem Scheuerlappen in der Hand, mit dem er wohl Lieschens kleine Teppichsünden aufgewischt hat.

„'schuldigung“, sagt er, „sie ist noch völlig straßenrein.“

„Ich hätte gern Streichhölzer."

Er führt mich in seinen Wohnraum, der sich auf eine sympathische Weise von all den eleganten Behausungen unterscheidet, in denen ich durch Billy zu verkehren pflege. Er ist weder uniform modern noch uniform originell-antik. Es fehlen ihm die obligate Holzmadonna und der Barockschrank und der venezianische Spiegel und die großblumige Sitzecke, Lampen sind weder Samuware noch auf Trompeten montiert, an der Wand hängt kein steifer Urahn aus dem Antiquitätengeschäft. An der Bar sitzt man nicht auf Kamelsätteln, der Tisch ist keine englische Regimentstrommel, es fehlt auch jegliches Schiffszubehör. Alles ist hier sehr hell und unoriginell. Bücherwände, farbiges Leder, schöngemasertes Holz.

Einen Augenblick lang habe ich den Wunsch, mich auf den grünen Nylonteppich zu legen und mit Lieschen zu spielen. Es ist so viel angenehmer hier als in meiner toten, dunklen Wohnung.

Der Herr von oben sucht nach Streichhölzern und einer Straßennotlaterne. „Weiß der Deibel, wo meine Wirtschafterin die wieder hingestellt hat." Während er einen Schrank durchwühlt, fragt er: „Sind Sie eben erst aus Frankfurt gekommen?"

„Nein. Schon heute mittag. Ich war inzwischen auf einer Geschäftsleiterbesprechung."

Er schaut auf und lacht. Lacht unangenehm.

„Warum?" frage ich pikiert.

„Ich sehe noch immer vor mir, wie Sie vor Jahren so traumverloren wie der Harlekin-mit-der-Rose zum Kaufmann schritten, um ein Viertel Aufschnitt zu holen. – Und jetzt: Geschäftsleiterbesprechung! Verzeihen Sie, aber das ist sehr komisch."

„Finden Sie?"

Er vergißt das Suchen nach der versprochenen Lampe und hockt sich auf die Tischkante. „Ihr Frauen habt's doch heutzutage schwer. Gerade gestern fragte ich eine vielbeschäftigte Freundin, was sie denn eigentlich von ihrer Gleichberechtigung hat außer einem Haufen Last. Abgesehen von ihren weiblichen Pflichten wie Kinderkriegen, -aufziehen und Haushalt muß sie beruflich arbeiten wie ein Mann und Verantwortung tragen wie ein Mann und dabei auf keinen Fall ihre süße, anschmiegsame Weiblichkeit aufgeben, denn sonst gefällt sie keinem Mann. Wenn ihr dabei ein Fehler unterläuft, der Männern jeden Augenblick passiert – und sei es nur ein falsches Parken –, heißt es sofort abfällig ‚Typisch Frau'. Sie hat sich wirklich viele Pflichten aufgehalst für wenig Vorteile. Denn schließlich ist es noch immer der Mann, der ihr die rechte Stellung verschafft. Er ist ihr gesellschaftliches Rückgrat, auch dann, wenn sie es selbst finanzieren muß."

„Eigentlich wollte ich mir bei Ihnen keine unerfreulichen Betrachtungen anhören", sage ich. „Eigentlich wollte ich bloß Streichhölzer."

„Und die Lampe." Er findet sie endlich im Besenschrank und erklärt mir ihren Mechanismus. „Wenn Sie den Hebel nach rechts stellen, gibt sie Blinkzeichen. Die brauchen Sie heute nacht nicht mehr. Bei dieser Einstellung brennt sie permanent – sehen Sie? So."

Ich bedanke mich und gehe in meine Wohnung hinunter. Wenig später liege ich im Bett. Neben mir steht die geborgte Lampe und blinkt – hell – dunkel – Zimmer – Nacht – Zimmer – Nacht – ihr Hebel läßt sich von mir weder auf „aus" noch auf „permanent" stellen. Hell – dunkel – so ungefähr muß es sich in der Stube eines Leuchtturmwärters ruhen – hell – dunkel – und beim nächsten Hell sehe ich Herrn Ypsilons ermattete Veilchen auf dem Tisch sterben. Jetzt hilft ihnen auch kein noch so gutgemeintes Wasser mehr.

Hell – dunkel – Herr Ypsilon ist jetzt schon längst zu Haus – hell – dunkel – dieses dumme, ziehende Heimweh nach ihm – was will ich eigentlich? Es geht mir doch prächtig, auch ohne ihn – hell – dunkel – ich habe all das erreicht, wovon ein junges Mädchen träumt – hell – dunkel – einen Beruf, der Freude macht, Reisen, Geld, hübsche Kleider, Schmuck – ein fröhliches, rasches Leben an der Seite eines vielbegehrten, reichen Junggesellen – hell – dunkel –

so ein Glück! Wenn man bedenkt, wie knapp nette Männer sind. Vor allem Männer zum Heiraten. Und dazu noch erfolgreiche! Hell – dunkel – die Lampe macht mich noch wahnsinnig – Fehler hat schließlich jeder. Meiner trinkt zuviel und fährt zu schnell und umgibt sich ständig mit einem Haufen Leute, die nichts als Geld und ihr Amüsement im Kopf haben – hell – dunkel – ein fröhliches, buntes Leben an der Oberfläche – hell – dunkel – aber wer schürft denn heute noch tief, wenn er keine aufrüttelnden Sorgen hat – menschlich wird man nur noch in Momenten der Angst – hell – dunkel – man „flirtet", gibt „Parties", hat eine „Liaison" und die „Managerkrankheit" in den Kreisen, in denen wir verkehren – helle Kreise' dunkle Kreise – „Streß" ist der international modische Name für totale Abspannung und Überarbeitung – hell – dunkel – und „seelische Depressionen" sind längst nicht mehr nur ein Begriff aus der Psychiatrie – hell – dunkel – Menschen, die eines Tages aufwachen und erkennen, was sie aus dem einzigen Leben, das ihnen zur Verfügung steht, gemacht haben und nicht mehr die Kraft besitzen, es zu ändern, die werden auch auf „seelische Depressionen" behandelt – es gibt ja heutzutage so viele ausgezeichnete Medikamente – hell – dunkel – ohne Rezept – mit Rezept. Unter „Depressionen" fällt auch der Liebeskummer. Früher gab es einmal ein anderes Wort dafür, das ist völlig aus der Mode gekommen – hell – dunkel – es hieß – Jetzt reicht es mir!! Ich nehme die Lampe und trage sie auf den winzigen Grüß-Balkon hinaus.

Endlich Dunkel. Dunkel, beruhigendes Dunkel, aus dem sich langsam die Umrisse des Zimmers schälen.

Übrigens – das Wort, das völlig aus der Mode gekommen ist, heißt „Herzeleid". Es reimt sich eine Menge darauf – Neid – Freud – Zeit ... Es gab einmal eine Zeit, da besaß ich eine Phantasie, die ein Empirekleid trug und im Damensattel über eine Wiese trabte, ohne vom Pferd zu fallen.

Aber damals hatte ich auch nur einen Mantel für Winter und Sommer, drei Kleider und zwei Paar Schuhe.

Auch glücklicher war ich nicht als heute, nur phantasievoller.

Die schlimme, alte Hermine hält mich länger in Berlin auf als vorgesehen. Sie hat nicht nur geschäftlich mit mir zu sprechen, sie braucht mich vor allem für ihre einsamen Abende, denn zur Zeit ist sie mit all ihren Freundinnen verzankt. Selbstverständlich haben ihre Freundinnen daran schuld.

„Gräßlich, diese verschrobenen Weiber. Eine ist mit Siebzig – kaum daß ihren Alten der grüne Rasen deckt – noch mannstoll geworden. Sie hat einen flotten Rentner! Ich bitte Sie, Maijie, was fängt man mit so einem Tapergreis von Mann noch an –!"

Hermine selbst ist vierundsiebzig.

Nach einer Woche hat sie sich mit eben jener „mannstollen" Freundin wieder ausgesöhnt – und darum genug von mir. „Warum sind Sie noch in Berlin, Maijie? Glauben Sie, Sie könnten das Geschäft ewig allein lassen?"

Erleichtert nehme ich die Nachtmaschine nach Frankfurt. Es holt mich niemand vom Flughafen ab, denn ich habe meine Rückkehr nicht angemeldet. Ich möchte gerne eine Überraschung sein. Leider ist der Überraschende meist selbst der Überraschte.

Unser Haus, in dem wir zu dritt – Billy, Peter und ich – seit einiger Zeit wohnen, strahlt aus allen Fenstern wie ein Weihnachtskalender am Heiligen Abend, als ich vorfahre. Ich wittere sofort Schlimmes, und die vielen Wagen, die halb auf dem Bürgersteig vor dem Gartenzaun parken, bestätigen meine Ahnung: Bei uns findet eine Party statt. Aus dem Gesundheitsfanatiker Ernst Ludwig Heelms ist wieder der wilde Billy geworden.

Ich möchte nicht klingeln, sondern starte die übliche, mühselige Suchaktion durch die gefüllten Tiefen meiner Handtasche nach dem Schlüssel.

Aber ehe ich ihn gefunden habe, öffnet sich die Tür aus Muranoglas, deren Farbe und Zusammensetzung mich an gefrorenes Danziger Goldwasser zu erinnern pflegt. Im hellen Rechteck steht mein Bruder mit einer frisch gefüllten Eisschale in der Hand. „Maijie! Was machst du hier?"

„Das frage ich mich auch", sage ich bitter, den Hut abnehmend und mit ihm in Richtung des Lärms zeigend.

„Wir haben wieder Gäste."
„Leider."
„Und Hildchen ist fort."
Was für ein Schlag! Hildchen konnte zwar nicht kochen und nicht bügeln, aber sie war so gutmütig ...
„Peter!"
„Ja?"
„In welchem Stadium befindet sich Billy? Oder ist er etwa noch nüchtern?"
„Keineswegs. Als ich ihn verließ, bestätigte er sich gerade selbst, war für ein Mordskerl er ist."
„... also im zweiten Stadium." Ich habe plötzlich das Gefühl, auf einen Schauplatz geraten zu sein. So empfand ich auch damals, als ich Billy zum erstenmal näher kennenlernte. Theater. Salonstück. Es gab da allerdings einen großen Unterschied: Das Personal in Salonstücken ergraute in Treue bei seinen Brotgebern. Unseres wechselte alle Vierteljahr.
„Wie war's in Berlin?" fragt Peter, den Ellbogen schon auf der Türklinke. „Bist du auf dem Friedhof gewesen?"
„Ja, natürlich. Zweimal. Es ist alles sehr schön für den Winter zurechtgemacht – Blautanne und Lorbeer und so ..."
„Gestern wäre Mutti sechzig Jahre alt geworden", sagt Peter. „Ich habe Rosen geschickt."
Und ich habe nicht einmal daran gedacht.
Aber mein schlechtes Gewissen darüber leidet unter der Freude, daß mein Bruder seit langem wieder einmal von früher spricht, von Mutti, überhaupt von Dingen, die daran erinnern, daß wir auch einmal Geschwister waren.
Er steht da vor mir an der Tür – schmal, intelligent, so gut und so unauffällig angezogen, wie es Billy nie gelingen wird. Seit einigen Monaten verschanzen sich seine schnellen, wachsamen Augen hinter einer Hornbrille. Was er denkt, weiß ich schon lange nicht mehr, ich weiß nur, daß es selten dasselbe ist wie das, was er sagt. Er ist so entsetzlich beherrscht. Sein Ehrgeiz wird durch keine Eitelkeit gestört, sondern ausschließlich von kühler Berechnung gelenkt.

Und darum wird Billy noch lange nicht merken, daß er nur noch nominell der erste Mann der Firma ist. Mein Bruder hält die Zügel des Pferdes, auf dem er lauthals turnt.

Billy macht den Wind, mein Bruder macht die Geschäfte. Mein Bruder ...

„Wenn ich bedenke, daß du mir einmal Kletten ins Bett gelegt hast –!"

Er schaut mich erstaunt an. „Wie kommst du plötzlich darauf?"

„... und vor fünf Jahren hätte dich der Gedanke, daß deine Schwester und der ‚schlimme' Billy Heelms ..." Ich breche ab. Im Augenblick erscheint mir Billy mit all seinen Fehlern geradezu urgemütlich und glasklar im Vergleich zu diesem schlanken, kühlen Herrn da drüben an der Tür.

„Vor fünf Jahren war das auch noch anders", sagt Peter so, als ob ein Düsenjägerpilot von Lindberghs erstem Flug über den Ozean spricht. „Damals hattest du ja noch eine empfindsame Seele, die beschützt werden mußte."

„Sag mal, Peter, bist du eigentlich zufrieden mit allem, so wie es mit uns gekommen ist?"

„Natürlich." Er ist ganz erstaunt über meine absurde Frage. „Du etwa nicht?"

„Doch, doch."

Ich kämme mich vor der Spiegelwand.

„Wir haben es beide weit gebracht. – Jetzt geh schon hinein. Man wartet auf das Eis."

Wenig später trete ich selbst als gelungene Überraschung in die über den Abend verlängerte, heftige Cocktailparty.

Billy nimmt ruckartig den Arm von einem hübschen Mädchen, das ich noch nicht kenne, und legt diesen und den anderen dazu um meinen Nacken.

„Maijie", seufzt er in die Welle über meinem Ohr, „es wird höchste Zeit, daß du wieder auf mich aufpaßt!"

Den Eindruck habe ich auch, während ich über seine Schulter hinweg in die große, niedrige Wohnhalle schaue.

Alles neue Gesichter bei uns! Nichts Seriöses darunter. Wie kann man nur in einer Woche so viele fremde Menschen kennenlernen und auch noch zu sich einladen! Mir unbegreiflich.

Billy versucht, mir seine Gäste vorzustellen, aber schon bei der zweiten Person hat er Schwierigkeiten.

„Ich weiß nicht, wie sie heißen, Maijie, Peter behauptet, ich hätte sie gestern nacht in der ‚Regina' kennengelernt und zu uns eingeladen. Er ist ziemlich wütend darüber. Aber wer ahnt denn, daß sie wirklich kommen würden?"

Das hübsche Mädchen, das Karin heißt und auf Platten singt, reicht mir eine dünne, unbeteiligte Hand. Es scheint enttäuscht darüber zu sein, daß der reiche, aufregende Billy eine Freundin hat, die er bald heiraten wird. Aber das hätte sich diese Karin doch denken können. Denkt sie überhaupt? Billy ist mindestens vierundzwanzig Jahre älter als sie. Gewiß, Geld verjüngt ungemein. Karin weiß allerdings nicht, daß Billy zur Zeit noch nicht alt genug ist für ganz junge Mädchen.

„Komm", sagt er, „ich muß dir was zeigen", und zieht mich in die Garderobe hinaus. Dort greift er wahllos einen Mantel vom Bügel, der ihm über den Ärmeln zu kurz ist.

„Aber du mußt fahren, Maijie, ich darf keinen Polizisten mehr anhauchen."

„Fahren? Wohin, um Himmels willen?"

„Zum Flughafen."

„Da komme ich doch gerade her! Und außerdem hast du Gäste ..."

„Nun sei ein liebes Mädchen!" bittet er, und ich setze mich seufzend hinter das Steuer seines Facel Vega, der noch vor dem Hause parkt.

„Wirklich zum Flughafen?"

„Mach nicht so ein verzweifeltes Gesicht, Maijie. Glaub mir, es lohnt sich."

Was kann am Flughafen außer immer dichter werdendem Nebel auf uns warten? Ein lieber Gast aus Philadelphia oder Amsterdam? Vielleicht eine Kiste mit einem im Whiskyschwung gekauften, zähnefletschenden Raubtier?

Wir haben schon alles mögliche gemeinsam von dort abgeholt: Kunden, Affen, Filmstars, Sportler, Geschirrwaschmaschinen ... ich bin nicht ganz so neugierig, wie Billy es sich wünscht.

Und dann marschieren wir im kalten Nieselregen am Flughafengelände entlang.

„Nimmst du es mir übel, wenn ich nicht recht begreife, was ich hier soll?"

„Da – ungefähr da muß sie stehen!" sagte er endlich und schießt einen Zeigefinger in die Nebelstille ab, die über dem weiten Feld liegt.

Ich gucke in die angegebene Richtung und sehe überhaupt nichts.

„Wer, bitte schön?"

„Meine neue Maschine", lacht er glücklich. „Seit gestern ist sie meine. Na, was sagst du jetzt!"

„Au fein", sage ich und bemühe mich, meine schnatternde Angst vor einer ungewissen aeronautischen Zukunft an seiner Seite zu verbergen. Auch das noch!

„Ich habe sie vor allem deinetwegen gekauft. Du haßt doch so das Rasen auf den überfüllten Autobahnen." Und dann erklärt er mir den zweimotorigen Vogel und schmiedet weite Reisepläne, während ich den Wagen durch immer dichter werdenden Nebel nach Hause lenke. „Ich will nicht mehr wie ein Schwabe schuften – wozu habe ich deinen Bruder schließlich Direktor lernen lassen? Er ersetzt mich voll und ganz in der Firma. Ich möchte endlich etwas von meinem Geld haben. Wer weiß, wieviel Zeit mir noch zur Verfügung steht."

„Wieso? Willst du etwa sterben?" frage ich den Mann, der neben mir auf dem Sitz herumrutscht, am Radio spielt, eine Zigarette anzündet, am Daumen polkt – und mich jetzt vorwurfsvoll anguckt.

„Maijie, du nimmst mich nicht ernst, das ist das Schlimmste. Und dann wunderst du dich, daß ich zuweilen bei anderen Frauen nach Bewunderung fische!"

Welch unerwartetes Glück! Vor unserem Hause parkt nur noch ein einziger Wagen, als wir zurückkommen.

„Der gehört bestimmt dem singenden Fisch, ich meine der Karin. Sie wird auf dich warten, Billy."

„Glaubst du?" Und dann stark: „Laß sie warten, bis sie schwarz wird!" Das ist keine sehr schöne Vorstellung. „Ich fand sie gar nicht so nett. Nicht mal reden konnte man mit ihr."

„Billy", frage ich, „seit wann kommt es dir so sehr bei einem hübschen Mädchen auf das Reden an?"

„Du hast recht. Es ist viel wichtiger, daß es zuhören kann", pariert er grinsend. „Wir gehen nicht hinein, bevor sie abgefahren ist."

So wandern wir im Nieselregen um das Karree, einmal, zweimal, dreimal – der Wagen ist noch immer da. Plötzlich kommt mir ein Gedanke. „Vielleicht gehört das Auto gar nicht der Karin, die auf Platten singt. Vielleicht gehört es dem Mann, der nicht abfahren kann, weil du seinen Mantel anhast!?" Und so ist es auch.

Peter bringt unseren letzten Gast zur Tür und verabschiedet sich dann von uns, um in sein Zimmer hinaufzugehen. Ich möchte auch ins Bett, aber Billy zieht mich an die Bar.

„Jetzt trinken wir erst mal was, oder möchtest du lieber noch ausgehen?"

„Billy, du scherzt! Es ist halb zwei!"

„Komm, komm, steck deine entsetzte Miene ein", sagt er ärgerlich. „Langsam kriege ich ja Komplexe von dir! In meiner Abstinenzlerzeit fandest du mich unausstehlich. Was sollte ich also tun, um dir zu gefallen? Ich wurde wieder ein umgänglicher, versoffener Kerl. Aber auch das paßt dir nicht."

„Gibt es denn gar keinen Mittelweg bei dir?"

„Mittelweg?" Er schaut mich betont naiv an, Flasche und Glas in der Hand. „Was ist das für eine Straße?"

Ich drehe den Blick zur Decke und gebe auf.

„Pur?" fragt er.

„Mit viel Soda, bitte."

Gegen halb drei Uhr früh hat Billy das Whiskystadium Numero vier erreicht, in dem er das einzige schwarze

Schaf in einer Herde blütenweißer, rosa angestrahlter, engelsguter Lämmlein zu sein glaubt.

Früher, als ich ihn in seinem Rausch noch ernst nahm, widersprach ich heftig. Aber das war ein Fehler, der ihn zu immer düstereren Selbstanklagen herausforderte. Heute steuere ich zu seinen Katzenjammer-Monologen nur noch ein übermüdetes, geduldiges Schweigen bei. Und sammle seine brennenden Zigarettenstummel vom Teppich auf.

„Du bist so gut, Maijie, ich habe so was wie dich überhaupt nicht verdient. Alle sind so gut zu Billy Heelms. Und er ist so ein mieser Kerl ..."

An dieser Stelle seines Katzenjammers schlafe ich endgültig und quer im Sessel liegend ein.

Erst am nächsten Morgen, gerade als ich das Haus verlassen und ins Geschäft fahren will, erfahre ich durch einen Anruf seiner in Köln lebenden Schwester, was sich noch im Verlaufe der Nacht zugetragen hat.

„Sagen Sie, war mein Bruder nüchtern, als er mich um drei Uhr früh aus dem Schlaf klingelte?"

„Wie kommen Sie darauf?" frage ich vorsichtig.

„Nun, er sagte, er hätte so schreckliche Sehnsucht nach mir und den Kindern. Um drei Uhr früh!"

„Da meint er es meistens am ehrlichsten", beteuere ich.

„Hm, dann war es also keine Schnapsidee, wie mein Mann vermutete. Dann kommen Sie beide wirklich am Sonnabend zu uns nach Köln? Billy schwärmt von einem gemeinsamen friedlichen Wochenende auf dem Lande. Schließlich haben wir uns doch so lange nicht gesehen. Ich freue mich natürlich sehr – und mein Mann auch", fügt sie bedrückt hinzu.

Bereits beim Erwachen hat Billy seinen nächtlichen Anfall von Familiensentimentalität überwunden. „So blau kann ich gar nicht gewesen sein, um aufs Land zu wollen! Was soll ich denn da?" schreit er empört. „Und das auch noch mit der Familie! Ich kann meinen Schwager nicht ausstehen. Ein gräßlicher Mensch!"

„Trotzdem, Billy, du mußt ..."

„Ich muß gar nichts. Ich kann krank werden oder Geschäftsbesuch bekommen.“ (Er entscheidet sich für letzteren.) „Fahr allein nach Köln. Du bist doch ein Typ, der mit Verwandten gut auskommt.“

So kommt es, daß ich am nächsten Wochenende mit Hanskarl und Geschenken für Billys Nichten auf die Reise gehe. Es wird der letzte sorgenlose Tag lange Zeit sein.

5

Sonnabend nachmittag auf dem Lande, genauer: auf Schloß Auel im Aggertal, eine halbe Autostunde von Köln entfernt.

Billys Schwager ist ein besessener Hersteller von originellen Gruppenfotos vor malerischem Hintergrund. Wir – seine Frau, Töchter, Hanskarl und ich – müssen zu diesem Behuf auf Bänke steigen, durch Brombeergestrüpp waten, aus dem Auto winken, Hand in Hand einen glitschigen Abhang hinunterrennen, vor der Pferdekoppel posieren und durch stacheldrahtige Zäune auf Kuhweiden kriechen – Hanskarl hat dabei fürchterlichen Ärger mit dem Rindvieh.

Die scheidende Sonne erlöst uns von dieser Prozedur, bei der nicht ausschließlich geknipst und lauthals gesungen wurde: Die gesamte Natur hatte dem Herrn Schwager dazu gedient, seine lateinische Bildung anzubringen.

Es gelang ihm, aus einer hundertjährigen, mütterlichen Rotbuche eine unpersönliche Fagus silvatica zu machen und aus einer mächtigen Sommereiche etwas Unaussprechliches. Wir betrachteten die Picea excelsa, Pinus Silvestris, Acer, Betula. Ich verlor allmählich meine alte Vertrautheit mit der Natur. Einzig meinen Hund bezeichnete der Schwager schlichtdeutsch als Schwein, nachdem er sich in einem frischen Kuhfladen gesielt hatte.

Dabei war der Schwager nicht etwa Botaniklehrer an der Oberschule, sondern höherer Versicherungsangestellter, der in seinen Feierabendstunden Lateinisches und Zitate auswendig lernte, um mit ihnen bei passender Gelegenheit zu brillieren.

Kein Wunder, daß ein so belesener und belernter Mann mit Verachtung auf einen „Geldmacher" wie Billy Heelms herabschaute, für den ein Baum eben ein Baum, eventuell noch eine Tanne war.

Wir treten mit lehmverschmierten Schuhen und zerrissenen Strümpfen den Rückweg an.

„Marlies", fragt der Herr Schwager seine elfjährige Tochter, „hast du noch vom letztenmal behalten, welcher berühmte Mann auf diesem Schloß für kurze Zeit verweilt hat?"

„Der Kaiser Napoleon, Vati", sagt das Kind gleichgültig.

„Gut, Marlies."

„Im Schloß gibt es ein Bett, in dem er geschlafen haben soll", mischt sich Billys Schwester Ursula ein, ihren Gatten mit einem zaghaften Blick um Entschuldigung dafür bittend, daß sie auch einmal etwas sagen möchte. „Wir hätten es gerne für Sie reservieren lassen, aber es war bereits für dieses Wochenende vorbestellt."

„Marlies", fragt der Herr Schwager, „weißt du auch noch, wann Napoleon hier war? – Helga, setz die Füße auswärts."

„Na, wie er aus Rußland kam?"

„Richtig. Und zwar im Jahre 1812." Als wir den Schloßhof betreten, wendet er sich an mich. „Leider haben wir nur noch ein Zimmer im Seitenflügel für Sie bekommen können. Und ohne Bad. Uns selbst macht es ja nichts, aber Sie sind natürlich durch den reichen Ernst Ludwig an was Besseres gewöhnt ..."

„Gustl!" bittet seine Frau verlegen.

Ich gehe rasch in mein Zimmer. Über den Betten lächelt ein vornehmer, ordensgeschmückter Urahn maliziös aus seinem Goldrahmen. Ob er von Natur aus so geschaut hat oder nur, weil ihm sein Porträtist auf die Nerven ging?

„Lieber Herr Minister", sage ich, denn er sieht wie einer aus, „das Gemaltwerden muß ein reines Zuckerschlecken im Vergleich zu neuzeitlichen Gruppenfotos in freier Wildbahn gewesen sein. Schauen Sie sich bitte meine zerrissenen Strümpfe und zerkratzten Beine an."

Dann öffne ich meine Koffer und staune: sechs paar Schuhe, aber nur ein Kleid. Was habe ich mir eigentlich dabei gedacht? Es soll Menschen geben, die mit Verstand packen. Das Kleid ist etwas zerdrückt. Ich hänge es an die frische Luft.

Vor dem kleinen Fenster, das auf den Schloßhof hinabschaut, verblühen rostrote Sommerblumen. Es handelt sich bei ihnen um ... tut mir leid, ich weiß im Augenblick nicht einmal ihren handelsüblichen Namen, geschweige denn einen lateinischen.

Mangelnde Bildung ersetze ich durch Gefühl beim Anblick des leuchtenden Herbstes mit seinem mächtigen, geballten Himmel, der so gut zu dem dreiflügeligen, heiter-strengen, hellen, von schiefergrauen Walmdächern behüteten Schlößchen paßt. Ein letzter, goldener Sonnenstrahl berührt den bizarren Barockreiter auf dem Glockenturm.

Vom nahen Weiher klingt das Schimpfen naher Wildenten, und in den hohen, alten Bäumen sammeln sich zwitschernd die Zugvögel. Es ist so friedlich.

Ich trenne mich nur ungern vom Fenster.

Der maliziös lächelnde Herr Minister schaut zu, wie ich einen Fuß nach dem anderen ins Waschbecken balanciere. Zu Ihrer Zeit, Herr Minister, wuschen sich die Damen graziöser, sofern sie sich überhaupt wuschen.

Ein Wagen biegt in den Schloßhof ein. Seine Räder rollen knirschend auf dem Kies aus. Türenklappen. Weibliche und männliche Stimmen. Ein dunkles Lachen macht mich stutzig. Ich nehme das eingeseifte Bein aus dem Becken und hüpfe zum Fenster.

Im Schloßhof stehen vier Leute am rotblühenden Rondell und recken ihre steifgesessenen Glieder. Die beiden Frauen sind sportlich angezogen – karierte Wolle, hüftlange Pullover, Kaschmirmäntel. Einer der beiden begleitenden Männer trägt eine lose Lederjacke. Von oben würdigt man so recht sein Bemühen, aus fadenscheinigen, quergelegten Strähnen die Erinnerung an einen einst vollen Haarschopf aufrechterhalten zu wollen. Sein hageres Gesicht verrät Witz.

Der andere Mann ist Herr Ypsilon.

Ich weiß, dieser zweite Zufall innerhalb so kurzer Zeit ist eine Zumutung an den gesunden Menschenverstand, und ich habe lange überlegt, ob ich ihn nicht besser auf ein späteres Jahr verlegen sollte. Doch dann wäre ich nicht mit der Zeit ausgekommen, die Herrn Ypsilon und mir für zufällige Begegnungen zur Verfügung stand. Man kann leider nicht immer die unglaubliche Wirklichkeit um der Glaubwürdigkeit willen verändern.

Da unten steht jedenfalls der Herr Ypsilon und schaut ungläubig lächelnd zu meinem Fenster auf. Er steht wirklich und breitbeinig da, die Hände in den Hosentaschen, und vergißt vor lauter Nichtbegreifen das Grüßen. Ich auch.

Jetzt nimmt er die Sonnenbrille ab, reibt sich die Augen.

„Warum grinst du denn?" fragt ihn eine der beiden Frauen.

„Ach, das darf man überhaupt keinem Menschen erzählen, das ist zu unwahrscheinlich. – Geht schon hinein, ich komme gleich nach."

Mit nassem, frierendem Fuß warte ich, bis Herrn Ypsilons Freunde im Schloß verschwunden sind, bis er selbst unter meinem Fenster steht – und zu mir aufschaut wie ein Straßenmusikant, der auf einen Groschen wartet.

„Schloßjumpfer Maijie!"

„Es ist wirklich purer Zufall!"

„... und das nach knapp vierzehn Tagen! Ausgerechnet hier!" Er macht eine Handbewegung, als ob er Halluzinationen von seinen Augen fortfangen möchte. „Im allgemeinen begegne ich nur immer den Leuten, die ich nicht wiedersehen möchte ..."

Aber nach diesem ersten Wundern packt uns gleichzeitig panische Eile. Es muß etwas geschehen, und zwar schnell, ehe man uns zu vermissen beginnt.

„Wie lange bleibst du hier?“ fragt er.
„Bis morgen.“
„Bist du allein?“
„Ich habe eine Menge zukünftiger Verwandtschaft mit.“ Die Haustür geht auf, aber es ist nur ein Ober auf dem Wege zum Weinkeller.
„Maijie, ich möchte dich gern sehen.“
„Heute abend? Wenn du willst, kriege ich rasendes Zahnweh!“
„Natürlich will ich.“ Er überlegt sehr schnell, man sieht es ihm an. „Kennst du die Umgebung hier?“
„Ein bißchen.“
„Paß auf. Wenn du rechts aus dem Schloßhof gehst, kommen ein paar Gebäude. Links ist eine Einfriedung, da sind die jungen Bullen ...“
„Wie soll ich im Dunkeln erkennen, ob das Bullen sind?“
„Du gehst geradeaus und dann links ab, wo ‚Betreten verboten‘ steht, an einem flachen Gebäude vorbei auf eine Weide.“
„Mit Kühen?“
„Ohne Kühe. – Und da erwarte ich dich.“
„Wann?“
„Sagen wir um neun. Geht das?“
„Ja.“
„Also, bis dann ...“
„Herr Ypsilon! Welche von den beiden Frauen ... ?“
Er lacht und sagt das, was man in solchen und anderen Fällen zu sagen pflegt: „Keine. Wir sind nur gute Freunde. Bestimmt, Maijie. Nichts, was du denkst.“
Und wenn, was ginge es mich an!

Erst Stunden später, als Billys Verwandte und ich im Gobelinsaal beim Abendessen sitzen und unsere wilden Vögel serviert werden, hole ich etwas nach, was ich vor lauter Wundern bisher versäumt habe: das Nachdenken, meine ich.
Ich denke: Wozu muß ich in einer halben Stunde ins nebelverschleierte Herbstdunkel hinaus – rechts aus dem Schloßhof, links an jungen Bullen vorbei und dann da hin-

ein, wo „Betreten verboten“ steht, eine Warnung, die ich als guterzogener Bürger von jeher zu beherzigen pflegte ... ?

Warum haben der Herr Ypsilon und ich nicht im ersten Augenblick unseres Erkennens: „Hallo!“ gejubelt. „Nein, so ein Zufall! Du auch hier?“ Und beschlossen: „Wir müssen uns unbedingt nachher sehen.“

Man hätte volles Verständnis gehabt und uns für eine Stunde entschuldigt. Mehr als eine Stunde hatten wir ja selten füreinander Zeit.

Aber nein, wir mußten es schwierig machen. Schloßausgang rechts, junge Bullen links – und alles so furchtbar heimlich! Und dunkel!

Mein Rebhuhn ist ein kulinarisches Erlebnis, für das ich im Augenblick nicht das rechte Verständnis aufbringe, schließlich sitzt Herr Ypsilon sieben Tische von uns entfernt mit seinen Freunden. Er sitzt mit dem Rücken zu mir.

Billys Schwester Ursula zerschneidet die Koteletts für die kleinen Mädchen – Kinder essen ja auswärts meistens Kotelett. Und der Herr Schwager hat nicht nur seine Wildente im Auge, sondern auch meine spürbare Nervosität.

An Herrn Ypsilons Tisch wird viel gelacht.

„Wir sollten eine Karte an Billy schicken“, sagt Ursula. „Wir sollten ihm mitteilen, wie fröhlich wir hier sind. Und alle unterschreiben.“

Es ist dreiviertel neun. Ich stehe auf, um eine Ansichtskarte zu holen. Aber schon in der Halle kommt mir eine andere Idee: Ich werde Billy anrufen.

Unser neuer Diener meldet sich in Frankfurt am Apparat, er verbindet mich mit der Terrasse. Von dort ruft eine helle, animierte Frauenstimme, sie gehört der Heide B.-X. vom gleichnamigen Einrichtungshaus: „Maijie, sind Sie's? Wir sitzen auf der geheizten Terrasse und braten Hähnchen am Gartengrill. Es ist wahnsinnig lustig. Neumanns sind auch hier und Wühlgens und ... und ... und ...“ Sie zählt eine Menge Namen auf. „Warten Sie, da kommt gerade Billy. Billy, Maijie ist am Apparat.“

„Maijie?“ dröhnt er in den Hörer. „Wo steckst du? Was macht die Verwandtschaft?“

„Sagt mal, wollt ihr euch das Siechtum holen? Mitten im Oktober auf der Terrasse!"

„Wir haben ja ganz schön geheizt", lacht er.

„Auch innerlich?"

„Na, und? Die paar Tröpfchen Whisky ... Aber jetzt erzähle. Hetzt mein lieber Schwager gegen mich?"

Als ich zu den Verwandten zurückkehre, hat Herr Ypsilon bereits den Gobelinsaal verlassen. Es ist ja auch gleich neun Uhr.

„Schöne Grüße von Billy."

„Haben Sie mit ihm telefoniert? Wie geht es ihm – vermißt er Sie sehr?" fragt seine Schwester.

„War er etwa noch nüchtern?" fragt sein Schwager.

„Er hat Gäste. Geschäftsbesuch."

„Der Arme", seufzt Ursula. Ihre erschrockene Puppenschönheit einer alternden Stummfilmdiva legt sich in Kummerfalten. „Er arbeitet viel zuviel – und dann seine anstrengenden gesellschaftlichen Verpflichtungen –! Dabei war er als Kind so zart und anfällig! Meine Mutter nannte ihn immer ‚unser Schneeglöckchen'!"

Der Herr Schwager macht darauf ein Gesicht, als ob er Zahnweh hätte ... und dabei fällt mir ein: Ich muß jetzt dringend eine Molesse erfinden, um verschwinden zu können. Es ist neun Uhr!

„Möchten Sie einen Nachtisch, Maijie?" fragt Ursula. „Wir haben uns alle für Obstsalat entschlossen."

„Nein, danke. Ich – ich habe eine Verabredung."

„Hier?" Der Schwager runzelt die Stirn.

„Ja." Es ist mir auf einmal zu dumm, Magenkrämpfe oder schlimme Zähne vorzutäuschen. „Ich habe einen alten Freund wiedergetroffen", und stehe auf. „Wir sehen uns morgen beim Frühstück? – Gute Nacht. Es war ein sehr hübscher Tag mit Ihnen."

Bis zur Tür spüre ich im Rücken ihr sprachloses Erstaunen und höre leider nicht des Herrn Schwagers Kommentar. Ich laufe auf mein Zimmer hinauf, um einen Mantel und Hanskarl zu holen.

Zur nahen Chaussee hin ist das Schloß von Scheinwerfern herrlich angestrahlt. Leider liegt unser vereinbarter Treffpunkt in der entgegengesetzten, völlig finsteren Richtung.

Ich verlasse den traulich beleuchteten Hof. Eine Stimme klagt über mir im hohen Baum. „Das macht nichts, Hanskarl. Das ist bloß ein Käuzchen."

Vorerst schimmern noch tröstliche Lichter um uns. Von den Ställen her klingt Kettenrasseln und Purren. Und eine Quelle plätschert hell. Meine Füße plätschern weniger klangreich durch eine große Pfütze. Aber es kann ja nicht mehr weit sein.

Die kühle Nacht duftet nach Erde und moderndem Laub. Wir durchstolpern das Spalier mächtiger, in Reih und Glied angetretener Kastanienbäume. Ihre noch dichten Kronen lassen kein Licht durch; aber dort drüben liegt der Mondschein blaß über einer Wiese und spiegelt sich in der unbeweglichen Fläche eines Weihers. Ob Bullen nachts freigelassen werden?

„Hoppla! – Hanskarl, zieh nicht so."

Der Kastanienweg führt einen steilen Hügel hinauf. Wurzeln, Pfützen, Furchen, Äste. Was mag bloß den Herrn Ypsilon bewogen haben, einen so verzwickten Treffpunkt auszumachen? Etwa ein romantischer Kurzschluß: Wenn der Mond über der Kirchturmspitze steht und der Schatten der einsamen, knorrigen Eiche auf Dreiviertel zeigt, gehe vier Schritte nach links, dort wirst du mich finden!

Um uns ist nur noch steil ansteigendes, schwarzes Dikkicht, in dem es tropft und knackt und raschelt und flattert ... na ja, so klingt es eben nachts im Wald.

Wald! Herr Ypsilon hatte nichts von Wald gesagt.

Ich muß mich verfranzt haben, bin ja von Natur aus nicht sehr spürsinnig. Und dann das Schild „Betreten verboten" ... ? Habe ich das etwa verpaßt? Dieser Weg ist auf alle Fälle verboten. Wenn ich falle und mir das Bein breche oder etwas noch Wertvolleres ... wer wird mich hier vor morgen früh wiederfinden? Bei soviel lebensnaher, unbelichteter Schaurigkeit geht selbst das schönste Bedauern flöten.

Hanskarl zieht längst nicht mehr aufwärts, sondern wild zurück. Memme! Stadthund!

Da regt es sich plötzlich dicht neben uns. Äste knakken. Ohrenbetäubendes Rauschen. Kalter Zugwind streift mein entsetztes Gesicht. Ich höre meine Stimme „Hilfe! Hilfe!“ schreien – und in der Ferne das Schleifen einer Leine und eine Hundemarke eilig verklingen. Ich bin allein auf einem feuchten, schwarzen, knorrigen Waldboden. Und halte mir die Ohren zu.

Darum klingt die Stimme ganz weit und unwirklich, die da ruft: „Maijie! Hab keine Angst! Das waren bloß Rebhühner!“

Herr Ypsilon. Der Erfinder dieses nächtlichen Unternehmens! Ich rappele mich auf und lausche. „Wo bist du?“

„Auf der Wiese. Und du?“

„Weiß der Teufel. Ich kann nichts sehen. Den Hund bin ich auch los.“

Ich stolpere weiter, zwischen Baumstämmen hindurch. Das da unter meinen Füßen muß ein Weg sein – und da, an seinem Ende schimmert es hell.

Mondscheinblau und silbrig – ein sanftgeschwungenes, unwirkliches, weiches, stilles Wiesental. Und auf der Wiese eine große Gestalt, die rasch auf mich zukommt.

„Meine arme Jumpfer Maijie!“ Arme umschließen mich. „Das war die idiotischste Idee, die ich je in meinem Leben hatte!“

Ich stimme erschöpft zu. „Was ich durchgemacht habe!“

„Dabei ist der Weg hierher ganz bequem, wenn du nur rechtzeitig abgebogen wärst.“

„Wenn –! Lieber Herr Ypsilon, du mußt immer mit der Dämlichkeit deiner Mitmenschen rechnen. – Ich habe übrigens zu meinen Leuten gesagt, daß ich ein Rendezvous habe.“

„Ich auch.“

Somit waren alle Strapazen umsonst. Wir hätten uns ebensogut im Schloß treffen und gemeinsam hierherspazieren können. Diese Erkenntnis ist verblüffend. Ich würde ganz gern lachen, aber das weiche, von schwarzen

Waldrändern umsäumte Wiesental ist zu still dafür. Man möchte seinen weltvergessenen Frieden nicht stören. Und auf einmal weiß ich, was Herrn Ypsilon dazu bewogen haben mag, mich hier zu treffen: kein direkter romantischer Kurzschluß, aber immerhin eine romantische Vorstellung. Dieses kleine Tal ist formgewordene Phantasie, ist das, wovon man träumt, wenn man sich mit der Idylle einer Baustelle begnügen mußte.

Herr Ypsilon wollte hier auf mich warten. Er wollte die Mondscheinjumpfer Maijie graziösen Schlenderschrittes durch das silberblaue Wiesental auf sich zukommen sehen. Statt dessen brach sie mit dem Getöse eines verschreckten Bären aus dem Unterholz hervor.

Seine Hand legt sich auf meine Schulter. „Schau dir das an! Es ist beinah zu schön ..."

„Hmhm. Menuett müßte man hier tanzen." Alles ist so unwirklich. Wahrscheinlich träume ich.

Aber das langgezogene, schaurige Geheul, das in diesem Augenblick die nächtliche Idylle zerreißt, das ist kein Traum, sondern ...

„Hanskarl! Mein Beschützer! – Hörst du, wie er sich grault!" Mit schleifender Leine, wie eine Dampfmaschine keuchend, stürzt er aus dem Wald und kugelt vor unseren Füßen ins feuchte Gras.

„Sag mal, ist das noch immer derselbe Hund, den du damals am Jungfernsee ... ?"

„Ja. Er ist jetzt neun Jahre alt und weiß nicht mehr, daß ich ihn auf dem Bahnhof Zoo einem Mann abgehandelt habe, der dort bei eisigem Ostwind die Fehltritte seiner Wachtelhündin verhökerte."

Die unwirklich schöne Stimmung ist zwar hin, aber Hanskarl ist wieder da und trottet hinter uns her auf zerfurchten, ansteigenden Wegen zu einer hell beschienenen Anhöhe hinauf.

Ich glaube, ich war noch nie so allein mit einem Mann auf der Welt wie jetzt. Dazu Mondschein. Glitzernde Lichter im Tal. Feine Nebelschleier über den tiefen Flußwiesen. Äsende Rehe. Romantische Gefühle. Es ist auch nicht zu kalt für diese Jahreszeit. Was würden andere Menschen alles aus dieser Situation herausholen!

Ich hingegen frage den Herrn Ypsilon: „Warum hast du dich von deiner Frau getrennt?“

„Tja, warum. – Eines Morgens wachte ich auf und litt unter der Angst, etwas Wichtiges im Leben versäumt zu haben. Ich meine das Gefühl, frei zu sein. Ich war niemals ein Mann, der tun und lassen konnte, was er wollte. Niemals Junggeselle. Als Junge stand ich unter der Fuchtel meiner Tante Sophie –“

„Üb immer Treu und Redlichkeit“, erinnere ich mich.

„Tante Sophie wurde vom Arbeitsdienst und dann vom Militär abgelöst. Ehe ich Gelegenheit hatte, ein erfahrener Mann zu werden, lernte ich im Urlaub meine Frau kennen und heiratete sie bald darauf. Sie ist eine wundervolle Person, vielleicht ein bißchen zu herrisch. Jedenfalls ertrug ich eines Tages nicht mehr die Selbstverständlichkeit, mit der sie alles hinnahm: meine Treue, meine Arbeit, meine Erfolge, mein ständiges Zu-ihrer-Verfügung-Stehen. Ich nahm ihr plötzlich übel, daß sie mich um jegliche Freiheit gebracht hatte – und sagte ihr das im Verlaufe einer Auseinandersetzung. Sie reagierte anfangs völlig weiblich, das heißt, sie verstand unter Freiheit eine jüngere Frau. Aber als sie begriff, daß es mir wirklich nur darum ging, einmal mit mir selbst zu leben, da machte sie von sich aus den Vorschlag, für eine Weile mit Anette zu Freunden nach Rom zu ziehen, damit ich ‚Verpaßtes‘ nachholen konnte.“

„Ganz schön mutig von ihr.“

„Gewiß, aber manchmal kann man nur etwas retten, indem man ein Risiko eingeht.“

Wir haben ein kleines Dorf erreicht. In manchen Gehöften brennt Licht hinter den oberen Fenstern. Ein Fernsehschimmer flimmert bläulich. Und dann ein Gasthof, in dem ein paar Bauern in der rauchigen, überheizten Stube beim Kartenspiel sitzen. Man mustert uns kurz und vergißt uns wieder, nachdem wir an einem Ecktisch Platz genommen und Wein bestellt haben.

Herrn Ypsilons Gesicht mir gegenüber ist gerötet von der kalten Abendluft. Ein gutes, beinah schönes Gesicht, dem Fettansatz und vorgeschrittenes Alter nichts von seiner Jungenhaftigkeit genommen haben. Kein sehr energisches Gesicht, aber zärtlich und intelligent – ein Gesicht zum Liebhaben für jemand, der so gern an das Gute glauben möchte. Es ist mir so unerklärbar vertraut ...

„Maijie – mit dir hier –" Er schüttelt lachend den Kopf.

„Es ist beinah wie ein Geschenk", entfährt es mir.

„Ja –", sagt er, und ehe wir in das Anschauen-ohne-aufzuhören verfallen können, frage ich ihn: „Und dann? Was hast du mit deiner neuerworbenen Freiheit angefangen?"

„Ach, anfangs war's zum Auswachsen! Ich kam mir völlig verloren vor und las nicht einmal mehr, wahrscheinlich, weil niemand da war, den mein Lesen störte. Ich ging ins Kino, ins Theater und nahm dankbar auch diejenigen Einladungen an, vor denen ich mich früher gedrückt hatte. Dann wurde ich krank. Und niemand war da, der meinen Schnupfen ernst nahm und gebührend pflegte. Nur mein Stolz hielt mich davon ab, nach Rom zu telegrafieren: Kommt um Himmels willen zurück. – Alle meine Freunde stellten mir laufend nette Mädchen vor. Ich hatte eine Geschichte mit einer Frau, für die ich ein Haus baute – und hinterher ein unsympathisches Gefühl. Anscheinend bin ich zu lange an der Leine gelaufen, um noch mit der Freiheit, nach der ich mich so sehr sehnte, etwas Fröhliches anfangen zu können. Vielleicht gehört auch Liebe bei mir dazu."

(„Das Nette an ihm ist, daß er nicht nur so aussieht, als ob er noch Ideale hat" ... wer hat das nur über ihn gesagt!? Ich kann mich im Augenblick nicht erinnern.)

„Tja, und dann flog ich nach Berlin."

„Aber ich war nicht da."

„Nein. Inzwischen gibt es ja auch den Billy Heelms."

„Was soll nun werden, Herr Ypsilon?"

„Mit dir – oder mit mir?"

„Ich meine, wirst du bald nach Rom schreiben?"

„Nein, noch nicht so bald. – Zigarette?"

Und dann sprechen wir von etwas anderem. Ich schaue auf die Uhr. Fast elf. Um diese Zeit wird Billy schon sehr viel Whisky getrunken haben. Billy. Frankfurt. All unsere lauten, schicken, sogenannten Freunde. Morgen abend bin ich wieder dort.

Als wir gegen Mitternacht den Gasthof verlassen, ist der Mond hinter dunkelgrauen Wolkenfetzen verschwunden. Wir stolpern Hand in Hand über einen endlosen, steinigen Feldweg, durch ein schlafendes Gehöft und dann dort in den Wald hinein, wo er am schwärzesten ist.

„Ich kann mir nicht helfen, ich habe etwas gegen raschelnde Finsternis, selbst an deiner Seite", seufze ich.

Und dann liegt das Schloß vor uns. Die Haustür ist nicht abgeschlossen. Warme, jahrhundertealte Behaglichkeit nimmt uns in die Arme. Es ist beinah wie ein Nachhausekommen.

„Ich muß dir etwas zeigen", sagt Herr Ypsilon und führt mich in die Schloßkapelle.

Vor dem weiß-goldenen Barockaltar brennt noch ein Licht zwischen großblumigen goldgelben, kupferroten und weißen Herbstastern, deren frischer, kampferartiger Geruch sich mit dem leichten Weihrauchduft mischt.

„Dekoration für eine Hochzeit", sagt Herr Ypsilon. Er hält noch immer meine Hand, während er den Altar betrachtet. „Jumpfer Maijie, ich frage dich, hättest du mich unter anderen Umständen ..."

„Ja", sage ich.

„Ich dich auch." Ehe es allzu feierlich zwischen uns werden kann, zeigt er auf die Heiligenstatue über dem Altar. „Sankt Nepomuk. Ein böhmischer König ließ ihn ertränken, weil er ein Beichtgeheimnis der Königin nicht verraten wollte. – Ist doch beruhigend, daß wir ausgerechnet diese Nacht unter dem Schutz eines so verschwiegenen Heiligen verbringen dürfen."

„Komm", sage ich und ziehe ihn dem Ausgang zu. „Man soll in einer Kapelle keine Hintergedanken haben."

„Maijie, ich verstehe dich nicht. Ich erzähle dir eine Geschichte eines Heiligen ..."

„Jaja! Ich weiß. Aber gesetzt den Fall, die Statue würde zufällig nicht den verschwiegenen Nepomuk, sondern den sehr keuschen Antonius darstellen. Hättest du mir auch *seine* Geschichte erzählt?"

„Es ist aber der heilige Nepomuk", sagt er eigensinnig.

Wir nehmen unsere Zimmerschlüssel vom Bord und steigen die knarrende Barocktreppe zum ersten Stock hinauf.

„Wo wohnst du?" fragt er.

„Ganz am Ende des Seitenflügels. Und du?"

„Gleich hier." Er schließt eine Tür auf und knipst das Licht an. Das Napoleonzimmer –!

Ausgerechnet das Napoleonzimmer, das Billys Schwester für mich reservieren lassen wollte. Auf dem Himmelbett mit den gedrehten Pfosten liegt Ypsilons Schlafanzug.

„Worüber lächelst du, Maijie?"

„Weißt du, wenn ich vor einem Bett stehe, in dem Napoleon einmal genächtigt haben soll, dann muß ich immer an schöne Frauen denken. Dabei befand er sich mit der geschlagenen Grande Armée auf dem Rückzug und hat hier bestimmt nur mit seinem schwerbeladenen Gewissen geschlafen."

„Du irrst, Maijie. Diktatoren haben kein Gewissen, nicht einmal hinterher."

Ich seufze. „Diktatoren haben es gut."

Wir stehen nebeneinander im Türrahmen, das pompöse Bett vor uns.

„Es ist ziemlich verwirrend, nicht wahr?" sagt Herr Ypsilon.

„O ja. Zumal wegen der Historie. – Gute Nacht."

„Darf ich dich nicht wenigstens bis zu deinem Zimmer bringen, Maijie?"

Wenn nur die Dielen nicht so impertinent knarren würden! Das ist halt der Nachteil an alten Häusern.

Herr Ypsilon zupft mich am Arm, während er auf lehmverschmierte, ausgetretene Wanderschuhe zeigt, die vor einer Tür stehen. „Gehören sie zufällig an die Füße deiner zukünftigen Verwandten?"

„Ja. Wenn sie wüßten –!"

„Maijie!“ zischt er, das Leisesprechen fällt ihm offenbar sehr zungenschwer. „Was war schon zwischen uns, was sie nicht wissen dürften!?“

Ich schließ mit „Schschscht“ und Verrenkungen, die das Schließen trotzdem nicht verleisern, meine Tür auf. Der Herr Minister lächelt uns maliziös entgegen. Hanskarl kriecht sofort erschöpft unter das Bett.

Herr Ypsilon hat nur Augen für das weiße Seidenhemd, das vom Zimmermädchen mit viel Schönheitssinn über mein Kopfkissen gebreitet worden ist. „Auch das noch“, sagt er.

„Wieso?“

„Empire. Trug deine Phantasie nicht einmal Empire?“

„Ein Empirekleid, aber kein Empirenachthemd“, verbessere ich ihn.

„Ach! Des Nachts schlief deine Phantasie im Kleid? Wie unpraktisch.“

Ich biete ihm meine Wange zum Abschied, aber er geht nicht, sondern schließt im Gegenteil so schnell wie möglich die Zimmertür, denn auf dem Flur klappern Pantoffelschritte näher. Gleich darauf klopft es. Ich spüre, wie mein Herz doppelt schlägt vor Aufregung. Wohin mit dem langen Herrn Ypsilon!?

Unter dem Bett knurrt Hanskarl hervor.

„Maijie?“ Es ist Billys Schwester Ursula. „Sind Sie zurück?“

„Ja.“

„Wie schön. Wir hatten uns solche Sorgen gemacht.“

„Es ist alles in Ordnung. Schlafen Sie gut.“

„Danke. Sie auch, Maijie.“

Die Pantoffelschritte entfernen sich zögernd. Eine Tür klappt. Mein Herz schlägt wieder einfach.

Am Schrank lehnt Herr Ypsilon mit verschränkten Armen und lächelt mich aus seinen tiefliegenden, romantischen Augen ganz unromantisch an.

„Stell dir vor, sie wäre hereingekommen“, grinst er.

„Der Schreck hat mir vollauf genügt. Aber jetzt geh du auch – gute Nacht!“ Ich habe ganz vergessen, wie reizvoll und zugleich unbequem es ist, einen sehr großen Mann zu umarmen. Obgleich er sich zu mir herabbeugt, bleibt trotzdem soviel von ihm in der Luft. „Bitte, geh jetzt – ja? Es ist ganz ungefährlich –“

„Findest du?“

„Ich meine – auf dem Flur. Nun geh schon ...“

„Aber wenn deine Schwägerin ...“

„Bitte, Herr Ypsilon.“

Er lächelt zärtlich. „So klein klang deine Stimme noch nie. Gute Nacht, liebe Jumpfer Maijie.“

Und dann, glaube ich, ist er wirklich gegangen.

Beim Aufwachen am nächsten Morgen ist das schöne Bedauern lebendiger denn je.

Ich liege im Bett und sehe den Reiter auf dem winzigen Glockenturm in einen leuchtendblauen Himmel hineingaloppieren. Aus der Kapelle dringt das Gemurmel betender Stimmen. Billys Verwandte wollen zwar nach dem Frühstück nach Köln zurückfahren, aber ich habe Herrn Ypsilon versprochen, bis Montag früh hierzubleiben. Unser von der komplizierten Institution „Schicksal“ vorgesehenes Quantum an zufälligen Begegnungen ist bestimmt erfüllt. Warum sollten wir also dieses letzte Geschenk frühzeitig zurückgeben!? Für Menschen, die in Stunden zu rechnen gelernt haben wie wir, sind ein ganzer Tag und eine Nacht beinah ein halbes Leben.

Was vermisse ich schon in Frankfurt!? Ich weiß so ernüchternd genau, was mich dort heute abend erwarten wird:

Ein Theaterbesuch. Abendessen mit Bekannten. Anschließend die unvermeidliche Bar und das Geschwätz unserer sogenannten lieben Freundinnen: „Stellen Sie sich vor, wir sind unsere Berliner Häuser noch günstig losgeworden – man weiß ja nicht, was die nächste Gipfelkonferenz – mein Mann sagt immer: sicher ist sicher – und dafür haben wir uns in Mocrote eingekauft. Das letzte Grundstück mit Zugang zum Luganer See. Na, himmlisch! Ganz in der Nähe von Loehwes. Was sagen Sie überhaupt zu Gina Loehwes – wie? Nein, kein neuer Flirt mehr seit Billy – sie ist wieder mit ihrem Mann. Gina hat sich in Paris operieren lassen – ich sage Ihnen: na, himmlisch! – Um zehn Jahre jünger! Und eine Chinchillajacke hatte sie an –! Mein Mann will mir ja keine schenken, er sagt immer, Chinchilla sähe aus wie melierter Hauskater. Verstehen Sie das? Aber Ginas Babylook –!"

Na, himmlisch! Es ist mir so verflixt egal, ob sich Gina oder eine der anderen Damen einen Babylook oder einen Lift machen läßt. Meinetwegen sollen sie sich den Hintern raffen lassen. Na, himmlisch! Ich möchte es nur nicht mehr hören. Heute abend nicht und morgen nicht ... aber ich werde es mir ein ganzes Leben lang anhören müssen, wenn ich Billy heirate.

Ihn amüsiert ja der Klatsch seiner sogenannten Freunde. Alles so liebe, nette Leute!

Ich fürchte langsam den Augenblick herbei, in dem es mir endgültig reichen und meine Faust auf irgendeinen Bartisch zwischen gefüllte Gläser springen wird ... Aber was werde ich schon damit erzielen!? Zusätzliche Wisch- und Kehrarbeit für den Ober, erstaunte Blicke und einen Billy, der sich verzückt auf die Schenkel schlägt: „Nun schaut euch meine Maijie an! Was für ein Temperament sie manchmal besitzt!"

Genausowenig wie er einsieht, daß seine Legionen zählenden sogenannten Freunde ihn wie eine heiße Kartoffel fallenlassen würden, wenn er eines Tages Konkurs anmeldete, genausowenig, wie er lernen wird, sich wie ein Herr anzuziehen, genausowenig wird er begreifen, daß ich im Grunde genommen die untauglichste Frau bin, die er sich für seine Art zu leben aussuchen konnte.

Seine lärmende, herzhafte Uneinsichtigkeit rührt und entwaffnet mich immer wieder, und vor allem: sein unerschütterliches Vertrauen zu mir.

„Sie muß Kunststücke können, deshalb kommt er nicht von ihr los", behaupten manche unserer Freunde.

Ich schwöre, ich kann keine –! Nicht mal Kartenkunststücke.

„Sie hat ihn restlos eingewickelt, weil sie genau weiß, daß sie sich bei ihrem Alter nie wieder so einen Goldfisch angeln kann."

Aber Billy ist schon längst keine glänzende Partie mehr in meinen Augen, sondern eine Verpflichtung, etwa die gleiche, die eine Mutter ihrem Sohn gegenüber hat: „Was immer er tut – ich kann ihn doch nicht allein lassen."

Für ihn bin ich das Stückchen Heimat, das auch so ein Mann wie Billy braucht. Was geschähe, wenn ich heute abend zu ihm sagte: „Ich ertrage dieses oberflächliche Leben nicht länger. Ich will fort. Ich habe dich auch nie so liebgehabt wie einen Mann, den ich Herrn Ypsilon nannte."

Ja, was geschähe? Noch mehr Whisky – bisher trinkt er eine Flasche am Tag. Und dann Mädchen, die ihn nicht zu Bett bringen und ihm die Schuhe ausziehen und den Schlips vom Hals, wenn er zu betrunken ist, um es selbst zu tun.

Sie werden ihn irgendwo liegenlassen, vielleicht auf der Treppe seines schicken Hauses, und mit einem anderen Mann betrügen.

Nicht einmal mein Bruder wird sich um ihn kümmern. Schließlich ist er seit kurzem nicht mehr Billys Angestellter, sondern sein Teilhaber geworden. (Ich konnte es nicht verhindern.)

Als Teilhaber darf er es sich leisten, den „verrückten, versoffenen Kerl", mit dem es immer schlimmer wird, auch öffentlich zu verachten.

Selbst wenn ich meine eigene Wichtigkeit im Augenblick stark überschätzen sollte – ich darf Billy nicht allein lassen.

Und somit stehe ich auf, ziehe mich an und packe meinen Koffer. Und schreibe, auf dem Bettrand sitzend, einen kurzen Brief an Herrn Ypsilon, den ich später in sein Schlüsselfach legen werde.

Die Messe ist zu Ende. Aus der Tür der Barockkapelle schwatzen sonntäglich gekleidete Leute auf den Schloßhof hinaus. Ein Kleinstauto fegt zwischen sie und spuckt vier mächtige, halbstarke Burschen aus. Sie gehen wiegenden Schrittes auf den Pfarrer und seine Meßknaben zu. Sie wollen doch nicht etwa am heiligen Sonntagmorgen ... ?

Weit gefehlt! Sie bitten ihn, ihr neues, winziges Vehikel zu segnen. (Es gibt eben so 'ne und solche Halbstarke.)

Und dann sehe ich Herrn Ypsilon und seine Freunde aus dem Schloß kommen, zum morgendlichen Ausritt angezogen. Sein erster Blick gilt meinem Fenster. Aber er sieht nur freundlich abgewinkelte Gardinen mit Volants. Ich stehe dahinter und sehe ihn genau.

Adieu, Herr Ypsilon. – Ich wäre so gern noch geblieben ... adieu. Verknacks dir nichts auf dem Morgenritt. Galoppiere so sattelsicher wie ich in meiner Phantasie ... nur in meiner Phantasie ... Lieber Herr Ypsilon ...

Nach dem Segen bekreuzigen sich die Halbstarken und zwängen sich in ihr winziges Vehikel. Mit kreischenden Pneus fegen sie um das Blumenrondell, aus dem Schloßhof hinaus, Wildenten retten sich schnatternd in die Lüfte ... und die Kirchgänger gucken dem Auto skeptisch nach: Na ja, haben die vier nicht ein bißchen zuviel Gottvertrauen?

Herr Ypsilon und seine Freunde schlendern zum Reitstall hinüber. Er blickt noch einmal zu meinem Fenster, ehe er den Hof verläßt. (Billy, dieses Wochenende auf dem Lande war deine Idee!)

Eine Stunde später fahren wir ab. „Schauen Sie sich noch einmal um, Maiiie", sagt Billys Schwester, als wir in die Chaussee einbiegen.

Hell und fast klösterlich liegt das Schloß in der Sonne, umrahmt von leuchtendem Herbst. Ein Volk Wildenten zieht flach darüber hin.

„Hat es Ihnen hier gefallen?" fragt Ursula. „O ja."

„Na, und das Essen –! Die Rebhühner gestern abend waren doch vorzüglich!"

Das Heimkommen ist ganz anders als erwartet. Vor unserem Hause parkt kein fremdes Auto. Auf mein Klingeln öffnet niemand. Sonntags haben ja alle Ausgang. Billys Wagen stehen zwar in der Garage, aber er selbst scheint nicht dazusein. Ich nehme an, er ist auf den Golfplatz gegangen.

Schön, diese tiefe Ruhe im Haus. Keine Gäste. Kein Billy, der mich über das lateinische Landleben mit den Verwandten ausfragt.

Mein Bruder wird erst morgen früh von einem Jagdausflug aus der Eifel zurückkehren. Er hält zwar nicht viel von diesem Sport, aber wenn er ein lohnendes Ziel verfolgt, dann scheut er weder Mühe noch Unbequemlichkeiten, selbst nicht das stundenlange, nierenverkühlende Warten auf sanftäugige Todeskandidaten. Peters neuestes Ziel ist kein stolzer Bruch am grünen Hut, sondern die bläßliche Tochter seines millionenschweren Jagdfreundes. Ich glaube, das Objekt ist diesmal lohnend genug. Aber ehe geheiratet wird, „soll das Kind erst mal sein theaterwissenschaftliches Studium beenden", meint sein Vater. „Für alle Fälle. Das Kind soll in der Lage sein, in möglichen Krisenzeiten einen Beruf ausüben zu können", und dafür ist die Theaterwissenschaft ja zweifellos das ideale Gebiet.

Ich ziehe mich am weißen, schmiedeeisernen Geländer in den ersten Stock hinauf, den Koffer in der Hand. Hanskarl läuft vor mir her zu Billys Schlafzimmertür.

„Irrtum, mein Sohn, dein Schwarm ist ausgeschwärmt."

Der Hund kratzt und schnufft völlig uneinsichtig, darum öffne ich die Tür für ihn – „Also bitte, überzeuge dich selbst" – und sehe Billy. Er klammert sich an den Pfosten seines breiten Tudorbettes, graugesichtig, unrasiert – oh, kein schöner Anblick. Auf dem Boden liegen Zeitschriften verstreut, der schottische Überzug seines Bettes ist zerwühlt. Jetzt betrinkt er sich schon am hellichten Tage, denke ich voll Widerwillen, den ästhetischen, schöngeistigen Herrn Ypsilon noch in viel zu frischer Erinnerung.

„Maijie –" Das Sprechen fällt ihm schwer. „Gut daß du kommst – wenn man – mal jemand braucht dann ist keiner da." Er wehrt erschöpft die Freude des Hundes ab und versucht zu lächeln. „Komische Angst – Maijie – so allein – kein Aas da – bezahle doch wirklich genügend – Leute –“ Er ist völlig nüchtern.

„Um Gottes willen, Billy –“ Ich helfe ihm auf das Bett zurück.

„Es – geht mir – gar nicht gut – Maijie – so was Dummes –“

Und dann erfahre ich so nach und nach, was sich in der letzten halben Stunde ereignet hat. Billy hatte einen schweren Herzanfall – „Viel schlimmer als damals –“, und niemand war da. Das war beinah das Allerschlimmste. Und ich wäre um ein Haar auch nicht zurückgekommen.

Nachdem ich die Herzmittel von seiner ersten Herzattacke in einer völlig verstaubten, dürftigen Hausapotheke gefunden und Billy eingegeben habe, rufe ich seinen Arzt an. Der Herr Professor weilt zur Zeit auf einem Ärztekongreß in Brüssel, erfahre ich. Sein Vertreter ist übers Wochenende in Homburg. Der Vertreter des Vertreters meldet sich überhaupt nicht.

„Am Sonntag – kann man in Frieden – verrecken“, stellt Billy voll burschikoser Verzweiflung fest.

Wir schauen uns an und sind so hilflos. Es gab ja bisher keine kritischen Situationen in unserem Leben, die wir nicht meistern konnten. Und was unsere Krankheiten anbelangt, die wurden durch Kopfwehtabletten, Pflaster und Magenbitter kuriert.

In meiner furchtbaren Angst erinnere ich mich an das, was die Berliner zu tun pflegen, wenn ihr Onkel im Suff die Küchenmöbel zerschlägt, wenn ihre Katze von einer Straßenlinde nicht herunterkommen will, wenn eine Parkteichente einen Korken verschluckt hat oder ein fremder Mann einem Kind auf dem Spielplatz zu freundlich über den Kopf streicht: Sie alarmieren das Überfallkommando.

Das tue ich denn auch. Wenig später trifft ein junger Arzt bei uns ein, der noch ganz erfüllt ist von einem frontalen Zusammenstoß zweier Privatwagen, bei dem es einen Toten und zwei Schwerverletzte gab. Er stellt bei Billy einen Herzinfarkt fest. Wir telefonieren gemeinsam mit mehreren Krankenhäusern nach einem freien Bett.

Und dann die Fahrt im Rettungswagen durch die abendlichen, von heimkehrenden Ausflüglern verstopften Straßen.

Ein Krankenhausflur, der nach Bohnerwachs und Desinfektionsmitteln riecht. Billy will nicht auf der Bahre liegen. „Gräßliche Möbel – kommt man sich ja wie ein ernster Fall drauf vor. – Maijie, hilf mir! – Wir bleiben nicht hier – wir gehen nach Hause, ja?“ Er steht auf, ich kann ihn nicht halten. Und ich verstehe ihn so gut.

Billy hat bei aller mühsamen Forschheit zum erstenmal in seinem Leben furchtbare Angst. Todesangst, die er selbst nicht zu steuern vermag.

Um zwei Uhr früh, zu einer Zeit, da er sonst erst so recht munter zu werden pflegt, stirbt er.

Mehrere Polizisten müssen die Wagenauffahrt vor dem Friedhof regeln, denn Billy Heelms' Beerdigung ist ein gesellschaftliches Ereignis, das sich keiner entgehen läßt.

Die nahen Verwandten, Schwester Ursula, der Schwager und ihre beiden Töchter sowie ein paar Vettern, stehen ein wenig abseits und unbeachtet vor der Kapelle – wer kennt sie schon in Frankfurt! Ab und zu wirft mir der Schwager einen gemessen-vorwurfsvollen Blick zu, denn es gefällt ihm nicht, daß ich der „Star“ dieser teuren, ergreifenden Schau bin, Billys Freundin, die nicht mehr dazu kam, seine Frau zu werden. Es ist eine scheußliche Rolle. Am liebsten würde ich vor all den parfümierten Umarmungen und Beileidsausbrüchen davonlaufen.

„Meine arme, arme Maijie! Wie furchtbar – wie unfaßlich! Was müssen Sie durchmachen! Hat er Sie wenigstens ordentlich versorgt?“

„Der arme, arme Billy! Er hat das Leben so geliebt – und nun ist er nicht mehr. Ich bin so erschüttert – ich habe Herzanfälle gehabt, als ich von Billys Tod hörte. Stimmt's, Werner?“

„Am Sonnabend war er noch so vergnügt! Und nun treffen wir uns hier wieder – jaja, der Tod ist uns allen näher, als wir glauben!“

Küsse, Umarmungen, echte Tränen, dramatisiertes Mitleid, Phrasen – und alle waren vorher beim Friseur.

Endlich beginnt die Trauerfeier. Sobald die Orgel verstummt, hört man die laute Entrüstung der Zuspätgekommenen vor der Kirchentür, die wegen Überfüllung nicht mehr eingelassen wurden. Gegen die gotischen Fenster fauchen starke Windböen.

Ich sitze in der zweiten Reihe zwischen meinem wundervoll seriösen Bruder, den Billy stets als Vertreter der Firma zu den Beerdigungen besserer Kunden zu schicken pflegte, „weil es keinen vollendeteren Totenfeierer gibt als deinen Bruder, Maijie ...“, und der schlimmen, alten Hermine. Das starke Make-up wirkt heute auf ihrem schönen, großflächigen Gesicht wie eine verrutschte Karnevalsmaske.

Billy, du hast zwar immer behauptet, der schlimmen Hermine wäre nur etwas in ihrem Leben wirklich nahegegangen: das Ende ihrer Jugend. Aber ich glaube, jetzt trauert sie aufrichtig um dich, denn du warst der einzige Mann, vor dem sie ein bißchen Respekt hatte. Sie liebte sich selbst in dir, weil du ihr so ähnlich warst.

Jetzt beugt sie sich zu mir und zischelt: „Schau dich um, Maijie. Er hat ein total ausverkauftes Haus. Und gutes Publikum, nicht bloß die Schmarotzer.“

Einem Toten sagt man bekanntlich nichts Schlechtes nach. Selbst der größte Gauner und menschliche Versager wird im bestellten Nekrolog noch zu einem edlen, hilfreichen und treusorgenden Familienschatz. Der junge Pfarrer kannte Billy nicht – wann je hatte ein Pfarrer nach Billys Konfirmation noch Gelegenheit, sich mit ihm zu unterhalten!? Und weder in seinem Kunden- noch Bekanntenkreis kamen Theologen vor. Der Pfarrer mußte sich nach dem richten, was ich ihm von Billy erzählt hatte – und zu meinem Schrecken richtete er sich wirklich danach. Ich muß ziemlich ehrlich gewesen sein, denn er bezeichnete Billy in seiner Rede als einen unzügelbaren Vollblutmenschen, der nach seinen eigenen Gesetzen lebte und fehlte. „Er war immer hundertprozentig", sagt er gerade, „und da er hundertprozentig gut zu sein vermochte, verzieh man ihm leichter seine Allzumenschlichkeit. Seine guten Werke werden dafür sorgen, daß er auch denen unvergeßlich bleiben wird, die ihm persönlich nicht nahestanden."

An dieser Stelle seiner Rede fühle ich einen Ellbogen der schlimmen Hermine zwischen meinen Rippen. „Spricht schön, nicht?" schluchzt sie hörbar. „So menschlich. Aber was hat denn der Billy Gutes getan?"

„Stiftungen", flüstere ich ihr zu.

„Hör mir auf, Maijie! Wer stiftet heute schon – es sei denn aus steuertechnischen Gründen!"

„Er hat aber. Sogar aus seiner Privattasche."

„Jaja, für Fußballvereine und Weiber ..." Sie schneuzt sich laut.

Der ärgerliche Ellbogen meines Bruders hindert mich daran, Hermines Skepsis, die wie ein Ölfleck auf dem Meer ihrer Tränen schwimmt, durch eine Aufzählung seiner Stiftungen zu beseitigen.

„Nachher ..." vertröste ich sie zischend.

Ihre Skepsis ist übrigens verständlich, denn Billy war nicht der Mann, der es öffentlich bekanntgab, wenn er menschlich-soziale Anwandlungen hatte. Es wäre ihm sogar peinlich gewesen, wenn ihn seine Verwandten und Freunde für einen anständigen Kerl gehalten hätten. Er gefiel sich so sehr in der Rolle des harten, rücksichtslosen Draufgängers. (Ach Billychen!)

Sei mir nicht böse, wenn ich nicht weinen kann. Aber wenn ich nach links schaue, sehe ich die gepflegten Hände meines Bruders auf dem Rande des schwarzen Hutes, der auf seinen Knien ruht. Sehe sein verschlossenes Profil und errate seine Gedanken: Sollen wir die hohen Begräbniskosten auf Spesen absetzen, oder können wir sie Billys Erben unterschieben!? Und wenn ich nach rechts unten schaue, sehe ich einen zerknitterten Papiertaschentuchberg zwischen Hermines Füßen, den sie mit leicht schurrendem Geräusch unter die Bank des vor ihr sitzenden Herrn Schwagers zu schieben versucht.

Hermine schluchzt und schnaubt und raschelt suchend in ihrer Handtasche und trauert wirklich, was sie allerdings nicht daran hindert, die tränenverschleierten Blicke pausenlos umherschweifen zu lassen. Jetzt stößt sie mich schon wieder an.

„Maijie! Der Schwager!“ Zeigefinger nach vorn auf seinen schwarzen, mit Schinnen bemehlten Rücken. „Er heult wie besessen! Dabei konnte er Billy nicht ausstehen. Jetzt liebt er ihn, weil er weiß, daß er nicht der Mann war, der zu Lebzeiten ein vorzeitiges Testament macht. Ein Testament zu deinen Gunsten, Maijie. Jetzt wird er durch Ursula zu seinem Erben ... Wenn Billy das wüßte, der fände keine Ruhe im Gra–“

Ein „Schscht!“ wirft ausgerechnet der Herr Schwager in Hermines Flüsterwut. Ehe ich es verhindern kann, hat sie sich vorgebeugt und zischt gallig zurück: „Habe ich Sie etwa in Ihrem großen Schmerz gestört!?“

O Billy, Billy. Komm, ich schenke dir einen doppelten Whisky ein, damit du diese teure, ergreifende Schau und deine harmonisch vereinten Verwandten mit Anstand überstehst.

Am Spätnachmittag fahre ich noch einmal zum Friedhof hinaus. Um diese Stunde muß es besonders schlimm für Billy sein – so allein, ohne Freunde und die ersten Whiskys.

Ich habe eine Taschenlampe mitgenommen. Der blasse Schein ihrer abgenutzten Batterie gleitet über eine Unmenge kostbarer Kränze mit Schleifen hinweg, deren Aufschriften nicht nur das auf Kranzschleifen übliche Bedauern verkünden – Werbung bis zum Grabe.

Weiße Rosen, Chrysanthemen, Nelken – sogar Veilchen und Maiglöckchen erfrieren gläsern im ersten Frost. Die vielen Kränze versperren mir den Weg zu Billys Grab.

Lieber Billy Irgendwo – ich hätte dir noch so viel zu sagen, aber wie spricht man Kränze an?

Ehe wir die Möglichkeit hatten, uns Geständnisse zu machen und uns gegenseitig zu beschimpfen, ehe ich dir sagen konnte, wie satt ich das Leben an deiner Seite hatte, ehe du selbst fühlen konntest, daß an jenem Wochenende auf dem Lande etwas geschehen war, das mir die Rückkehr zu dir sehr schwer gemacht hat, bist du gestorben – ganz einfach gestorben. Und hast mich mit einem beladenen Gewissen zurückgelassen ... Nicht einmal danken kann ich dir mehr. Du hast es so gut mit mir gemeint. Du hast mich verwöhnt und beschützt. Du hast mir Selbstbewußtsein beigebracht und die Fähigkeit, mit dem zwanzigsten Jahrhundert vernünftig umzugehen. Du hast mich auf Händen getragen – nur manchmal zogst du sie fort. Dann stürzte ich drei Stockwerke tief – aber ich brach mir nichts Lebenswichtiges dabei, höchstens die zartbesaitete Phantasie.

Alles Unerfreuliche ist auf einmal ausgelöscht. Alle Vorwürfe haben sich in Abbitten wegen der Vorwürfe verwandelt. Billy ist zur fleckenlos leuchtenden, vollkommenen Erinnerung geworden, ohne Rücksicht darauf, daß er sich als solche sehr langweilen mag.

Während ich, die frostkalte Dunkelheit im Nacken, zwischen den Hecken der Grabstätten entlangstolpere, dem Friedhofsausgang zu, wird mir auf einmal bewußt, wie allein und unwichtig ich ohne ihn sein werde. Nur noch eine von vielen nicht mehr ganz jungen, unverheirateten Frauen, die ihre überschüssige Zärtlichkeit an einen fetten, alten Hund vergeuden.

Auch wenn mich seine Art zu leben störte, auch wenn wir uns innerlich fremd geblieben sind, auch wenn ich mindestens dreimal an jedem Tag, den wir uns kannten, den Entschluß faßte, ihn zu verlassen ... aber ich habe ihn ja nicht verlassen. Ich hätte es niemals getan, denn schließlich war Billy mein Mann, auch ohne standesamtliche Bestätigung. Er war mein Mann, mein täglich Brot und Ärger und Vergnügen.

Ich gehe auf meinen Wagen zu, den der Frost mit einer stumpfglitzernden Haut überzogen hat. Billy wird mir nie mehr Männchen und Liebeserklärungen auf die beschlagene Windschutzscheibe malen ...

Und dann sitze ich eine halbe Stunde lang hinter dem Steuerrad und kann vor Tränen keine Straße sehen.

Unter den zahlreichen, an mich gerichteten Kondolenzschreiben finde ich auch einen Brief vom Herrn Ypsilon. Er hat aus der Zeitung von Billys Tod erfahren.

„Maijie", schreibt er, „seit zwei Tagen versuche ich, Dich anzurufen. Aber Du bist nicht zu Haus oder willst niemanden sprechen, ich weiß es nicht. Jetzt sitze ich vor diesem Stück Papier und suche nach tröstenden Worten für Dich, aber alles, was mir einfällt, klingt so verlogen und abgedroschen.

Es muß sehr schlimm für Dich sein. Ich habe versucht, mich in Deine Lage zu versetzen. Ich stellte mir vor, ich käme nach einem glücklichen Wochenende mit Dir zurück und meiner Frau wäre etwas zugestoßen. Die Reue, sie vielleicht nicht genug geliebt zu haben, und die Erkenntnis, nicht mehr gutmachen zu können, würden für längere Zeit jeden anderen Gedanken verdrängen. Ich fürchte, daß es Dir jetzt ähnlich gehen wird.

All meine Gedanken, mein Mitfühlen und meine Hoffnungen sind bei Dir, Maijie. Sobald Du mich sehen möchtest, laß es mich wissen ..."

Wie anders hätte Billy in seinem Fall reagiert! Billy wäre – ohne Rücksicht auf meine Trauer und eventuelle Gewissensbisse – mit der nächsten Maschine zu mir gekommen und hätte alles getan, um mich möglichst schnell den toten Geliebten vergessen zu lassen. Selbst in der Erinnerung ist Billy noch stärker als Herr Ypsilon.

Zwei Wochen später antwortete ich ihm auf seinen Brief.

„Lieber Herr Ypsilon, vielen Dank für Dein Mitgefühl. Ich hätte Dich in dieser Zeit gern bei mir gehabt, aber ich fürchte, daß es Billy – wo immer er jetzt sein mag – nicht recht gewesen wäre.

Ypsilon, wir sind Deiner Frau und Billy noch immer ausgeliefert. Sie besaßen zwar wenig Phantasie, dafür aber jenen gesunden Menschenverstand und rücksichtslosen Willen, der uns beiden fehlt. Ich liebe Dich – und Du mich vielleicht auch. Aber stell Dir, bitte, einmal vor, was aus uns beiden geworden wäre ohne ihre Antriebskraft. Wahrscheinlich wären wir als verschuldete Träumer in einer Dachkammer gelandet. Mit aufgespanntem Regenschirm. Ob sich da unsere Liebe auf die Dauer wohl gefühlt hätte und eine Liebe geblieben wäre?

Sei mir nicht böse, Herr Ypsilon, aber manchmal wünschte ich, Billy wäre auch nur in Rom – wie Deine Frau."

Ehe die schlimme, alte Hermine nach Berlin zurückfährt, habe ich eine Unterredung mit ihr. Sie begreift besser, als ich erwartet hätte, daß ich nicht länger in Frankfurt bleiben möchte. „Wegen des Geschäftes tut's mir leid. Aber du kannst den Einkauf für alle Läden übernehmen, das verstehst du ja ganz ordentlich. Ich mag mich nicht mehr um alles alleine kümmern. Glaub ja nicht, daß ich dich wegen deiner schönen Augen in meiner Nähe haben will. Ich tu es bloß Billy zuliebe. Ihm schmeckt sein Whisky da oben besser, wenn er dich versorgt weiß, wo doch seine Verwandten – dieser Schwager, also, Maijie, wenn ich daran denke, daß dieser alte Klugscheißer, dieser Pharisäer, durch seine Ehe mit Ursula in den Besitz von Billys Geld gelangt ... Maijie, wo sind meine Tropfen??"

Einen Monat später kehre ich mit Hanskarl nach Berlin zurück.

6

Auf dem Küchentisch – zwischen abgestellten Obsttüten, gebrauchtem Geschirr und den durchpassierten Möhren für das Baby liegt eine dreidimensionale, bunte Ansichtskarte. Sie ist mit der Mittagspost gekommen.

„Euch allen schöne Grüße von den sonnigen Bermudas. Wir haben hier eine herrliche Zeit. Geht's dem Kleinen gut? Christl und Peter."

Christl hieß meine neue Schwägerin. Und auf den Bermudas war ich einmal mit Billy.

Der leuchtendbunte Pfeil von fernen Inseln trifft heute bei mir genau ins Schlimme: In meine durch Sorgen, Hausfrauenpflichten und Windelwaschen getrübte Stimmung. Ich lasse vor lauter übermächtigem Fernweh die Milch anbrennen. Sehe den zerbrechlichen Gipfel eines Geschirrberges mahnend über den Rand des Abwaschbekkens starren und denke an grüne Inseln, meerumspült, auf denen das süße Nichtstun stattfindet.

Oh, süßes Nichtstun ... aber deshalb muß ich trotzdem Babys Wäsche hereinholen.

Auf der Terrasse springt mich ein bissiger Eiswind an, der die Windeln und Strampelhöschen mit den kurzen, selbstbewußten Beinen auf der Leine tanzen läßt. Ich greife in jedes prüfend hinein: – trocken – trocken – noch feucht – auf den Bermudas scheint jetzt die Sonne. Nicht etwa, daß ich neidisch wäre ... aber es muß schon sehr schön sein, so mitten im Winter in der Sommersonne zu liegen, dabei keine Sorgen zu haben und hübsche, schnuckelige Sächelchen zu essen, die man nicht selber zu kochen braucht ... ich könnte heute mittag einmal wieder Bouletten machen.

Klingeln an der Haustür. Das Gebell der Hunde wird mir noch vorzeitig das Baby aufwecken.

Es ist der Sohn der Hauswartsfrau, in der einen Hand ein Miniaturradio, aus dem er schnelle Skiffle-Musik schlenkert, in der anderen eine Liste. „Ich komm sammeln wegen dem Kranz für Fräulein Heftig."

Richtig, die Untermieterin aus dem ersten Stock links ist ja gestorben. Ich überfliege die Liste – Bauers haben fünf Mark gegeben, Schneiders nur zwei. Wir können schließlich nicht hinter Bauers zurückstehen. Man hält uns ja für wohlhabend. Und das alles bei Skiffle-Musik. Ein feinsinniger junger Mann, dieser Kranzgeldsammler.

In diesem Augenblick läutet das Telefon. „Moment“, sage ich und laufe ins Wohnzimmer. Das wird bestimmt die schlimme Hermine sein. Sie ruft meistens im unpassendsten Moment an. „Ja, hallo?“ frage ich abgehetzt in den Hörer.

„Maijie!? Schön, daß du selbst dran bist“, sagt eine sehr befangene Männerstimme – und ich erkenne sie sofort.

„Herr Ypsilon ...“ Ich sinke auf die nächste Sessellehne, den Arm voll frisch duftender, halbgefrorener Strampelhöschen.

Herr Ypsilon ...

Meine Kartoffeln!!!!

„Sekunde – du hast doch einen Augenblick Zeit? Ich muß nur gleich ...“ Der Hörer klirrt auf den Glastisch, die Höschen landen im Sessel. Auf dem schnellen Weg zur Küche tönt Skiffle-Musik an mein Ohr. Ach Gott, der Junge mit seiner traurigen Liste. „Ich komme nachher runter. Jetzt habe ich keine Zeit.“ Die Kartoffeln vom Herd. Baby schreit.

Herr Ypsilon. Freue ich mich eigentlich, daß er anruft? Aber ja, und wie! Nur anders als früher. Unbefangener.

„Da bin ich wieder. Entschuldige, aber ich mußte erst die Kartoffeln retten. Meine Hilfe kommt nur an den vier Tagen in der Woche, an denen ich in der Firma arbeite. Und heute ...“ Warum will ich eigentlich den Mann, mit dem ich einmal so romantisch war, durch das atemlose Gewäsch einer abgehetzten Hausfrau ernüchtern? Man möchte doch so gern in stilvoller, hübscher Erinnerung bei seinen ehemaligen Lieben bleiben. „Bist du in Berlin? Wie lange? Bis übermorgen? – Natürlich müssen wir uns sehen. Du, ich freu mich – wie? Aber nein, das erzähle ich dir lieber mündlich. Ich hab dir so viel zu erzählen, Herr Ypsilon. – Kann ich dich morgen früh anrufen? Wo wohnst du? – Also, bis morgen.“

Ich hänge ein. Baby schimpft in seinem Gitterbettchen. Die Hunde toben an der Wohnungstür, denn es hat schon wieder geklingelt. Ich hocke auf der Sessellehne und spüre, wie einen Augenblick das zwanzigste Jahrhundert stillsteht, selbst mein Haushalt (und das will noch mehr heißen), während ich die Urnenvase anschaue, die mir gegenüber zwischen Bücherrücken in der hellgestrichenen Bibliothek steht. Eine Urne aus blauem Sévres-Porzellan mit einem gemalten Medaillon, auf dem Josephine Beauharnais im weißen Empirekleid längst vergangenen Zeiten nachträumt.

Das war Herrn Ypsilons Hochzeitsgeschenk für mich, zusammen mit einer gefüllten rosa Rose. Ich habe sie in Meyers Lexikon gepreßt. Mein Mann fand sie neulich, als er das Wort „Luftwurzeln" nachschlagen wollte.

Am Abend, als ich mit Hilfe anstrengender Turnübungen meine jugendliche Elastizität zu erhalten versuche, kommt mich das Seufzen an. Und seufzt aus mir heraus, ehe ich es verhindern kann.

„Armes, kleines Schätzchen", sagt mein Mann hinter seinem Kriminalroman, „auf diesen Laut habe ich schon den ganzen Abend gewartet, nachdem ich Peters Karte von den Bermudas gelesen habe. Aber laß nur, eines Tages machen wir beide auch eine große Reise. Es wird ja wohl mal wieder anders bei uns werden. Es ist ja schon viel besser als im vorigen Jahr."

Vor einem Jahr hatte mein Mann schwere geschäftliche Verluste, von denen er sich noch lange nicht erholt haben wird.

Meine Kniegelenke knacken, als ich in die Hucke gehe. Linkes Bein und vor und rechtes Bein und vor und linkes Bein und ...

„Weißt du, es müßte ja nicht gleich eine große Reise sein. Aber hübsch essen gehen könnten wir doch einmal wieder. Ich war auch so lange in keiner Bar."

„Was treibst du denn jetzt?" fragt er und richtet sich im Bett auf, um zu ergründen, warum es eben so gepoltert hat. „Ist das auch eine deiner Pflichtübungen?"

„Nein", sage ich, meine Hüfte reibend, und stehe auf. „Das war ein Unglücksfall."

„Du brichst dir noch die Gräten bei dem Quatsch. Und nützen tut's trotzdem nichts. – Was das Ausgehen anbelangt, ich möchte auch gerne. Aber wer bleibt bei dem Baby?"

„Na, deine Freundin Hermine würde bestimmt ..."

„Hermine? Ausgeschlossen. Die läßt ihn glatt fallen! Kommt nicht in Frage!"

„Schade. Dabei ist der Kleine so in ihre langen Ohrringe verliebt!"

Ich steige nun ebenfalls ins Bett und betrachte seinen Kriminalroman. „Auf Seite wieviel bist du denn? Weißt du schon, wer der Mörder ist?" Und ohne jeglichen Zusammenhang, ich schwöre es, fällt mir der Herr Ypsilon ein. „Übrigens – ich habe dir doch mal in einer leichtsinnigen Stunde mein ganzes Liebesleben gebeichtet."

„Ja, und?"

„Der Herr Ypsilon ist in Berlin. Er hat heute vormittag angerufen."

„Ypsilon? Ypsilon?" Er legt sein Buch auf die Bettdecke und überlegt. „Ach, meinst du deinen ‚Orpheus mit Übergewicht'?"

„Na, so dick ist er ja nun auch wieder nicht. Nicht dikker als du."

„Lade ihn zu einem Drink ein. Morgen geht's zwar nicht, da habe ich Leute aus Amsterdam hier. Aber vielleicht übermorgen?"

„Ich werde Herrn Ypsilon fragen", sage ich und starte die abendliche Körpermassage. Zuerst das rechte Bein, dann das linke und dann immer höher. Während mein Mann in den Londoner Nebel seines Kriminalromans zurückkehrt, versuche ich, mir eine Begegnung zwischen den beiden Männern auszumalen.

Gesetzt den Fall, sie können absolut gar nichts miteinander anfangen. Dann wird Herr Ypsilon ernüchtert denken: An soo einen ist sie schließlich geraten! Und mein Mann denkt: An so einen hat sie nun solche Aktendeckel voll wehmütiger Gedanken verschwendet! Unverständlich!

Gesetzt den Fall aber – und das ist wahrscheinlicher –, die beiden würden bei einem gemeinsamen Drink zu guten Freunden!?

Dann würden wir eines Tages von Familie zu Familie verkehren, und die zarte, süße Erinnerung an ehemaliges schönes Bedauern stürbe einen schnellen, pietätlosen Tod vor lauter gegenseitiger Sympathie.

Man soll aber keine hübschen Dinge umbringen, man soll sie mit Bedacht behandeln. Vor allem, wenn es sich um staubfreie Erinnerungen handelt. Und darum werde ich den Herrn Ypsilon nicht zu uns einladen, sondern allein und an einem neutralen Ort treffen.

Vielleicht morgen mittag. Hermine wird mich mit Entzücken zwei Stunden lang beim Baby vertreten. Nur mein Mann darf es nicht wissen. Aber er kommt ja vor fünf Uhr nicht nach Haus.

Eine halbe Stunde vor der verabredeten Zeit rauscht die schlimme, alte Hermine in unsere Wohnung und an mir vorbei ins Kinderzimmer. Sie greift – ohne sich die Hände gewaschen zu haben – ins Gitterbettchen und schwingt Baby an ihre mächtige Brust. Zu meinem glotzäugigen Verwundern ist es durch diesen Überfall gar nicht zum Schreien entsetzt, sondern rupft ihr entzückt die Brille von der Nase.

„Sein Spinat ist fertig. Du brauchst ihn nur zu wärmen. In spätestens zwei Stunden bin ich wieder hier."

„Nun geh schon", sagt sie ärgerlich. „Merkst du nicht, daß du uns störst!?"

„Und bitte, laß ihn nicht fallen!"

Das hätte ich lieber nicht sagen sollen. Ihr Blick trifft mich wie ein wohlgezielter Fußtritt.

Hermine hat viel, viel Geld an den Kindern anderer Leute verdient, aber selbst keine Zeit und Lust zu eigenen gehabt. Jedoch bei der Geburt unseres Sohnes regten sich längst verschüttete Mutter- plus Großmuttergefühle in ihrer alten Brust, und mein Mann hat nicht unrecht, wenn er sie heute mit einer Hündin vergleicht, die die Jungen von Nachbars Katze stiehlt. Wenn Hermine dürfte, wie sie gerne möchte ... aber sie hat zuviel Respekt vor dem Mann, dessen Sohn ihr Liebling ist. Mir hätte sie ihn längst gestohlen.

Auf dem Wege zur Garage hält mich die schneeschippende Hauswartsfrau auf.

„Na, was macht der Süße?"

„Jetzt hat er schon vier Zähnchen", sage ich.

Es handelt sich immer noch um die gleiche Portiersfrau, die mich früher unaufgefordert über das lebendige Privatleben des „Herrn von oben" aufklärte. Als einziger Junggeselle im Hause war er ihr Lieblingsthema, der sogenannte „Herr von oben".

Ich war beinah anderthalb Jahre nach Billys Tod in Berlin, als ich eines Abends näher mit ihm bekannt wurde. Wir hatten uns natürlich des öfteren auf der Straße getroffen und meinen alten, feisten Hanskarl an seinem kapriziösen Lieschen schnuppern lassen, aber erst an jenem Abend im Mai waren wir uns menschlich nähergekommen.

Der „Herr von oben" umturnte damals mit einer Gelenkigkeit, die ich kaum bei ihm vermutet hatte, einen Laternenpfahl und grapschte dabei mit den Händen in die Luft.

„Was machen Sie da?" fragte ich.

„Maikäferfangen. Fünf Stück habe ich schon." Er hielt mir eine Zigarilloschachtel unter die Nase, in der es krabbelte.

„Wozu?"

„Weiß ich selber nicht. Maikäfer fängt man eben, wie man Pilze sammelt, auch wenn man sie nicht gerne ißt."

Das leuchtete mir ein. „Da burrt schon wieder ein Pilz!" Ich zog den Kopf ein. „Im Flug habe ich sie nicht gern."

Der Herr von oben griff geschickt zu und öffnete seine Schachtel um einen vorsichtigen Spalt. „Der sechste. Schon wieder ein Müller. Nicht ein einziger Schornsteinfeger ist dabei."

Sein Sammeleifer steckte mich an. Ich stellte meine Handtasche gegen den Laternenpfahl und half ihm beim Fangen. Nachdem wir ein Dutzend zusammenhatten, sagte ich: „Was machen wir nun mit ihnen?"

„Keine Ahnung. Der Sohn von unserer Portjeeschen ..."

„Ist doch schon vierzehn", gab ich zu bedenken.

„Und in dem Alter ist man über Maikäfer natürlich hinaus. Dann bleibt uns wohl nichts anderes übrig ..." Er öffnete zögernd seine Kiste. „Eigentlich schade. Einen kleinen Jungen müßte man haben ..."

„Das dürfte Ihnen doch nicht schwerfallen."

Er überhörte vornehm meinen Einwurf. „Nicht bloß wegen der Maikäfer. Es gibt Dinge, die würden mir immer noch Spaß machen, zum Beispiel ein aufgezogenes Auto gegen ein Stuhlbein rasen lassen oder Eisenbahnspielen. So ein Sohn wäre eine wunderbare Entschuldigung für die eigenen infantilen Triebe." Er öffnete den Kistendeckel jetzt ganz weit und ließ die Ausbeute unserer Abendgymnastik in die köstliche, laue Freiheit burren, und ich sang dazu.

„Maikäfer flieg", sang ich, „dein Vater ist im Krieg, deine Mutter ist in Pommerland, Pommerland ist abgebrannt. Maikäfer flieg –!"

Nach diesem Abend sah ich den Herrn von oben nicht mehr nur zufällig. Wir pumpten gegenseitig Brot und Erfahrungen beieinander. Wir wurden so richtig gute Freunde.

Eines Sonnabendnachmittags lud ich ihn zusammen mit der schlimmen, alten Hermine ein, denn ich war beiden eine Bewirtung schuldig. Ich servierte ihnen Cocktails, später Hähnchen mit Bananenbeignets und Boursinkäse zu provenzalischem Rosewein. Ich hatte die Obstplatte mit Blumen dekoriert, so wie ich es einmal zu Billys Zeiten in Südfrankreich lernte – und auch sonst keine Mühe gescheut. Es wurde ein reizender Abend. Um zehn Uhr verließen mich die beiden gemeinsam.

Um Mitternacht klingelte das Telefon an meinem Bett.

„Ich bin immer noch hier", schrillte die schlimme, alte Hermine in mein verschlafenes Ohr.

„Wo?" fragte ich, mühsam zu mir kommend.

„Na, oben. Bei meinem neuen Freund. Du sollst auch raufkommen. Ein reizender Mensch. Nun komm schon, sei kein Frosch!" Sie hatte nicht das geringste Einsehen mit meiner Müdigkeit... ich fühlte mich an die Zeiten bei

Billy erinnert, zog mich fluchend an, wischte die Nachtcreme aus meinem Gesicht und stieg, von Hanskarl begleitet, in das dritte Stockwerk hinauf, um – oben angelangt – feststellen zu müssen, daß mein nüchterner Eintritt die beiden nur in ihrer weinseligen Traurigkeit störte.

Sie wickelten mich in eine Decke und stellten mich auf einer Liegekarre auf der Terrasse ab. „Bleib schön hier, die Nachtluft ist so gesund." Danach kümmerten sie sich nicht mehr um mich.

Als die nahe Kirchturmuhr die zweite Morgenstunde verkündete, pichelten sie im angrenzenden Wohnzimmer eine herzergreifende Brüderschaft.

„Sag Hermine zu mir – verschlucke dabei das harte H am Anfang und das dumme E am Ende, sag ‚Ermin'! So nannte mich einmal ein entzückender Geliebter. Er war ein Comte. Vielleicht war er auch keiner. Auf jeden Fall hatte er ständig Schulden. Ich bezahlte sie, bis mein Mann dahinterkam."

„Ermin", sprach der Herr von oben die schlimme, alte Dame zärtlich aus, „du bist wundervoll. Wenn ich dir vor zwanzig Jahren begegnet wäre ..."

„Ach, mein Junge. Damals warst du achtzehn! Was für ein hübsches Alter –! Und damals war dein Haar noch voller –!"

An dieser Stelle ihres emsigen Entzückens füreinander mußte ich wohl eingedrusselt sein, denn als ich mit eiskalter Nasenspitze wieder zu mir kam, sprachen sie von etwas anderem.

„Weißt du, Minchen", sagte der Herr von oben nachdenklich, „groß kriegen wir sie ja nicht mehr, das ist klar. Aber ich mag sie irgendwie so besonders gern ... mit all ihrem kritischen Wesen und ihrer hoffnungslosen Romantik. So ein verkorkstes, nettes Stück Mensch ..."

„Liebst du sie?" rülpste Hermine.

„Was heißt schon Liebe!? Ich habe viele Frauen zu lieben geglaubt – wunderbare Frauen, unmögliche Frauen ..."

„Au, erzähl mal von den unmöglichen!"

„Ist unwichtig, Herminchen."
„Nun erzähl schon. Ich sag auch nichts weiter!" Danach stieß sie einen Juchzer aus. „Beinah wäre ich hingefallen. Du hast so glitschige Teppiche, Liebling."
„Ich glaube, das liegt nicht an den Teppichen ..."
„Meinst du, das liegt an meiner Volltrunkenheit? Früher konnte ich viel mehr vertragen ... der Billy hatte das von mir ... aber heute ... meine Leber will nicht mehr so recht. Liebst du Maijie eigentlich wirklich?"
Auf einmal war ich ganz wach in meiner mumienhaften Verpackung auf der kalten Terrasse.
„Du, das weiß ich selber nicht. Auf jeden Fall ist sie die erste Frau, bei der mir der Gedanke kam: Von der möchtest du einen Sohn haben." Und um seine Worte abzuschwächen, fügte er hinzu: „Sie hat so eine nette Art, mit Maikäfern umzugehen."
„Vielleicht sollten wir sie gleich mal fragen, ob sie dich auch will", überlegte Hermine.
„Mach keinen Blödsinn! Laß sie schlafen. – Und außerdem würde ich das gern mit ihr allein besprechen."
„Immer diese Heimlichkeiten! – Aber, weißt du, das wäre gar keine schlechte Idee, wenn du sie heiraten würdest. Dann bliebe sie wenigstens in Berlin. Ich habe keine Kinder, ich bin eine alte Frau –", trockener Schluchzer, „– nein, nein, widersprich mir nicht. Ich bin wider meinen starken Willen alt geworden. Und ich brauche die Maijie. Sie ist eine gute Einkäuferin. Sie ist treu und verläßlich wie der ausgestorbene Dienstmädchentyp. Sie arbeitet doch weiter für mich, wenn ihr heiratet! Versprich mir das! Und außerdem solltet ihr ein Baby fertigbringen, dann hätten meine Kindermodelle endlich einen privaten Sinn. Die Maijie soll viele Kinder kriegen. Maijie!" rief sie in die Terrasse hinaus.
Aber ich antwortete nicht. Ich schlief ja fest in meinem Stuhl, den dicken Hanskarl und das zierliche Lieschen auf dem Schoß.
Am nächsten Vormittag – einem regnerischen Sonntag – verschleppten mich die beiden an einen Ort, den die

schlimme, völlig verkaterte Hermine noch nie und der Herr von oben zum letztenmal als Quartaner betreten hatten: ins Aquarium. Sie kokettierten dort eine Spur zu laut mit ihrer zoologischen Unwissenheit und benahmen sich bei den Krokodilen einfach unmöglich.

Aber ich war glücklich mit ihnen, denn ich hatte das Gefühl, zum erstenmal seit langem wieder eine Familie zu besitzen. Einen Mann, eine Tante und zwei Hunde. Von dem Aquarium, das sie sich gemeinschaftlich anschaffen wollten, riet ich allerdings ab. Fische kann ich nicht auf den Schoß nehmen und liebhaben.

Zwei Monate später wurde ich die „Frau von oben". Man soll nie zu lange warten, wenn man erst einmal einen solchen Entschluß gefaßt hat.

Ich schickte Herrn Ypsilon eine Anzeige und erhielt darauf jene kostbare Urne mit der Josephine im weißen Empirekleid. Die verflossenen Damen meines Mannes schickten Kaffeemaschinen, Nippes und gute Ratschläge zur Hochzeit.

Nebenbei – es ist eine gute Ehe geworden.

Früher, wenn wir uns begegneten, hielten sich unsere Blicke an den Händen und mochten sich gar nicht wieder loslassen. Heute studieren sie zuerst – Herrn Ypsilons durch eine neue Brille – die Speisekarte des „Ritz", in dem wir uns getroffen haben. Ab und zu weht ein rascher, musternder Blick über den Tisch, der zu einem Lächeln wird, wenn der andere ihn auffängt.

„Alles gut bei dir?" fragt Herr Ypsilon so nebenbei.

„Ja, toi, toi, toi. – Und bei dir?"

„Auch", sagt er. Dann geben wir unsere Bestellungen auf. „Hier kann ich wenigstens einmal richtig essen. Zu Haus läuft meine Frau ständig mit der Kalorientabelle hinter mir her. Sie findet mich zu dick."

„Ihr seid also wieder zusammen?"

„Oh, schon eine ganze Weile", erzählt er. „Eines Abends, als ich aus dem Büro nach Hause kam, war sie wieder da. So ganz selbstverständlich, als wäre sie nie fortgewe-

sen. Si … che
…“
„Du
Keine
„Ic
Dein
„A
Ap
ße … n
zu … e-
su … er
M … nt,
g … he
g
Lie… mann
habe ich doch lie…

Und dann kommt die Lady Cur… . Während er auf dezente Art die Hitze von ihrer sa… Oberfläche vertreibt, schaut er plötzlich so träumerisch drein wie Lord Byron auf dem Bild im Konversationslexikon. „Weißt du, Maijie, wenn meine Frau nur allein zurückgekommen wäre –! Aber sie brachte mir ein Geschenk mit, meine Tochter.“

Seine Tochter Anette. Der rote Kinderbadeanzug mit weißen Punkten, der auf dem Balkon seines Hauses in der Sonne flatterte. Wie lange ist das eigentlich her?

„Als sie mit meiner Frau nach Rom fuhr, war sie noch ein staksiges Füllen – nur Beine und Mähne. Aber inzwischen war aus dem Füllen eine junge Dame geworden. Mit einer Taille zum Umfassen. Und Grazie. Ein Teenager in Filigranarbeit. Du müßtest einmal Anettes Augen sehen, Maijie! Schwarz, tiefliegend und so verträumt.“

„Du bist ja richtig verliebt!“ lache ich amüsiert und lege meinen Löffel hin.

Sein Löffel ist schon lange nicht mehr in Gebrauch. Suppen stören beim Schwärmen. „Weißt du, es ist wundervoll, so eine Tochter zu besitzen.“

„Nun zeig schon endlich ein Foto." In meiner Tasche brennen Babys Bilder lichterloh darauf, vorgeführt zu werden. Herr Ypsilon weiß ja noch nichts von ihm.

„Vergessen, leider. Ich habe mich schon so darüber geärgert. Aber Fotos können ihren Liebreiz gar nicht so richtig wiedergeben. Vielleicht bringe ich sie einmal mit nach Berlin, damit du sie kennenlernen kannst."

Das Hauptgericht wird serviert, und ich spüre, wie Herr Ypsilon ungeduldig auf das Verschwinden der Kellner wartet.

„Wenn Anette nur nicht so romantisch wäre!" seufzt er, sobald wir wieder allein sind.

„Das hat sie vom Vater."

„Meinst du? Aber ich bin ein Mann, ich konnte vernünftig damit umgehen. Sie hingegen ... findest du das Fleisch gut, Maijie?"

„Ausgezeichnet!"

„Na ja, du hast ja auch nicht meine Sorgen. Stell dir vor: Seit einigen Monaten rufen die Jungen pausenlos bei uns an und laden sie zu Parties ein."

„Na und? Das ist doch ganz natürlich bei einem so reizvollen Mädchen."

Er schaut mich befremdet an, genauso befremdet wie damals, als ich seinen Fünfzigmarkschein mit Sechsern und Groschen und Pfennigen zu wechseln versuchte. Und schüttelt immer mehr Gewürze auf seinen Teller, ohne es zu merken. Kein Wunder, daß ihm das Fleisch nicht schmeckt.

„Das sagst du, Maijie, weil du die Jungen von heute nicht kennst. Ihnen ist nichts heilig. Und wenn ich mir vorstelle, daß so ein verrohtes Rauhbein meine unschuldige, sensible Anette ..."

„Ach nee!" Meine Gabel klirrt auf den Teller. Jetzt schmeckt mir das Fleisch auch nicht mehr. „Immer die bösen Buben haben schuld! Die armen, armen Mädchen tun überhaupt nichts dazu! Aber irgendeiner muß es doch erst mal den Jungs beibringen! Zum Verführen gehören schließlich zwei, oder –?"

„Maijie! Die Leute gucken schon!“ Herr Ypsilon möchte keinen lautstarken Streit mit Publikum.

„Du kannst das nicht verstehen“, sagt er, kühl einlenkend. „Du hast schließlich keine Tochter.“

„Nein, aber einen Sohn.“

Meine Mitteilung zerbricht seinen Zorn in herzliche Scherben. „Maijie, ist das wahr?“

Zur Antwort flattern Babys fünfunddreißig neueste Fotos auf das Tischtuch. Herr Ypsilon gebärdet sich über ihnen genauso entzückt, wie ich das von ihm erwartet habe, und ich sage darauf Versöhnendes über die jungen Mädchen von heute.

Während der Ober das Dessert abbrennt, lieben wir uns wieder.

„Eigentlich jammerschade“, sage ich.

„Ja.“ Er weiß sofort, was ich bedauere. „Nicht einmal Schwiegereltern können wir miteinander werden. Er ist zu jung für sie.“

Da hat sich der Ober so viel Mühe mit unserer Nachspeise gegeben – und wir rühren sie nicht einmal an. Ich denke an mein Empire im Damensitz – und der Herr Ypsilon sagt nachdenklich vor sich hin: „Es sei, wie es wolle, es war doch so schön ...“

„Hmhm“, sage ich sanft. „Goethe.“

„Jungfernsee“, sagt er, noch sanfter. „Damals fing es erst richtig an. Die Jungfer Maijie vom Jungfernsee ... sag mal, lebt Hanskarl eigentlich noch?“

„Und wie! Nachdem er etliche Jahre mit der gleichen, stummelschwanzwedelnden Berechnung durch all meine männlichen Kapitel getrabt ist, von keinem kritischen Nachgedanken getrübt, hält ihn jetzt unsere junge, kokette Hündin davon ab, in Seelenfrieden ein Greis zu werden.“

„Seit einem Jahr habe ich auch einen Hund“, erzählt Herr Ypsilon. „Er ist der einzige in der Familie, der meinen Entschluß, Eremitagenbesitzer zu werden, gebilligt hat.“

„Was, bitteschön, bist du geworden?“

„Ach, weißt du, das ist eine lange Geschichte. Einem Freund von mir war ein alter Besitz auf dem Lande angeboten worden. Wir fuhren gemeinsam hin, um ihn zu besichtigen. Als Architekt mußte ich ihm von dem Objekt abraten, denn es hätte ihn noch einmal soviel wie den Kaufpreis an Instandsetzungsarbeiten gekostet, und die dazugehörigen zweihundert Morgen verkommenes Wiesenland mit einem Teich sind kaum nutzbringend zu verwerten. Meinem Freund war die Lage sowieso zu einsam – aber ich, ich machte einen entscheidenden Fehler. Ich stand einen Augenblick zu lange unter den Säulen des Gutshauses – übrigens: rein klassizistischer Stil – und sah auf frühlingsgrüne, absolute Stille im letzten Sonnenlicht. Sah den Teich mit seinem trockenen, hohen Schilf und die Ruinen uralter, vom Blitz zerfetzter Eichen ... und dann sah ich – lach mich ruhig aus –, ich sah die Jungfer Maijie mit wehendem Hutschleier im Damensitz auf einem Zelter über die Wiesen reiten."

Er schweigt einen Augenblick und sieht mich skeptisch an.

„Ich lache gar nicht", sage ich. „Im Gegenteil, es tut mir so leid."

„Warum?"

„Sollte ich je einen ‚Zelter' besteigen, und wäre es die lahmste, frommste Mähre, rutschte ich garantiert auf der anderen Pferdeseite wieder herunter. Ich kann nämlich nicht reiten, und erst recht nicht im Damensitz ..."

„Sei froh", sagt Herr Ypsilon zärtlich. „Du kannst nur vom Pferd deiner reichen Phantasie fallen. Ich hingegen habe all meine schönen, gewinnbringenden Aktien verkauft, um dieses Haus und sein bißchen Umgebung zu erwerben – und ich werde genauso daran pleite gehen wie alle meine Vorgänger seit dem Jahre 1804."

Er betrachtet überlegend seinen gefüllten Dessertteller, dann schiebt er ihn endgültig und unberührt zur Seite und zieht seine Zigaretten hervor.

„Was sagt denn deine Frau dazu?" interessiert es mich.

„Ach Gott ja, meine Frau“, seufzt er. „Sie behandelt mich seither wie einen notorischen Spieler, den man entmündigen lassen müßte. Jeden Abend geht sie mit dem Hund zur nächsten Bankfiliale, um den Börsenkurszettel zu studieren. Und an der Art, wie sie beim Heimkommen ihren Mantel in die Garderobe hängt, erkenne ich bereits, daß unsere ehemaligen Aktien wieder um etliche Punkte gestiegen sind. Sie wird mir dieses Anwesen, das ich für meine unzeitmäßige Phantasie erworben habe, niemals verzeihen. Und meine Phantasie wird vor lauter finanzieller Sorgen nicht dazu kommen, auf ihrem eigenen Anwesen ‚weißsternige Träume‘ zu grasen.“

„Wie gut“, sage ich nach einer gedankenvollen Weile, „daß wir – mein Mann und ich – nie so wohlhabend sein werden, um meiner Phantasie ein eigenes Zuhause kaufen zu können.“

„Sie verträgt's auch gar nicht. Phantasie gedeiht nicht auf eigenem, grundsteuerpflichtigen Boden“, sagt Herr Ypsilon. „Sie hat keine Füße, die einen festen Untergrund brauchen, um bestehen zu können.“

„Sie hat nur Flügel“, nicke ich.

„Ja. Und das habe ich zu spät erkannt.“

„Mein Gott, wenn unsere Kinder wüßten, was ihre großartigen Eltern da für einen Blödsinn zusammenschwätzen –!“ Ich sammle die Brotkrumen auf meiner Tischtuchseite zu einem Häufchen.

„Sie würden uns glatt einen Vogel zeigen“, sagt Herr Ypsilon und schiebt mir seine Brötchenreste auch noch zu.

Daraus knete ich eine hübsche, kleine Kugel, knete und denke: Einmal mußt du es ihm doch sagen. Nun sag es schon, dann hast du es hinter dir.

„Du weißt, daß ich früher bei der Zeitung war.“

„Wir hatten ein wunderschönes Interview miteinander, das niemals erschienen ist“, erinnert er sich lachend.

„An deiner Stelle würde ich mir diesen Anflug von Heiterkeit tunlichst verkneifen. Ich habe nämlich ein Buch über uns geschrieben, und das wird erscheinen.“

„Acherjee“, erschrickt er – wie erwartet.

„Keine Sorge“, beruhige ich ihn schnell, „ich habe dich darin ‚Herr Ypsilon‘ genannt und auch sonst eine Menge verändert – aus Sicherheitsgründen. Schließlich bist du ein bekannter Mann – und außerdem haben wir beide Familie.“

„Was ist noch echt in deinem Buch?“ möchte er wissen.

„Nun – unsere Phantasie. Es ist die Geschichte von zwei verschnörkelten Träumern, die sich notgedrungen mit dem zwanzigsten Jahrhundert abgefunden haben.“

Herr Ypsilon schweigt, und ich fürchte schon, daß er verstimmt ist. Schließlich habe ich mit meinem Roman Indiskretionen begangen. Ich könnte mich ohrfeigen, daß ich ihm überhaupt davon erzählt habe. Immer diese unaufgeforderte Geständnisfreudigkeit, sobald ich nur zwei Gläser getrunken habe!

Und dann höre ich leises Pfeifen ... Herr Ypsilon pfeift die Melodie des Potsdamer Glockenspiels vor sich hin, gerade für die Teller und Weingläser zwischen uns und für mich hörbar. Das Pfeifen bricht ab, und Herr Ypsilon sagt: „Da hat einmal ein Franzose behauptet, die Liebe wäre der Austausch zweier Phantasien und zweier Hautschichten. – Maijie, hast du in deinem Roman eigentlich alles geschrieben?“

„O nein. Einmal habe ich ein Kapitel rechtzeitig enden lassen.“

Er lacht und küßt meine Fingerspitzen. „Verschwiegen wie der heilige Nepomuk.“

Im Verlaufe der nächsten halben Stunde komme ich einmal auf die verschrobene Idee, die Uhr an seinem Handgelenk zu besichtigen – und entsetze mich. „Du liebe Güte!“

„Was ist denn?“ fragt er, aus dem zauberhaften Dämmer der gemeinsamen, im Roman nicht verzeichneten Erinnerungen aufschreckend.

„Vier Uhr! Um drei wollte ich zu Hause sein!“

Herr Ypsilon läßt sich die Rechnung geben und bringt mich zu meinem Wagen hinaus. Der scharfe Ostwind wirbelt Papierfetzen und Streusand in unseren Abschied.

Ypsilon beugt sich auf die geöffnete Autotür herab, den frierenden Kopf in den hochgeschlagenen Mantelkragen duckend – (alle meine Männer hatten zumindest eine Eigenschaft gemeinsam: sie trugen niemals Hüte, selbst nicht bei zehn Grad Frost!) –, und sagt: „Wenn wir uns das nächste Mal sehen, Maijie, werden wir nicht nur von unseren Erinnerungen, Erfolgen und den Kindern sprechen, sondern auch von unseren Zipperlein. Das Rheuma kommt uns immer näher, zumindest mir ..."

„Glaubst du, daß wir uns noch einmal wiedersehen werden?" frage ich dagegen.

„Einen Zufall wird es bestimmt nicht mehr geben", sagt er nach einer Weile.

Aber beide sagen wir nicht, was wir beide wissen: Es ist zu Ende. Das „schöne Bedauern", jener zärtliche, in unwirklichen Farben hingetuschte Schnörkel am Rande unseres Lebens, verblaßt in der lebendigen Wirklichkeit unseres Alltags mehr und mehr, wie eine alte Fotografie, und möchte um des lieben Seelenfriedens willen auch nicht mehr aufgefrischt werden.

„Leb wohl, Maijie", sagt Herr Ypsilon. „Alles Gute für dich und deinen Sohn."

„Der soll nicht so werden wie seine Mutter", verspreche ich geradezu beschwörend. „Ich will ihn ganz nüchtern und praktisch erziehen. Das Träumen paßt nicht mehr in seine Zeit."

„Ach, Maijie", sagt Herr Ypsilon voll freundlicher Skepsis und nimmt meine Hand, die noch die Brotteigkugel und schon den Autoschlüssel hält, „wir haben unsere Tochter auch nüchtern und praktisch erzogen. Trotzdem. Es muß Vererbung sein."

Er beugt sich zögernd über mich.

„So gib mir schon einen Kuß", sage ich, und es ist mir völlig egal, ob gerade zufällig ein Bekannter von uns vorüberfährt. Was er beobachten mag, ist schließlich nur – und leider und besser so – das Ende einer hübschen, jedoch völlig verkorksten Liebesgeschichte.

Beim Wenden sehe ich den Herrn Ypsilon im Rückspiegel. Noch immer ein Standbild von einem reizvollen Mann, nach dem sich die Frauen umschauen. Noch immer der Mann, der sich nicht darum schert. Mein Herr Ypsilon ... Der Abschied fällt mir gar nicht so leicht.

Ich drehe am Autoradio – und stelle es wieder ab. Denn welcher Sender bringt schon um vier Uhr zwanzig das einzige, was ich jetzt gern hören möchte, ich meine die Mozartmelodie zu dem gestrengen Text: „Üb immer Treu und Redlichkeit ..." Und dann fällt mir ein, daß ich kein Brot zu Hause habe. Der Alltag holt mich langsam wieder. Von weitem sehe ich Babys fröhlich-bunte Strampelhosen auf unserem Balkon flattern. Eine blaue mit weißen Punkten ist darunter ...

Und der Lift ist viel zu langsam für meine Sehnsucht heimzukommen. Ich klingele Sturm.

Die Tür geht auf. Die Hunde springen an mir hoch. Die schlimme Hermine schwenkt das völlig falsch zugeknöpfte, aber äußerst vergnügte Baby in den Armen. Und hinter ihr steht mein Mann.

Acherjee, er ist schon zurück! Das habe ich nicht erwartet! Und er macht ein recht verdrossenes Gesicht.

Ich gehe beschwörend auf ihn zu.

„Bitte, bitte, sei reizend! Sei jetzt genauso ein Schatz, wie ich dich vorhin geschildert habe –!"

Und damit endet meine Geschichte vom schönen Bedauern.